A Library of Academics by PHD Supervisors

博士生导师学术文库

中国传统文艺美学的现代转化

李天道　著

图书在版编目（CIP）数据

中国传统文艺美学的现代转化/李天道著．—北京：中国书籍出版社，2018. 11

ISBN 978 - 7 - 5068 - 7168 - 6

Ⅰ.①中…　Ⅱ.①李…　Ⅲ.①文艺美学—研究—中国—现代　Ⅳ.①I01

中国版本图书馆 CIP 数据核字（2018）第 288844 号

中国传统文艺美学的现代转化

李天道　著

责任编辑　吴化强
责任印制　孙马飞　马　芝
封面设计　中联华文
出版发行　中国书籍出版社
地　　址　北京市丰台区三路居路 97 号（邮编：100073）
电　　话　（010）52257143（总编室）　（010）52257140（发行部）
电子邮箱　eo@ chinabp. com. cn
经　　销　全国新华书店
印　　刷　三河市华东印刷有限公司
开　　本　710 毫米×1000 毫米　1/16
字　　数　287 千字
印　　张　17
版　　次　2019 年 4 月第 1 版　2019 年 4 月第 1 次印刷
书　　号　ISBN 978 - 7 - 5068 - 7168 - 6
定　　价　85. 00 元

目 录

CONTENTS

第一章

传统文艺美学的理论形态与现代转化

随着近年来社会经济转型后中国传统文化研究的深化，对中国传统文艺美学思想的研究也日渐成熟起来。

自然，显得更加深入的中国传统文艺美学思想研究，也有其自身发展的困境。经过这些年的研究，在若干学者的爬梳下，“从孔夫子到孙中山”，2000多年间美学思想家们的思想被一遍遍清理过、研究过了。特别是20世纪80年代后陆续出版了几部有关中国传统文艺美学思想研究的著作，对于中国传统文艺美学思想的研究如何发展下去、深化下去，已成为一个棘手的难题。也难怪有人认为中国传统文艺美学思想研究面临危机，而不少人则转向了从20世纪90年代才热闹起来的审美文化研究。

然而，危机是挑战也是机遇，热闹之后冷却下来的是更冷静、更深入、更踏实的研究。美学思想界不少有志之士都指出，只有重视对传统文艺美学思想人生意蕴的发掘与汲取，当代文艺美学思想研究才会具有活力，建立具有中国民族特色的现代美学思想体系才不会成为空话。基于此，我们拟在回顾、考察20世纪以来国内学术界对中国传统文艺美学思想研究的情况，以展示如何通过对中国传统文艺美学思想的研究和民族审美心态的剖析，显示传统审美意识中所蕴含的深厚的人生意旨及其对中华民族审美心态熔铸的深刻影响，揭示其现代意义，并从中寻找出当代文艺美学思想与传统文艺美学思想相互贯通，以及重建的可能与必然。①

---

① 曹顺庆、吴兴明：《替换中的失落——从文化转型看文学思想转换的学理背景》，载《文学评论》，1994年第4期。

第一节 当代文艺美学思想理论形态

20世纪以来，随着西方文化的东渐，以及知识谱系的切换，中国传统文艺美学思想呈现出了新的生机与活力，中国学人的视界得以拓宽，诸多问题也得以重新认识。但中国传统文艺美学思想在走向现代化的过程中，却经历了一条极为曲折复杂的道路。当西方国家的美学思想流派层出不穷，不断翻新，走向多样时，相对而言，中国传统文艺美学思想就理论形态来看，引进得比较多，自身的理论建构则较少。特别是20世纪50年代至80年代初的30年间，我们既对西方当代文艺美学知之甚少，又丢掉了传统的文艺美学思想。自新时期以来，中国传统文艺美学思想才开始走出误区。特别是全方位改革开放时代到来后，随着文艺审美创作的繁荣，中外文化交流的迅速展开，以文艺审美创作活动为理论核心的中国传统文艺美学思想才获得新的发展，大量的当代西方美学思潮、美学观念和方法才得以介绍和引进。同时，人们已经不再满足于对西方美学的一般了解，已经意识到西方美学的困囿和局限，从而开始回过头来关注本民族的美学理论遗产和传统审美经验。并且人们已经感觉到立足传统、融汇新机、开拓进取、综合创新，建设我们自己的文艺美学的新的理论形态的必要。进入新世纪以来，随着全球化步伐的加快，文化多元化问题越来越引起人们的注意。如何协调本土文艺美学理论与外来美学理论之间的相互关系，以进一步在中、西文化交流中互通有无，形成文化互补，就更有其新的深层意义。现如今，中国当代文艺美学正在转换自己的理论形态，以进入重建阶段。而我们的目的，就在于通过对当代传统文艺美学研究的总结，与传统文艺美学如何通过现代化转换和现有理论形态相融合的研究，来更好地创造和建设当代文艺美学理论，并通过创新，进一步促进中西对话。

一

从宏观上来看，中国当代文艺美学的理论形态大体上可以分为三种。

首先是审美理论形态。这既是西方美学与中国传统文艺美学相撞互融后中国当代文艺美学中审美精神的自我更新，也是王国维、宗白华等学人以传统审美化的方式来回答与解决人类生存、生命意义以及人性危机等现代性问题的创造性产物。

其次是革命形态。随着革命文艺美学的兴起,受西方思潮的影响以及美学自身觉醒的促进,特别是接受了现实革命人生的呼唤,在五四运动的推进下,中国当代文艺美学在传统的基础上也发生了转变,基本上实现了由近代形态向现代形态的转型。在这一转型过程中,中国当代文艺美学一方面吸收西方美学的新鲜学说,一方面继承古代传统文艺美学的功利性、社会性传统。通过这种现代性转换之后的中国文艺美学,其主要表征就是“变革”和“启蒙”。进化论的普及、人的美学的高扬、美学功利性的强调,都具有这种表征的鲜明性。因此,我们称这种理论的表述为革命形态。

再次是科学形态。就中国当代文艺美学发展史来看,在中国现代语境中,伴随着中国学人对美学究竟应该在中国现代知识谱系中处于怎样的独特地位的追问,以及美学理论与审美创作的历时性,特别是新时期以来,西方近现代美学思潮、美学观念和方法被大量介绍和引进,人们对美学本身进行研究,对美学本体论、反映论、价值论和美学的特征,以及如何立足本国、融汇新机、开拓进取、综合创新,建设我们自己新的、科学的文艺美学理论体系等多方面的问题进行了深入、广泛的探讨。这方面的理论,我们则称之为科学形态。

正如有学者所指出的,在过去的一个世纪,特别是中华人民共和国成立以后,作为美学学科背景的西学式确立,决定了现当代的中国文艺美学在知识质态上是西学的,而不是传统的。由此,就美学而言,在现当代中国,美学学科分类的逻辑背景又可以分为相互依存、相互统一的两大论域:其一是承接西方传统偏重于“理念知识形态”的那些范畴,即先推导出关于美学的理念(ideal),即所谓美的本质。以美的本质论为直接逻辑支点,先在理论上论证美是什么或应该是什么,然后以本质内涵之“什么”为根据依次推导到美与自然、美与社会、美与艺术、审美活动、审美关系、审美者与审美对象等范畴,并由此而建构其理论体系。其理论的系统展开实质为理念的逻辑演绎。由于先行理念的逻辑定位以及演绎逻辑的规范和清洗,其所推演出的系列概念,比如丑、崇高、悲剧、喜剧、再现、表现、形象、典型、情感、形式、内容、审美乃至灵感、体验等,所包含的内容只能是演绎性的。由此,其知识性质态呈现出典型的分析性质态,并且有严密逻辑的内在贯通和理论牵引。这种先有理念的突破然后推演美学系统的言述方式从王国维即已开始,中间经“五四”美学革命论的强化,而后演化出林林总总的认识论美学、体验论美学、实践派美学乃至20世纪80年代的“主义”泛滥,一直到90年代的后现代主义。不管哪种美学理论,逻辑上先言美学理念然后演绎美学知识系统的言述方式和知识形态都一以贯之。其二则是承接中国传统，并通过现当代文艺美学家的理解和阐释，既具有传统思想，又具有当前视域的那些范畴。

当今世界处于科学技术爆炸时代，尤其是“二战”后第三次科技革命使社会面临科学技术现代化，人们的头脑及其思想意识也在变化，现代意识得以进一步强化，逐渐形成了全面改革、开放的思维体系。这种新思维势必会促进人美学科与自然科学的交叉渗透。人美学科和自然科学的各个门类，由各自的改革、开放和分化，走向彼此之间边缘地带的综合，出现了许多双向交叉或多向交叉的新兴边缘学科。同时，在以改革、开放精神为主体的现代意识的作用下，现代信息广泛而深入的传播，也为文化学术界带来了新局面。人们对现代社会生活、现代科学文化等的认识日趋全面、复杂和深化，甚至从更高深的层次上去进行新的认识和考察。这样一来，经济改革、开放出现了高涨的势头，科学、文化的改革、开放出现了不同学科文化多元的新趋势。这种以改革、开放为主体的现代意识，对美学研究的拓展，对中国传统文艺美学研究的兴盛的到来，无疑起到了积极的促进作用。进入新时期以来，随着计算机科学的日趋发达，全球经济一体化进程日益加快，资讯时代的到来，都要求、呼唤更新当代文艺美学观念，促进当代文艺美学形成开放体系，以适应“四化”建设和现代生活的审美需求。故而，研究中国传统文艺美学，继承中国传统文艺美学思想精神，认清传统文艺美学转换的必要性，实现古今沟通、中西融汇，建设本土化、民族化、地方化的当代文艺美学已成为历史的必然要求。应该说，正是由于这样，在新的世纪，当代文艺美学应以何种姿态和方式与传统文艺美学沟通，如何实现传统文艺美学的转换与当代文艺美学的建构的问题就显得尤其突出。

的确，中国是世界文明古国之一，有着悠久的、无与伦比的文化历史，创造了世界罕有的辉煌灿烂的古代文化，有着极其丰富的至今仍有很高价值的美学思想遗产。中国古代哲人们所提出的一系列美学概念、范畴和命题，以及其中所包含的审美精神与文艺美学思想，有许多是为我们民族所独有而西方所没有的。例如神思、意象、气韵、韵味以及情和理、形和神、虚和实、言和意、意和境、体和性等范畴。它表现出中国传统文艺美学的体验性与指向人生的特色，反映了中华民族美学思想的丰富性和独创性，是建立具有中国民族特色的马克思主义美学和文艺学体系的重要思想资源。而要实现传统文艺美学的转换，则必须实现传统文艺美学的清理，必须了解当代传统文艺美学研究的概况。应该说，就一方面而言，如何全面地，多方位、多角度地认识当代中国传统文艺美学的研究，了解对传统文艺美学的研究是一个永无止境的历时性过程，而不是向一个所谓的永恒不变的终极目标的逼近。同时，从另一方面来看，中国传统文艺美学发展的每一个阶段都有"范畴""命题"和"理论形态"，其真理性就表现为不断发展和不断转化的过程。清楚这一点，则是当今从事传统文艺美学研究的首要前提。

二

同时，要建设有"本土化、民族化、地方化"的当代文艺美学，必须对"本土化、民族化、地方化"这个概念做一个明确的界定，并指出其在理论建构中的作用。

应该说，首先，"本土化、民族化、地方化"的目的乃是立足本土文化，尤其要立足于令一些历史短的西方现代国家无法企及的古老的东方文明。在实行"古为今用"的同时，在现代意识的驱使下，借鉴、吸收、融汇外来理论，发展建设自己的美学体系。发展才是目的，其实质是突出理论建设中的自我意识，即理论的个性意识。在其内涵上，"本土化、民族化、地方化"在理论层面上更趋近于现代，尤其是当代。

认真分析起来，"本土化、民族化、地方化"应包含两方面的内容，一要为当代中国的现代化事业服务，符合亿万民众的利益要求、共同心愿和共同理想，二要符合当下社会审美诉求的理论品质。也就是说，"本土化、民族化、地方化"应侧重于一种理论品质。本土化、民族化、地方化这一提法的合目的性，恐怕不仅仅在于它突出了当代中国传统文艺美学思想的客观现实，突出了当代美学及其理论的重要地位，而在于它那种立足本土、重建理论的自我意识。尤其在以消解精英文化，建立"普罗"文化的后现代主义文化思潮冲击下，这种提法显得尤为重要。

其次，要建设有"本土化、民族化、地方化"的当代文艺美学，必须用现代意识对中国传统文艺美学思想中的有关审美活动的观点及思想理论进行重新审视和解释，即进行现代转化，只有这样，我们才能贯通古今、融汇中西，并在这种融会贯通中真正体现出传统文艺美学思想的理论价值和人格个性魅力。这种转换须从各个方面入手，一是以现代意识为参照系对中国传统文艺美学观点的价值重估，在其理论武库中去寻求仍具理论活力的元素，以获得建构当代文艺美学的思想资源；二是对其进行现代意义上的解读，使之能够与现代美学趋向一致、熔铸一体。由于美学在中国出现的历史不长，各个方面的根本理论工作虽做了很多，但是还远远不够。这一方面在于对现代意识的理解。事实上，现代意识是一个含义极不确定的概念，在不同历史时期有不同的内涵，并且它不是一个一成不变的概念，而是在不断地发展更新,大体上是指20世纪以来,现代社会中各个时期人们最新的思想潮流。它不断以最新的思想信息更新着。西方现代主义文艺思潮所体现的现代意识,早在“五四”时期就传入了中国,它提倡个性解放、提倡民主与科学的文化思潮,冲击着中国封建主义旧思想、旧道德、旧文艺。中国当时的新文艺就是在西方现代意识的影响下产生和发展起来的。这种现代意识曾经从审美价值指向和理论上给中国传统文艺美学思想界带来了生机,它不仅有反封建主义的一面,而且在一定程度上有反资本主义的倾向。这使它与当时的激进民主主义乃至当代的革命思想有着某些内在的联系。因此,当世界民主主义、当代革命高涨起来,体现现代意识的民主主义文艺便逐渐转向带有革命色彩的民主主义和当代文艺。这在英、德、日等国如此,在后来的中国也是如此。当今,改革、开放已成为不可阻挡的世界新潮流,资讯时代的“internet 网”以及“E - mail”不断体现最新信息。现代意识自然要转向改革、开放精神,且成为一种主流文化精神,这种现代意识,每时每刻都处于后工业文明时期的中国社会生活中,在每个人的思想意识中悄悄地增殖、强化。从对它困惑、不理解到逐渐理解,从知之不多到逐步多起来,从有所顾虑到积极行动起来,放言改革,投身改革大潮。所以,对以现代意识为参照系,重新认识、估价中国传统文艺美学思想的价值这一环节,我们必须对当代意识本身有一个正确的理解。

对中国传统文艺美学思想进行现代转化的第二个方面是对那些散见在中国古代小说、戏剧、诗歌、哲学著作中的美学思想做现代解读及阐释,使之得以能够和当代文艺美学相沟通。在这方面,我们面临的最大困难是如何和谐历史本真与当代意识的关系,因为转换作为现代语言学上的术语,在这里却表达一种实践过程,既要做到尊重传统文艺美学思想,避免以今化古,但又不可能以古释古,在古人圈定的框架里裹脚不前。一般意义上,所谓的现代阐释,即是以分析性、逻辑性的语言来解读传统文艺美学关于审美活动的术语、范畴,对其所统摄的命题、理论内涵乃至具体结构做出全新的解释,从而纳入当代文艺美学的话语系统。说到底,现代阐释的实质或关键,是话语系统的转换。传统文艺美学思想大多还停留在经验状态或描述状态,零散而不成系统,故而其阐释的重点应该是理论指向上的特殊性。众所周知,汉语在“五四”前的表达方式是古文,汉字又属于表意文字,属于这一类的术语、范畴、命题难以直接和当代文艺美学理论相沟通,也很难直接纳入当代文艺美学理论体系。然而,正是在这一点上决定了其特殊价值,如曹丕的“文气说”,王国维的“境界说”等。要显示这些见解的民族特色,我们就要超越古文和白话文的差异,超越时代的隔膜去理解、诠释。在阐释过程中,不能仅仅用另一套话语来说就完事,不能等同于翻译,而应在这些零散的术语、命题中发掘和引申其固有的、潜在的意蕴,应采用一种还原—扬弃—重构的科学方法;更不能仅局限于传统文艺美学的术语和范畴层面,而应有一种大气,从高处着眼,力争把中国传统文艺美学思想作为一个有机整体,从整体上去激活并展示古人对审美活动的独特见解。

最后,有"本土化、民族化、地方化"的当代文艺美学的生成,即建构其理论体系,必须在当今条件下,以当下意识,促进研究中国传统文艺美学思想与研究方法论意识的觉醒,进而汲取或采用现代人文学科的各种新方法,为当代文艺美学的理论构建提供崭新的理论思维空间,为开拓当代之传统文艺美学研究提供多角度、多层次、多侧面的研究途径。

建构有"本土化、民族化、地方化"的文艺美学是一项宏大的工程,在这一过程中,新的文艺美学方法理论意识的觉醒和新方法的采用会启迪人们不断认识审美活动的审美特性及其规律,并作动态性的考察和研究,以更好地建立当代文艺美学的新的知识结构和理论体系。

第二节 传统文艺美学的独特品质

要实现传统文艺美学的现代性转换,首先必须弄清楚中国传统文艺美学的特征。如前所说,20世纪末以来,美学已开始向现代化形态转变,当代文艺美学越来越强调对人生的关注,强调对人的生存意义、人格价值和人生境域的探寻。无论是东方还是西方,人们都在思考探索什么样的美学才能引导人们创造出更高级、更完善、更适合人类生存的美。随着对这一问题研究的深入,关于中国传统文艺美学思想的人生意蕴及其对社会意义的发掘与解释,便越来越引起人们的关注。

一

中国传统文艺美学思想的独特品质就是以人生为宗旨,关注人生、指向人生。中国传统文艺美学思想审美观念的确立,是以审美为中心,基于对人的生存意义、人格价值和人生境域的探寻和追求,旨在说明人应当有什么样的精神境域,怎样才能达成这种精神境域;人应当怎样生活,怎样才能生活得幸福、愉快而有意义。

换句话说,中国传统文艺美学所注重的是人对于自然的适应。中国传统艺术追求的是道艺合一,是生命情调、生命意向的体现,所推崇的是生命之美,是气韵生动、生机勃勃的充沛活力的表现。其思想体系则是在体验、关注和思考人的存在价值和生命意义的过程中生成和建构起来的。因此,中国传统文艺美学具有极为鲜明和突出的重视人生并落实于人生的特点。中国传统哲学思想体系中的"求仁得仁""天人合一""中和之美""尽善尽美""心解了达"等重要范畴与命题,就都是本着对天与人的关系、人与人的关系、人生的思想、人格的确立、人性的美善等有关人生的一系列问题的探讨提出并展开论述的。哲学的这种特点自然会影响到中国传统文艺美学思想,促使其对人在天地间的地位、人的伦理道德精神、人的心灵世界、人的生命体验等方面的问题进行比较深入细致的分析和表述,并由此而形成其传统特色。例如,在"天人合一"、人与自然都由"气"所化育、同源同构的思想作用下,中国传统文艺美学思想强调人必须与天认同,认为在人与自然、本质与现象、主体与客体等浑然统一的世界中,人始终处于核心地位。在儒家"求仁得仁"审美观念的影响下,中国传统文艺美学思想极为重视审美者心理结构中的人格因素,注重内心体验,着重心灵领悟。而道家所主张的闲云野鹤、无拘无束的生活情趣与宁静恬淡、清心寡欲的心理境域,则是中国传统文艺美学思想所追求的超然宁静的审美态度。可以说,正是在这种重视人生的传统审美观念的支配作用之下,中西方美学的思想体系、理论形态也存在着差异。从体系上看,西方美学偏重于对现实生活、自然景象的再现,即使是表现情感,也是凭借"摹仿"来表现,把情感看作是主体所认识、再现的对象;而中国传统文艺美学思想尽管也强调主体心中情感的引发来源于外物的感召,但是,它所追求的仍然是侧重于生命的体验与体悟,是要在现实人生中达成一种解脱、超越的审美境域,所以对外物的再现毕竟是从属于主体的生命意识表现的。我们在中国古代艺术中所感受到的生活场景,都是通过创作主体的心灵观照与生命体悟,依据一定的精神需要,从客观现实中选取的,有着深深的生命意识的一种新鲜物相,是主客体通过生命共感、生命之流相互融合的审美意象,而很少有对外部世界的如实"摹仿"。因为中国古代艺术所强调并要求达到的往往是一种既不脱离现实却又超越现实对象的"不即不离"的审美意境。

中国传统文艺美学思想非常重视对自然造化蓬勃生命力的显示,但是,这种对于宇宙生命奥秘的探求与揭示,其目的却是为了求得人自身的超越与解脱,以及由此而带来的审美愉悦。也就是说,中国传统审美观念认为,审美体验的意义在于通过对有限的现实时空的超越而获得一种永恒、无限的心灵自由与高蹈。故而,中国古代艺术对现实生活中任何感性事物的描写,其最终意义都不在于单纯认识这一感性事物自身,而是要从这一感性事物中显示出比它更深邃、更高远的生命意义,以达到形神兼备、情景相融、意象两合的审美意境。

二

中国传统文艺美学思想的基本特征是体验性。必须指出,我们所讲的体验,不只是普通心理学上所使用的概念含义。普通心理学认为情绪和情感与体验之间有密切的关系,甚至完全一致,体验的主要内容是情绪和情感。而我们所说的体验,"是指审美者对审美对象进行聚精会神的审美观照时在内心所经历的感受"①。"在审美创造中,特别是艺术家在艺术观察中,不但对象经历了一个变形的过程,而且主体也经历了一个内心体验的变态过程(审美体验实际上是审美观察中的内心体验)。"②这就是说,体验不只是情感功能,而是感知、想象、情感、理解等多种心理功能的有机结合的整体。正像苏联体验心理学家 Φ. E. 瓦西留克所指出的:"在体验的'表演'中,通常是心理功能的整个'戏班'都上场,但每一次由它们中的一个来扮演主要'角色',担当体验工作的主要部分,即解决那解决不了的情境的工作。情绪过程经常扮演这个角色……但是,与那存在于心理学中认为的'情绪'和'体验'之间有密切联系(甚至完全一致)的说法相对立。我们必须强调指出,情绪对于完成体验的主要角色不具有任何特权。主要角色可能由知觉、思维、注意以及其他心理机能来承当。""通常,加入到体验中的不是某一个机制,而是所建立的那些机制的整个系统。"③审美者在"内心所经历的感受"、所经历的"内心体验的变态过程",常常是在体验人生、感受人生中的心灵震动。审美的深层体验,是以深层的生命体验为基础、为中介的丰富的人生经验的积累,有助于审美体验的深化。审美体验是一种生命体验,是生命体验的最高存在方式,是生命意义的瞬间感悟。中国传统文艺美学思想把审美体验以直观理性主义的思维方式概括为"味""体味""玩味""咀味""寻味""品味""研味"和"兴""兴会"等的过程,认为审美对象的审美意蕴只有通过审美活动的审美者的玩味体悟,以达

---

① 皮朝纲:《中国古代文艺美学概要》,四川省社会科学院出版社 1986 年版,第 13 页。

② 皮朝纲、钟仕伦:《审美心理学导引》,成都电讯工程学院出版社 1988 年版,第 214 页。

③ [苏]瓦西留克:《体验心理学》,中国人民大学出版社 1989 年版,第 25、68 页。

成“兴”“兴会”,才能转化为审美者自己的审美情感,从而在自己的想象中形成有关审美对象的真实世界。我们认为,中国传统文艺美学思想所推崇的从“感兴”到“兴会”,再到“兴象”的审美活动过程,体验性贯穿始终,而决定着中国传统文艺美学思想体系的体验性特征。

我们还可以通过对人生论美学与认识论美学的比较,来考察中国传统文艺美学思想的体验性特征。我们已经说过,中国传统文艺美学思想是以人生论为其确立思想体系的要旨,其对美的讨论总是落实到人生的层面。中国传统文艺美学思想认为,通过审美体验活动,可以帮助人们认识人生主体,把握人生实质,弄清人生需要,树立人生理想,实现人生价值。并且,中国传统文艺美学思想理论认为,审美不是高高在上或者外在于人的生命的东西,而是属于人的生命存在的东西。正是基于这个特点,我们认为,中国传统文艺美学思想乃是一种体验性人生美学。体验性人生美学与认识论美学是不同的,首先,两者进行审美观照的视线指向不同。认识论美学总是把视线指向客观现实,其所重视的是文艺对现实的认知性(诚然认知性中也包含着体验性,然而却更强调认知性);体验性人生美学则把视线指向人本身,其所重视的乃是文艺对人内在生命的体验(诚然体验性中也包含着认知性,然而却更强调体验性,认为体验乃是更根本、更本质的东西)。其次,两者关于艺术表现对象的认识不同。认识论美学认为艺术应偏重于对现实生活、自然景观的再现,即使是表现情感,也是凭借“摹仿”来表现,把感情看作是主体所认知、再现的对象。而体验性人生美学则相反,正如我们在前面已提到的,中国传统文艺美学思想尽管也强调主体心中情感的引发来源于外物的感召,认为是“物感心动”,然而它所追求的主要还是心灵的抒发,是要在现实人生中达到一种超越的审美的境域,所以对外物的再现毕竟是从属于主体的生命意识表现的,是借外物来表现人对内在生命的体验。中国传统文艺美学思想艺术中的生活场景,乃是通过创作主体的心灵体味,经过生命共感、对流、熔铸过的一种新的审美意象,是主客体相互融合的审美境域,而且常常是对人生的深切体验和心灵震动的结晶。

中国古代文艺史上的大量事实也能证明中国传统文艺美学思想的体验性特征。苏东坡是一位诗画俱精、才华横溢的大文豪,在他的诗画中所表现出的那种逍遥自适思想、洒脱傲放风格,与他一生升降荣辱的境遇及其对人生的深切体验有着非常密切的关系。正如他在自题《偃松图》中所说:“怪怪奇奇,盖是描写胸中磊落不平之气,以玩世者也。”又如画论家米芾所说:“子瞻作枯木,枝干虬屈无端,石皴硬，亦怪怪奇奇无端，如其胸中盘郁也。”①苏东坡平生嗜作枯木怪石，正是借此以寄情遣怀，写出胸中逸气，抒发自己对人生的真切体验。汉代史学家、美学家司马迁因李陵事件受宫刑，使他在肉体上和人格上都受到了极大的摧残。在面临生死抉择，经过关于人之死是“轻如鸿毛”还是“重如泰山”的严肃思考后，他坚定了自己要完成“立言”而“成一家之言”的信念，从而写下了彪炳史册的不朽之作——《史记》。他在《史记·太史公自序》中，通过对历史上许多思想家、美学家的创作实践和自己的切身感受，指明了真正能够光照千秋的杰作，大多是发愤之作，并提出了著名的“发愤著书”说。他明确指出，审美创作的心理动力为“愤”，其具体内容是“意有所郁结”，是生命压抑的心理状态。有了“愤”，且需要抒“发”，由此遂生成“述往事，思来者”的审美创作活动。在他看来，审美需要的形成，乃是创作主体通过对现实人生的深刻体验，在其心中积累了强烈的难以抑制的生命意识冲动，才产生了创作的需要，渴望把自己所感受到的悲愤感伤与生命压抑之情通过审美创作表现出来。苏东坡和司马迁的审美创作实践和对审美创造经验的描述或理论概括，都说明审美需要和审美动机的产生，是以对人生与生命意识的深切体验为基础的，同时也表明中国古代艺术和传统文艺美学是十分重视体验性的，把体验性看作是艺术创作和审美活动更为重要、更具原初域质的东西。

第三节　传统文艺美学思想的文化渊源

中国传统文艺美学思想有其独特的品格和特征，这和其所植根的丰厚而独特的中国文化土壤分不开，尤其是和在特定的民族文化背景、思维模式、生存方式、哲学观念以及感知方式等多方因素的影响、制约下，产生、形成和发展起来的中华民族文化心理结构，即异质文化分不开。所谓民族文化心理，在黑格尔看来就是“民族精神”。他强调指出，这种“民族精神”“构成了一个民族意识的其他种种形式的基础和内容”②，“表现出每个民族的意识和意志的所有方面，表现出它的整个现实；这种特性在该民族的宗教、政治制度、道德、法律、风俗习惯、科学、艺术和

① 米芾：《画史》。
② ［德］黑格尔：《历史哲学》，商务印书馆1961年版，第93页。

技术上都打上了烙印”①。“民族精神”与“世界精神”是辩证统一的并体现在普遍性与特殊性之中,“世界精神”只能存在于“民族精神”之中,而不是相反。“民族精神”或谓民族文化心理结构,就是文化的异质性之所在。

中国传统文艺美学及其审美观念的确立,必然受中华民族文化心理结构的制约和导向,从而形成其独特的品格和特征。故而,研究中国传统文艺美学,绕不开中华民族文化心理结构,也即绕不开异质文化的影响。

基于此,着重探讨异质文化对中国传统文艺美学“天人合一”的审美观念的确立和“以天合天”的审美体验方式形成的作用,通通在此来看异质文化对中国传统文艺美学思想的影响与制约的问题,在传统文艺美学研究中就显得极为重要。

中华民族文化心理结构和审美观念的内在层次,就跟孕育和滋养它的中国大地同样深厚。对中华民族文化心理结构和中国传统审美观念作总体反观,就不难发现,它的美学思想的导向和价值观念的凝结,全是在一个参合天地的时空框架中进行大半封闭的观察、体认、思考和实践的结果。这个“框架”就是中华民族生息繁衍的自然地理环境,以及由此作用和影响之下所生成的物质文化、制度文化和精神文化,特别是由此而形成的特别稳定的中国古代宗法血缘纽带与强大的农业社会,和它所创造的典型的农业文明;其所以“大半封闭”,就因为华夏文明是在没有广泛吸收西方异质文化信息的特殊历史条件下,在自身的内环境中依靠多因子、多层次的重叠互补,而逐步生成、衍化和成熟定型的。因此,我们只有切实地对形成中华民族文化心理结构的中国古代自然环境、地域条件、古代社会的物质生活条件和文化衍生传统做还原似的考察,才可能对中华民族文化心理,及其受此影响而生成的中国传统文艺美学思想、审美观念和特殊性质与成因得出正确的认识。

从地理环境来看,中华民族生息繁衍在欧亚大陆东部,其东面、南面濒临大海,西面紧接雪山,北面是荒漠和严寒地带,这在交通不发达的古代是一个近似封闭、与世隔绝的地区。中华民族的主体汉民族是以黄河流域为生存中心逐渐融合四周的少数民族而形成的。这些少数民族被统治者分别指称为“东夷”“南蛮”“西戎”“北狄”。在这样的地理环境和历史背景中,中国人很早就形成了一种尚“中”意识,认为自己就处于天下的中心。相传中华民族的建构,最早为炎、黄两族。在氏族部落之战中黄族胜而炎族败,黄族据胜之地就被尊崇为天下之“中”。

① [俄]普列汉诺夫:《普列汉诺夫哲学著作选集》第3卷,人民出版社1995年版,第734页。

随着“中”的区域的扩展,尚“中”的意识也不断超拔升华,并被最终奠定为中华民族主体意识的基础。中国古代很早就有“中土”“中州”“中原”“中国”之说,商代已经有“中央”之说。《周书》曰:“王来绍上帝,自服于土中。”“土中”,即“天下土地中央”①的意思。司马相如《大人赋》云:“世有大人兮,在乎中州。”注云:“中州,中国也。”这种尚“中”意识,正是华夏自我中心意识的表露,即如宋代石介所言:“天处乎上,地处乎下,居天地之中者曰中国。”②华夏民族对自己民族的人种、地域(山河大地)、文化历史传统、制度文化、精神文化的审美与自我肯定之情溢于言表:“中国者,聪明睿知之所居也,万物财用之所聚也,贤圣之所教也,仁义之所施也,诗书礼乐之所用也,异敏技艺之所试也,远方之所观赴也,蛮夷之所义行也。”③“中国”是一个涉及到“聪明睿知”“万物财用”“圣教仁义”“诗书礼乐”“异敏技艺”等诸方面的共名。正是受这种尚“中”意识的影响,自古以来,中华民族就非常推崇“中和”境域与审美理想。这是一种独立持中而不偏、悦乐和美而亲仁的理想境域,它“刚健、笃实、辉光,日新其德”④,圆融和熙,表现出天地人相合的“中和”之美。

从其社会条件来看,中国文明发祥很早,生活于得天独厚的温带黄河流域,自然地理环境条件相对美好,以农业为基本生产形式的周氏族战胜了农牧混合型的殷商,其后,虽然较早地中断了奴隶制的发展而进入封建社会,但氏族的宗法血缘关系却形成异常顽固的纽带并且长期延续。因此,中国古代社会实际上是血缘关系极浓的氏族宗法制度与封建农业生产方式相结合的社会。侯外庐说得好:“如果我们用‘家族、私有、国家’三项作为文明路径的指标,那么‘古典的古代’是从家族到私有再到国家,国家取代了家族;‘亚细亚的古代’,是由家族到国家,国家混合在家族里面,叫作‘社稷’。”⑤在中国西周时代,诸侯称国。“国”者,繁体写作“國”,从“或”;“或”者,“域”也。在欧亚大陆东方大地的方域之中,世代生息繁衍着尚中不移、以血缘及血缘观念为纽带的华夏氏族,这便是由中华民族文化心理结构所认同的“中国”与“中和”。“中”为“国”,血亲则为“和”。国之外,大夫称

① 贺业钜:《考工记营园制度研究》,中国建筑工业出版社1985年版,第56页。

② 《徂莱石先生文集》卷10:《中国论》。

③ 《战国策·赵策》。

④ 《周易·大畜·象传》。

⑤ 侯外庐:《中国思想通史》第1卷,人民出版社1957年版,第11页。

家，亦有“天子建国，诸侯立家”①的说法。废除封建以后，国家二字仍然联用，如瓜瓞绵绵。实际情况，是以家庭作为组成国家的“基本单元”，家庭与国家同构，这便是“中和”，也就是“礼”（所谓“周礼”，无非是周初确定的一整套典章、制度、规矩、仪式等）；用意识形态的力量将“礼”巩固下来，这便是儒家力倡的“仁”，也即儒家所推崇的礼乐合一，或谓“中和”。“礼”是“中”，是人在物质生活资料生产过程与生活实践中的人伦协调关系；“乐”是“和”，所谓“乐者，天地之和也”②。“仁”的伦理学与美学实质，是将礼看作人内心的自觉欲求而非外力所强制。就伦理学的角度看，是中庸而不走极端，执中而不偏。这里的“中”，是在一定社会中人与人之间关系的规范和表率。就美学角度看，所谓“中”则是追求和衡量人与人、人与社会之间关系的和谐、人格的完美的审美标准和审美理想。在这里，我们既可以看出中华民族文化心理结构的特点，也已经能够从中发现中国传统文艺美学思想天人合一、美善合一、美学与伦理学合一的基本特征。

就中国古代社会及其所创造的典型的“农业文明”来进行考察，我们可以看到，周人的始祖后稷，就是被看作农业发明者而备受崇敬的。后稷的事迹，《诗·大雅·生民》中有详细记载。此外，《诗·周颂·思文》云：“思文后稷，克配彼天。立我蒸民，莫匪尔极。”郑玄笺云：“后稷之功，能配天。昔尧遭洪水，黎民阻饥，后稷播殖百谷，烝民乃粒。”孟子也曾指出：“后稷教民稼穑，树艺五谷，五谷熟而人人育。”③殷商灭亡后，箕子向武王陈述治国安邦的九类大法（即“洪范九畴”），就将“农用八政”摆在相当重要的地位，视为立国的根本。儒家猛烈抨击那些不行“仁政”，使人民“父母冻饿，兄弟妻子离散”甚至“转死沟壑”的统治者，宣扬“仁者爱人”④。他们所标榜的最高的理想境域，就是具有“五亩之宅”和“百亩之田”⑤，能够过上安居乐业的农耕生活。道家虽然不信“仁政”，但同样宣扬“甘其食，美其服，安其居，乐其俗”，认为“邻国相望，鸡犬之声相闻，民至老死不相往来”⑥。这种自足、宁静、淳朴的小农经济，才是人类最幸福的生活方式。战国群雄，无一不注重“耕战之术”。后来秦国在耕、战两方面都获得优势，遂能“振长策而御宇内，

① 《左传》桓公二年。
② 《礼记·乐记》。
③ 《孟子·滕文公上》。
④ 《孟子·离娄下》。
⑤ 《孟子·梁惠王上》。
⑥ 《老子》八十章。

吞二周而亡诸侯,履至尊而制六合"①。到公元前3世纪,这种地域文化精神便被浓缩为两个醒目的大字"尚农"②。中国的士大夫文人历来以"耕种传家"而自豪,中国的"士"虽然并不实际耕种,但农业收成的好坏仍然决定着他们命运的好坏,所以他们对宇宙的反应、对生活的看法,无论采取哲学、美学还是艺术的形式,"在本质上就是'农'的反应和看法";儒、道两家虽是"彼此不同的两椽,但又是同一轴杆的两极。两者都表达了'农'的渴望和灵感"③。从民族文化心理结构,即从异质文化的影响与制约切入来进行研究,用"'农'的渴望和灵感"这一尺度来衡量传统的审美观念和美学理论,很多疑团就涣然冰释了。

首先,中国传统文艺美学思想"天人合一"的追求既是中华民族文化心理结构的体现,也是大陆型农业经济眼光的极高人生境域与审美境域。农业经济是一种典型的自然经济,劳动对象是土地、庄稼等自然物,由于年复一年,春种秋收,披星戴月,餐风饮露,人与大自然在感情上休戚相关,贴得最近。加之古代全是靠天吃饭,每年收成的丰歉多寡,在很大程度上是以水土、风雨、阳光等自然条件是否调顺为决定因素,人的心情取决于老天爷的脸色。因此,"天有风雨寒暑,人亦有取予喜怒"④。可以说,正是基于起码的生存条件与生存需要,经过长期的农业劳动的熏陶,在古代中国,人与天才会形成如此合拍的感应叩和的关系。况且,中国是个大陆国家,上古时期,黄河流域温润的气候、肥沃的土壤和良好的生态环境(远比现代优越),使先民凭借粗陋的石器即可取得较高的劳动生产率,从而给黄河流域的先民们造成了"不求知天"的思维惰性,使他们缺乏探求外部世界的好奇心。据考证,从孔子的时代到20世纪末,中国思想家没有一个人有过到公海冒险的经历。黑格尔认为大陆平原型的人和海洋型的人在思想情调上很不相同,因为大陆"平原流域把人束缚在土壤里,把它们卷入无穷的依赖性里边,但是大海却挟着人类超越那些思想和行为的有限圈子"⑤。我们不难想象,一个几乎没有在大海中戏过水的民族,世世代代匍匐在穹庐似的天幕下,"日出而作,日入而息。凿井而饮,耕田而食"⑥;生活全是"采采芣苢"和"桑者闲闲"那样慢吞吞的田园牧歌式的

---

① 贾谊:《过秦论》。

② 参见《吕氏春秋·上农篇》。

③ 冯友兰:《中国哲学简史》,北京大学出版社2001年版。

④ 《淮南子·精神训》。

⑤ [德]黑格尔:《历史哲学》,商务印书馆1986年版,第154页。

⑥ 《击壤歌》。

节奏,人很容易对大自然产生一种亲切怀归的认同感。人与天、心与物、情与景的界限因此而泯灭殆尽,人的心境也因此而显得出奇的宁静、平衡、和谐。故而,正如我们所看到的,在中国传统的审美观念中,承认差异而使之互补,承认变化并使之不逾常,承认多样性而终归使"多"统一于"一",推崇"以天合天""意象合一"、"情景相生"。"中和之美"之所以源远流长,正是基于这种特定的异质文化的制导与影响。

同时,受"不求知天"思维惰性的作用,中国古代哲人在"天人关系"的问题上,表现出了更为注重人事、关心社会的倾向,以"人"来"为天地立心",通过"究天人之际",以"通古今之变"。因而,从整个中国哲学史中我们可以看到,古代哲人无论是讲"天人合一",还是"明于天人之分",都不是单纯究心于自然"天道",为知识而知识,主要是强调"天道"与"人道"的关系和自然对人事的意义。在"知行关系"的问题上,中国古代哲人无论是讲"知先行后"还是说"行先知后",其运思的落足点也绝不是知识的来源问题,而是伦理意识与道德实践的统一,是理想人格的自我完善,最后都归结为"知行相须互发""知行相资并进"①,最终是"知行合一"。可以说,正是受"不求知天""天道远,人道近"观念的影响,所以,中国传统文艺美学思想极为注重人与人生。以人为中心,通过对"人"的透视,妙解人生的真谛,也揭示宇宙生命的隐微,是中国传统文艺美学思想建构其思想体系的基础。

其次,"美善合一",则是宗法关系与简单再生产相结合的中华异质文化作用于中国传统审美观念的结果。宗法血缘纽带是中国社会关系的中心轴,也是中国文化结构的中心轴。在中国,天人、君臣、官民、父子、师生等所有这些人与自然、人与社会、人与人的关系全都可以纳入父子关系的模式而得到相应的解释。比如,君临一切的是"天",而坐金銮殿的皇帝则是"天子"(即天之子),万民百姓又是皇帝的"子民";地方官员通常被称为"父母官",他们在大堂正中挂的匾上横书:"爱民如子。""一日为师,终身为父"的观念曾经非常流行,不仅老师是"师父",连老师的亲属也被相应地称为"师母""师兄""师弟""师姐""师妹"等。按照美籍华裔学者许烺光的说法,亲属体系有"夫妻型"与"父子型"之分,"夫妻型"表现为不连续性、独占性和选择性,而"父子型"则表现为连续性、包含性和权威性。中国传统的"父子型"宗法血缘纽带维系着各种复杂的结构和机制,注定了

---

① 王夫之:《读四书大全说》卷三。

"尚齿"和唯尊、唯上的价值取向。不仅如此,我们还可以看到,中国人不爱标新立异,不爱自作主张,不爱"打破砂锅问到底"(从孔子与学生的问答看,所谓"入太庙","每事问",主要是问"怎么样",而很少问"为什么")的传统习惯,还由于简单再生产对民族文化心理结构的影响。刻板的、模式化的操作程序周而复始地重演,前人、师父把一切都安排好了,只需照此办理,不需劳神费力去做探求,也不可越雷池半步。"为学日益,为道日损"①,"是非之彰也,道之所以亏也"②。显然老、庄都不赞成求知;孔子虽赞成求知,但要求"知"为"仁"服务。在中国传统文艺美学思想中,"温柔敦厚"的"诗教","尽善尽美"的审美标准,"言志""缘情""文为世用"的理论,以及重经验真实而不重本质真实,重群体感情而不重个体感情,重现实干预而不重现实超越等诸种价值观念与审美心态,都可以从"隆礼""重恕""求仁""向善"的伦理观念中找到根源。

再次,"直觉了悟"的审美体验方法正是中华民族文化心理思维方式的突出体现,是由特定的农业劳动对象与技能传承方式相结合而生成的。农业劳动的对象,无非是山川河流、土壤肥料、黍稷重穋、禾麻菽麦。即如冯友兰在《中国哲学简史》中所指出的:"农所要对付的,例如土地和庄稼,一切都是他们直接领悟的。他们纯朴而天真,珍贵他们如此直接领悟的东西。"因此,重直觉领悟而不假形式逻辑,就成为中国哲学与审美运思的一个出发点了。马克思在《政治经济学批判导言》中说:"生产不仅为主体生产对象,也为对象生产主体。"长期作为人类劳动对象的自然物,包括自然地理环境条件所提供的草木禾稼、鸟兽鱼虫在内的种种活泼多样的生命形态,也逐渐创造出一个能够充分地、整体地感受它们的审美者。此外,农业小生产的技能传承历来是采取师徒授受的方式,这种活动方式的重叠积累,必然会产生某种集体无意识。中国的学术文化不像西方那样是在自由论争的空气里发展起来的,而是受宗法观念的制约,在师徒相授、口耳相传的条件下发展起来的。因此,心解意会、直觉了悟便形成蔚为壮观的学风。所谓"读书百遍,其意自现","熟读唐诗三百首,不会作诗亦会吟"。这种直觉了悟不一定遵照逻辑的规则,但思路大幅度转折腾挪,有时可以达到相当精彩的地步。先秦时就有好多例子:"子夏问曰:'巧笑倩兮,美目盼兮,素以为绚兮,何谓也?'子曰:'绘事后

---

① 《老子》四十八章。
② 《庄子·齐物论》。

素。’曰:‘后礼乎?’子曰:‘起予者商也,始可与言《诗》也矣。’”①到南宗禅学,直觉顿悟更是登峰造极。禅宗机锋峻烈,讲究活参,最讨厌老实巴交、亦步亦趋地死啃字面意义。比如,僧问“如何是祖师西来意”,禅师们著名的回答有:“干屎橛”(云门文偃)、“麻三斤”(洞山良价)、“庭前柏树子”(赵州从谂)等。这是因为,“祖师西来意”就是“禅”,此乃宗门极则事,它是无言说、超思维的。禅师们的回答,就是要把问者的心思挡回去,告诉他“你问得不对”,由此截断意根,引起返照。活参则是超理性的瞬间顿悟,它如电光石火,来去无踪,稍纵即逝。如《五灯会元》卷七:“外面黑,潭点纸烛度与师。师拟接,潭复吹灭。师于此大悟,便礼拜。”又,同书卷九:“(智闲)一日芟除草木,偶抛瓦砾,击竹作声,忽然省悟。”这些所谓“悟”,在我们看来,都不是思辨和知性认识,而是个体在某种偶然机缘触发下产生的直觉体悟,是在感性自身中获得的超越。这种状态,禅宗典籍描写为:“智与理冥,境与神会。如人饮水,冷暖自知。”②中国传统文艺美学思想中所谓“玩味”“体味”,所谓“学诗如参禅”“陶钧文思,贵在虚静”等,都是这种“直觉了悟”的审美体悟论所造成的传统审美观念。

第四节　“以天合天”的审美体验方式

中国传统文艺美学思想的这种“天人合一”“美善合一”“直觉了悟”的美学精神,尤其是后者,又极为生动地体现在其“以天合天”的审美体验方式之中,“以天合天”,最终以实现天人合一的审美境域是中国传统文艺美学思想的基本精神。其根本特征是心源和造化之间的相互触发、互相感会。但与此同时,受中华异质文化的制约与影响,中国传统文艺美学思想更强调、要求主体虚廓心胸,去与物悠游,以心击之,跃身大化,与宇宙生命氤氲流转,随着心与物、物与心的相互交织,最终趋于天地古今群体自我一体贯融,一脉相通,以实现心源与造化的大融合。故而中国传统文艺美学思想强调“以天合天”“目击道存”,要求审美者走进自然山水之中,以自然万物为撞击自己心灵、激发审美创作欲望与冲动的重要契机和产生灵感兴会的渊薮,去心游目想,寓目入咏,即事兴怀。

---

① 《论语·八佾》。

② 《古尊宿语录》卷三十二。

在中国文艺美学看来,天地万物都生成于纯粹原初域“道”,“道”化育天地万物,为天地万物之“朴”、之“真”、之“根”。宇宙间万事万物的化生化合呈现为周而复始。这种周而复始的过程就是“归朴”“返真”“复归其根”。而这种循环往复,无有止息的构成与复归,其呈现态势又表征为一种自在自为、自然而然的,不需要人为因素而自由自在地运动变化,生生不息。在中国美学看来,这就是“天然”,即“以天合天”之所谓“天”。应该说,正是在此种意义上,中国传统文艺美学主张在审美活动中,审美者只有效法自然,自然无为,才能使自己“以天合天”,与自然浑然一体。

基于此,在“天人合一”美学精神作用下,中国传统文艺美学的“以天合天”的审美境域创构方式有两种:第一种是追风蹑影,蹈虚踏无,就是“神用象通”“神游象外”;第二种则是“目击道存”“寓目辄书”。而这种经由“以天合天”自在天然、自由自为所构筑而成的审美域则为“大音”“大美”“大象”。

在以老庄为首的道家美学看来,美学意义上的“大音”是“希声”的,“大美”是“无言”的,“大象”则是“无状”“无物”“无形”①的,是虚灵的,是审美活动中,审美者的“心意”突破其“声”“言”“状”“物”“形”的感知觉景象域限所再造出来的至虚、空灵的境域。正因为是虚灵的,所以这种“大音”“大美”“大象”通于审美域。

作为宇宙万物生命构成与本原域的“道”,是不可能通过感知觉所把握到的。《文心雕龙·征圣》篇说:“天道难闻,犹或钻仰。”《文心雕龙·夸饰》篇说:“神道难摹,精言不能追其极。”创作主体要在创作构思活动中把握并领悟到深藏于自然万物深层内核的“道”这种生命真谛,则必须借助于“心意”与心灵。《文心雕龙·知音》篇说:“心之照理,譬目之照形,目瞭则形无不分,心敏则理无不达。”人凭借感知觉能把握客观事物的形状,而对蕴藉于形状之内的“理”也即生命本原“道”的把握,则只有依靠心灵之光的映照与生命意识的共感。“心敏则理达”,“神用则象通”。佛教教义云:“理贯空寂,虽□范不能传;业动因应,非形相无以感。”②佛教所揭示的人生真谛是“不立文字”的,就有如道家所谓的“天地有大美而不言”③,“可得而不可见”,“可传而不可受”④。“神道无方”“理贯空寂”,它是宇宙自然生命节奏和旋律的表现,故不许道破,不落言诠,而是将这种“神道”即人生真

① 《老子》四十一章。
② 沈约:《齐竟陵王题佛光文一首》。
③ 《庄子·知北游》。
④ 《庄子·大宗师》。

谛、宇宙之美,也即佛理(“神道”)与佛像浑融一体,借助佛像以表现佛理即“神道”的庄严、崇高,及其生命奥秘,从而把佛理具象化、生动化,以产生其巨大的感染人的力量。因此,这种佛教效应并不仅仅限于对佛教塑像的敬畏,以及由此而来的顶礼膜拜,也不仅仅限于对佛理的图解。就佛理所揭示的人生真谛与宇宙之美来说,它还要指向更高处,即取“象”外之义。这是因为,佛学东渐以来,受中华异质文化的制约和影响,尤其是道家文化的影响,佛家文化与中国文化相结合,遂坚持以超脱为旨归,不执着于物象,而认为“四大皆空,一切唯识”,故贵悟不贵解,以“求理于象外”。这种象外之理,能启人深悟,但不易为言语所表达,人们只有凭借心灵的俯仰去追寻与体悟。于空虚明净的心态中让自己的“神”与象外之理汇合感应,从而始能心悟到这种象外之理,也即宇宙间无言无象的“大美”。相传当年佛祖释迦牟尼在灵山聚会说法,曾拈花示众,是时众皆默然,唯迦叶尊者破颜而笑,默然神会。此即佛在心内,不在心外,故不假外求,不立文字,只可意会,不可言传的“求理于象外”、假象以通神的典型事例。这种假象以通神,而神余象外的审美观念,在六朝绘画美学思想中较多。如宗炳强调“神超理得”①;谢赫则提出“取之象外”②;刘勰则吸收这种思想到美学审美创作中,提倡“思表纤旨,文外曲致”③,要求审美境域的构筑应追求“文外之重旨”“义主文外”“情在辞外”④、“神用象通”,并提出审美创作体验,有如“伊挚不能言鼎,轮扁不能语斤”。正是受此影响,遂形成后来唐代诗歌美学思想中的“象外”说。如贾岛的“神游象外”、皎然的“采奇于象外”、司空图的“象外之象”“超以象外,得其环中”,等等。

可见,“以天合天”审美境域的构筑方式就是通过“天人合一”,即浑然与万物同体,浩然与天地同科,是循顺自然,玄同物我。即如孙绰《游天台山赋》所指出的,是“浑万象以冥观,兀同体乎自然”。用邵雍的话来说,则是“以物观物”,是“以我之自然,合物之自然”⑤。在这种审美境域的创构中,审美者自由的心灵深深地潜入宇宙万物的生命内核,畅饮宇宙生命的泉浆。

“以天合天”的审美境域创构方式中的“神用象通”与“神游象外”的哲学依据主要是先秦道家“齐物我”“一天人”的人生论,同时,它也受中华异质文化传统思

---

① 《画山水序》。

② 《古画品录》。

③ 《文心雕龙·神思》。

④ 《文心雕龙·隐秀》。

⑤ 林希逸:《庄子口义》。

维方式的制约。“神游”“秉心”就是庄子所谓的“游”与“逍遥”。“逍遥”一词，在先秦的其他典籍中也曾出现，例如，《诗经·郑风·清人》云：“二矛重齐，河上乎逍遥。”《离骚》云：“折若木以指日兮，聊逍遥以相羊。”但这些地方的“逍遥”都是安闲自得的意思，与形体的彷徨徘徊相关。而庄子“逍遥”与“游”则是指超越感官与形体的纯精神的逍遥，常与“心”字连用，属于心灵的逍遥与遨游。如《庄子·应帝王》说：“予方将与造物者为人，厌，则又乘夫莽眇之鸟，以出六极之外，而游无何有之乡，以处圹埌之野。”《庄子·逍遥游》说：“乘云气，御飞龙，而游乎四海之外。”《人间世》说：“且夫乘物以游心，托不得已以养中，至矣。”《庄子·德充符》说：“不知耳目之宜，而游心乎德之和。”所“逍遥”与“游”的地方是“四海之外”“无何有之乡”“圹埌之野”“德之和”，都是超脱于世俗、形体的，没有束缚的自由的精神境域。

可见，庄子所谓“逍遥”与“游”的实质就是让精神在玄远旷渺、无穷无尽的宇宙大化中飘逸遨游，以获得心灵的慰藉。不难看出，属于中国传统文艺美学思想的庄子美学所表述的这种游心于无穷，与天地同流，与万物同化，以返回生命之根，偕道而行的思想，正是“以天合天”的审美境域创构方式之一的“神用象通”与“神游象外”说的美学依据。即如我们已经指出的，中国传统文艺美学所推崇的这种审美境域创构中通过“神用象通”与“神游象外”，以楔入审美对象深层的生命结构和自我内心深处的潜在意识，从而深切地体验到审美对象之“神”的心灵体验方式是建立在中国古代“天人合一”的思想之上的。“最高、最广意义的‘天人合一’，就是主体融入客体，或者客体融入主体，坚持根本同一，泯除一切显著差别，从而达到个人与宇宙不二的状态。”①《周易·文言传》云：“与天地合其德，与日月合其明，与四时合其序。”中国传统文化意识在本质上是讲求“天人合一”的，宇宙间万事万物都是一个和谐统一的整体，都遵循同一的构成态势，因而中国传统文艺美学思想讲求物我同一，强调审美活动应该体现大自然的和谐以及秩序。宗白华说：“在中国文化里，从最低的物质器皿，穿过礼乐生活，直达天地境界，是一片混然无间、灵肉不二的大和谐、大节奏。”②应该说，这也是中国传统文艺美学所推崇的审美活动的生动呈现。在这种“天人合一”“以天合天”的审美活动中，审美者通天达人，物我两忘，其所达成的最高心灵境域，也即最高审美域。这种审美域

---

① 金岳霖：《中国哲学》，载《哲学研究》，1985年第5期。

② 宗白华：《艺术与中国社会》。

是对天地宇宙、自然生命深刻体悟后的人生境域。因此,所谓"天人合一"中的"合一"的"一"乃是生存的不可逆性,也即所谓"生生不已"。

宇宙间,万物自然"生生不息",化生化合不已,其活力来源于"气"。在中国美学看来,人与天都是"气"化所生,以"气"为生命根本,"有人,天也,有天,亦天也"①。自然万物不是人以外的外在世界,而是人在其中的宇宙整体,人与自然之间的关系是融合统一、同质同构的,因此,可以相交相游。在审美创作构思中,则可以通过"神用象通"与"神游象外","以天合天",以主体之生气去体合万物之神气,在"神合气完"中,达成主客体的浑融合一,正如张怀瓘所指出的:"幽思入于毫间,逸气弥于宇内,鬼出神入,追虚捕微,则非言象筌蹄,所能存亡也。"②汤显祖也认为:"心灵则能飞动,能飞动则下上天地,来去古今,可以屈伸长短生灭如意,如意则可以无所不知。"③在"神用象通"与"神游象外"式心灵体验中,创作主体精神的自由活动可以来无踪去无影,上天入地,茹古孕今,能打破时空限制,其"飞动""无所不知","生灭如意",似"鬼出神入",使思绪纵横驰骋,意象纷至沓来。显而易见,这一切活动的思想基础也是和"天人合一"的审美意识分不开的。

的确,中国传统文艺美学所推崇的这种极具中华民族特色的审美境域创构方式与受异质文化影响以生成的中国人传统的审美思维方式分不开。我们知道,按照传统的审美观念,天地之间存在着一种无形的"大象"、希声的"大音"和无言的"大美",它"得之于手,而应于心,口不能言"④,是一种最高的抽象的存在,只能意会,不可言传。审美者只有"听之以气",需"乘天地之正,御六气之辩"⑤,在无古无今、无死无生、无形无迹、无穷无尽、无失无得、无喜无忧的心理状态中,摆脱时空限制,屏绝尘世的一切矛盾纠纷,通过"神与象通"和"神游象外",去与"造物者为人,而游乎天地之一气"⑥,"以天合天",始能进入一片虚廓、静谧的审美境域,体验到"大象""大音"与"大美",获得和谐、恬悦的审美感受。《庄子·田子方》中"解衣盘礴"的故事对画家顺应自然,一任心灵自由飞升的审美活动的具体描述,实际上就是审美创作中通过"神与象通"和"神游象外","以天合天",以获得宇宙

① 《庄子·山木》。

② 《书断》。

③ 《序丘毛伯稿》。

④ 《庄子·天道》。

⑤ 《庄子·逍遥游》。

⑥ 《庄子·大宗师》。

生命与艺术真谛所应保持的精神态势。因此,我们认为,正是这种受中华民族文化心理结构,即异质文化制约与影响下形成的对"象"外之"意"的审美追求决定着中国人传统的审美情趣,并规定着中国人传统的审美思维方式,从而对中国传统文艺美学"以天合天"说的产生与形成给予了直接影响。

就其具体的艺术创作来看,"以天合天"则突出地表现在心物的交融上。的确,在中华文化制约与影响下形成的"天人合一"主张,人与自然都由"道""气"所化育,在同源同构的生命意识的作用下,中国传统文艺美学思想强调人必须与天认同,认为在人与自然、本质与现象、主体与客体的浑然统一的世界中,人始终处于核心的地位。同时,受道家"以天合天""以合天心",以及"乘物游心"审美意识的影响,中国传统文艺美学思想非常推崇一种刹那以求永恒的审美境域的途径,即袁守定所说的"触景感物,适然相遭,遂造妙境"①和恽格所说的"灵想之所独辟"②。概括地说,也就是受中华异质文化规定的中国传统文艺美学思想经常所标举的"目击道存"与"应物斯感"直觉了悟审美体悟方式。

中国传统文艺美学思想认为引发"以天合天"审美境域创构活动的契机是"感物心动",强调"情以物兴,物以情观"③,要求审美者必须以当下的观物为审美体验活动的起点,走向自然,去感物起兴,"以天合天"使"天人合发",从而于我与物、主体与客体的相通相应中领悟天地之精神、造化之玄妙。可以说,由"感物"使当下之"景物"与主体之"心目""磕著即凑"而达成的心境相合、情景相融、意象相兼,是中国传统文艺美学思想努力追求的一种审美极致。它既体现出审美者进行心灵化加工的双向同质同构的精神活动,同时又规定着主体审美心理时空的构筑必须以当下景、眼中物触发情志,直观外物,自然兴发,瞬间即悟,以进入"以天合天""以合天心"的审美境域,并深切地体验审美对象中所蕴藉的生命之"道",从而在审美创作活动中举重若轻地营构出审美意境。这种营构审美境域的途径也就是庄子所说的"以天合天""目击道存"④。"以天合天""目击道存"中所谓的"道"和"气"相同,它主宰着自然万物、宇宙天地和人的生命与存在,体现着宇宙的活力和生机。老子说:"道冲而用之或不盈,渊兮似万物之宗。"⑤戴震也说:"气

---

① 《占毕丛谈》卷五《谈文》。
② 《南田画跋》。
③ 《文心雕龙·物色》。
④ 《庄子·应帝王》。
⑤ 《老子》四章。

化流行,生生不息,是故之谓道。"①在审美活动中,主体只有走向生活,走进自然,去以目观眼见为感发审美冲动的重要推动力,于遇景触物的瞬间,促使兴会爆发,迅速沉潜到自然宇宙与社会人生的生命底蕴中,用心灵拥抱整个宇宙,去体悟那总是处于恍惚、窈冥状态的生命本原之"道"。目击之,心入之,神会之,从而始可能容纳万物,辨识万物,综合万物,进而从整体上把握那种"元气未分""气化流行,生生不息"的"万物之宗",以进入物我合一的亲和、陶然、温馨的审美境域。在这种审美境域中,人的心灵自得自由、自适自在地"逍遥"于天则之中,深刻地体验到人的心灵的高蹈和人生真谛的突然悟解。在我们看来,这也正是在中华异质文化制导下,传统文艺美学所标举的"顿悟"的一种表现形式,是乘兴随兴,自得自在,豁然开朗的审美极境。

"以天合天"审美境域创构过程中所谓的"目击道存"中的"目击",又称"即目""寓目""应目",就是要求审美活动应遇景起兴,即目兴怀。它强调直接的审美感悟,注重具象的感悟呈示,重视具有强烈感知效果的审美体认或审美感兴;认为对审美客体的"目击"式审美感悟,以及通过此而构造起的生机勃勃的审美意象是营构审美境域的直接源泉。

"以天合天"审美境域的营构活动特别注意从日常生活的细微小事中得到审美启迪,从对自然万物的悠然游览中获得超然顿悟,其审美心态突出地表现为一种自得性。它强调无心偶合,不期然而然。天地自然中,作为审美对象的山水景物,变化无穷,万象罗列,美不胜收;既有高山峻谷,千峰万嶂,晴岚烟雨,激流飞瀑,更有杜鹃红艳,春兰幽香,松鸣泉笑,山鸟啼啭。它们或给人凌云劲节慨当以慷之思,或给人以春意盎然心旷神怡之想。步入自然山水之中,或"仰观碧天",或"俯瞰绿水",放眼落霞云海,以眼与心去追寻美的踪迹,探求美的造型,体悟美的韵律和节奏,领略美的风致和情味,通过直观,以了悟自然景物中所蕴藉的宇宙生命的微旨。

在中国传统文艺美学思想"天人合一"美学精神作用下,"以天合天""目击道存"审美境域营构中所表现出的自得心态看似水镜渊渟,冰壶澄澈,而实地里则真气弥漫,空旷虚明的心灵空间蕴藉着活泼的生意跃迁。在此心理基础上,审美者始能于短暂、神迅的瞬间,如"兔起鹘落"以体认感悟自然山水那种活跃生命的传达,捕捉天地精神与美的精灵——"道"。

---

① 《孟子字义疏证》。

总之,中国传统文艺美学思想的独特品格和特征与中华民族文化心理结构的影响分不开。受特定的异质文化影响,中国人拥有“世尊拈花,迦叶微笑”般高雅的情趣和艺术精神。不了解这一点,就无从了解中国传统文艺美学思想,无从了解中国的哲学和艺术,也找不到这个古老民族的文化心灵。

第五节　异质文化背景中的中西文艺美学比较

如前所说,受民族的生存环境、生存方式和历史发展的独特途径的影响与制约,每一个民族的美学品格及其风格特色都是不同的。同时,与文化赖以生存的民族经济形态以及其他生存环境相适应,每个民族的文化都有着许多相异的特殊性质,展示着各自文化的民族历史品格。民族文化是孕育、生成与发展其美学思想的土壤。因地而异、因时而异、因人而异、因民族文化而异,中西方美学各有自己的民族文化精神与审美范式、审美特色。故而,通过中西美学的比较,宏观地探讨中西美学赖以生存的文化背景和文化特质,由文化特质再到美学生成演化的整体结构,再到源流趋向,即美学的具体问题,是深入地理解并把握中国传统文艺美学精神实质的重要途径。

中国传统文艺美学思想是中国传统文化与思想的主流之一,对中华民族精神的形成与发展,发挥过极为重要的独特的作用,直到今天,仍有不容忽视的意义。其对于现代人类社会的价值,也已经得到世界上众多有识之士的称许。中国传统文艺美学有着丰富的人生美学意蕴,对于建构当代文艺美学体系有着重要的理论意义。其关于人生境域追求、人生价值取向、理想人格建构、审美体验流程等的思想,是建构当代文艺美学体系的重要思想资料。

从解释者的当代视域出发,来解释中国传统文艺美学所提出的问题,以求得在瞬间的视域融合中,打破过去和现在、客体和主体、自我和他者的界限而构成统一的整体,并由此而使中国传统文艺美学思想的智慧之光得以朗现,从而使我们走近活生生的、历史中存在的既属于过去也属于当下,既属于中国文化也属于世界文化精神财富的中国传统文艺美学思想,并以此来揭示中华传统文化的幽情壮采,努力追寻中国传统文艺美学思想广泛而深远的历史影响和现实嬗变,是当代中国传统文艺美学研究的出发点和主要内容之所在。

故而,可以说,从当代文艺美学的角度对中国传统文艺美学进行理论解释,是当代传统文艺美学研究的一个突出特点。

研究方法上的更新则是当代传统文艺美学研究的另一突出特点。为了使研究进一步拓展,当代中国传统文艺美学研究推崇文化还原、美学还原与历史还原。这就要求:一要把传统文艺美学思想放在大的文化哲学背景之上,以进行一种跨文化的比较研究;二要借鉴和参照现代美学理论框架,对当代传统文艺美学研究的美学思想的异质性进行解释;三要从民族心态学的角度去深入研究。

探究中国传统文艺美学思想的异质性,必须从文化哲学的背景进行深入挖掘,因为传统文艺美学思想的根深深地扎在中国古代文化哲学思想的土壤之中。传统文艺美学思想独特的民族特色的形成离不开中国古代文化哲学思想的影响。中国传统文艺美学表现出极为突出的注重人生、体验生命的特点。中国人"游心太玄","俯仰自得",尊重节奏与旋律,注重心灵体验与生命感悟。受"万物负阴而抱阳""一阴一阳之谓道"的宇宙意识的制约和支配,在中国人看来,人、自然、社会生活、礼乐制度都是"道"的生成和物态化形式,艺术更是"道"的具象化结果。隽永而神奇的艺术赋予"道"以审美意象,"道"则给予艺术以审美意蕴和灵魂,故审美者只有凭借"生命本身"去体悟"道"的生命节奏,始能获得审美的自由与超越。正因为传统文艺美学思想与中国文化哲学思想不可分割地交融在一起,所以,要使研究更加深化,就必须立足传统文艺美学思想,并努力同文化哲学各个方面建立横向联系,结合传统审美意识的各种具体形态发生初始阶段的内外因作用、起源机制,对传统文艺美学思想进行动态的、实践性的综合考察。打破过去研究的框架,扩大研究领域,改变旧观念,调整研究方法。

当然,必须指出,中国传统文艺美学思想有关美学方面的观点多属于经验形态。但我们认为,一门科学学科的发展和繁荣在很大程度上取决于研究这门学科的方法的进步和多样。作为一种理论形态,中国传统文艺美学思想的价值首先体现在它的整体性上;整体大于部分之和。马克思在《资本论》第二版的跋语中指出:"研究必须搜集丰富的资料,分析它的不同的历时性形态,并探寻出这各种形态的内部联系。"不详细占有大量的第一手资料,则无从着手进行研究;有了大量的第一手材料而不分析、研究它们的历时性形态和它们的内部联系,则容易陷入片面性。的确,中国古代有关审美活动的观点大部分是一些各自独立的见解,但这并不妨碍我们从整体上、系统上进行研究。研究对象有无系统性与系统地研究对象毕竟是两回事。因此,要使中国传统文艺美学思想的研究进一步深化,必须引进现代美学的研究方法和理论框架,对其进行深入挖掘和解释,以开拓新的研究领域。要进入最为基本的理论化之路，还是要回到王国维等开创以来的引古用今，中西参证，通过中西美学思想的交流、融汇，以寻求理论上的突破，新的研究层次和境域。

从方法上看，研究中国传统文艺美学应力求通过比较，采用跨文化的比较方法，以使中国传统文艺美学思想的民族特色与异质性得以敞开和朗现。同时，还必须避免浅层次比较，即"X + Y"模式容易犯的错误。"X + Y"模式又称"比附美学"，也是中国传统文艺美学研究初始阶段曾经犯过的一种错误。它往往忽视对产生某种美学现象的深度文化背景进行探源，而只是做一些简单类比。这种研究浮于表面，得出的结论也自然是"浅度"的，甚至是错误的。因此，在我们看来，"X + Y 模式"的浅层次比较，实质上是一种误解与歪曲。

西方美学者也犯过这样的错误，他们把东西方美学的比较研究看成为大体上类同的研究，将西方的"巴洛克"格调用到中国诗评方面。这种倾向曾遭到海外学者的驳斥，认为他们是想把自己的西方模式强加于东方美学，或通过在东方美学中找出一些表面上类似于西方美学的美学表达法而得出肤浅的结论。这种研究方法将比较美学研究的重心从不同美学的比较，转移到各种理论方法的试验和应用，几乎完全借助于西方的批评工具来研究中国传统文艺美学思想，从而不可避免地出现了削足适履的弊病。这种浅层次、类比或类同的比较研究，不仅忽略了中国传统文艺美学思想背后的文化背景与文化根源的探索，而且也歪曲了中国传统文艺美学思想的民族与文化精神，亵渎了中国传统文艺美学思想的完整性和本土价值，造成了许多由于不同文化模式与美学差异性而产生的对审美价值的误解、隔膜和歪曲。如用西方悲剧观来考察中国戏剧，便得出了中国没有悲剧的结论。仅仅从西方美学层面上来类比，简单地就文艺作品论作品，就悲剧观谈悲剧观，必然是"浅度"的比较。对中国传统文艺美学进行中西比较研究时，在这上面曾有过许多教训，尤其是在早期。袁鹤与孙筑瑾都曾以将中国山水诗和英国浪漫主义诗歌作类比的事例来分析这种比较的弊病，指出，如把陶渊明的道家自然观拿来同华兹华斯的浪漫主义自然观进行类比，而不考虑文化和哲学的差异，仅仅依赖于从某种类同特征中得出的相似，只可能得到对所比较作品本质意义的曲解和误解。陶渊明诗中的自然任运，无心偶合，无物无我，跃身大化的境域是通过心物交融，意象合一，情景相融来达成的，无须把精神和形体、个人与环境相分离；而华兹华斯则预设了这种超越的条件，将其作为达到某种生存的极乐境域而同那种情形的物质分离。他们之间这种差别表明，为什么陶渊明在其酒后写的诗中解决了理想与现实的矛盾,而华兹华斯却只能在《丁登寺》一诗中哀叹这二者的不可沟通性。

事实证明,不从文化根源上探寻,不从中西方不同的文化内涵,不同的人生观、生命意识等方面作跨文化的比较研究,就无法深入探讨中西美学精神等问题。

某些学者将西方美学中一些特定时期和审美思想的术语,例如古典主义、浪漫主义、巴洛克移情说、隐喻说、象征主义等,作为某种普遍适用的标签,硬套在中国传统文艺美学与美学上,进行一种简单比附,如将唐代诗人李贺类同于一个巴洛克诗人,将唐代那样一个具体文化背景生搬硬套地移植到17世纪欧洲的文化背景上去。就美学理论看,中国具有数千年光辉的美学艺术史和美学理论史,已经形成了整套美学思想,具有自己的基本范畴和核心概念,例如"言""象""意""道",又如"虚""实""气""韵""神",等等,这些作为中国人观察、思考现实人生及美学艺术现象的有力工具,其中蕴藉着丰富的中国传统文艺美学思想精神。离开了这些东西,仅仅用西方的那一套概念和范畴,我们是很难解读中国传统和美学思想的,更难得其真精神。长期以来,我们用"现实主义""浪漫主义""内容""形式"或者"结构""张力"等概念去分析中国传统文艺美学思想的文本,总给人一种生拉活扯、生硬切割的感觉。当人们用这些外来的概念将《诗经》《楚辞》、李白、杜甫切割完毕的时候,这些作品中的中国艺术精神也就丧失殆尽了。西方的美学理论及其相关范畴、概念,产生于西方的民族文化和西方长期的审美创作实践,中国的美学理论则产生于中国的民族文化和中国人长期的审美创作实践。两种话语,两套概念,在根源上各有所本,在有效性上各有所限,在运作上也就各有其游刃有余和力所不及的地方。然而长期以来,我们却过分地看重了西方美学理论范畴的普适性,把某些西方美学理论概念当成了放之四海而皆准的东西,而对文化的差异性和任何一种理论范畴都具有的先天局限性重视不够。于是人们习惯于把某些外来的理论范畴作为普适性的标准框架,在中西比较中用它们来规范和解释中国艺术和中国传统文艺美学思想理论范畴,把这种操作视为天经地义的事。甚至当我们中的一些人在无法用西方美学概念解释中国传统文艺美学思想概念时,仍然不去反思自己的操作本身的合理性,反而把这些困难作为中国传统文艺美学思想理论概念"不科学""不适用"的例证。

在对中国传统文艺美学思想与审美创作所进行的这种"浅度的"比较中,研究者往往是从引发他进行比较的一些随意选取的相似点开始,到研究结束,研究者最初的一些极为朦胧的想法得到了证实。这样一来,从"什么是美""美的本质是什么”“美是主观的”一类问题出发，就有了“羊大为美”“充实之为美”等说法。显而易见，这种以西方美学的范畴、理论、体系来比附并移植于另一种文化土壤中的美学思想，是极不恰当的，因为作为比较对象的中国传统文艺美学思想与比附物之间并无实质性的文化关联。换言之，即在这种产生于异质文化背景上的不同美学之间，特定美学时期中特定美学思想、美学流派与深受文化约束的各种美学观念，既不可能被借用，也不可能与另一种美学概念画等号；这样做的结果，只能是加深对另一种美学的严重误解与歪曲。

我们知道，比较的目的是促进中西美学的对话和沟通，而对话与沟通的基础是理解，误解只会加深相互间的隔膜。要使比较研究得以深化，以实现对话，就必须立足民族文化，并努力同文化思想各个方面建立横向联系，结合传统文艺美学观与审美夹杂取向的各种具体形态发生初始阶段的内外因作用、起源机制，对中西美学关于审美创作具体问题的现象描述进行动态的、实践性的综合考察，打破平行比较的模式，深入到异质文化起源机制的层面，进行跨文化的多元比较，以揭示美学的异质性。

因此，将西方的美学理论与批评方法不加分析地应用于对中国传统文艺美学的研究，生搬硬套、削足适履，实质上也是“X + Y”模式的一种表现。我们之所以这样说，并不是反对接受西方美学理论，而只是反对割断传统，抛弃传统文化，置中国传统文艺美学的优秀传统于不顾，而过分推崇西方美学理论的普适性。可以肯定，西方美学理论传入中国并被具体运用于中西美学的比较研究，能够追溯到19世纪末到20世纪初。作为晚清著名学者，王国维对于借鉴、学习、吸收外来西学以推进和改造本土文化与美学理论有着相当的自觉，并对此做了大量的工作，这是与当时西学东渐、西学大量输入的大趋势相适应的。王国维在《论近年之学术界》中就指出，借用外力刺激是有利于中国学术思想的发展的。20世纪的另一些学者，如闻一多、朱光潜、宗白华以及钱钟书等，在吸收西方美学理论上都有突出贡献。但必须看到，他们所接受的西方美学理论是经过精心选择的，并且，他们都具有极为坚实的传统文艺美学基础。传统文化与美学思想，以及相关知识，是构成吸收西方美学理论及其相关知识的潜在基础与前理解结构。与自然科学不同，作为人文科学的一种，美学理论的研究必须有一个前理解问题。正如伽达默尔所强调指出的，理解首先就意指其自身对某种内容的理解，其次还意指区别并理解他人的见解……无论谁想去理解，都要与在流传物中用语言表达的事物相联系，并与流传物所说传统具有或者获得某种联系。

当20世纪初中国现当代文艺美学的开拓者在学习、吸收西方美学理论时，传统的文化背景、现实的人生意向，也就规定并制约着他们的接受过程、意向与范围。王国维对德国哲学家康德、叔本华等人的理论的接受就是一个突出的例证，特别是对叔本华理论的接受。王国维一方面受中国传统直觉体悟的文艺审美创作思维方式的制约，另一方面又受叔本华哲学、美学思想的影响。叔本华哲学、美学思想具有浓重的东方文化色彩，特别是深受印度佛教的影响，因而对于王国维这样一类对中国佛学具有良好知识和文化背景的学者而言，显然具有相当的亲和性和关联性。特别是20世纪初伴随着近代佛学复兴，学术界盛行一种以佛教来印证西方哲学的风气，因而传统的承继、时代的风气、民族文艺审美创造思维方式等诸种因素，对于王国维接受、服膺叔本华哲学、美学理论，产生了不可忽视的、潜在的能动影响和制约。

因此，我们主张不同文化的比较与交流，推崇异质文化的交融与并存、理解与汇通，反对那种过分看重西方理论范畴的普适性、把某些西方美学理论概念当成放之四海而皆准的东西，而对文化的差异性和无论哪一种理论范畴都具有的先天局限性重视不够的倾向。遗憾的是，中国现当代文艺美学理论界，中国传统文艺美学思想总的来说还是比较陌生的，在大量的审美实践之中，基本上对中国传统文艺美学思想理论持不认同态度。许多人对西方美学理论、俄苏美学理论更熟悉，在心理上，甚至在情感上更靠近西方美学理论(包括俄苏美学理论)；而对中国传统文艺美学思想始终感到格格不入。有人或许在理智上承认中国传统文艺美学思想的价值，但在潜意识中还是亲近西方美学的那一套话语。还有人甚至在理智上也对中国传统文艺美学思想理论持否定态度，例如，在台湾就有学者公开宣称中国古代“缺乏系统性，缺乏既能深探本源又能平实可辨的理论”，因而他们就可以理所当然地“援用西方的理论和方法”。在大陆，有学者一提到中国传统文艺美学思想理论，便认为零碎散乱，没有实用价值。针对这类看法，中国传统文艺美学思想理论研究者曾多次指出其错误倾向，并用大量事实说明中国传统文艺美学思想理论的理论体系与理论价值(包括实用价值)。但可悲的是，没有多少人理会这些意见，人们依旧我行我素地对中国传统文艺美学思想理论持轻视、甚至漠视态度。这种现象，典型地体现了当代人对文艺美学理论的陌生化及不认同的严酷现实。

建构当代文艺美学，关键是要把握住民族精神；而要把握住民族的精神，行之有效的方法就是现象学还原，即通过“文化还原”“走向事实本身”。这里所谓的

“事实”,并不是简单的“文献资料”,而是每一文化历史事实中所蕴含的特质,或谓“当代意义”。克罗齐说得好:“一切历史都是当代史。”中国传统文艺美学思想家对社会人生的思考,对审美境域构筑、审美者心理结构建构、审美体验过程、审美理想人格的向往与追求,有其巨大的历史价值。由道家美学思想和儒释两家美学思想共同熔铸成的中国传统文艺美学思想,对中国文化产生了持久而又深远的影响,作为我们民族精神生活的内在传统“基因”,乃是现代中华民族发展的内在精神要素之一。特别是在由传统社会向现代化社会转化的历史阶段的当代,传统文艺美学思想(其中包括以老子为首的道家美学思想)的作用尤其值得我们重视和探讨。

首先,由20世纪80年代以来出现的“美学热”就深刻地说明了问题本身。20世纪80年代以来,中国传统文艺美学思想界出现了一个又一个的西方热潮,如“萨特热”“尼采热”“弗洛伊德热”。毋庸置疑,改革开放打开了中国人的眼界,扩大了中国人的视野,为我们提供了思考的新的参照系。但是,以西方文化传统、社会制度及现代化经济为背景的西方美学思想,与当代中国的社会生活有很大的距离,人们转而到传统文化思想中寻找美学发展的动力,从而又出现了“新儒家热”,人们进而关注传统哲学乃至以儒道两家为首的中国传统文艺美学思想,就是在这种文化探寻的转向过程中出现的。

实际上,当代文化的探寻转向外国思潮和传统文化,反映了当今世界两种基本的文化发展意识,尽管方向不同,但实际上都是由人类生存的环境和民族发展的需要等多重因素决定的。就世界范围来说,我们正处于一个后工业化的科技信息社会中,电子计算机和相对论的出现,既改变了这个世界也改变了人们对世界的看法。在这个高科技的信息时代,政治经济的日益全球化,正在使人们越来越感到地球在日益变小。在以往的人类历史上,各种社会的冲突和危机都不是全球性的,不管冲突和危机多么严重,也只能影响到一个地区或一个国家。20世纪是社会文化的一个转型期,在这个世纪里,人类第一次经历了具有全球意义的事件,如第一次和第二次世界大战,1929年的西方经济危机和1973年的资源危机以及90年代初的海湾战争等。在这之前,每个国家的经济生活都处于自给自足之中。现今,差不多每个国家的经济生活都需要国际经济交往。国际经济贸易的发展,使我们这个世界每天发生的经济乃至政治的行为都大多具有某种国际性:世界经济组织问题、国际货币体系问题、能源问题、原料的匮乏问题、环境污染问题以及核威胁问题等。所有这些问题的解决,都涉及到全世界,并且已引起全世界的关心。今天的世界笼罩着一张日臻缜密的巨网,这张巨网是由各自拥有具体目标的关系、协议、国际性或者地区性的条约编织而成的,世界上现有的经济、社会、军事、技术等方面的重要国际性组织,共有 70 多个,而联合国的创始国只不过才有 51 个。这张联系巨网的编织并不是思想体系的一致,而是出于各自的必要性。因而,蒂埃里·莫尼埃指出,在怀疑派看来,世界主义的实现似乎是不可能的,但事实真相是,从今以后,离开世界主义,一切事情的实现倒是不可能的。这里所说的"世界主义",不是"欧美中心主义",而是一种全球意识。这种全球意识,不仅仅是基于本国生存和发展需要的经济政治意识,而应当是一种文化意识。

故而,在现代世界文化环境下建设和发展中国的当代文化,就必须具有"全球意识",不然,则不可能站在全世界的高度来看文化的发展,就不可能反映这个时代的要求,就要游离于人类文化发展的轨迹之间,这样的文化不可能有生命力。

但是,吸取西方学术文化并不是抛弃本土文化,全盘西化或"洋化"本身是没有前途的。一个民族要跻身于世界民族之林,要成为世界性民族,必须要有自己的文化。一个民族的文化能成为世界性文化,成为各国人民的共同财富,根本原因就在于它是特定民族的文化。因此,与"全球意识""世界主义"并行的"寻根意识",也是当代世界文化发展的一个具有世界普遍意义的趋势。一个民族的传统文化是一个民族赖以生存之本,丢掉了其传统文化,也就丢掉了这个民族的特色和这个民族的"魂灵",将完全为别的民族文化所同化,这个民族也就不成其为民族了。一个民族的生命力在民族文化的内在精神之中,没有我们民族文化的大发展,也就没有民族的真正希望。所谓"本土化、民族化、地方化",就文化意义而言,也就是以孔子、老子为代表的中国文化。所谓"本土化、民族化、地方化",究其根本意义,本身就存在于中国人的生活之中,在中国人的心灵与血脉里。毋庸讳言,当代生活的社会政治经济背景与传统社会政治经济背景有了根本性的变化,因而"道"本身是有损益的,也是可以损益的。但我们必须看到,老子、孔子之道既有与特定社会政治制度相连接的一面.同时还有与特定社会政治制度相分离,而与普遍人类的人际关系、日常行为、个体人生相切合的一面。正是在这个方面,孔子、老子之道有着他们的超越性的恒久的价值;就这个意义而言,如果不行孔子、老子之道就失去了作为东方人、中国人的存在方式、思维方式,也就失去了中国文明在地球上存在的意义。

当前,由于后工业社会的种种弊端,导致了人们对人文主义的反思,从而转向东方文明。国际现象学会会长、女哲学家田缅聂卡在第十七届哲学大会上说,西方常常在不知不觉中受惠于东方，像莱布尼兹之重视普遍和谐观念就是一例。她甚至认为，当前中国哲学比西方哲学幸运，没有走上西方哲学目前分崩离析的道路。当前西方至少有三点可以向东方学习：第一，崇尚自然（和谐）；第二，体证生生（生生不息）；第三，德性实践。应该说，田缅聂卡的这个论点恰恰反映了中国传统哲学（其中包括以儒道释三家美学思想融合而成的中国传统文艺美学）在现代世界的意义。

并且，值得指出的是，中国正在大踏步地迈向现代化。作为发展中的国家，我们有必要，也有可能避免西方国家在现代化的进程中所出现的上述种种弊端。但是，值得注意的是，中国在迈向现代化的过程中，已经出现西方现代化带来的种种问题，例如中国在生态环境的污染和自然环境的蜕化，随着近年来经济的发展而日趋加剧。因此，在这个问题上，不仅西方要向东方传统哲学靠拢，而且我们也应当向传统哲学回归，回到天人合一的道家思想和儒家思想上来，因情适性，效法自然，共同拯救我们赖以生存的地球这个唯一的家园。

儒道释三家为主的中国传统文艺美学的审美观认为，人是这个宇宙大系统的组成部分。道是这个宇宙生生不息的生命本原，整个宇宙中的万物因秉有“道”而内在地具有生命力，天地万物由道而生，但“道”本身则是自然而然的。人、天、地、道的关系模式为“人法地、地法天、天法道、道法自然”。归根到底，人应当效法天地，依顺自然。这正好与现代文明强调人类应当征服、改造自然的价值取向相反，道家美学则强调人以自然为师，并且提出人向“道”回归，即向自然回归，消除人与自然的对立。老子说：“天下有始，以为天下母，既得其母，以知其子，既知其子，复守其母，没身不殆。”①也就是说，复守万物之起源的“道”，才能使人自身永远立于不败之地，使人的生命之流与宇宙生命本原实现精神的合一，向自然回归，达成人与天地精神的交融。以功用理性为主导的西方式现代文明，在人与自然的关系上，所缺乏的正是这种人与自然和谐相融的“天人合一”的精神。现代文明的实践证明只知征服改造自然、向自然界索取、掠夺自然，在根本上就是缺乏这样一种顺应天地，回归自然，师法自然的精神。因此，只有改变现代文明的这种价值取向，才能从根本上拯救自然、拯救人类。正如舒马赫所说：“用什么去取代从19世纪继承下来的毁坏灵魂的生命的哲理？我们这一代的任务，无疑是哲理的重建。”这种哲理的重建，无疑就是改变西方式现代文明有关人与自然关系的观念，把人类

① 《老子》五十二章。

自认为是自然的主人的观念转变为道家式的人与自然和谐统一的审美生存观念。汤姆·戴尔和吉尔·卡特说得好:“人类不管是文明的还是野蛮的,都是自然的孩子,而不是自然的主人。”在人与人的关系方面,现代文明所造成的人的冷漠、疏离和失落,乃在于以功用理性为主导的现代文明。从根本上看,现代文明仍是一种以功利追求为中心的文明形态,而德性生活(实践)则处于文明的边缘。以功利追求为中心,也就是以参加社会活动,尤其是参加经济活动的特殊主体(个体)的利益为中心。现代文明解除了传统社会对个体的等级、身份、地位等社会束缚,将普遍的社会个体放在平等自由的位置上,从社会最大的可能性上调动了人们利益获取的积极性。现代文明激发的普遍社会个体对特殊利益的追求,造就了人类前所未有的社会生产力的空前发展和辉煌的现代物质文明。这也确实是现代文明极“有为”的一面,但另一方面,这种“有为”包含着巨大的德性失落的问题。人对功利的追求,实际上是对私利的追求,即使是强调“最大多数人的最大幸福”的功利主义者,如边沁、穆勒等人,其“最大多数人的最大幸福”的基础,仍是对个人利益的追求。西方不少思想家已经指出,边沁、穆勒的这个最高原则与他们的个人利益原则并没有必然的逻辑联系,而个体对个人利益的追求一旦成为普遍的价值取向,在客观上就形成了“人人为自己,上帝为大家”的局面,即对他人利益、社会利益的冷漠。再有,个人利益(私利)作为最深层的动因,表现为社会行为,在价值理性意义上,它是既可以与道德、义务、良心相符合,又可与之相悖。马克斯·韦伯强调功用理性与价值理性相悖这一面,从哲学深层次上揭示了两者分裂与冲突的必然性,而其与价值性相悖,在实质上就意味着对他人利益和社会利益的损害。因此,现代人的生活问题,也就是“有私”的问题,而有私,也就是“有为”。恰恰在“有为”的这一面,我们又回到了中国传统文艺美学的美学智慧上。在中国传统文艺美学中的道家美学看来,由于我们“有为”,才“有欲”,才“有争”,才“贪得”,从而才偏离了“常道”。可见,人的问题就在于“有为”。以老庄为首的道家美学的最终追求,就是要将“有为”变为“无为”,“有私”变“无私”,“有欲”变“无欲”,“有争”变“无争”。而“无为”就是无私,无私则必无争,无争则“清静为天下正”①,从而达到天下大同,人们和谐幸福的审美极境。

同时,我们还应该注意到,从西方发源的现代化已把整个人类社会席卷进去了。现代化作为人类社会的一个过程对于世界各民族而言,都有不可逃避的必然

① 《老子》四十五章。

性。毋庸置疑,现代化本身对于欧美之外地区而言,并不等于西化。但是,实践表明,企图绕开市场经济而实现现代化的做法并不成功。市场经济作为现代化的必要途径和基本社会内涵,其内在驱动机制就是经济人的特殊利益。西方经济学家从亚当·斯密到凯恩斯,对此已做了大量深刻论述。我们必须认识到功用理性或者功利追求时现代性的内在关键性。功用理性与价值理性的内在冲突,表明现代文明有着内在缺陷,必须借助其他文明的要素进行补救,既要"有为",又要有"不为",把现代文明的"有为"精神与以儒道释三家美学思想为主的中国传统文艺美学智慧的"无为"结合起来,既要有竞争,勇于进取,也要超脱豁达;既要有"私",也要"无私"。有私,也就是要有合理、合义的个人利益,凡是超越合理个人利益的界限,在与道义精神相悖的地方,决不去"为"。如此人生,持之以恒,就会正因其"不为""无为",而达其无不为。以德来净化这个私欲泛滥的现代社会,达成人与自然"天道"相通交融,复归人的本性。这也可以说是中国传统文艺美学思想的卓越智慧对社会人生的一种永恒的启迪吧。

第二章

传统文艺美学原生态的非体系与体系化态势

中国传统文艺美学思想史作为一门现代学术研究的分支学科并不是中国传统学术所固有的,而是依据西方现代美学研究中的三个关键性概念,即"美学"观念、"历史"观念和"学科"意识建构起来的。这一中国传统文艺美学思想史"学科建构"的结果必然是"中国传统文艺美学史观"本身与"中国传统文艺美学思想史"学科之间的分离与对立。中国传统文艺美学本身有其自身的性质与面貌,也有着自己的知识结构与话语规则,以"中国传统文艺美学思想史"学科现有的知识框架与学科分类去理解、解读和研究中国传统文艺美学及思想,必然是以方枘圆,必然会造成中国传统文艺美学思想的"失语"。

中国传统文艺美学思想史学科得以生成和建立的先决条件是现代意义上的"文学"观念的形成。"文学"观念的形成使文艺美学研究将"文本"与"理论批评"区分开来。就文学而言,从中国传统文学思想这一个大的研究领域而形成"文学史"与"批评史"两大学科。同时,就文学理论看,现代意义上的"文学"观念的核心内涵是"审美性""虚构性""想象性"。"纯文学""杂文学"在汉语思想领域中的形成,一方面使"文学"得以与"历史""哲学""政治思想""法律思想"等区分开来,从而使"文学史"成为区别于"历史学""哲学史""思想史"等的独立学科;另一方面,还先验地规定了"文学"研究的对象、目的和任务。因此,研讨"文学"及"批评"观念的生成是中国文学史学科现代建构的第一步。

现代意义上的"文学"是来自西方思想界的一个概念。然而,它却不只是一个地域性或区域性的文化概念,而是一个已经确认的现代学科区分的标志性概念。它的形成重新铸造了汉语思想,使汉语思想的传统话语系统发生裂变而且重构。正如很多学者所指出的,西方话语系统的植入确是中国文化的一次"现代性"变革,是真正意义上的"3000 年未有之大变局"。

在这里,我们需要探究的问题是,中国传统文艺美学思想史是中国现代学术的一支，是依据现代西化的学科意识、学科观念建构起来的一门知识学。在它的建构中，中国传统文艺美学思想史不得不根据现代学科的逻辑结构及其展开样式来进行。这就使中国传统文艺美学思想史学科成为与传统诗文评具有完全不同的构成性质。这在对中国传统文艺美学思想范畴体系的研究中表现得极为突出。

第一节 非体系的原生态传统文艺美学思想

在中国传统文艺美学思想研究中，通过中西比较，不少学者认为，西方的美学思想有较强的系统性，而中国传统的文艺美学思想则较为零散；西方的美学思想显现出多元化的特点，而整个中国古代的文艺美学思想是一元性的理论；西方的美学思想重论辩，带有较强的分析性、逻辑性，中国传统的文艺美学思想则注重悟性，带有较多的直观性、经验性。

应该说，中国传统文艺美学思想是随感式的、散漫而没有体系的，作为学科，是现代的学者以西方学术思想来对中国传统诗文评进行研究的结果。

由于独特的社会形态和文化背景，中国传统文艺美学思想，特别是文学思想尽管也有像刘勰的《文心雕龙》、钟嵘的《诗品》那样具有思想系统性的理论专著，但数量不多，大量的还是见于书中某些章节、片段的文艺美学思想；笔记体的诗话、词话；文人之间来往的书信和各种文集的序跋；小说、戏剧评点；散见于诗、词、笔记、小说、戏曲、经传训诂、艺人谚语中有关文艺美学的言论等等。

因此，从现代分类学看，中国传统文艺美学思想的分类是迥异于西方诗学的。从面上看，关涉西方诗学谱系结构关键的三级分类学概念：文学（literature）、艺术（Art）、审美（Aesthetic）在中国均付阙如。就文学艺术来看，最早作为孔子设教的“四门”之一的“文学”，显然不是现代所谓的纯粹“文学”概念；后来，曹丕《典论·论文》中所谓的“经国之大业，不朽之盛事”的“文章”，显然也不是指现今纯粹“文学”意义上的“文”。直到昭明的《文选》标举“事出于沉思，义归乎翰藻”，才有了今天文艺美学审美意义上的因素，也才有了“文学”的“文”的意义。在“文学”的审美的作用层面上，昭明之前的陆机在《文赋》中也曾提出过“会意也尚巧”，“遗言也贵妍”等特色，指出过“文字”应“多姿”，“格式”应“屡迁”等要求。在创作构思方面上，“其始也”，“其致也”一段已触及到文艺美学构思的精微与审美形态的极致，“朝华”“文秀”，随手把掬，“群言”之“沥液”，装束一身，“六艺”之“芳润”，润饰满面,“观古今于须臾,抚四海于一瞬”,不仅是对文艺审美创作思维特点的形象表述,也是对接受论上审美判断特点的精当表述。但在陆机这里,“文”在文体上仍然与曹丕的“文章”相同,与源头孔子的“文学”并无二致,既包括了“诗”与“赋”,也包括了“碑”“诔”“铭”“箴”“颂”“论”“奏”“说”等,尽管在风格表现上有“闲雅”的特色,并且还有“谲诳”的审美特征,但原则上禁制“邪、放”,要求“辞达而理举”,与孔子以来传统的对“文学”的要求是一致的。《文心雕龙》的文体论有21篇(“骚”虽被归在“文之枢纽”的地位),刘勰深谙“文学”的审美特征与创作机制,他的《神思》《体性》《风骨》《通变》《定势》《情采》《物色》《养气》《镕裁》《章句》《声律》《丽辞》几乎说尽了文艺审美创作论与审美艺术论的全部秘密。但他的“文”即“文学”的观念仍是陆机、曹丕、孔子的承传和缘袭。然而昭明的《文选》的选文标准则开了狭义的审美“文学”的先河,因而使中国“文学”的观念迈入了新界程,在中国传统文艺美学思想演化史上是划时代的,也为魏晋肇始的文艺美学的自觉运动画上了圆满句号。“事出于沉思,义归乎翰藻”,通过作者的深刻睿智的艺术构思与倾落在文章上面的“辞采”“文华”,审美意义上的自觉创作开始被科学合理地安排在一个新的“文学”的范畴里。由此,“文学”在“理论”上也终于到了成熟的阶段。可见,传统文艺美学思想发展的一脉线索是清晰可见的,相应的文献史料也有图可索。陈钟凡、郭绍虞等人便是沿着这一条发展线索寻觅中国传统文学思想史的源头并沿波顺流,按图索骥,描绘中国传统文学思想批评演化发展的全过程的。

同时,从文学艺术文体论发展史看,自挚虞的《文章流别论》(晋)以来,中国有极为发达的文体论,有诗、文、词、曲、赋、志怪、传奇乃至铭、诔、策、传、诏等极为繁复的文类概念,但是没有作为总体文艺美学概念;有书、艺、画、乐、舞、园林等,但是没有作为总体概念的“艺术”;有美、壮美、阳刚、阴柔、豪放、婉约、自然、典雅等今人大谈的“文艺美学范畴”,但是没有作为美学根基的 Aesthetic。这三级分类学概念的阙如表明:中国传统文艺美学思想知识谱系的构型没有按照从审美到艺术再到美学的演化样式逻辑地成型和展开。曹顺庆教授指出:“中国传统文学思想的谱系构型不是依据从整体到部分的严密的逻辑划分,因而演绎逻辑和分析性推导不能成为中国传统文学思想知识谱系构型的法则。”①这一见解,无疑是非常精到的。

① 曹顺庆、吴兴明:《替换中的失落》,载《文学评论》,1994 年第 4 期。

一

中国传统文艺美学思想没有作为严整学科分类之逻辑根据的分类座架。阵容庞大的中国传统的知识当然也有其分类,比如对知识分类型的划分有经、史、子、集,对知识性质的划分有功利之学(实学)、心性之学,就是"文"作为谈论的对象,它的最初一级划分也有天文、地文、人文。"人文"的次一级划分还有言之文、声之文、法度礼仪之文、修养之文等。但是,此种划分显然不是作为学科根据的严密的逻辑分类,而是界限不甚分明甚至可以说是边界模糊的经验性区分。庞杂、交叉的实用性划分乃至极其灵活多变的语境性区分一直是中国传统的知识分类的基本特色。比如《乐记·乐本篇》所言"声成文,谓之音"是要说出音之为"文"和非文之声的差别,如果你要将它理解为对音乐之学科分类的探讨那就错了——它只不过是对"文"与非文的语境性区分而已,区分者并非要以上为根据来建构关于音乐的知识系统。关键是作为学科之据,严密的逻辑分类与经验性、语境性区分有着根本的差异——前者乃是为着建构系统严密的学科覆盖知识而进行的逻辑划分,后者则只是为着不同的语境的实用目的或仅依据感觉、经验而做出的直观性、习惯性分疏。

按西学传统,作为学科之据的严密的逻辑分类至少有两大特征,其一,是对对象的分析性确认。此一条件要求在内涵上明确被分类的对象,就是说,要分析性确定:被分类对象是什么,它有何种内在规定,此规定的纵深根据何在。按亚里士多德的说法,就是要首先确认对象之"所是"。各门学科是对不同类型的"所是"的探讨。"所是"不能确定,探讨之意就无法确立,因而所谓"研究"(study)亦无从进行①。分类对象的分析性确认暗含着对知识域、对象域的明确要求:在分类学前提下说对象是什么,就是要事先确认对象不是什么,它和其他对象的区分和界限等。这样又进而涉及确认对象的形上之据。各门学科之研讨对象的"划定"与"分得",经由重重上溯,总是要涉及对作为整体的世界现象的原初分类。尤其像诗学、伦理学这样对"所是"极难确认的非"物理"性学科,对分类根据的思考往往要从原初分类的视野中迁延而来。所以亚里士多德确认"诗学"的根据要从人性基础、活动类型、知识性质三个方面作纵深展开。实际上,亚里士多德关于确认"诗学"研究对象之"所是"的根据的这三个方面,中国古人都谈到了。严羽所谓

① 亚里士多德:《形而上学》第2卷,商务印书馆1996年版。

“诗者,吟咏情性者”,“夫诗有别材,非关书也;诗有别趣,非关理也”①,李贽的“童心”说、袁枚“性灵”说,乃至宋明理学关于“德性之知”(内省知识)和“开见之知”(经验知识)的分辨等,都可以看作是包涵了对所谓“诗性智慧”的人性基础、活动类型乃至“诗学”之知识性质的洞见。但是,上述诸人和宋明理学从未以此来明确地认定“诗性”之“所是”,更没有据此来大谈“诗学”知识体系的逻辑建构。余虹先生在《中国文学思想与西方诗学》中提出中国的“文学思想”与西方的“诗学”具有“不可通约性”,其主要理论依据就在于中国传统文艺美学思想与西方诗学在知识建构上的巨大差异。②

在知识建构的意义上,在西方担负并不断展开对世界分类的源始之据的精深思考和确认之工作的就是自古希腊以来的本体论、形而上学,是从柏拉图的理念论、亚里士多德的形而上学一直贯穿到康德的三大批判、黑格尔的逻辑学、胡塞尔的现象学、海德格尔的存在论仍生生不息、一脉相承的思想——知识论传统。而中国极为深邃的形而上学似乎无意于此种知识论取向。无论是道家、儒家(从“易学”到宋明理学)还是佛家,极为精深的形上思考都没有引向对学科知识体系之分类学根据的逻辑确认和纵深展开。

这样,在关涉以世界现象之原初分类的第一个要件上,中国就是阙如的。中国没有如亚里士多德的《形而上学》和《范畴篇》那样对作为“原域”的世界现象之“所是”作普遍的逻辑确认和区分。例如“文”,它的原始视域展示为天文、地文、人文,这当然不是一种西方式分类学意义上的逻辑展开。关键是,在原始视域的层面,从来没有人明确说过“文”是什么,更谈不上对“文”之内涵的分析性确认。《文心雕龙》说:“文之为德也大矣,与天地并生者何哉?”③这并不是一个分类学的逻辑性定义。“文”的三个义素——道之显现、可见之象、丽而可观——也不是对“文”之内涵的分析性确认,而是我们根据“文”的不同语用析解出来的。此种情形不只是“文”才有,诸如“心”“性”“人”“德”这类传统知识中的常用概念,在“心术”知识中、“性命之学”中、“人”论中和“道德”论中,意义的未经反思性规定的状态均与文艺美学思想中的“文”大体相似。在原始视域层面,“文”之不能作为一个西方式分类学对象而视之还在于,由于“文”的含义未经确认,我们几乎不能断

① 严羽、郭绍虞:《沧浪诗话校释》,人民文学出版社 1983 年版。

② 余虹:《中国文学思想与西方诗学》,三联出版社 1999 年版,第 56 页。

③ 刘勰:《文心雕龙·原道》。

定“文”不是什么,它与其他世界现象的区别、界限是什么。“天文”可以是“文”,“人文”可以是“文”,“地文”及天下万类都可以是“文”。王运熙、顾易生先生主编的《中国文学史》就精辟地指出:“自然界的森罗万象和人类社会和诸种道德伦理规范、礼仪典章制度,言论文辞著作,诗歌音乐舞蹈、绘画编织等文学艺术和工艺美术,都可以谓之‘文’。”①但是,如此之“万类皆文”又并不是说,“文”没有含义,它在意义内涵上是一个空无。我们能析解出三个义素恰恰说明“文”即使在原始视域的层面上也有其内涵,只不过它的意义不是明确规定的逻辑确认状态,而是欲显未显的自然状态。按西方的标准,借用马克思的话,它是一个未经理性分析所明确规定的“混沌的表象”。在知识陈述的功能上,它也不是某类知识推演所得以发生的“根据之本始”。

值得注意的是,在形下知识的层面,“文”又确实具有实指某种对象的分类性含义。“天文”“地文”文章之“文”的所指对象都形成了某类言域,并且“天文”学、地学、美学思想都以该言域之所论为核心内容,形成了极为独特的知识系统。郭绍虞先生曾追溯过“文学”一词的语义史,指出最早的“文学”概念内涵极其宽泛,“文即是学,学不离文,所以兼有‘文章’与‘博学’两重意义。”②这种“既非又是”的含义状态更突出地表明:“文”之为一类陈述对象,乃是基于一种经验性分类,而非基于明确的逻辑划分。进而言之,此种未经规定而成为某类知识言说对象的状况说明传统知识言域形成这取径的特殊性:它乃是由经验传统的累积而成,而非取决于逻辑的反思性推求。

二

其二,是分类域系统的形成。我们知道,划分并不就是分类,由划分而得到的种概念、属概念得以成为知识之科目类别的言域,乃是因为此种划分及其意义的展开得到了知识界、文化界即业界的认同,乃至形成了某种“分类学”传统。西方诗学从古希腊的“摹仿”论到现代的美学(艺术论)视野,都一直背靠着自身的“论域”。论域之所言则背靠着对一般世界现象的层层递进的分类:自然现象的区分,人类活动之精神活动与物质活动的区分,精神活动之知、情、意的区分,技艺生产和非技艺生产的区分,模拟自然和补充自然的区分,审美活动与非审美活动的区

---

① 王运熙、顾易生:《中国文学史》第1册,上海古籍出版社1996年版。

② 郭绍虞:《中国文学史》第1册,上海古籍出版社1979年版。

分,创造(“天才”)活动与发现(“求知”)活动的区分,情感活动与认识活动的区分,等等。在这些从上到下、从一般到局部的层层推进的分类学传统之中,诗学确定了自己的“所说”,就是说,它确定了自身求知意向的所指、根据、层次和界限。系统而层层展开的分类域系统是诗学知识系统展开的逻辑根据。每一次、每一层次的分类都为诗学的本己论域通过区分而获得了“所论”的特殊内涵,“区分”就是对“所论”之特殊内涵的逻辑确认。这样,系统分类域的形成就是西方诗学知识之有效视野的系统展现,而所谓知识的探求就是对区分之业已显现、含纳的特殊意向的再行揭示。在此,我们可以理解,为什么从柏拉图、亚里士多德一直到现代西方的美学、哲学对分类域系统的形成、修订、完善、更改会倾注如此重大的思辨力。

但是,中国传统文艺美学思想从未背靠着如此繁复的分类域系统。天文、地文、人文的原始视域从未试图区分三者之间的相异及其根据,而是着重展示它们之间的相同和相通。言文、声文、形文、情文、礼仪法度之文等的意向所指向来是注重诸“文”之间的相通。打通文史、经史、诸子,打通知识的各个领域,乃到贯通古今、天人直至贯穿宇宙万象之“大道”,向来是中国人追求的最高境域。就此而言,名辩家的形名同异之辩似乎从未上升为对作为知识建构基础的分类域系统的正面探求。庄子说:“……天地一指也,万物一马也。可乎可,不可乎不可。道之而成。物谓之而然……物固有所然,物固有所可。无物不然,无物不可。故为是举莛与楹,厉与西施,恢诡谲怪,道通为一。其分也,成也;其成也。毁也。凡物无成与毁,复通为一。”①庄子之言是在谈知识,谈区别(“分”)的相对性和不可靠性。问题是,就整个传统知识并不注重对分类域系统的建构探求而言,庄子的意见显然不只是表达了个人的观点,而言出了传统知识建构取向的一种基本倾向和事实。在美学领域,中国传统文艺美学思想缺乏西方知识系统的逻辑区分,正是由于这一原因,近代以来“中国文学思想史”著作的撰写首要任务之一就是要对传统文艺美学思想进行逻辑区分。在中国文学史学科史上,罗根泽撰写的《中国文学史》在第一章“绪言”部分一开篇就做了这样的工作。这表明,中国传统文艺美学思想在知识分类学意义上与西方知识的根本差异。②

没有分类域系统的形成,我们就看不到理论之层层展现的逻辑推进。传统文

---

① 《庄子·齐物论》。

② 罗根泽:《中国文学史》第1册,上海古籍出版社1984年版,第5页。

艺美学思想中名种关于文、关于诗的论说、观点仿佛总是在一个平面上粘连、铺演、汇聚，各种观点之间常并无逻辑的递归关系，而是以"家族类似"的方式聚散成形。从"文"之原始视域到具体的文艺美学思想，其间并无层层递进的逻辑展开。于是我们看到，中国传统文艺美学思想之论文、论艺在思路之来去上往往具有极大的跳跃度，从具体文艺美学思想的问题点到贯穿古今的原始视域、形上境域之提示往往在一瞬间即跳跃性完成。如以下表述：

> 文以气为主，气之清浊有体，不可力强而至……文章，经国之大业，不朽之盛事，年寿有时而衰，荣乐止乎其身，二者必至之常期，未若文章之无穷①。
>
> 伊兹文之为用，固众理之所因。恢万里而无阂，通亿载而为津②……
>
> 虽其目击道存，尚或心迷议外。莫不强名为体，共习区分。岂知情动形言，取会风骚之意；阳舒阴惨，本乎天地之心③。
>
> 气之动物，物以感人，故摇荡性情，形诸舞咏。照烛三才，辉丽万有；灵祇待之以致飨，幽微藉之以昭告；动天地，感鬼神，莫近乎诗④。
>
> 夫文尚矣。三才各有文……人之文，六经首之。就六经言，《诗》又首之。何者？圣人感人心而天下和平。感人心者，莫先乎情，莫始乎言，莫切乎声，莫深乎义⑤。

由此不难看出，由于形上之域与具体的经验知识之间常常出现无过渡性、推论性的突显和跳跃，从以上表述中，我们能鲜明地感受到中国传统文艺美学思想思路演进的自由和顿悟，其意义常常在外在的逻辑联系的"断裂"之处飞跃性呈现、带出，并显示为诗意之形上境域的贯通、敞亮，而非逻辑性意义的呆板直陈。就此而言，中国传统文艺美学思想的言述方式正由于缺乏分类域系统的逻辑建构而更近于诗。

---

① 曹丕：《典论·论文》，见郭绍虞：《中国历代文学思想选》，上海古籍出版社 1980 年版，第 159 页。

② 陆机：《文赋》，见郭绍虞：《中国历代文学思想选》第 1 册，上海古籍出版社 1980 年版。

③ 孙过庭：《书谱》，见北京大学哲学系美学教研室：《中国传统文艺美学思想史资料选编》，中华书局 1980 年版。

④ 钟嵘：《诗品·总论》，陈廷杰注，人民文学出版社 1980 年版。

⑤ 白居易：《与元九书》，见郭绍虞：《中国历代文选论》第 2 册，上海古籍出版社 1980 年版，第 96 页。

三

但是,没有区分是无法建构知识的。所谓“诗言志”①,“在心为志,发言为诗”②,所谓“诗缘情而绮靡,赋体物而浏亮,碑披文以相质,诔缠绵而凄怆”③,所谓“若夫四言正体,则雅润为本;五言流调,则清丽居宗”④,等等,所着眼的正是区分。如前已指出,在文体类别的区分上,中国有极为发达的文体论。不仅如此,中国大量的诗话、词话、书品、画品、诗文选本对诗、艺、文的不同的风神品位之鉴别分辨仍相当的精细入微。所谓诗的“二十四品”⑤、“辨体”的“一十九字”⑥、品书的“二百四十句”⑦、画品的各种等级层次⑧乃至萧统的《文选》和钟嵘的《诗品》对不同诗文风格等级的编排,无不体现出中国传统文艺美学思想、艺论对审美品鉴之精细区分的擅长。显然,中国的文艺美学思想、艺论有自己独特的区分方式。许多极其精微的区分达到了相当专业的高度和洞烛幽微的精细度,体现了中国古人至为精深的审美、艺术修养。

文类性、文体性区分可以说是经验性区分,而接受性辨识则是审美性区分。就区分而言,中国传统文艺美学思想知识体系构型的特殊性在于,它以文类的经验性区分而非反思性区分为核心,建构了极为发达的文体论知识体系;同时,它又以极其精致入微的审美性、接受性区分建构了极为广阔的审美之思的言域。文体论或许今天已经过时,而极为精深的审美之思、接受之思则毫无疑问是今天仍待发掘的传统知识的宝库和中国传统文艺美学思想的大本营。但不管是文类的经验性区分还是接受辨识的审美性区分,都不是分类域系统的外在逻辑建构,因而其“分类”的知识发生都不能从某种逻辑分类的前提中推演而来。这一点正是中国传统文艺美学思想与西方诗学在关涉知识建构之内在根据的分类(即区分)问题上的根本差异。

---

① 《尚书·虞书·舜典》,见郭绍虞:《中国历代文学思想选》第1册,上海古籍出版社1980年版。

② 《诗大序》,见郭绍虞:《中国历代文学思想选》第1册,上海古籍出版社1980年版。

③ 陆机:《文赋》。

④ 刘勰:《文心雕龙·明诗》。

⑤ 司空图:《二十四诗品》。

⑥ 皎然:《诗式》。

⑦ 窦蒙:《语例字格》。

⑧ 李嗣真:《续画品录》,

第二节　体系化态势中的传统文艺美学思想

尽管中国传统文艺美学思想与西方诗学在关涉知识建构之内在根据的分类(即区分)问题上存在根本差异,从学科性来看,中国传统文艺美学思想原本是非体系的,但是,研究中国传统文艺美学思想的学者则大多从体系着手,来对中国传统文艺美学思想进行研究和整理。并且,可以说,对中国传统文艺美学思想体系的讨论和探索,是20世纪学科意义上中国传统文艺美学思想史的研究中值得关注的一项重要内容,其起源大约可追溯至"五四"时期。如就文学艺术而言,朱自清曾经指出,系统的自觉的文学著作,中国只有钟嵘的《诗品》;刘勰的《文心雕龙》现在虽也认为是重要的批评典籍,可是他当时的用意还是在论述各体的源流利病与属文方法,批评不过附及罢了。这两总书以外,所有的都是零星的,片段的材料……现在写中国文学史有两大困难,第一,这完全是件新工作,差不多要白手起家,得自己向那浩如烟海的书籍里披沙拣金去。第二,得让大家相信文学是一门独立的学问,并非无根的游谈。换句话说,得建立起一个新的系统来。①

那么根据什么来建立一个新的系统呢?这就是来自西方的观念。针对文学艺术,朱自清曾经明确指出:"'文学'是一个译名。我们称为'诗文评'的,与文学可以相当,虽然未必完全一致。我们的诗文评有它自己的历时性,现在通称为'文学',因为这个名词代表一个附庸的地位和一个轻蔑的声音——'诗文评'在目录里只是集部的尾巴……写中国文学史,就难在将这两样比较得恰当好处,故我们能依靠了文学这把明镜,照清楚诗文评的面目。诗文评里有一部分与文学无干,得清算出去;这是将文学还给文学,是第一步。还得将中国还给中国,一时代还给一时代。按这个方向走,才能将我们的材料跟那外来意念打成一片,才能处处抓住要领;抓住要领以后,才值得详细探索起去。罗先生的书(指罗根泽的《中国文学史》)除《绪言》似乎稍繁以外,只翻看目录,就教人耳目清新,就是因为他抓得住的缘故。"②朱自清对当代的这种学术态势还做了如下的简洁概括:

---

① 朱自清:《朱自清古典文学论文集》,上海古籍出版社1981年版,第539-540页。
② 朱自清:《朱自清古典文学论文集》,上海古籍出版社1981年版,第544-545页。

"文学"一语不用说是舶来品的。现在学术界的趋势,往往以西方观念(如"文学")为范围去选择中国的问题;故无论将来是好是坏,这已经是不可避免的事实。①

朱自清的概括的确是一语中的。与此相似,罗根泽也在《中国文学史》中指出:

近来的谈文学者,大半依据英人森次巴力(Saintsbury)的文学史(The History of Criticism)的说法,分为主观的、客观的、归纳的、演绎的、科学的、判断的、历史的、考证的、比较的、道德的、印象的、接受的、审美的十三种……按"文学"是英文 Literary Criticism 的译语。Criticism 的原来意思是裁判,后来冠以 Literary 为文学裁判,又由文学裁判引绅到文学裁判的理论及文学的理论。文学裁判的理论就是批评原理,或者说是批评理论,所以狭义的文学就是文学裁判;广义的文学,则文学裁判以外,还有批评理论及文学思想。②

来自西方的文学概念及其理论体系,实为中国传统文艺美学思想史学科得以建立的理论前提与依据。朱自清在谈到郭绍虞《中国文学史》上卷的时候,称其是"开创之作,因为他的材料和方法都是自己的"。但郭著也同样"用西方的分类来安插中国的材料",只是"很审慎。书中用到西方分类的地方并不多"。③

然而,作为中国传统文艺美学思想的主要构成,中国文学史在 20 世纪 20 年代之所以能成为一门现代意义上的学科,前提即是以科学的态度来考察分析、整理归纳。没有这样一种科学的态度或者说近代意识,则"五四"以后的文学思想研究与先前古人所为实无根本的区别。这种大而化之的态度,与建立学科所需的科学精神是背道而驰的,也是无益于学科的发展的。事实上,研究者自己也很清楚,一般说的文学史,与文学思想史、文艺美学史是有差异的,其外延并不完全吻合。例如蔡钟翔在《中国文学思想史·绪言》中阐述该书的命名时即引陈钟凡、罗根泽等人的看法,认为西方所谓"文学"一词实与中国传统诗文学思想不尽相同,故以

① 朱自清:《朱自清古典文学论文集》,上海古籍出版社 1981 年版,第 541 页。
② 罗根泽:《中国文学批评史》第 1 册,上海古籍出版社 1984 年版,第 5 页。
③ 朱自清:《朱自清古典文学论文集》,上海古籍出版社 1981 年版,第 541 页。

批评史名之,并不符实。鉴于该书的主要内容着重于评述古人的文学思想,所以叫作《中国文学思想史》。① 罗宗强在其《隋唐五代文学思想史·前言》中则提出,文学思想史应该是一个独立的学科,它与文学史、文学批评史既有联系又有区别。文学思想史的研究对象较后两者更为广泛,除了研究理论与批评之外,还必须将创作也纳入研究视野。② 将文学思想史理解为一个独立的学科是否适宜姑且不论,这些意见至少表明,"中国文学史"并不是一个理想的学科名称,它不能正确反映该学科实际的研究内涵。

在中国传统文艺美学思想批评史上,刘勰在《文心雕龙》中曾对文学进行了整体性理论观照,具有严密的理论体系框架和命题与范畴、命题体系结构,被章学诚誉为"体大虑周"。叶燮《原诗》亦有较为系统而严密的理论体系,对于文原论、价值论、通变论、诗本体论、主体论、创作论等方面的理论问题均做了阐释,表现出较强的哲学思辨和理论创见能力,因此纪昀称之为"极纵横博辨之致",并认为其"是作论之体,非评诗之体也"③。当然,纪昀此评属贬语,因他认为叶燮《原诗》并非诗文评之"正体",原因在于其"博辨",属"作论之体",然而这正是《原诗》之价值所在。此外,尚有《诗大序》《礼记·乐记》《文赋》《二十四诗品》《岁寒堂诗话》《文体明辨序说》《曲律》(远不止于这些)等,虽说大致上具有自己的理论体系,但均属局部性质的,或囿于文学功用价值范畴,或只限于文学创作论或文体论或风格论等方面,或仅就一种文体如诗、文、曲等。至于更多的情况,则是一些文学思想家在文章或诗作中片段式地发表自己在某一方面的文学思想见解,或因人而发,或因事而发,或因作品而发,总之是自由随意,不求全面系统,只求表达思理所到之识,缺乏理论的系统性,这种情况亦包括一些部头不小的诗话著作,如《带经堂诗话》《随园诗话》等。然而如果我们将一些文学思想家如白居易、苏轼、王夫之等人散见于各处之文学思想见解收集到一起,加以适当的整合,还是可以发现这些文学思想家对于文学的认识有一定的系统性的,他们对于术语、命题与范畴的使用也还是有一定的法式的。这就涉及到了整合、建构的问题,即以一定的原则、方法对传统文艺美学命题与范畴加以搜集、梳理,将它们综合在一起,形成一个有层次之分、有法度秩序而能充分体现传统文艺美学思想及其命题与范畴之思理特

---

① 蔡仲翔等:《中国文学理论史》第1册,北京出版社1987年版,第26、27页。

② 罗宗强:《隋唐五代文学思想史》,上海古籍出版社1986年版,第1-2页。

③ 《四库全书总目·集部四十八·诗文评类一》。

点的体系。毫无疑问,这一模式的构拟,既要有次序井然的逻辑层面的划分与排列,同时还要体现出文学思想范畴历史运动的特点。后一点很重要,因为文学思想范畴概念及其体系的发展演变体现了文学思想家理论思维之具体进程。有人认为中国传统文艺美学思想范畴及其体系之形成历时性属"自发性""盲目性"的。其实不然,而是具有思维进步、理论观念历时性以及随着文学艺术创作实践之发展变化而一起进步之必然性。比如"兴"范畴以及由此而构成的范畴群之形成便颇能说明之。最早,孔子的"兴于诗""诗可以兴"之"兴",是讲功用价值的。到了《诗大序》中作为"六义"之一之"兴",除仍属关于诗之用方面的概念而外,又具有了指述"托事于物"的修辞方法之意旨。再到挚虞所说的"兴者,有感之辞也"①,已赋予"兴"以触物起情之意。而发展到刘勰,他除了在《文心雕龙·比兴》中有因袭汉儒释"兴"之一面外,更遵循"兴"为触物起情②这一思理,在《文心雕龙·物色》篇中,从创作中之心物关系来诠释"兴",将"兴"改造成了一个指述文学创作中主体审美感受体验的一个范畴,如"入兴贵闲""兴来如答"等。刘勰之后,以及钟嵘《诗品·序》说出"文已尽而意有余,兴也"之后,"兴"作为一个范畴,其理论指述功能更加扩大,可以指文艺审美创作者的诸如胸襟、怀抱之主体条件,可以指作品之艺术形象、审美内涵,甚至还可以指阅读接受效果,而衍生出了诸如"兴会""情兴""兴寄""兴象""兴趣""兴味""感兴""意兴"等命题与范畴,其与文学创作之进步以及理论批评自觉意识程度之提高一起前进之历史发展轨迹历历可辨。所以,结论只能是传统文艺美学思想范畴体系整合、建构应遵循历史与逻辑相统一的原则来进行。

自20世纪80年代中后期以来,学术界围绕中国传统文艺美学思想体系存在状态及特点进行考察和研究,有的从整体进行审视,有的从局部进行观照,所出成果如皮朝纲主编的《中国传统文学思想概要》③,蒋凡、郁沅的《中国文学思想教程》④,樊德三的《中国文学原理》⑤,祁志祥的《中国文学原理》⑥和孙耀煜的《中国文学原理》⑦。此外,还有张少康的《文心雕龙新探》,詹福瑞的《中古文学思想

① 《文章流别论》。

② 《文心雕龙·比兴》篇尚云:"兴者,起也……起情故兴体以立。"

③ 皮朝纲:《中国传统文学思想概要》,载《四川师大学报丛刊》,1987年。

④ 蒋凡、郁沅:《中国文学思想教程》,中国书籍出版社1994年版。

⑤ 樊德三:《中国文学原理》,光明日报出版社1991年版。

⑥ 祁志祥:《中国文学原理》,学林出版社1993年版。

⑦ 孙耀煜:《中国文学原理》,江苏教育出版社1996年版。

范畴》,陈良运的《中国诗学体系论》,谌兆麟的《中国古代文艺理论体系初探》,黄霖等三卷本《中国文学思想体系研究》(含《原人论》《范畴论》《方法论》),王文生的《论情境》等。

在以文学艺术为核心的中国传统文艺美学思想有无体系的问题上,皮朝纲等人显然是持重新建构的观点。他们在《中国传统文学思想概要·绪论》中指出:"中国古代的文学思想批评家、接受家、文艺审美创作者、诗人、词人曾经对文艺美学思想的创立、发展和成熟做出过重大的贡献,在文学的性质和作用、文学创作、文学体裁、文学风格、文学接受和美学等方面留下了许多精辟的论述和深刻的见解。这些论述和见解除集中反映在一些文学思想专著中之外,还散见于文话、诗话、词话、赋话、曲话和序跋、书信、笔记、评点以及训诂、考据、纬书之中,甚至在某些诗歌、小说中也包含着一些关于文学思想方面的真知灼见。用马克思主义的立场、观点和方法对这一部分宝贵的理论遗产进行整理和研究,是我们建设具有本土化、民族化、地方化的马克思文艺理论体系必不可少的条件之一。"基于此,他们"即从本体论、创作论、文体论、风格论、接受论和批评论上系统地对中国传统文艺美学思想进行了一番整理和研究"。

关于传统文艺美学思想范畴体系的构成问题,学术界存在不同的看法。党圣元在《传统文学思想范畴体系研究综述》中曾对此做过总结,认为大体上有以下四种见解。

第一种观点认为中国传统文艺美学思想以"和谐"为逻辑起点,"和谐"是中国传统文艺美学思想体系的"元范畴"或"总范畴"①;第二种观点,以"意境"为逻辑起点,认为只有它才体现中国艺术本质,因此应该居于"中心范畴"(等同于元范畴)之位②;第三种观点以"味"为"基础范畴",认为"味"为"联系审美者与审美客体的重要纽带",因而理应"作为构建中国传统文艺美学思想体系的核心范畴",是"中国传统文艺美学思想的逻辑起点,又是它的归宿或落脚点"③;第四种则以"道"为逻辑起点与元范畴,原因在于中国传统文艺美学思想以"道"为源,求"道"、表现"道"而又归于"道"④。在党圣元看来,上述各种见解,第一种偏误在

---

① 周来祥:《中西美学范畴的逻辑发展》,载《文艺研究》,1990 年第 5 期。

② 彭修银:《关于中国古代美学范畴系统化的几个问题》,载《人文杂志》,1992 年第 4 期。

③ 皮朝纲、李天道、钟仕伦:《中国美学体系论》,语文出版社 1995 年版。

④ 詹抗伦:《当代中国美学研究的回顾与展望》,见四川大学学报编辑部:《中国古代美学论集》,1987 年丛刊第 10 辑。

于将作为人与自然统一之思维模式和所追求之价值效应以及作为文学风格理想的一个范畴视为“起点”“元”,非属终极叩问,只是从半道说起。第二种失误在于无论从理论之涵盖面、抽象度、历史性等几个方面来看,“意境”范畴都够不上“元范畴”或“中心范畴”。第三种以艺术审美理论这一子系统取代全部的中国传统文艺美学思想理论体系,将这一子系统中的核心范畴之一“味”放大为中国传统文艺美学思想范畴体系之“逻辑起点”,显然不确。同时,他认为以上三种建构均缺乏历史性,不符合中国传统文艺美学思想范畴体系形成之历史真貌。党圣元倾向于第四种意见,但是他的理由又有所不同。他认为该说论者主要从文学艺术的“创作过程”“心理过程”“接受与欣赏过程”来考察、说明“道”范畴对其他重要范畴之统摄性、派生性,固然不无识见,合于实情,但是视域又稍嫌狭窄了一些,只做到了静态的逻辑性离析,而缺乏动态的历史性考察。同时,在他看来,三个“过程”或曰层面的划分也涵盖不了中国文学或文艺理论范畴体系内部结构之全部内容,比如关于本原论、价值功用论、通变论(包括发展观和文学史观两方面)、文体论等方面的命题与范畴在该体系建构中便付之阙如。他强调指出,他之所以主张将“道”范畴作为传统文学思想或美学范畴体系之逻辑起点、元范畴,除了考虑到“道”范畴在义理上之抽象性、统摄性、衍生性而外,更主要的是考虑到其与中国传统思维特征、价值观念、整体学术思想之渊源关系。他认为,首先,“原道”观念是传统中国一切学术思想之圭臬,体现为以叩问深究“天人之际”“性与天道”为思理目标。传统文艺美学思想批评、传统文艺美学在这一点上也毫不例外,我们并不能因为传统文艺美学思想、文学主要以艺术创造和审美意识活动为思理对象便否认之。其次,对中国文化影响最深最大的儒、道两派都讲“道”,虽然“道”范畴在儒家那里主要指人道或仁道,在道家那里主要指自然之道,在价值分野上有所不同,但其作为各家学说之逻辑起点、建构基础这一点却是共同的。而且,后来汉代的“董学”和宋、明理学作为当时的一种新儒学,在理论体系建构上也补上了先秦儒学缺少本根论、本体论这一环节,此即宋、明理学将儒家的道德伦理价值学说充分地本体化(即将道德伦理及其规范与宇宙、天道联系起来)这一思想史过程。他指出,有人以为“道”本为哲学范畴,将其“移植”到美学上来,其实不合适。因为,这里不存在“移植”问题。“道”范畴被美学思想家导入传统文艺美学思想、美学之中并因此而滋孳出种种命题与范畴和命题,而且又将运思之最后落脚点安放在“道”上,这是实际存在的事实,“原道”论、道艺合一论等都充分地证明了这一点,此正所谓“道散为朴”①“万取而一收”者也。何况在某种程度上讲,“道”范畴在老子、庄子那里已经以“大”“妙”等为中介而具有一定的审美色彩了。他认为,细穷起来,传统文艺美学思想、美学中之“气”“神”“象”“意”“境”“通变”等等范畴,无论哪一个又不是从哲学中导入的呢?所以,既然曰“逻辑起点”、曰“元”、曰“基础”,则任何确认都莫过于确认“道”范畴为传统文艺美学思想、美学范畴体系之元范畴为合适矣。“虚者万物之始也”②,只有“道”这一虽属虚象性而又可以产生出象形、象实、象虚、实象、实体、实虚以及虚实、虚体、虚虚等方面的命题与范畴或命题之范畴才能统领起中国传统文艺美学思想、美学范畴体系之“大道”“大少”,才能充分体现出传统文艺美学思想、美学范畴体系之文化哲学精神和学统特色来,而所谓“和谐”者、“意境”者、“味”者,则根本无法望其项背者也。它们太“实”了,仅属元范畴派生出来的一些主要范畴而已。在确认了这一点之后,他对传统文艺美学思想、美学范畴体系是如何以“道”为逻辑与历史原点即元范畴具体展开的进行了深入分析,指出,首先,从原始或曰隐性层面来讲,其是根据天—地—人这一系统结构框架而展开的。其次,从第一级层次来看,其是根据气—人—文或物—心—文这一生成模式而展开的。降一个层次来看,其又具体地沿着由源到流、由体到用、由实到虚、由对待到统一之线路,围绕着作为一种文化或精神现象的文学艺术所涉及的里里外外、方方面面之关系而展开的,大体上可以列出自然、现实—文艺审美创作者—创作—作品—品评赏鉴—功用—通变这样一个系列,而功用价值、通变发展除自成系列外,又寓于其他系列之中。再降一个层次来看,其中的每一个系列,又有自己的系统,由若干命题与范畴和命题组成。

应该说,有关中国传统文艺美学思想体系有无的问题,现今学界大体上已经达成肯定性的共识。但尽管如此,也还有学者表示不同意见。如罗宗强在《古文学思想研究杂识》,以及与邓国光一同所写论文《近百年中国文学思想之研究》中,就表达了一种慎重的观点。

应该说,“体系”及其“体系”观显然来自于西方,是西化的产物。从工具书中可以看出,“体系”的原初意思是指若干有关事物互相联系互相制约而构成的一个整体。从其能指的一般意义表述来看,“体系”具有以下共同特点:作为对象的诸要素之间既可以互相联系,又可以互相制约,并可以自足地构成一个有机整体。

---

① 这里的“朴”,指具体事物、事理,与老子之“朴散为一”之“朴”指述不同。

② 《管子·心术上》。

将这一理论模式运用到中国传统文艺美学思想史上，来审视和考察中国传统文艺美学思想，即所谓“中国传统文艺美学思想体系”，是指有关中国传统文艺美学思想中若干概念、范畴、观点和命题等具体内容之间互相联系、互相制约而构成的一个有机的理论整体。作为研究对象的中国传统文艺美学思想中所包含的概念、范畴、观点和命题等具体内容的有机性，即联系性、制约性和自足性，既是其可以构成体系的特点和条件，同时也是判断其体系是否存在的标准和依据。

同时，不难看出，“体系”是一个具有多重指向能够贯通二元世界的语言符号。它是指若干有关事物或某些意识相互联系而构成的一个整体。其所涉及的对象起码应该属于两个方面：一个方面是居于客观世界的若干有关事物相互联系而构成的一个整体；另一个方面是居于主观世界的某些意识相互联系而构成的一个整体。而中国传统文艺美学思想作为一种精神客体，在探讨并考察其体系问题时，不可避免地要涉及承载和维系其存在并使其得以彰显和呈现的话语及文本的体系问题。作为中国传统文艺美学思想物质载体的话语及文本乃是文化的外在表现，因此，在研究中国传统文艺美学思想体系时，可以将中国传统文艺美学思想自身的思想体系称为其内在体系，将其话语及文本的体系称为其外在体系。外在体系与内在体系之间，在存在问题的关系上，表现为一种充分而非必要的条件关系；而内在体系与外在体系之间，则表现为一种必要而非充分的条件关系。概言之，则二者之间是一种现象与本质的关系。正因为如此，所以尽管研究的是中国传统文艺美学思想的体系，同时可以涉及其内在体系和外在体系，但既然中国传统文艺美学思想在本质上属于一种精神客体，那么，人们通常所说的中国传统文艺美学思想体系，应当专指其内在体系；中国传统文艺美学思想体系的有无问题，也应该是指其内在体系有无的问题。

所谓“文学思想体系”，也就是关于文艺美学思想的体系，但这并不表明文学思想与文艺美学思想体系之间，在实体的存在问题上就是直接同一的并存关系。就文学思想而言，作为一种泛称，其所指对象的现实存在可以呈现出多样性的特点。并且，由其所属创造主体自然秩序形成的属类关系，在其不同指称对象之间的实体存在上，也会相应地体现出来。依据其属类关系的本来层次性，它们之间分别表现为元素与集合以及子集与全集的关系，或者说是个体与群体或类群的关系。这种关系，从实体存在的可能性上说，同一所属项下不同层次的文艺美学思想之间是一种决定与依赖的关系；从实体存在的现实性上说，它们之间则是一种包含与体现的关系。然而，文艺美学思想体系的实体存在关系却并非如此。“文艺美学思想体系”作为一种泛称，其所指对象的现实存在固然也可以有多种情形，但是，由其所属创造主体自然秩序形成的属类关系，却不会相应地体现在文艺美学思想不同指称对象所构成的文艺美学思想体系的实体存在上。也即是说，与文艺美学思想不同指称对象相对应构成的文艺美学思想体系，在其实体存在问题上，不会像文艺美学思想那样，依据其属类关系的本来层次性，彼此之间分别表现为元素与集合以及子集与全集的关系，或者说是个体与群体或类群的关系。因而，在实体存在的可能性上，同一所属项下不同层次文艺美学思想对应构成的文艺美学思想体系之间，不是一种决定与依赖的关系，而是各行其是，彼此互不相涉的关系；在实体存在的现实性上，它们之间也不是一种包含与体现的关系，而是一种并列共存的关系。其情形之所以如此，乃是由体系的本性所决定的。任何体系，就其本身而言都是一个可以相对独立的整体。因而体系一经存在，不同体系相互之间既不可能会有依存性也不可能会有包容性。否则就不可能会称其为体系。文艺美学思想的体系也概莫能外。所以归根结底，判断一种文艺美学思想的体系是否存在，关键还是取决于该言说对象指涉范围内所包含的实体要素是否具备可以构成体系的特点和条件。这里有一点值得注意，即文艺美学思想体系实体存在的有效性问题。体系的有效性，系某体系区别于它体系的独特性。既然体系的本性决定了它是一个可以独立的整体，也就同时表明了其区别于同类的独特性。而一种体系实体存在有效性通常取决于内容和结构两项因素：内容因素即构成体系的实体要素方面；而结构因素即影响体系构成形式的有关因素，具体表现为联系方式、制约规则和自足标准（整体的判定标准）等方面。这两项因素对体系有效性的制约，按照具体对应与组合关系可表现为这样几种情形，即某体系相对于它体系而言，可能会出现：第一，内容和结构都相同；第二，内容相同，结构不同；第三，内容不同，结构相同；第四，内容和结构都不同。显然，除第一种情形外，其他三种都可视为体系实体有效存在的标志。我们讨论文艺美学思想体系实体存在的关系问题，也是以文艺美学思想体系实体的有效存在为前提的。当然，如果单以文艺美学思想体系本身来立论和命题，那么在其实体存在的问题上，它也会出现象文艺美学思想那样的情形。但这样一来，就会因失去与文艺美学思想问题的联系而陷于纯粹的形式逻辑的推演，不具有讨论的价值和必要了。

“体系”一词，可以分别作为实体概念和属性概念来使用，具体情形视言说时所强调的对象而定。作为实体概念的“体系”，所强调的对象是事物的体系作为一种存在本身的问题；作为属性概念的“体系”，所强调的对象是事物的构成或存在特点,即体系性的问题。具体到文艺美学思想的体系问题,也是如此。然而,由于文艺美学思想在体系的实体方面,存在着双重体系,即内在体系和外在体系的问题,所以其在体系的属性方面,也会与之相应地存在着双重体系性,即内在体系性和外在体系性的问题。文艺美学思想的内在体系性,属于其构成特性方面的问题;而其外在体系性,则属于其形态特征方面的问题。作为文艺美学思想形态特征的外在体系性,与作为文艺美学思想构成特性的内在体系性之间,在具有问题的关系上,也同其外在体系与内在体系的关系一样,前者对后者而言,是一种充分而非必要的条件关系;后者对前者而言,是一种必要而非充分的条件关系。同样由于文艺美学思想本质的原因,尽管言及文艺美学思想的体系性时,同时可以并涉其内在体系性和外在体系性,但通言文艺美学思想的体系性,当专指文艺美学思想的内在体系性;文艺美学思想体系性有无的问题,也应该是指其内在体系性的有无问题(当然这并不排斥将文艺美学思想的形态特征问题作为一项课题进行专门研究)。文艺美学思想体系的实体与属性之间,在存在和具有问题的关系上,视言说对象的具体情形而定。一般来说,对于个体文艺美学思想,体系实体的存在与体系属性的具有,是直接同一的关系,也是互为充要条件的关系。但对于类群或群体文艺美学思想而言,其对体系属性的拥有与获得,则须依赖具体言说对象中个体文艺美学思想体系实体相当普遍的存在及体系属性相当普遍的具有。个体中体现了个性与共性、一般与个别以及普遍与特殊的关系。但是,此处尚有一个不容回避的问题,即在以群体文艺美学思想为言说对象的前提下,就文艺美学思想体系实体存在的情形而言,可能会存在一个与作为言说对象的群体文艺美学思想相对应的体系。这种情况下的群体文艺美学思想,在体系的实体存在与属性具有的关系问题上,应该从体系的有效性上来分析。如果该体系对其言说对象内容的涵盖与包容具有周延性,并且在结构上也能获得该群体思维毫无例外的普遍遵循与认同,那么该言说对象作为群体文艺美学思想的性质就要发生改变,即所谓的群体已不再是群体,而是一个整体,群体与个体的类群关系也即转化为整体与部分的有机关系。与此同时,它也消弭了言说对象内个体文艺美学思想体系的有效存在。这种情形下的群体文艺美学思想,理应被视作一个能够弥纶群言且通约共守的个体文艺美学思想。其体系实体存在与属性拥有的关系,也应等同于个体文艺美学思想。如果情形并非如此,比如,即使该体系对其言说对象内容的涵盖与包容具有周延性,但在结构上并不能获得群体思维毫无例外的普遍遵循与认同,或者该体系对其言说对象内容的涵盖与包容根本就不具有周延性,只是因其所属创造主体自然秩序形成的属类关系而获得的一个名义上的称谓,那么在这样的情况下,该体系的存在并不完全排斥言说对象内其他个体文艺美学思想体系的有效存在。如果是这一类与群体文艺美学思想相对应的体系,实际上并未改变言说对象的群体性质,相反,其本身也要被言说对象所包含,视为该群体文艺美学思想中的个体文艺美学思想体系。体系内所涵盖与包容的理论内容,与作为言说对象的群体文艺美学思想之间的关系,仍可以看作个体与群体的类群关系。或更确切一点,概括为子集与集合的关系。言说对象体系的实体存在与属性拥有的关系,仍按群体文艺美学思想来对待。

以强调对象而论,对一种文艺美学思想有无体系的言说,乃是一种属性的言说。而文艺美学思想体系性有无的问题,又是针对文艺美学思想内在体系性的有无而言的。在明乎言说内容实质的前提下,全面准确地把握关涉言说内容的各种制约因素以及其相互关系,方能理出正确合理的论证思路。依据有关制约因素及其相互关系,其证明方法可以从两个方面着手:一是直接论证;一是间接论证。直接论证的方法,即直接着眼于文艺美学思想构成特性的方法,考察文艺美学思想的内容本身是否具备构成体系的特点和条件,进而根据体系的实体与属性关系,以体系实体的存在来推证体系属性的具有。而间接论证的方法,则先从文艺美学思想的形态特征出发,去推求文艺美学思想外在体系性的具有,继而根据文艺美学思想形态特征与构成特性的关系,说明文艺美学思想内在体系性的具有。当然,言说对象不同,论证过程的复杂程度也有所不同。如作为言说对象为个体文艺美学思想,那么这种证明只是该个体文艺美学思想自身的求证;如系群体文艺美学思想,则这种证明还将牵涉到从群体中任意个体划到整个群体的一般性、普遍性或者说是共性的归纳,有时还会有以整个文艺美学思想群体为支撑的体系属类辨析问题。但是必须注意,间接论证固然在肯定文艺美学思想具有外在体系性的条件下能够满足得出肯定结论的需要,但问题也仅止于此,总的来讲,它仍是一种不完全不彻底的论证。因为基于文艺美学思想形态特征与构成特性的关系,当一种文艺美学思想不具有外在体系性的时候,我们无法据以直接得出其内在体系性有无的结论。这种情况下文艺美学思想体系性有无的论证方法,仍要回到直接证明那里。否则,结论的给出难免要牵强武断。

从思维方法上讲,将文艺美学思想体系及其在实体存在与属性具有方面所关涉的必要因素以及该主题论证所必须遵循的基本思路,施之于中国传统文艺美学思想体系有无问题的讨论,也是同样可行的。这里体现的是抽象与具体的关系。

若由此出发，对以往中国传统文艺美学思想体系有无问题的讨论进行一番认知与逻辑方面的检视，那么，其中的误解与忽略之处起码表现在如下几个方面。

首先，还应进一步阐清楚文艺美学思想体系的确切所指，从认识上将文艺美学思想的内在体系与外在体系区别开来。现今的研究状况是，往往将文艺美学思想内在体系和文艺美学思想的外在体系相混淆，不然就是将文艺美学思想的外在体系等同于文艺美学思想的内在体系。由于文艺美学思想本质的原因，一般所谓的文艺美学思想体系，应当是指文艺美学思想的内在体系；文艺美学思想体系有无的问题，也应该是指其内在体系的有无问题。文艺美学思想外在体系的有无并不必然预示着其内在体系的有无，于实体存在和属性具有方面都是如此。关于这点，可以在作为参照对象的西方美学思想那里获得明显的例证。如古希腊的柏拉图，其美学思想体系就是基于其精心结撰的一个以外在于客观世界的"理念"，并以其为最高本体，以"理念论"为中心，从而建立起来的唯心主义美学体系。在他看来，一切模仿具体事物的美学，都是对理念的模仿，是"影子的影子"；由此他提出神灵启示的文艺灵感论，并提出把诗人赶出"理想国"。他就是这样从文艺本体论出发，进一步谈创作思维等问题，甚至还有涉及诗人地位的文艺政策，从而构成了自己的理论体系。但不难看出，他的这一美学思想体系，显然是指其美学思想的内在体系而言的。而与之相应的体系属性，也自然是指其美学思想的内在体系性。如果仅就美学思想的外在体系与形态特征看，那么，柏氏并无系统的文艺理论专著，在《理想国》里只是附带提及文艺，《对话录》也不是专门探讨文艺问题的，采取的也是漫谈、辩论的方式，可以说，柏氏的美学思想确实是没有体系的。然而，在我们过去对中国传统文艺美学思想体系有无问题的讨论中，这一差异似乎并未引起足够的注意。诸如仅仅因为"中国向来只有诗话而无诗学"以及"诗话大半是偶感随笔，信笔拈来"①，就断言中国传统文艺美学思想没有体系，显然是以文艺美学思想的外在体系和形态特征取代文艺美学思想的内在体系和构成特性来进行言说的。这里起码存在两种可能，要么是认识上的误区，混淆了文艺美学思想的内在体系与外在体系、构成特性与形态特征之间的差别，将其外在体系和形态特征的问题误认为是其内在体系和构成特性的问题。要么是逻辑上的疏漏，忽略了两者之间的存在与具有问题上并非是直接同一的充要条件关系，因而

① 朱光潜在《诗论·抗战版序》中即有相关表述。见《朱光潜全集》第3卷，安徽教育出版社1987年版，第3页。

没有将问题做进一步的深入探讨和落实。这样的言说，初衷与目的都背离了题旨，其结论的可靠性也就可想而知了。所以，即如蔡镇楚所指出的，对于中国传统文艺美学思想群体而言，尽管除《文心雕龙》《原诗》等少量具有较强理论色彩的文艺美学思想专著之外，包括诗话在内的绝大多数文艺美学思想都不具有外在体系，表现为非体系的形态特征①。当然，这并不等于说中国传统文艺美学思想就不存在内在体系，是非体系的构成特性，同时也不能由此断言中国传统文艺美学思想是无体系的美学思想。与此相关，学界经常提到的诸如"潜体系"，或是将"潜在体系"与"显体系"相对举的提法，即认为中国文学思想体系属于"潜体系"而西方美学思想体系则属于"显体系"②等说法，固然可以从现象上对中国传统文艺美学思想体系与西方美学思想体系的各自特点予以具体的表述，但却也同时暴露了其对文艺美学思想内在体系与外在体系分别于实体存在与属性具有方面相互关系问题的认识仍旧停留在含混的感性阶段，还不能从理性高度准确把握文艺美学思想外在体系与内在的体系分离聚合的实质。若照此理解中国传统文艺美学思想体系有无的命题，势必会造成逻辑关系上的交叉与粘连，同时，基于这种理解上的言说，也不能使命题得到纯粹和彻底的回答。

其次，还应进一步辨析中国传统文艺美学思想体系有无命题的言说实质。现今学术界往往将体系属性当作体系实体来进行探究，以对体系实体的求证取代了对体系属性的探讨。中国传统文艺美学思想体系的有无问题，就言说的强调对象来看，应该是中国传统文艺美学思想体系性的有无问题，并且是针对中国传统文艺美学思想内在体系性，即构成特性而言的。但在以往的研究中这一点却没有得到充分注意，或根本被忽略了。如罗宗强等人就认为："中国的文学思想，究竟是一个什么样的面貌，我们至今似乎并没有一个完整的认识。这里有几个问题尚须研究：一是有没有体系；二是这一体系是某一流派的体系，还是整个中国文学思想的体系……关于第一点似乎有一个忌讳，说没有体系，似乎是对中国文学思想的大不敬。可是说有体系，那么包括的范围应该确定在什么地方？……关于第二

---

① 蔡镇楚：《中国文学史·绪论》，岳麓书社1999年版，第32页；彭玉平：《中国文学史的逻辑基点和形态特征》，载《中山大学学报》，2000年第6期。

② 彭会资：《中国文学思想国际学术研讨会暨第10届年会综述》，载《文艺理论研究》，1998年第2期；张海明：《古代文论和现代文论——关于建设有本土化、民族化、地方化的马克思主义文艺学的思考》，载《文学评论》，1998年第1期。

点,就更难处理。各派论诗论文,差别极大,我们如何把他们捏在一起?”①类似这种“一个体系”的说法比较多,但对于中国传统文艺美学思想的整个群体而言,其对体系属性的拥有与获得,则须依赖中国传统文艺美学思想家个体文学思想体系实体相当普遍的存在及体系属性相当普遍的具有,而非一个体系实体的存在就能同时决定的。即使中国传统文艺美学思想存在一个可以涵容和统贯整个群体的体系,对于中国传统文艺美学思想体系的实体存在与属性拥有的关系问题,也应从体系实体存在的有效性方面予以分析。如果从内容和结构方面着眼该体系并不排斥中国传统文艺美学思想群体内其他个体体系的有效存在,那么这一体系的实体存在仍旧改变不了中国传统文艺美学思想的群体性质。这种情况下美学思想体系属性的具有仍须经过从体系实体转化为体系属性的必要的逻辑证明。但对相当一部分学者来说,似乎并未意识到这一点,或者说是被其有意无意地忽略和淡忘了。平心而论,罗宗强所提的几个疑问在体现其治学严谨、持论慎重的同时,也显示了其将一个群体属性问题的比较理解为仅对群体内单个实体存在进行求证的思维误区。其实,即算是有些对中国传统文艺美学思想体系存在问题持肯定意见并已就其实体的具体存在状况进行了深入研究的学者,也不曾摆脱这一认识的误区。于是人们在承认西方美学思想是成体系的美学思想的同时,也在试图证明中国传统文艺美学思想有一个体系。显然,如果一个文学思想群体是体系的存在和其存在的体系之间的差异不能得到准确的分辨和理解,那么,体系有无问题的言说终究不能被贯彻到底。

再次,还需要进一步弄清楚论证这一命题所必经的逻辑思辨程序。共性与个性,一般与个别,以及普遍与特殊的关系问题,表现为以体系性的个别有无表征体系性的一般有无。中国传统文艺美学思想体系的有无问题,乃是针对中国传统文艺美学思想作为一个群体的属性言说。对这一问题的论证是一个复杂繁琐的过程,将涉及到从中国古代任意个体文艺美学思想到整个中国传统文艺美学思想群体的一般性、普遍性或者说是共性的归纳,同时,如有可能还会出现以整个中国传统文艺美学思想群体为支撑的体系属类辨析问题。而中国传统文艺美学思想作为一个群体历时性的思维凝结,仅从其典籍文本的卷帙浩繁、汗牛充栋就足可窥其博大深邃的一斑。并且其表述灵活,类型多样,有学者曾不厌其详地对其进行了划分,即包括:具有较强理论色彩的文学思想专著;收入传统诗文评中的,包括

① 罗宗强、邓国光:《近百年中国文学思想之研究》,载《文学评论》,1997 年第 2 期。

诗话、词话等评论性论著；散见于别集中的谈论诗文及其他文学样式的书信、札记、随笔；诗文词曲专集和小说、戏曲的序、跋、评点；体现在总集、选本中的文学思想、批评观念；以文学作品的形式存在、直接表现作者文学主张的作品；间接表现作者文艺思想的文学艺术作品；散见于历史、哲学、宗教、文化典籍中的相关材料；口头流传的民间故事、传说中隐含的文艺美学思想；代表一定时期审美观念、趣味、风尚的艺术品①。相形之下，任是哪一种类型体系性的有无去支撑整个中国传统文艺美学思想群体体系性有无的结论，都未免显得淡薄柔弱。即以前文提到的诗话而论，撇开内外体系的差异问题不谈，单是这种论证方法的合理性就是一个值得斟酌的问题。中国古代诗话著述的发达与繁荣是一个有目共睹的事实。其发达的程度与繁荣的规模足可以使其俨然成为栖生于中国古代文化群落中的一个卓绝独立的强大部族（仅据郭绍虞《宋诗话考》所录宋人诗话即达 139 种之多，其规模之巨可见一斑）。就此而言，诗话也确乎可以作为“诗文评”这一中国传统文艺美学思想原生形态的体现和标志之一。但问题在于，相对有着 10 种文本类型的中国传统文艺美学思想原始材料而言，位列于传统诗文评项下的诗话一族，能否仍旧作为中国传统文艺美学思想的代表，去实现其群体属性的言说，并成为作证其观点的依据，这恐怕不仅需要量的对比，而且还应有质的鉴定。所以，无论其认识和结论是否正确，起码单是以诗话一族的个别与特殊去坐实中国传统文艺美学思想群体属性的一般和普遍，其思路与做法便不能不显示出逻辑上的某种必要环节和步骤的亏欠与缺失。同理，依靠这种直觉判断在中国传统文艺美学思想体系性有无问题上得出的肯定性结论也是值得推敲的。比如，因为中国传统文艺美学思想中的一些美学思想家如刘勰、钟嵘、严羽、叶燮、刘熙载、王国维等，都有自己的理论体系，就断言中国传统文艺美学思想是有体系的美学思想。这样得出的结论同样也是唐突和武断的。事实上我们说西方美学思想是有体系的美学思想，也是立足于西方美学思想从柏拉图开始多能自成体系的个别归纳基础上做出的一般概括。纵览体系是有无探讨中的有关论证，对共性与个性，一般与个别，以及普遍与特殊关系的忽视，几乎可以说是一种通病，所以无论其观点是否正确，都不免难尽人意。我们所以将这一问题特别提出和郑重申明，原因即在于此。

中国传统文艺美学思想体系当代研究中存在的话语偏差及与之相应的思维误区是多方面的，这里只不过是略举其要点而已。但这足以说明，对于中国传统

---

① 张海明：《关于文学思想研究学科性质的思考》，载《文学遗产》，1997 年第 5 期。

文艺美学思想体系有无问题的讨论与探求,绝非是文艺美学思想整体内体系实体存在的个别举证所能解决的。这也意味着,中国传统文艺美学思想体系有无命题至今仍未获得圆满的结案。因此,罗宗强曾针对这一问题提出疑问,说:“有学者论中国的诗学体系,称包括言志、缘情、立象、创境、入神。那么诗教、诗体、诗格放到什么地方呢? ……我们能否把这些排除在诗学体系之外?”①显而易见,这里已经注意到讨论与研究中尚未周到的问题。也正由于这样,所以,有学者指出,既然中国传统文艺美学思想的非体系形态特征已经排除了其构成特性问题间接论证的可能性,那么,现今,只有遵循着其直接论证的思路,以严肃的态度,从今天西方美学思想体系的视野,来对中国传统文艺美学思想进行一次全面的清理和探究,然后再去寻求整体体系属性意义的言说,才能有充足的学理支持和可靠的事实为依托,也才能增强研究的科学性与说服力。

第三节 传统文艺美学思想诗学体系化

“诗学”二字,古人并不怎么用,汉代有“经学”。“经学”里关于诗经的部分并没有独立出来称为“诗学”。可是现在“诗学”已经用得相当普遍,不过大家对“诗学”二字的理解并不一致,因此,在这里有必要对所谓“诗学”加以大致的界定:所谓“诗学”,有狭义和广义之分。简单地说,狭义的“诗学”就是指关于诗的理论与品评;广义的“诗学”,原本来自亚里士多德的文艺理论与美学名著《诗学》。亚里士多德自已将它限定为包含诸多内容的一个术语。在《诗学》里,亚里士多德不但探讨了诗的种类、功能、性质,也探讨了其他艺术理论以及悲剧、模仿等等美学理论,实际上,亚里士多德已将“诗”放到了一般的意义上,即艺术。这就给“诗学”定了位,由此将诗学概念引入了美学,把诗学看作了一般的文艺理论。

从这部论著开始,亚里士多德从此获得了专利权。他奠定了传统诗学的概念。以后西方文艺理论界一直沿用这种广义的诗学概念。文艺复兴时期曾产生了大量的以“诗学”命名的文艺理论专著,这种现象一直延续到法国新古典主义的法典——波瓦洛的《论诗艺》;由于古典主义理论家们大都旨在为创作制定法规,在某种程度上限制了文艺审美创作者的自由,于是在浪漫主义的冲击下开始丧失

① 罗宗强、邓国光:《近百年中国文学思想之研究》,载《文学评论》,1997 年第 2 期。

声誉，从此再没有许多"诗学"被写出来了，至少他们已经没有多大的权威性了。随之而兴起的诗学理论是以鲍姆嘉敦为起点的美学和以勃兰肯布为起点的美学。到了19世纪，诗学逐渐分成了哲学的美学与运用历史方法的美学两个部分。前者是一种由先验的美学体系建立起来的诗学理论，它倾向于加强诗学的理论色彩，以取代法规，其代表人物有鲍姆嘉敦、黑格尔、叔本华、克罗齐，后者则用历史主义的观点来处理诗学，这就是众所周知的美学思想，20世纪的后期印象派诗学产生了一种返回到传统诗学概念的倾向，例如艾略特与庞德的诗论，还有一些当代的诗学概念，是基于语言学、社会学、人类学或心理学的理论，例如精神分析派、结构主义诗学等。

由此可见，广义的"诗学"是一个包含诸多内容的约定俗成的传统概念，它既包括了诗论，也包括了一般的文艺理论乃至美学理论。

二

最早运用西方的诗学体系，来研究中国诗学的应该是曹顺庆教授。他在《中西比较诗学》一书中分六个部分：(1)从社会环境，心理形态及历史传统等方面论述中西文艺理论异同的根源；(2)艺术本质论；(3)艺术起源论；(4)艺术思维论；(5)艺术风格论；(6)艺术接受论，通过比较方法，具体深入地考察与论述了中西诗学的共同规律，并着重探究了中西诗学的不同特色。在中西诗学理论体系的对比中，发掘出中国诗学的宝藏，阐明其世界意义；同时，强调指出，中西诗学理论互有短长，难分高下，在世界文艺理论宝库中，各有贡献，相互辉映。

在论述中西诗学艺术本质论与艺术起源论方面的内容时，曹顺庆教授对为什么中国诗学不重形似而专注于神似？为什么西方古代注重模仿现实，将文艺视为反映现实的"镜子"？而中国却将文艺视为"抒情言志"和"载道"之工具？为什么西方文艺那么富于创新精神，而中华文艺却较为保守，总是"子曰""诗云"。为什么西方文艺热衷于爱情的讴歌，而中华文艺却偏重于道德与气节的赞颂？等诸多的问题都进行了文化还原式的追问。他指出，之所以出现这些现象，主要涉及到这样一个根本问题，即中华美学艺术与西方美学艺术的基本美学特征不同，中华艺术与西方艺术的根不一样。曹顺庆教授指出，中西诗学为何闪烁着截然不同的民族色彩？作为观念形态的文艺作品，都是一定的社会生活在人头脑中的反映的产物。无论是中国还是西方的文学艺术及其文艺理论，都是结晶在一定的社会物质基础之上的。中西诗学属于两种完全不同的体系，正因为它们生长在不同的土壤、气候中,自然就散发着不同的芬芳,结出了滋味不同的果实。中国古代的天人和谐状况,虽没有导致宗教的迷狂,但也窒息了自然科学的生机。中国尽管早就有四大发明,但自然科学却没有勃兴,最终只有汗牛充栋的经学笺注与兴盛的程朱理学和乾嘉考据学。天人合一的观念,给中国传统文艺美学思想艺术及诗学理论灌注了某种生气,使中国人很早就萌发了亲和与欣赏自然美的自觉意识。如果说“昔我往矣,杨柳依依,今我来思,雨雪霏霏”这种情景交融的诗句,还仅仅是对大自然审美意识的萌芽,那么,六朝的田园诗、山水诗则是对自然美的“文的自觉”,唐宋的诗风更是在人与大自然交融冥契之中的最优美的乐章。曹顺庆教授指出,中国古代的待,无论是以我观物还是以物观物,都力图达成心物合一、情景交融的审美佳境,在优美的意境中达成心灵与大自然的妙合无坦,物我两忘,从有限的诗境中,求得心灵与自然相冥契的无限的情趣与隽永的意味情思。这,也许就是中华文艺的灵魂。如果说西方美学以震撼人心的悲剧冲突著称,那么中国传统文艺美学思想则以启迪性灵的神韵意境取胜。这是各具价值的两种完全不同的美学特征。无论是大自然与人的尖锐冲突而迸发出的悲剧美感,抑或是人与大自然冥合无间中萌生的意境美感,都有无可比拟的审美价值。中国传统文艺美学思想中的“比德说”“物感说”“意境说”“神韵说”以及“象外之象”“韵外之致”“思与境谐”“言近旨远”等等极有价值的诗学理论,皆是对中华文学艺术基本特征的概括和总结。

曹顺庆教授指出,中国古代宗教意识与自然科学都没有西方那么兴盛,但是,伦理道德之风却运远比西方浓厚。所以中华被誉为“礼义之邦”。在他看来,中国之所以如此强调伦理道德,是与由经济基础和天人关系所产生的人际关系密切相关。西方的商业经济与天人尖锐对立的状况迫使人们为求生存而冒险以寻求财富。商业贸易,使人与人之间的关系建立在物质利益基础之上,致使人与人之间充满了生存竞争,投机取巧,尔虞我诈是必不可免的。在激烈的商业竞争中,不是你发财便是我破产。因此,商业性社会的人际关系以竞争为特征,这里没有利他主义的仁义道德的市场,有的只是个人主义,弱肉强食的强者道德,谁有本事,谁英勇无畏,那么人们就崇拜谁。与古希腊相反,中国农业社会不但导致了天人合一,也导致了人际关系以“和为贵”,因为农业性经济不是以竞争为基础。

在论述有关艺术思维论、艺术风格论和艺术接受论方面的内容时,曹顺庆教授指出,中国古代诗学,无论是“妙悟”“滋味”,还是“文气”“风骨”;无论是诗话、词话,还是小说评点,无论是“精论要语”还是“目击道存”,都与这种直觉思维密不可分。抓住了这一点,才能明智地认识到中西诗学体系之所以迥异的一个重要原因。曹顺庆教授指出,无论是美学描写还是文艺理论的表达,都必须运用语言文字。因而,中西诗学的差异,又与中西语言文字的差异密切相关。西方文字是拼音文字,而中国文字则是以形为主的表意文字。西方的拼音文字,每一个字母必须置于句子结构中,才具有一定的意义。因此,它必须十分注意仔细分辨语法与词性,注意时态准确、概念清晰,所以西方语言长于细致的分析和演绎推论;而中国文字则不太注意仔细分辨语法和词性。它没有精确的时态及单数和复数与词性的区分,这种现象在诗歌中尤其突出。例如"鸡声茅店月,人迹板桥霜","鸡"在何处,什么时候啼?是正在啼则还是已啼过了?茅店与板桥及月亮的位置关系怎样?月亮是挂在天边,还是升在茅店之上?诸如此类,在西方语言文字表达似乎不成问题的问题,在中国语古文字中却大成问题,但是如果我们按西方的标准加上时态,介词等附加成分,这首诗也就不成其为诗了,充其量也只是一纸"说明书"。

曹顺庆教授认为,这种现象恰好说明了中国与西方语言文字的特征及其长处和短处。西方语言虽长于精细的分析演绎,却未免缺乏形象美感;而中国文字虽不善于演绎分析,但富于形象的美感,往往让人在生动而生动的形象中去领悟。而这种抽象的概念表述与具体的形象比喻,恰恰是中西诗学的一大差别。西方的诗学,总喜欢用一些抽象的概念加以演绎分析,而中国的诗学,则多用一些美妙生动的形象来加以比喻说明。

二

基于以上认识,曹顺庆教授在《中西比较诗学》一书中对中西诗学进行了比较研究。他强调指出,对作为世界美学思想的重要组成,中西诗学体系之间存在着巨大的同与异。曹顺庆教授在中西诗学体系的异同比较方面做了大量的工作。下面我们就以他关于中西诗学的灵感论的比较为例①,谈谈中国传统文艺美学思想批评中有关诗学异同比较研究的一些情况。

曹顺庆教授指出,中西诗学虽然存在着巨大的差异,但它们对一些问题都有同样或类似的看法,灵感问题就一个很好的例子。灵感现象是古今中外的文艺审

① 曹顺庆:《"迷狂说"与"妙悟说"》,载《中国比较文学·创刊号》,1984 年;曹顺庆:《中西比较诗学》,北京出版社 1988 年版,第 183 – 197 页。

美创作者们都经常遇到的一种美学现象，从德谟克利特到黑格尔，从刘勰到王国维，都论述了这一问题。在西方，普遍流行的权威理论是柏拉图的“迷狂说”；在中国，普遍流行的是严羽等人的“妙悟说”。“迷狂说”与“妙悟说”的共同性表现在什么地方呢？曹顺庆教授认为，这是异同比较必须加以解决的一个问题。他指出，首先，“迷狂说”与“妙悟说”都是关于灵感的论述。柏拉图说：“凡是高明的诗人，无论在史诗或抒情诗方面，都不是凭技艺来做成他们的优美的诗歌”，而是因为“诗人只是神的代言人，由神凭附着。”并且，只要有神助，“最平庸的诗人有时也唱出最美好的诗歌。”①严羽在《沧浪诗话》中说：“大抵禅道唯在妙悟，诗道也在妙悟。”所谓“妙悟”，在严羽看来，首先在于认真学习古代优秀作品，“酝酿胸中，久之自然悟入”，而一旦悟入，就会达成一种“入神”的最高境域。所谓“入神”，在严羽看来，就是在诗歌创作过程中出现的一种随心所欲、得心应手的状态，“及其透澈，则七纵八横，信手拈来，头头是道矣”。显然，“迷狂说”与“妙悟说”都是对灵感现象的论述。曹顺庆教授指出，“迷狂说”与“妙悟说”的第二个异同点是它们都将灵感的探讨与宗教迷信联系起来。柏拉图认为，灵感有两个来源，其一是神灵凭附诗人自上，使他处于迷狂状态，给予他灵感，暗中操纵着他的创作；其二是不朽的灵魂从前生带来的回忆。柏拉图认为，灵魂依附肉体，只是短暂的现象，而且是罪孽的惩罚，灵魂一旦依附了肉体，就仿佛蒙上了一层障。但灵魂仍然能够隐约地回忆到它未投生人世以前所见到的景象，于是会产生迷狂，产生灵感。严羽则完全以佛教论诗，以佛教之派别界诗。他说：“禅家者流，乘有大小，宗有南北，道有邪正，具正法眼者，是谓第一义；若声闻、辟支果，皆非正也。论诗如论禅：汉、魏、晋等作与盛唐之诗，则第一义也；大历以还之诗，则已落第二义矣。晚唐之诗，则声闻、辟支果也。”②

曹顺庆教授指出，将中西美学的异同互识运用到中西诗学比较上，同样也要求在平行研究的单纯求同之后，进而求其相异之处。从表面上看，“迷狂说”与“妙悟说”都提倡文艺创作中的非理智性。柏拉图说：“不失去平常的理智而陷入迷狂，就没有能力创造。”“神对于诗人们就像对于占卜家和预言家一样，夺去他们的平常理智，用他们做代言人。”严羽同样如此，他也说：“夫诗有别材，非关书也，诗有别趣，非关理也。”并极力攻击当时以理为诗的文艺审美创作者，“近代诸公乃作

---

① 柏拉图：《伊安篇》。

② 严羽：《沧浪诗话》。

奇特解会,遂以文字为诗,以议论为诗,以才学为诗;夫岂不工,终非古人之诗也,盖于一唱三叹之音,有所欠焉”。但是,文艺创作并不能完全排除理智的参与,柏拉图完全否定了理智的作用。严羽的“妙悟说”则要比“迷狂说”全面一些,辩证一些。严羽虽然说诗歌创作要“不涉理路”,但他并非主张完全不要理智。他亦指出:“古人未尝不读书不穷理。”严羽所反对的是那种违反创作规律的以“文字为诗,以议论为诗,以才学为诗”。因为这种只讲理智的创作,势必将文艺引向死胡同,“诗而至此,可谓一厄也”。他实际上主张灵感与理智辩证地统一,他说:“诗有词理意兴,南朝人尚词而病于理,本朝人尚理而病于意兴,唐人尚意兴而理在其中,汉魏之诗,词理意兴,无迹可求。”严羽所推崇的是语言文字、思想理智、感兴灵感浑然一体,“无迹可求”的最高审美境域。他既不赞成“尚词而病于理”的南朝诗人,也反对“尚理而病于意兴”的宋代诗人,而是主张“词理意兴”的辩证统一。

曹顺庆教授还对中西诗学在描述有关灵感状态时所提出的“狂热”与“虚静”进行了比较研究。他指出,它们之间也是有差异的,西方诗学的“迷狂说”是一种激烈而热烈的灵感状态,而中国诗学所提出的“妙悟”则相反,它是一种自然而冷静的灵感状态。“迷狂”不仅在“迷”(失去理智),而且还在于“狂”。柏拉图认为,当诗人陷入“狂”的状态时,“就会感到酒神的狂欢”,他们就会“飞到诗神的园里,从流蜜的泉源吸取精英,来酿成他们的诗歌”。相反,“妙悟说”却没有一点“狂”的味道,而是在平静中慢慢地“悟入”。这种灵感是在长期的积累中,自然而然地得来的。严羽强调“熟读”“熟参”,就是想依靠平时的苦心经营,千锤百炼,熟能生巧。“妙悟”的状态又是一种平静的心态。就如苏东坡所说:“欲令诗语妙,无厌空且静;静故了群动,空故纳万境。”

“神赐”与“积累”也是中西诗学在描述有关灵感状态时,所提出的范畴。曹顺庆教授认为,它们之间也是有差异的,“迷狂说”认为灵感是神赐的,而“妙悟说”则认为灵感来自后天的学习积累。柏拉图认为,文艺审美创作者创作必须陷入无理智的迷狂,全凭神赐的灵感。文艺审美创作者的创作不可能凭技艺,不是靠平时各方面的积累。文艺审美创作者只要等待神赐予灵感,就可以写出优美的作品来。“诗人们对于他们所写的那些题材,说出那样多的优美辞句,并非凭技艺规矩,而是依诗神的驱遣,因为诗人制作都是凭神力而不是凭技艺。”与此相反,“妙悟说”并不认为灵感来自释迦牟尼,而是来自平时的学习积累,只有在积累的基础上,方能有“悟”。严羽认为,若要“悟入”,必须“熟参”大历,元和、晚唐、苏黄之诗。所谓“熟参”就是要“朝夕讽咏”“皆须熟读”“酝酿胸中”。要学得广、吃得透、只有这样才能妙悟。否则,“是见诗之不广,参诗之不熟耳”。

三

除了对广义的诗学体系进行研究之外,还有不少学者对狭义的中国“诗学”进行了研究和整理。

对狭义的中国诗学进行科学、系统的研究,可以说从20世纪20年代就已经正式开始。在理论上做了较为系统梳理的第一位研究者是日本汉学家铃木虎雄,他著的《中国诗论史》1925年在日本出版, 1928年被翻译介绍到中国;1925年至1930年两位年轻的中国学者陆侃如、冯沅君,写出了有史以来第一部《中国诗史》。但是,自此而后,中国诗学、诗史没有作为被特别重视的专题进行持续深入的研究,虽然商务印书馆于1928年出版过杨鸿烈的《中国诗学大纲》、1930年出版过范况的《中国诗学通论》等,但无多大影响,而且是被纳入综合性的“中国传统文艺美学思想史”和“中国传统文艺美学思想史”之中。

这之后,较为全面、系统的研究成果应是陈良运的《中国诗学体系论》①袁行霈等人的《中国诗学通论》②余荩的《中国诗学史纲》③(浙江古籍出版社1995年版)。在《中国诗学体系论》中, 陈良运从现代体系论出发,对中国诗学理论体系进行了梳理和探究。他认为历览古代诗歌论著,会发现五个复现率很高的审美观念的来龙去脉,探索它们丰富的内涵,理清它们相互间内在和外在的联系,就会进一步发现,中国自有诗以来,诗歌理论对诗歌创作实践的抽象表述是:发端于“志”,演进于“情”与“形”,完成于“境”,提高于“神”。在他看来,这就是中国古代诗歌理论体系的美学结构。由此,他依据这五个概念,从“发端”“演进”“完成”“提高”的顺序对中国诗学展开了一个“轮廓”的描述。他强调指出:这五个复现率很高的审美观念发生的时间虽然有先有后,但它们之间的组合,主要不是历时性的联结而是不断进行中的共时性建构。他用了一个比喻性的说法,即它们不是互相联结跨越逝水的卧波长桥,而是一幢历时漫长、历代诗人诗论家共同添砖加瓦以至不断升高、扩展,不断完善的大厦。他指出,中国诗学的历时性是一个由繁而简,由粗而精,由表及里,由此及彼,而后促成其他审美观念的新生或发育的过

① 陈良运:《中国诗学体系论》,中国社会科学出版社1992年版。

② 袁行霈 、孟二冬、丁放 :《中国诗学通论》,安徽教育出版社1994年版。

③ 余荩:《中国诗学史纲》,浙江古籍出版社1995年版。

程。他认为,作为中国诗学发端的"言志"说便是此种典型之例。荀子和汉儒们的"言志"说有着沉重的政教内容,反映了先秦的理性情神和汉代"独尊儒术"的时代特色,但改变不了"言志"是重在表现内心这一基本框架;到了魏晋南北朝,"言志"说才向"缘情"说转型,荀子和汉儒赋予"言志"的政教内涵也从此逐渐化解。但在转型中"志"并没有消失,作为诗人的主观因素而与气、才、情、性共处,成为"无指内"的"我向思维"中一种潜在的、隐蔽的倾向性。像一条动脉贯穿于历代诗学与诗歌创作的肌体之中。

从这个意义出发,陈良运指出,"言志"在中国诗学体系中是一个必然的、合理的存在,它有"发端"之功、又促成了"缘情""意境"等审美观念的发育和成熟。陈良运还指出,中国诗学理论在每个时代都有幸在比较宽广的范围内、根据诗歌文体的审美特征,遵循诗歌艺术历时性的规律而对"共时效应"做出"自选择",这就使其不像散文理论那样不时受到"明道""贯道""载道"一类非美学观念的干扰,并使其体系结构有一个合乎"美的规律"的程序,发端于"志",重在表现内心;演进于"情"与"形",注意了"感性显现";"境域"说出现和"神"的加入,使表现内心与感性显现都向高层次、高水平发展。虽然有这个程序,实质上后一个部分与前一个部分都有着深刻的内在联系,是融合不是否定、排斥前者,于是整个体系的内部始终处于相对稳定的状态,又相辅相成地向前发展而臻至完善。

在该书中,陈良运特别指出,以今天的眼光来看,中国诗学体系的美学结构,包蕴了一部内在的、质的诗歌理论发展史,是一个有机的整体。

四

在中国诗学有无体系的问题上,余荩在《中国诗学史纲》中指出,诗与诗歌批评互为依存。诗是诗歌批评的客观对象与依据。诗作丰富,中华文化,博富渊深,其中诗歌尤为于诗的认识亦可能更为全面深刻,诗的理论体系亦会日趋科学化。而诗歌批评的历时性,又无不影响着诗歌内容与表现形式的演进、变化,乃至影响到整个美学风貌。自孔子删《诗》论诗,迄于明、清各家之诗评,莫不揭示着这一规律:丰富的诗歌遗产是诗论之花赖以开放的深厚土壤,而诗歌批评的发展,又引导着各个时代的诗歌趋势,乃至促进某一历史时期美学风气的形成与演变。中国古代诗论与诗歌,正如双星丽天,互相映照,历数千年依然可见其琅琼的光辉。

诗歌评论是中国传统文艺美学思想的最早形式,也可以说是中国传统文艺美学思想史贯穿始终的主干。《左传》建公二十九年(公元前544),吴国季札到晋国

“观于周乐”之后，盛赞《周南》《召南》与《颂》诗“美哉”“至矣哉”，而认为郑风“其细已甚”，是“先亡”之音。这就是中国最早的诗论。它产生于孔子论诗之前。可见中国最迟在春秋时代即已有了诗论。先秦、两汉时期，还没有独立的美学观念，美学的中心，就是诗歌批评；从魏、晋至于明、清，诗歌评论著述日富、论者日多，历代不定，这些都是其他美学样式的批评所难于企及的。如果没有诗歌批评，那也就没有完整的中国传统文艺美学思想史。中国诗歌批评不同于其他美学样式的批评，它自有其独立性、体系性和批评原则。研究中国历史悠久的诗论，就会发现它具有理论的丰富性与创造性，就会感到中国的诗歌学说是一个值得系统总结与深入开发的理论宝库，也就会毫无愧色地向世人宣告：中国诗学以自己鲜明的特色与辉煌的成就，立于世界诗学之林，它是我们中华民族的瑰宝，是我们中华民族的骄傲。

而袁行霈等人则认为中国诗学的体系需要重建。在《中国诗学通论》中，袁行霈等人指出，所谓“诗”原来专指《诗三百》而言，后来逐渐成为一种文体的名称，包括了四、五、七言和杂言的古近体诗。当词兴起之时，它或称曲子词，或称长短句，或称诗余，本来是不得相混的，后来也纳入了广义的诗的范围之内。然而在中国，“诗”的概念始终没有像西方那样广泛。所以他们的这部《中国诗学通论》的所谓“诗”也就仅仅限于古近体诗和词而已。其目的是要对中国历代关于诗的理论和品评做一番搜集、爬梳、整理和总结的工作。他们指出，中国是一个诗的国度，这不但表现在诗的创作上。也表现在诗的理论与品评上。中国有不同于其他国家的独特的诗的传统，也有不同于其他国家的独特的诗学。认真总结中国的诗学，既有助于理解中国的诗，也有助于丰富中国的美学思想，乃至世界的美学思想。这是一项很有意义的工作。袁行霈等人指出，研究中国诗学，首先都会遇到如何搜集和整理资料的问题。他们认为，中国古代有“诗文评”这样一类书，但中国诗学的资料则不仅限于“诗文评”中的“诗评”，中国诗学的资料范围要广泛得多，完整、系统的资料和研究对象大致有以下几方面内容。

其一，以“品”“话”“式”等命名的诗学书籍。“品”是品评的意思，对文艺审美创作者品评高低优劣。“话”本是故事的意思，讲述文艺审美创作者及其文本的有关掌故，以资闲谈，后来也包括单纯的评论赏析之作，不一定讲掌故了。“式”是法则的意思，主要是从创作的角度讲作诗应当遵循的若干法则。这一大类著作中最早的是梁代钟嵘的《诗品》。而宋代欧阳修的《六一诗话》则是最早的一部取名诗话的书。其他如司空图的《二十四诗品》、王国维的《人间词话》，唐代皎然的《诗式》也是著名的诗学著作。元代张炎的《词源》上卷论乐律，下卷论词的接受和做法也属于这一大类。这类著作有若干丛书，使用方便，如何文焕的《历代诗话》，丁福保的《历代诗话续编》《清诗话》，郭绍虞的《清诗话续编》，唐圭璋的《词话丛编》。还有一类书是将各种诗话打乱重新编排，分门别类，便于查问。如阮阅的《诗话总龟》，胡仔的《苕溪渔隐丛话》，魏庆之的《诗人玉屑》，此外还有诗话的辑佚书，如郭绍虞的《宋诗话辑佚》将已经失传的宋人诗话，辑其轶文而成。

其二，文学的专论和专书，这类著作所论范围不限于诗，然而诗无疑占有重要位置。其中最值得注意的是曹丕的《典论·论文》，陆机的《文赋》，刘勰的《文心雕龙》，叶燮的《原诗》。

其三，诸文集的序跋，有的是作者本人写的，有的是别人写的。在这些序跋里常常表达重要的见解，有的还保留了重要的美学史料，例如《毛诗序》就是一篇十分重要的诗学论文。另外如（梁）萧统的《文选序》，高棅的《唐诗品汇总序》，张惠言的《词选序》，魏源的《定庵文录叙》，黄遵宪的《人境庐诗草自序》等，都是重要的以序跋形式写成的诗学论文。

其四，书信。古人常常在书信中谈论美学，因为书信往往是写给朋友看的，所以更容易表达真实的思想和自己创作的甘苦。而且书信的往来还可以互相辩难，不同的美学主张展开争论，是很有用的资料，如白居易的《与元九书》，苏轼的《答谢民师书》，黄庭坚的《答洪驹父书》等。

其五，哲学和史学著作中的诗学资料。中国早期文史哲之间没有明确的界限，在哲学和文艺美学思想著作中常有重要的诗学资料。

其六，文艺审美创作者自己的文本。

其七，诗选和批注。从编选者的选目往往可以看到他的倾向和爱好、进而可以研究他的文艺美学思想。

其八，诗纪事和词纪事。这类书的编法是记录诗人的生平经历遗闻佚事，是研究诗学批评的人必须重视的，等等。罗列得非常详细、完整。

同时，袁行霈等人还采用现代西方诗学体系，对中国诗学进行了体系研究。他们认为，中国传统文艺美学思想的内容很复杂，但可以将其分成若干类别来进行整理和研究。刘若愚在其《中国的文学思想》一书中，将中国传统文艺美学思想归纳为六类：形上论、决定论、表现论、技巧论、审美论、实用论。他还强调了这“并不意味有六种不同的批评学派存在，事实上，中国批评家通常是折中派或综合主义者”。中国大陆做过这方面尝试的是贾文昭、程自信主编的《中国文学思想类编》，将中国文学思想分为创作论、文源论、因革论、文用论、接受论、文艺审美创作者论，也是六类。

他们指出，创作论讲文学创作的过程和心理活动，包括创作前的准备、创作构思、技法语言，等等，这都是从作者的角度说的。源流论讲各种文体的起源演变，文艺审美创作者之间的承传，文艺美学流派的演化，文艺美学风格的继承演进，等等，这都是就文艺美学的历史演变而言的。

接受论讲文本完成之后，受者的阅读过程和心理活动，包括对作品主题、思想的理解，对作品风格的把握，对作品的价值判断，阅读中或阅读后美感的有无与强弱，等等。这都是就受者而言的，接受是受者的事，作者已无权干预。接受是受者的再创作，是作者创作活动的延伸，没有接受，作品的价值就无以实现。文艺审美创作者论是对文艺审美创作者本人的研究与评价，包括人格与诗格，文艺审美创作者的才、学、识对其创作的影响，等等。前三类都是围绕着作品来讲的；文艺审美创作者论则是围绕着文艺审美创作者这个人来讲的。作品和文艺审美创作者当然有很密切的关系，但作品和文艺审美创作者也往往分离或相矛盾。中国传统文艺美学思想中的文艺审美创作者论往往是对文艺审美创作者的总体品评。而作品论则单就某一作品立论，重点有所不同。以上四类都是就文艺美学本身而言的。第五类功用论则是讲文艺美学对社会所起的作用，这是文艺美学以外的。如儒家所讲的兴观群怨、讽谏教化等。

在他们看来，中国诗学的派别，可以大略分为功利派和非功利派。这当然是很粗略的区分，但似乎比任何别的分法都确切。因为文艺美学史讲的韩孟诗派也好，竟陵诗派也好，格调派也好，还有所谓山水诗派也好，都只是局于一时、一地、一种主张、一种题材，这样分来分去即使分十派二十派也不能囊括所有文艺美学派别。更有概括性的鉴别区分，就是功利派和非功利派。这是文艺审美创作者对自己创作的两种不同要求，也是批评家对文艺美学的两种不同期望。功利派强调文艺美学的致用、非功利派不大强调文艺美学的致用。前者好像为人生而文学，为文学之外的另一个崇高目的而文学，后者好像为文学而文学，或者为文艺审美创作者自己而文艺美学。儒家属前者，一些偏离儒家的诗学批评往往可以划入后者。

李泽厚、刘纲纪主编的《中国美学史》的绪论里则讲到中国美学思想的基本特征。在他们看来，中国美学思想有以下几点：第一，高度强调美与善的统一；第二，强调情与理的统一；第三，强调认知与直觉的统一；第四，强调人与自然的统一；第五,富于古代人道主义精神;第六,以审美境域为人生的最高境域。他们是就美学思想而言的,可供我们研究中国诗学参考,但还不是一回事。要讲中国诗学的特点,当然可以着眼于它的内容,归纳出中国诗学主要是讲了哪些问题,强调了哪些思想。但我们觉得这只是分解的做法。不是总体概括的做法,还不足以说明中国诗学总体的特点。他们尝试着从总体上看,于是得出以下三点:

第一,实践性。所谓实践性是说诗学批评密切结合诗歌创作和诗歌接受的实践,既是创作活动和接受活动的经验总结,又是指导创作利于接受的。这从我们讲的第一部分所介绍的各类资料就可以看出。中国的诗学多半是就具体的作品展开的,或者是评论其风格,或者是评论其技巧,或者是评论其构思,或者是评论其遣词造句,讲得很具体,受者只要熟悉作品或者有一些创作的经验,就很容易理解。我们甚至可以这样说,中国诗学就其主要部分而言,是为了教人创作和接受的。离开创作和接受实践的抽象理论并不多,即使有也不那么抽象。中国诗学虽有系统的理论,但缺少系统性很强的理论,或者说中国的诗学理论性不很强。最有系统性的就算《文心雕龙》了。它开了一个好头,但后来没有再出现这种水平的著作。即使《文心雕龙》也是密切结合创作和接受实践的,而且是用骈文的体裁写的,骈文容易显示作者的文采而不容易发挥论证,可以说刘勰写作《文心雕龙》也是当成文艺审美创作的实践来对待的。实践性是中国诗学的长处。而理论的不够发达则是其短处。中国诗学的不足之处,需要我们加以补充。研究中国诗学不能满足于只介绍古人的说法,也不能硬是把古人的并不具有系统性的理论说成是系统的理论,而应该在介绍古人的说法之后,再结合古人的创作和接受的实践活动由我们重新加以总结,提出我们的超过古人的系统的理论。

第二,直观性。所谓直观的反面是推论和演绎。直观是一种印象式的把握,更多地靠妙悟。在表述时往往略去思考的过程,跳跃式地直接端出结论。说一首诗好,并不作详尽的分析,而是三言两语点到为止,受者也不习惯去看长篇累牍的评论,而是靠了那三言两语的启发,自己领悟其中的三昧。受者的领悟可能和批评家的说法不完全相同,这都没有关系。没读过诗的人摸不着头脑,读过的人觉得写得好,但究竟说的是什么意思只能意会而不可言传。所以也可以说中国诗学批评是一种启示性的批评,研究它没有悟性不行,太死板也不行,把直观感觉的印象式的语言转换成理论性很强的十分确定的语言,要特别小心,很容易失去其原意,也失去了原有的生动活泼的水灵灵的好处。

第三,趣味性。欧阳修的《六一诗话》是最早的一部诗话,他自称写这诗话的目的是:“居士退居汝阴,而集以资闲谈也。”原来是为闲谈提供话题和谈资的。因此趣味性就成为十分必要的了。中国诗学当然有严肃的探讨,甚至是激烈的辩论,也不乏剑拔弩张之势。但趣味性的闲谈毕竟是其一大特点,一种轻松的气氛,一种受者可接受也可以不接受的豁达态度。我自说我的,说着好玩,信不信由你——这是常见的中国诗学的气度。

袁行霈等人认为,研究中国诗学,要有世界美学的眼光,要把中国诗学放到世界美学的大格局中来研究。有了世界的眼光才能更清楚地看到中国诗学的特点,包括长处和短处,才能进一步融汇外国的经验来发展中国自己固有的理论。他们指出,中国诗学是伴随着中国诗歌发展起来的,有浓厚的中国特点。有一些概念恰恰是西方诗学中没有的,如“意境”“兴趣”。在借鉴西方的理论和方法以重新审视中国诗学的同时,向西方介绍中国诗学,使之成为全人类的精神财富,正是新世纪的一代学者的历史任务。当然,从这些对中国诗学文本的解读中,也不难发现浓烈的西化色彩。

第四节　传统文艺美学思想体系化的历时态

在中国传统文艺美学思想史和文艺美学思想研究领域中,许多学者都对中国古代文艺美学的范畴体系进行过深入研究。在这些学者中,皮朝纲教授是其中非常具有代表性的学者。新时期以来,皮朝纲教授已有《中国古代美学探索》《中国古代文艺美学概要》《禅宗美学史稿》《中国传统文艺美学思想体系论》《静默的美学》《中国古代审美心理学论纲》《审美心理学导引》等著作出版。皮朝纲等人对美学思想的研究独树一帜,成果显著,特别是他为建构本土化、民族化、地方化的美学体系所做出的努力,在学术界造成了较大的影响并引起人们普遍关注。

皮朝纲等人在对传统的审美观念进行总体性反思时,提出了“天人合一”审美认识和“直觉了悟”审美方法论三大观点;并在此基础上,提出了对中国传统文艺美学思想体系“总体整构”的设想;在对中国传统文艺美学思想理论逻辑结构的组建中,他提出了从“味”(审美观照及其体验)到“味”(审美特征及其美感力量)的逻辑结构。在这逻辑结构中,“味”与“悟”这两个美学范畴分别得到中国古代饮食文化和禅宗文化深厚土壤的孕育,由此推出中国传统文艺美学思想具有极为鲜明而突出重视人生并落实人生的特点,它实为一种人生论美学。

中国传统文艺美学思想研究首先面临的是研究对象、范围及方法的问题。由于我们民族独特的美学见解和美学思想不仅比较完整地集中在哲学著作和美学思想、诗论、乐论、画论、书论等文艺理论专著中,而且还广泛地散布于笔记、杂录、史传、书札、评点、批评以及许多类书、丛书中。所以,皮朝纲等人指出:"对中国古代美学的研究,应主要研究那些已经上升为理论形态的美学思想,应把注意力放在研究古人关于审美活动的各个方面及其普遍规律的认识和论述方面。而中国古代哲学家、美学家、文艺理论家关于审美活动的美学思想,又集中体现在美学范畴和美学命题之中,这样,我们更应该特别重视对美学范畴和美学命题之中。"① 他同时认为:"一部中国传统文艺美学思想史,就是一系列美学范畴、美学命题的发生、发展、冲突、扬弃的历史。因此,对中国传统文艺美学思想和审美观念的考察,应集中到对美学范畴、美学命题及其所形成的结构体系的考察。"②持与此相同意见的还有叶朗、曾祖荫等人,他们都为文艺美学范畴、命题的研究做出了重要贡献。但皮朝纲教授与他们的不同之处在于,把思考的重心放在文艺美学范畴、命题形成结构体系的考察上。对美学范畴的形成、发展、演变的历史的考察以及对美学命题的辨析、阐释固然重要,但一系列范畴怎样有机动组合起来,构成一定的逻辑结构和逻辑结构是什么,则是皮朝纳教授主要解决的问题。

在对传统的审美观念的考察中,皮朝纲等人提出了"总体整构"的设想,他认为:"总体整构指在容纳中国传统文艺美学思想中优秀的思想成果,并将其视为历史上次第出现的辩证否定的环节,经过现代科学眼光和手段的汰选、整理、补充、改造,从而实现积极扬弃,以形成全新的美学理论科学体系。"③"总体整构"对于中国传统文艺美学思想的研究具有方法论的意义,这种眼光极其阔大、高远,是建立在对中国传统文艺美学思想做总体性的省照与反观的基础上的。

皮朝纲等人认为,中国传统审美观念的独特性表现为三个方面:即"天人合一"的审美本体论、"伦理中心"的审美认识论和"直觉民悟"的审美方法论。这三者结合构成了中国传统文艺美学思想和审美观念中的"实用理性",并且确立了相应的思维模式与范式。但由于中国传统文艺美学思想的内在逻辑结构比较松散,富于形象性的概念、范畴缺乏严密抽象思辨形式。面对这样的历史事实,皮朝纲

① 皮朝纲、李天道、钟仕伦:《中国美学体系论》,语文出版社 1994 年版,第 4 页。
② 皮朝纲、董运庭:《静默的美学》,电子科大出版社 1991 年版,第 360 页。
③ 皮朝纲、董运庭:《静默的美学》,电子科大出版社 1991 年版,第 361 页。

教授提出“总体整构”的方法,并将它分为建构、整合、重构三个前后相连的环节。

“建构”是对中国传统文艺美学思想理论结构的组建,“整合”借用文化人类学术语,就是自觉地运用当代科学的前沿成果作为眼光和手段对传统文艺美学思想进行选择、淘汰、整形和改造,而“重构”则是审美观念在更高层次上的重新组构,它是“总体整构”的最终实现。

皮朝纲教授把对中国传统文艺美学思想理论体系逻辑结构的建构作为他对美学思想“总体整构”的第一个环节,使他的理论充满了活力和生机,蕴藏着巨大的发展潜能。“总体整构”的提出对于中国传统文艺美学思想的研究具有重要的启示。

“体验”已成为现代美学、现代艺术理论的一个极其重要的概念。当代一些学者在对西方美学作总体性对照时,把“体验”作为西方美学的核心范畴,指出,西方体验美学的根本要旨,就是通过瞬间体验去追求人生的终极意义、终极价值,体验就是人生终极意义的瞬间生成。在西方体验美学家看来,“此在”是无意义的、无限的。而真正有意义的、无限的人生在“彼在”。体验,就是超越此在的无意义、有限性而飞升到彼在的无限、永恒之境的绝对中介,作为这种绝对中介,体验标志着人生意义的艺术解决方式或瞬间解决方式。①

西方体验美学始终关注人的生存意义、价值,那么,中国传统文艺美学思想是不是对人的存在意义和价值漠视或遗忘呢？皮朝纲教授明确指出:“一部中国传统文艺美学思想史证明,中国传统文艺美学思想审美观念的确立,是以‘人’(作为社会关系总和的人)为中心,基于对人的生存意义,人生价值和人生理想境域的探寻和追求,旨在说明人应当有什么样的精神境域,怎样才能达成这种精神境域,人应当怎样生活,怎样才能生活得幸福、愉快而有意义。换句话说,中国传统文艺美学思想的思想体系是在体验、关注和思考人世间存在价值和生命意义的过程中生成和建构起来的。”②因而,皮朝纲教授认为中国传统文艺美学思想的基本特征为“体验性”,中国传统文艺美学思想是一种人生美学。通过审美体验,可以帮助人们认识人生主体,把握人生实质,弄清人生需要,树立人生理想,实现人生价值。

皮朝纲教授对中国传统文艺美学思想基本特性即“体验性”的高扬,一方面得

---

① 王一川:《意义的瞬间生成》,山东人民出版社 1989 年版。

② 皮朝纲:《论“味”——中国古代饮食文化与中国传统文艺美学的本质特征》,载《西南民族学院学报》,1991 年第 1 期。

之于他对中国传统文艺美学思想意蕴的洞悉、体察,另一方面又是他对人的现实存在意义和价值的关注和思考的结果。他较早地对中国传统文艺美学思想关于审美体验的认识加以探讨,认为:“在中国古代审美心理学思想中,审美注意、审美想象、审美意象、审美直觉等各方面的内容,是研究中国古代审美心理学的重要环节。”①在这之前,皮朝纲教授有篇重要的论文《“味”——具有中国民族特色的审美范畴》发表,就开始触及中国传统文艺美学思想“体验性”特征。当皮朝纲教授将“味”这个美学范畴作为中国传统文艺美学思想的逻辑起点,并把其作为自己重新建构美学思想逻辑结构的核心范畴,同时把“悟”作为其中的重要范畴时,中国传统文艺美学思想的基本特性即“体验性”就愈发凸现出来。

皮朝纲教授认为:“中国古代美学的从‘味’到‘味’的螺旋推进以及所形成的逻辑结构中,体验性贯穿始终,而决定着中国传统文艺美学思想体系的基本特征。”②同时他又认为,“悟”是审美观照和审美体验的特殊阶段;它的表现形态就是兴会的爆发,审美感受的获得,审美意象的产生。③ 所以,在皮朝纲教授看来,“味”是核心范畴,既是中国传统文艺美学思想的逻辑起点,又是它的归宿和落脚点;而“悟”则是对“味”这个核心范畴的深化。这两个美学范畴又分别从中国古代饮食文化和禅宗文化与中国传统文艺美学思想的关系中,阐明了中国传统文艺美学思想的基本特征或本质特征为“体验性”。

“味”这个美学范畴在中国古代文艺美学理论中,被广泛地运用来评价诗歌、小说、戏剧、音乐、绘画、书法等各种艺术门类的审美特征,是一个具有中国民族特色的审美范畴。许多学者也看到了这点,对“味”这个美学范畴提出了一些宝贵的见解。但是,在皮朝纲教授那里,“味”的美学内涵以及它在中国传统文艺美学思想体系的逻辑结构中所处的地位、作用被认识得更为深刻、更为全面。在皮朝纲教授眼中,“味”这个美学范畴比其他众多的美学范畴具有基础性质的范畴,它提示着审美活动的性质、艺术的审美本质以及艺术创造活动和接受与欣赏规律的美学特点。

皮朝纲等人认为,从作用和地位看,“味”是一个核心范畴,它有两个方面的含

---

① 皮朝纲:《中国古典美学关于审美体验的探讨》,载《四川师院学报》(社会科学版),1984年第4期。

② 皮朝纲:《论“味”——中国古代饮食文化与中国传统文艺美学的本质特征》,载《西南民族学院学报》,1991年第1期。

③ 皮朝纲:《中国古代文艺美学概要》,四川省社会科学院出版社1986年版,第32页。

义:一是指主体的审美活动(观照、体验);二是指客体的美感力量(滋味、韵味)。“味”的两个方面的基本内涵融为一体。“味”就是中国传统文艺美学思想的逻辑起点,在中国传统文艺美学思想体系内,它不以其他范畴作为自己存在的依据,不以其他范畴规定自己的性质,它“直截了当地是一个直接的东西,或者不如说只是直接的东西本身”①。

中国传统文艺美学思想的范畴多,并且其美学与文化意义也深厚复杂。基于此,皮朝纲等人选取了其中极其重要的具有代表性的美学范畴来建构中国传统文艺美学思想体系的逻辑结构。他们还将这几个重要美学范畴在建构中国传统文艺美学思想体系的逻辑结构中所处的地位和作用分为三类:一是核心范畴即“味”,二是两个基本范畴“意象”和“气”,其余的则属中介范畴。这几个美学范畴以“味”为逻辑起点而展开范畴体系,在皮朝纲等人看来,中国传统文艺美学的建构图式应该如下:

> 味(体味)与悟—悟与兴会—兴会与意象(意中之象)—意象(意中之象)与神思—神思与虚静—虚静与气(艺术创造的推动力)—气(艺术创造的推动力)与味(滋味)—味(滋味)与意象(艺术形象)—意象(艺术形象)与意境—意境与气(艺术生命力)—气(艺术生命力)与味(体味)……②

在这一系列美学范畴所构成的思想体系之中,呈现出从“味”(审美观照及其体验)到“味”(审美特征及美感力量)的逻辑结构,并且首尾衔接,始终在做“圆圈”运动。正如他自己所指出的那样:“从味(体味)到味(滋味)形成一个‘圆圈’,它和从味(滋味)到味(体味)所形成的第二个‘圆圈’,不仅首尾衔接,而且存在某些等距离对应点(比如意象、气等基本范畴)。不过,对应并不是简单重叠,因为它们各自具有不同的中介范畴,各自代表了不同的运动层次。可见,两个‘圆圈’之间的关系不是重叠而是螺旋推进,这螺旋推进的历时性进程,可以周而复始以至无穷。这种‘圆圈’的螺旋推进形成了中国传统文艺美学思想范畴运动的总体导向,而属于艺术传达和艺术表现的许多成双成对的范畴(诸如形与神、虚与实等等)都可以在相应‘圆圈’的边缘上,各自找以自己的位置……在‘圆圈’的螺旋推

---

① 皮朝纲、李天道、钟仕伦:《中国美学体系论》,语文出版社 1994 年版,第 44 – 46 页。

② 皮朝纲:《关于创建中国古代文艺美学的思考》,载《四川师范大学学报》,1986 年第 6 期。

进中，体验性贯穿始终，每一个‘圆圈’又表现了不同的体验层次，体现出中国传统文艺美学思想的基本特征：体验性。”①

皮朝纲等人提出的是从“味”（审美观照及其体验）到“味”（审美特征及其美感力量）的逻辑结构，不仅可以追溯到老子提出的“味无味”这个美学命题（它是这个逻辑结构的原始模式或原型），而且使处于无序状态的文艺美学范畴纳入逻辑结构之中呈现出有序状态，并进入自身“历时性与运动”的轨道。这从总体上展现出中国传统文艺美学思想“体验性”的基本特性。

在中国传统文艺美学思想理论中，“悟”是一个重要的美学概念。它本是佛教用语，特别是佛教禅宗的用语，但被我们古代文艺理论家、美学家广泛地应用于诗歌、戏曲、绘画、书法、音乐等各个艺术门类的理论之中，论述文艺创作和审美活动中的一些重要问题。参禅悟道与审美活动、审美认识具有相似和相通之处。皮朝纲教授在《论“悟”——中国古代美学札记》里，详细论述了这个问题，指出，南宗禅学主张“道由心悟”②，主张佛在心内，不在心外，因而主张不假外求、不立文字，佛道完全靠心解神领。世尊拈花，迦叶微笑，只可意会，不可言传的参禅悟道的宗教修养方法及其某些心理活动现象，与审美现象、审美感受的某些现象有相似和相通之处。

皮朝纲教授把“悟”这个美学范畴纳入从“味”（审美观照及其体验）到“味”（审美特征及其美感力量）的逻辑结构中，并认为审美对象的审美意蕴只有通过审美活动的审美者的玩味体悟，才能转化为审美者自己的审美情感，从而在自己的想象中形成有关审美对象真实世界。这里的“玩味体悟”，正是“味”与“悟”两个美学范畴所要传达的审美观照和体验，而“悟”则是审美观照和审美体验中的一个特殊阶段，“它的表现形态就是兴会的爆发，审美感受的获得，审美意象的产生”③。同时又是一种直觉，一种刹那间获得的个体体验。

皮朝纲等人一方面从中国古代饮食文化深厚的土壤里发掘“味”这个审美范畴孕育和产生的契机，反映出中国古代人重视生命、重视现实的原初心态；另一方面，从禅宗文化丰富多彩的思想中提示“悟”这个美学范畴的深层意蕴，深切关注和体验人的内在生命意义和价值。

---

① 皮朝纲：《论“味”——中国古代饮食文化与中国传统文艺美学的本质特征》，载《西南民族学院学报》，1991 年第 1 期。

② 《坛经·宣召品》。

③ 皮朝纲：《禅宗美学史稿》，电子科技大学出版社 1994 年版，第 251 页。

《静默的美学》和《禅宗美学史稿》的出版，在学术界产生一定的影响。皮朝纲教授在转入禅宗美学研究之后，对中国传统的审美观念进行总体性的反思，提出了“直觉了悟”的审美方法论：“‘直觉了悟’的方法论，实质上就是经验主义的方法论，它的核心是‘悟’，而‘悟’的极致则是禅宗所标榜的‘以心传心’‘不立文字’。”①他指出，“悟”不单是从“味”到“味”的逻辑结构中一个重要的美学范畴，而且在方法论上直接影响、制约中国传统文艺美学思想体系的逻辑结构的形成和发展。

另外需要指出的是，皮朝纲教授认为，禅宗美学把“建构健全的人生（力图在禅境中完成真善美相统一的人格）、光明的人生（自由任运的理想价格）作为自己的最高价值，以把握人生、肯定人生作为最高的宗旨，实际上是把活泼泼的人之为人的本性（自性）、活生生的现实的人的生命摆到了唯一的、至高无上的地位，可以说，禅宗美学是一种生命美学”。所以，皮朝纲教授对禅宗美学的理解和把握与他对中国传统文艺美学思想的基本特性和逻辑结构的展现是统一的、一致的。

在中国传统文艺美学思想史的现有的体系和范畴研究成果当中，我们可以清楚地看到学科意识对理论批评史研究的影响。无论是中国传统文艺美学思想与理论批评都以直观感悟为特征，它的知识和话语系统与当前盛行的西学知识系统和话语系统截然不同。中国传统文艺美学思想史的范畴研究是典型的依据西学知识构造来展开的，它试图发掘中国传统文艺美学思想批评的概念以及概念之间的相互关系。在它看来，这些概念之中，既存在着核心范畴，又存在着较次要的范畴，既有高一级的范畴又有低一级的范畴。不仅如此，这些概念与范畴之间还存在着极其复杂的、相互牵连、聚集、循环、包含等相互关系。然而，由于中国传统理论批评与西方诗学的知识质态的迥异，范畴研究的结果并不能还原中国传统诗学本身。中国传统文艺美学思想的范畴研究证明，中国传统文艺美学思想史确是一门依据现代学科意识建构而成的学科。

第五节 传统文艺美学思想的本体论和创作论阐发

从西方当代文艺美学思想的视野来看，不少学者对中国传统文艺美学思想进

① 皮朝纲、董运庭：《静默的美学》，电子科大出版社 1991 年版，第 349 页。

行了本体论与创作论研究，以探索其当代实用价值。所谓实用价值，是指美学思想中的某些精华，尤其是富有民族特色的精华，可以为今人所沿用，成为中国当代文艺理论的重要组成部分。这是由文艺理论本身的历史继承性所决定的。

文艺理论的历时性有其继承性，这同文化艺术的历时性有其继承性是相关联的。我们知道，作为上层建筑之一的美学艺术，虽为一定的社会经济基础所决定，却又有一个很突出的特殊性，那就是并不随旧的经济基础瓦解而瓦解，进步的优秀的精华部分，总是代代相传。文艺理论也不例外，以马列主义毛泽东思想为指导的当代文艺理论，虽跟过去时代的文艺理论有着本质的区别，但它没有割断历史，而是过去时代的文艺理论合乎规律的继承和发展。凡是对人民有利的能促进当代文艺繁荣发展的文艺理论，都会得到择取、容纳、生发、升华。

跟自然科学和其他门类的社会科学一样，文艺学也有自己的基础理论（如对文艺的本质特征、发生发展规律、创作规律、接受与欣赏规律、批评规律和社会价值等的探讨和科学概括）和应用理论（如对各类艺术体裁和各种艺术样式的特点以及相应的艺术技巧、艺术技法等的科学阐释与概括）。过去文艺界之所以出现忽"左"忽右的现象，除了其他社会因素之外，关键就在于文艺界本身对一些重要的基础理论问题和应用理论问题以及它们的相互关系弄得不够清楚，因而影响了当代文艺健康发展的速度。其实，千百年来，美学思想家们在基础理论和应用理论两个方面的研究成果，尤其是体现了一定客观规律和基本原理的成果，对今天来说，还是很有价值的，不妨取而用之。

在基础理论和应用理论两个方面，文艺美学思想家的哪些研究成果值得我们吸收的呢？粗略地来说，这段时期的研究涉及到以下方面的问题。

1. 谈及文艺的本质特征。文艺美学思想家认为文艺是言志、抒情、达意的，而且寓情理于形象之中，以形象教化人，即所谓"以象为教"。而那些概念化的东西，如"平典似道德论"的玄言诗和宋代某些理论家所作的名曰为诗而实则"语当讲义之押韵者"，因违反形象思维的规律，它的诞生便是它的灭亡，历来遭到嘲讽斥责。

2. 谈及文艺的发生发展规律。美学思想家认为文艺作品是文艺家的情志为客观外物所感发而产生的，即所谓"人禀七情，应物斯感，感物吟志，莫非自然"，"情以物迁，辞以情发"。美学艺术作为一种社会现象，一经产生，就会受到外部社会生活诸因素和内部主观因素的影响而向前发展，出现"文随世变""文变染乎世情，兴废系乎时序"和不断"推陈出新"的运动。那种复古倒退、无所作为、不讲"通变"的观点，历来是遭到摒弃的。

3. 谈到文艺创作规律。文艺美学思想家主张文艺家首先必须深入生活,要"身入闾阎,目击其事",而且认为"身之所历,目之所见,是铁门限"。只有善于体察,博闻多取,才能使"胸中备万物"。在生活积累的基础上,要善于立意构思,"神与物游",展开想象,"虚实兼用","综物为象","以少总多",创造出优美的意象、意境和典型,力求达成情景交融、形神具备、千古若活、美善相兼的高度,既是人人笔下所无,又是人人心中所有,具有一定的新颖性、独特性和普遍性。

4. 谈到文艺的赏评规律。中国传统文艺美学思想家主张"当境而读","知人论世","披文以入情",认为诗文有定价而又无定价,批评家不可因自己的偏嗜小好而扼杀不同风格流派的好作用,"必通观之,方可定其去取","论文者当辨其美恶,而不当以繁简难易也"。而且非常强调文艺批评的作用,认为"诗之有评,犹医之方"。

5. 谈及美学艺术的社会地位和作用。中国传统文艺美学思想家不仅认为文章是"经国之大业",而且还将文艺跟建立在一定经济基础之上的其他上层建筑诸因素相提并论,概括为"礼乐刑政",说"礼以道其志,乐以和其声,政以一其行,刑以防其奸。礼乐刑政,其极一也,所以同民心而出治道也"。这里所讲的"礼",指维系社会秩序的伦理、道德;"乐"不仅指音乐,而是包括一切美学艺术;"刑"指刑罚、法律;"政"指政治。四者各有各的特殊功能,但它们的终极目的是一致的,都是为了统一民心,治理国家。具有一定审美意义的美学艺术,可悦目醒心,能动之以情,晓之以理,故"入人也深,其化人也速",具有潜移默化、移风易俗、改变人们性情的作用。人心的背向,关乎政权的得失和国家的兴衰,因此作为意识形态之一的美学艺术,也就为历代各个阶层的人所重视。

6. 至于应用理论方面。中国传统文艺美学思想家不仅对 140 多种文体的特点以及它们之间的联系和区别做了研究,对文本构成的诸因素如言词、文采、韵律与情、志、道、理、意、质、事、物及其相依关系做了探讨,对虚实、有无、疏密、浓淡、动静等众多艺术辩证法范畴和美、丑、趣、味、韵、含蓄、风骨等许多美学范畴做了具体的阐释,还对丰富多彩的艺术技巧做了概括。

上面所提及的基础理论和应用理论,当下有许多仍然具有极高的生长价值,可以为今天的文艺美学建构所用。中华民族的美学艺术有些源远流长的很特殊的现象,如绘画、书法、诗词、曲赋等,都讲究艺术空白,谓之"计白以当黑""无画处皆成妙境""无字处皆其意也""不著一字,尽得风流"。像这种特有的文艺现象,就只有沿用我们富有民族特色的虚实论才能解释清楚,西方美学思想是不可能取代的。今天我们还在沿用的意境论、形神论等,也属于此类情况。

所谓生长价值,是指某些文艺美学思想可以作为新的文艺美学思想的生长点,在继承的基础上进行革新,创造出新的理论。

如,“感物”说,是中国文艺美学有关审美创作动机与发生方面的一个传统命题。最早,具有“感物”意义的,应该是《周易》。《周易》六十四别卦的第三十一卦名为《咸》,“咸”,训为“感”,感即感应,表述阴阳、刚柔“二气感应以相与”,是古代先民对自然现象和实际生活现象的总结和感悟,表明当时的人已经有了“感物”的意识。《周易·系辞下》云:“天地絪缊,万物化醇;男女构精,万物化生。”意谓宇宙间万事万物都是在阴阳相感、“刚柔相摩”中化生化合的。此即所谓天地感,而万物化生。就传统文艺美学而言,最早明确提出“感物”说的则应该是《礼记·乐记》。如《乐本》篇说:“凡音之起,由人心生也。人心之动,物使之然也。感于物而动,故形于声;声相应,故生变;变成方,谓之音。”“乐者,音之所由生也。其本在人心之感于物也。”到魏晋时期,刘勰说:“人禀七情,应物斯感,感物吟志,莫非自然。”①又说:“诗人感物,联类不穷。”②钟嵘也说:“气之感物,物之动人,故摇荡性情,形诸舞咏。”③以社会生活为反映对象的美学艺术,总是随着社会生活的发展而发展的。新的社会生活要求美学艺术给予新的表现,过去时代所创造的文艺学基础理论和应用理论,不适用或不够用了,则必须突破和创新。当代文艺创作实践,对理论的要求,尤其如此。应该说,当今文艺美学所强调的社会生活是美学艺术创作的渊薮这一基本原理,便是对传统文艺美学思想中“感物”说的突破与创新。

又如,“精华”与“糟粕”,是中国古代文化学中一对常见的术语。清代许印芳在《与李生论诗书跋》中曾引入这对术语谈创作过程,他说:“凡我见闻所及,有与古今人雷同者,人有佳语,即当搁笔,或另构思,切忌拾人牙慧;人无佳语,我当运以精心,出以果力,眼光所注之处,吐糟粕而吸精华,略形貌而取神骨,此陶洗之功也。”这里所谓的“吐糟粕”与“吸精华”,是指在诗歌审美创作过程中,无论是对创作材料还是词语表达,都应该剔除那些陈旧、粗糙、无用的东西,提取新鲜、精粹、有益的东西,唯有做如此淘洗琢磨的功夫,才能创造出与众不同的新作品。

---

① 《文心雕龙·明诗》。

② 《文心雕龙·物色》。

③ 《诗品序》。

的确,与诗歌创作一样,对传统文艺美学思想的吸收也“切忌拾人牙慧”,而应当“运以精心,出以果力”,以融会出新。正如王国维借助外国美学思想和美学理论来对中国传统文艺美学思想中的“意境”论做了较为全面系统的分析研究和理论概括一样,传统文艺美学中的基础思想,也是可以“吐糟粕而吸精华,略形貌而取神骨”的,只要加以“陶洗”,就可以改造创为新论,为建构当今具有本土化、民族化、地方化的新的文艺美学提供特色元素。在这里,“糟粕”与“精华”的应用,其本身就应该是一种突破与创新。

第三章

中国传统文艺美学思想之境域构成论与原点范畴

如前所说,中国传统文艺美学思想认为,所谓美,总是肯定人生,肯定生命的,因而,美实际上就是一种生命构成域,一种心灵境域与人生境域。这种审美境域,“是诞生于一个最自由最充沛的深心的自我。这种充沛的自我,真力弥满,万象在旁,掉臂游行,超脱自在”。在中国传统文艺美学思想看来,审美活动的目的,是审美者效法自然、因情适性、自在自得,通过“为仁由己”“返身而诚”,通过“归朴返真”“以天合天”“和光同尘”“即心即佛”,归还到本我、“自我”,以达成真力弥满、万象在旁、情景相生、即境缘发,兴到神会,顿悟人生真谛的审美境域,从而从中体验自我,实现自我。这样,遂使中国古代文艺美学的审美境域论与中国古代人学中的人生境域论趋于合一。

中国古代人学始终一贯地在探索如何达成一种和合完美的人生的自由精神,如何超越外物的局限、束缚,以实现人的自身,达成“朝彻”“至诚”的境域。这样,就能充分发掘人的深层自我意识,从而激发出探索自我与世界的巨大热情和珍惜人生的强烈愿望。所谓“能尽我之心,便与天同”,“尽人之性”,又“尽物之性”,“合内外之道”,则能“赞天地之化育,则可以与天地参矣”。只有与天地合为一体,使“天地与我并生,万物与我为一”(《齐物论》),才能使人成为自在自然、任心由性、自我自觉的人,而进入自由的构成态势。这种人生的自由构成态势真实澄明地呈现出来,以表征为直观感悟和情感体验时,实质上也就是一种审美境域,一种艺术的审美极境。

第一节 审美境域缘发构成论

在中国文艺美学里，整个审美活动的过程是审美创作者内缘己心，外参群意，随大化氤氲流转，与宇宙生命息息相通，随着心中物、物中心的相互交织，最终趋于天地古今群体自我一体贯融，一脉相通，以实现心源与造化的大融合。故而中国美学强调“目击道存”，要求审美者走进自然山水之中，于“此在”中，以自然万物为撞击自己心灵、激发审美创作欲望和冲动的重要契机，为产生灵感兴会的渊薮，去心游目想，缘在构成，寓目入咏，即事兴怀。由此，遂形成中国文艺美学的缘在构成论。

缘在构成论推崇境域构成的自由自在态势，这种自由态势体现出一种中国文化精神。

一

在中国古代，儒道文艺美学与佛教禅宗文艺美学，都把人生的自由境域作为最高的审美理想与最高的审美境域。如儒家孔子认为，人生境域的追求是由“知天命”到“耳顺”，再到“从心所欲不逾矩”的过程。道家的老子则把“同于道”作为人生的最高追求与一种极高的审美境域。而庄子则有对“无所待”而“逍遥游”的理想域的向往。在庄子看来，人生的意义与价值就在于任情适性，以求得自我生命的自由发展，只有摆脱外界的客体存在对作为主体的人的束缚和羁绊，才能达到精神上的最大自由。禅宗则追求超越人世的烦恼，摆脱与功名利禄相干的利害计较来达成绝对自由圆融的人生境域。

应该说，诸家人生境域论的建构与传统审美目的都是一致的。中国传统文艺美学思想传统审美目的所努力追求的最高审美境域是心灵的自由与高蹈。这种境域的表征则是人“与天同”“与天地参”“与天地并生”，“与万物为一”。从当今存在论现象学视域看，宇宙间的万事万物都是相依相成、相“同”相“参”“并生”“为一”的。可以说，正是有这种相依相成、相“同”相“参”“并生”“为一”，从而才有作为个体事物的呈现。所以说，宇宙天地间的每一事物都是宇宙整体所囊括的千丝万缕、相互联系、相互作用、相互影响的构成点。换句话说，这个构成点应该是“同”“参”“生”“一”，体现着万事万物间的千万联系、作用与影响。作为境域，则是在场者与不在场者的构成域。这种境域既不是单纯的在场者,也不是实体,既是一种空灵的,但又不是虚构。是人与天地万物的相通相合,亦即包括人自身在内的万物一体。用海德格尔的话来说,则为“最宽广之域”或“敞开的存在者整体”。这种境域是一种“无阻碍地相互流注并因此而相互作用”的“全面相互牵引”的整体之域,为“敞开”“没有阻碍”“不设定界限”之域。在中国文艺美学,则为万物一体、万有相通域。人与万物一体、与万有相通,亦即敞开了万事万物。

在中国文艺美学,天与人在本原意义上是“并生”“为一”的。所谓“以类合之,天人一也”。天人是同类同构的,同一纯构成本源。人生成于自然,自然万物与人一样具有性灵和生命。万物综综,各复归其根,人只有返回还原于自然,在和自然融合构成中才能得到抚慰,以消除烦劳和苦闷,获得心灵的宁静。在审美活动中审美者则必须保持恬淡自然,澄澈透明的心态,超越现实的束缚,使自己的心灵遍及万物,与天心相通,与万物一体,进而进入“万物皆备于我”的境域,直觉地感悟到宇宙自然深处活泼泼的生命韵律,从而始能获得人生与精神的完全自由。要达到此,审美者则必须经过“澄心”,始能从一般境域转化到审美境域。只有忘欲、忘知、忘形、忘世、忘我、忘物,才能使审美者保持精一凝神,视而不见,听而不闻的自由自在的审美态势,由此,也才能于心物交融、物我合一的构成域中获得审美的体验,达成最高的审美灵境。在这里,必须注意到这么一个事实,即作为中国传统文艺美学思想的传统特色,人生的境域与审美境域的合一和中国人顺应自然、“天人合一”的审美观念分不开,并建构在中国道家哲人“道”论的深层审美意识之上。在中国哲学构成论看来,人顺应自然、“以天合天”、还原到“深心的自我”,“与天同”“与天地参”“与万物为一”的过程,就美学意义而言,其本身就是一种纯粹的终极构成域。当然,所谓“与我为一”的“一”,既虚也实,既是永恒的在场也是不在场者,也即道家美学所谓的“道”。在庄子,所谓“道”,即作为宇宙间万事万物纯粹构成原初域的“本根”。庄子云:“天下莫不沉浮,终身不故;阴阳四时运行,各得其序。惛然若亡而存,油然不形而神,万物畜而不知,此之谓本根,可以观于天矣。”天地的发生构成与聚合变化,都可以追问到“本根”这一所在。“本根”可以简称为“本”,而“本”也就是“一”。《淮南子》云:“夫无为,则得于一也。一也者万物之本也,无敌之道也。”显而易见,从道家美学的“道”论看,这里所谓的作为“万物之本”的“一”,也就是“道”。

作为天地万物原构成境域的“道”,其表现特征为空灵、自然、永恒。老子认为,人就不能背离自然。人应按照自然无为,损有余以补不足的原则,来追求自身纯朴自然的本性,以实现自身的人生价值。表现在审美活动中,要生成并显现这种宇宙之美,就必须“无知无欲”,由“虚静”的自由境域中,让心灵自由飞翔、穿越,以超越有限的、具体的“象”,而体悟到“道”——这种宇宙生命的精深内涵和幽深旨意,并进入极高的自由之域。此构成过程即司空图所谓的必须“超以象外”,方能“得其环中”,进入宇宙的生命之环。

二

就存在论现象学看,这种顺应自然、此在自得,以达成“与天同”“与天地参”“与天地并生”,“与万物为一”境域构成方式,可以称之为缘在构成。而这种缘在构成中所呈现出来的“道法自然”“无为”“涤除玄鉴”和“逍遥游”“无待”,自然而然“得道”的自由精神,表现在文艺创作中,则是顺应万物、“以天合天”,心物交融,最终以实现天人合一的审美境域的基本精神。缘在构成的根本态势则是因情顺性、自然而然、心源和造化之间的互相触发,互相感会。可以说,正是基于此,中国传统文艺美学思想才极为强调创作者即景起兴、无心偶合,要求创作者敞开本心,澄明心境,贯融天地古今群体自我,以达成情景一如、心物一体的审美域。故而,中国传统文艺美学思想强调顺应万物,以观天道、察天机、悟天理、深昧自然之质趣,从而洞见道,或曰美的本体。老子说:“知其雄,守其雌。”又说:“弱之胜强,柔之胜刚。”“致虚极,守静笃。”“归根曰静,是曰复命。”在老子看来,自然万物、宇宙天地都是运动变化的,这种运动变化又是循环反复的,“道”的构成性特点,就是要使自然万物运动变化发展到它的极至。而所谓自然万物运动发展的极至,也就是向静的方面的复归。这实际上也就表明,宇宙自然中在动与静的关系上,动是暂时的,静才是根本,故而老子贵柔主静。老子认为,“道”的构成态势也就是自然,大地自然都是由“道”所生成,并由“道”所构成而变动不居,周而复始,自在自由的。人道从自然之道构成而来,最终归结于天道。庄子说:“人之生,气之聚也。聚则为生,散则为死。”人的身体和生命都是自然赋予的。《周易》则说:“有天地然后有万物,有万物然后有男女。”荀子也认为,天地是生之本,天地的运动变化产生了万物,人是其中之一,“天职既立,天功既成,形具而神生;好恶喜怒哀乐臧焉,夫是之谓天情”。人的生成离不开“气”的氤氲生化。董仲舒说:“故莫精于气,莫富于地,莫神于天,天地之精所以生物者莫贵于人,人受命于天也。”王充说:“天地合气,人偶自生也。”朱熹在论述宇宙生化过程时,也说:“且如天地间,人物草木禽兽,其生也莫不有种,定不会无种子,白地生出一个物事,这个都是气。”陆九渊也认为,天地生人,而非相反,“故太极不得不判为两仪。两仪之分,天地既位,则人在其中矣”。两仪谓阴阳,体现为天地,又说,“人生天地之间,禀阴阳之和,抱五行之秀,其为贵孰得而加焉?”阴阳之和即阴阳之和气。“天”是“人”的创生者,天与人、天道与人道、天性与人性是合一的,因此,人要把握和体认到这作为宇宙万物的生命本原“道”,使人道归于天道,让自己的心灵遍及万物,与天心相通,与万物一体,进而达成“天人合一”,“万物皆备于我”的构成境域,直觉地体悟到宇宙、自然深处活泼泼的生命韵律,从而实现人生与精神的完全自由。

关于自然万物的生命构成属性,老子指出“夫物芸芸,各复归其根”,“复归于无极”,“复归于朴”。在老子看来,“道”和天地万有之间,只不过是一与多、无与有的关系,“道”因自身的圆满丰盛而创育天地万物,天地万物则因自身的贫乏有限而要求回归于作为生命本原的道体之中,这就是“归朴返真”“复归其根”的构成过程。而这种循环往复,无有止息的复归又是自在自为、自然而然的。春秋代序、日出日落、花开花谢、叶黄而陨、草荣草枯、花草树木、鸟兽虫鱼、江河湖泊、白云舒卷、春风轻拂,等等,都不需要人为的因素而自由自在地运动变化、生生不息。故而,审美活动中,创作者只有效法自然,自然无为,才能使自己与自然浑然一体。

基于此,中国传统文艺美学认为自然无为、缘在生发的审美境域创构方式主要就是“目击道存”“寓目辄书”。

在中国人的审美感受和审美创造中,确立了一种对待人与自然关系的基本的审美态度。正是基于这种审美态度,中国古代文人在把握和体验自然万物时,往往以人与物的融合为出发点和归宿,从而形成一种人对宇宙时空的依赖与人对自然万物的和谐氛围。由于在齐物顺性、物我同一中泯灭了彼此的对峙,所以,人与物之间显现出休戚与共、相依为命的对待构成关系。人对外部世界、对自然万物,始终保持着一种精神上的自由,在人的虚静空明的审美心境中,自然万物与人之间可以自由地认同,人能自由地亲近、吐纳万物自然。故而,拥有“审美型”智慧的中国人可以顾念万有,拥抱自然,跃身大化,有时竟弄得“不知周之梦为蝴蝶与,蝴蝶之梦为周与”。既然是“天人合一”,“天人一也”,天地人皆为同类,都构成于“道”,都具有生命与同一的生命精神,那么,天人之间也就自然是息息相通的。由此,我们就常常在中国古代文艺审美创作中发现一种人与自然万物相互感应、相互融合的现象,像李白诗中所描绘的那样,“相看两不厌,惟有敬亭山”。在虚灵空旷的审美静观中,人会摄物归心,物也必然会移己就人,在物我运动中,最终臻万物于一体,达成与万物同致同构的境域。这种“天人合一”“我”与“非我”的一体化,小宇宙与大宇宙的互渗互摄,表现在审美创作活动中,则形成了"情景交融""神与物游""情往似赠,兴来如答"等一系列审美意境生成的理论。主体与客体的交感、情与景的交织、心与物的交游,可以创构出多种多样虚灵空活而又幽远深邃的审美境域。

所谓"天地一东篱,万古一重九",天人合一,自然与人相类一体,相通相合,这种宇宙意识渗透到中国传统文艺美学思想所推崇的审美活动中,人的心灵、精神、情感就成了审美关系中的对话者,自然万物也就理所当然地能为人们自由地亲近和吐纳。在中国艺术家的心灵空间里,自然万物"舒卷取舍,如太虚片云,寒塘雁迹"。嵇康诗云:"目送归鸿,手挥五弦;俯仰自得,游心太玄。"就很传神地呈现了这种顺应自然、"俯仰自得""天人合一"构成意识对审美观念的渗透,表现了人对自然万物的自由吐纳与审美构成的认同。可以说,正是中国人这种对大自然的亲密感、认同感和构成感,视大自然为可居可游的精神家园的审美构成观念,生成了中国人能够超越时空限制,以直觉的方式去接近自由生命的气韵律动,并且把不同情景、不同际遇下经验颤动的深层结构和全部幅度含蕴在艺术审美创作的兴感触发的魅力中的审美构成意识,并从而直观地触及到审美自由精神的某些端倪。所谓"大象无形""无物之象。"有象但是却没有形,可见"象"实际上是突破感知觉现象域而没有其物,没有其形的,是通过"心意"突破景象域限所再造的虚灵、空灵境域。正因为它是虚灵的,所以通于审美境域。庄子就继老子"大象无形"说而提出"象罔"这个哲学概念。庄子认为仅凭借视觉、言辩和理智是得不到"道"的玄奥境域的,必须"象罔"才能得之。所谓"乃使象罔,象罔得之"。庄子标举的"象罔"境域在有形无形、虚与实之际。成玄英《疏》云:"象罔无心之谓。""象则非无,罔则非有,不皦不昧,玄珠(道)之所以得也。""以天合天"是在激荡中心灵自由飞跃,向更高层次上的升华,是心与象通,心灵与意象融贯,意中之象与象外之象凝聚,审美心态与宇宙心态贯通。庄子把这种审美境域构成活动称作"独与天地精神往来";刘勰则称此为"独照之匠,窥意象而运斤"。"独"是就心而言,它是指一种超越概念因果欲望束缚,忘知、忘我、忘欲、忘物,"物我两忘,离形去智","胸中廓然无一物",以"遗物而观物"的纯粹观照之主体;"天地精神"与"意象"相同,就"象"而言,都是指超越一般客观物象的永恒生命本体,是自然万物所具有的共通的自然之"道(气)";共通的主体意识和共通的自然之"道"又具有深层的共通,即宇宙意识与生命意识的同构。作为主体的个体是小宇宙、小生命,作为客体的宇宙万物则是大宇宙、大生命,"以天合天"则是以小宇宙、小生命融于大宇宙、大生命。也正因为这样才促使了物我互观互照的共感运动和心灵飞跃。

由此可见,中国传统文艺美学思想所谓的顺应自然、缘在构成,就是指审美创作主体"疏瀹五藏,澡雪精神",通过"驰神运思"的心灵体验,神游默会以体悟宇宙万物间的生命内涵与幽微哲理。刘勰说:"夫神思方运,万涂竞萌,规矩虚位,刻镂无形。登山则情满于山,观海则意溢于海;我才之多少,将与风云而并驱矣。"又说:"夫心术之动远矣,文情之变深矣,源奥而派生,根盛而颖峻。"又说:"纷哉万象,劳矣千想。"刘勰曾提出"神与象通"来表述中国传统文艺美学思想所强调的缘在构成这种审美境域构筑方式。从这些论述中也可以看出,刘勰"神用象通"的"神"是指一种自由的精神。有时他也用"神思",或者用"神理""神道""神明""神气""千思""心术之动"等来表述。而所谓"神用象通",就是指审美创作主体于"从容率情,优柔适会"的空明虚静的心境中,一任自由平和之心灵跃入宇宙大化的节奏里,以"穷变化之端","穷于有数,追于无形""源奥而派生",使"神道阐幽,天命微显";也就是说,在刘勰看来,"神用象通",是去体悟"道(气)",这种自然万物的生命本原,领悟宇宙天地间最为神圣、最为微妙的"大音""大象"也即"大美",从而表现为达成"万物为我用""众机为我运""寄形骸之外""俯仰自得""理通情畅"的审美境域构成的一种心灵体验方式。这种心灵体验方式的最大特色是"规矩虚位,刻镂无形",追虚捕微,抟虚为实。即如桓谭《新论》所指出的:"夫体道者圣,游神者哲,体道而后寄形骸之外,游神然后穷变化之端。故寂然不动,万物为我用,块然之默,而众机为我运。"又如嵇康《赠秀才参军》诗所云的:"目送归鸿,手挥五弦,俯仰自得,游心太玄。"在我们看来,所谓"游神""游心",也就是"神用象通"的"神通"。

可见,所谓缘在构成,就是浑然与万物同体、浩然与天地同科,其审美精神则是自在自由、循顺自然,玄同物我。即如孙绰《游天台山赋》所指出的,是"浑万象以冥观,兀同体乎自然"。用邵雍的话来说,则是"以物观物",是"以我之自然,合物之自然"。在这种审美境域的创构过程中,创作者自由的心灵深深地潜入宇宙万物的生命内核,畅饮宇宙生命的泉浆。

第二节　儒家美学之"诚"范畴释义

儒家美学以"诚"为基元范畴。在儒家美学看来,"诚"是本然之心的流露,是自然之真我与本源之心的呈现。道其所道、是其所是、自其所自则是宇宙自然的本性。即如《易·系辞上》所云:“一阴一阳之谓道,继之者善也,成之者性也。”“成性”是人自身的事情,关系到如何对待自然界的万物这样一个问题。对待自然界万物的态度问题能不能解决,又关系到人能不能“成性”的问题。所以“成性”,便蕴涵着对万物的爱,对万物有一种义务。《易·系辞上》云:“成性存存,道义之门。”“存存”即存其所存,所存之“存”,就是人的生命存在本身。又如《大戴礼记》所云:“分乎道谓之命,形于一谓之性。”“性”本身就是人与物已然有之的,是“天质之朴”,是人的自然性。《中庸》说:“天命之谓性,率性之谓道,修道之谓教。”显然,这和《易传》的思路完全相同。“天命之谓性,率性之谓道”,是说人性得之天道,人性与天道有一致性,故率此而行则可近于道。二程解释说:“天只以生为道,继此生理,即是善也。”“万物各有成性存在,亦是生生不已之意,天只是以生为道。”所以《易·彖传》云“天地之大德曰生”“生生之渭易”。“生”就是自然万物的本性,天只以生为道,生生不已的永恒生命精神就是“善”,也就是美。“道”生天育地,化养构成万物,皆以自然至诚之真意而演化,人是万物中最有灵性的,人有知有识,故能修道、行道、悟道、体道、得道。道由人显,道乃人的生命之本,是一切生命和存在的源泉,是一切变化中永恒不变的因子,普遍地存在于宇宙万物包括人的生命和生活中。人在道中,道在人中;人不离道,道不远人,道就在我们的生命和生活中,是不可以须臾而离的。人不能失去道,就像鱼不能失去水一样。道和我们每个人的生命和生活的密切联系,是人在现实生活中生存发展的根基,人依天地之道而顺其法则以修身合道(不违逆自然),故兴衰成败之机皆在自己之心态行为。自然之道依其真诚不变的运化,成育万物,从始至终无为而秩序不乱,故曰“诚者物之终始”。假如自然之道失去诚信,五行失调,阴阳无序,则星体运行迟速不定,轨迹莫测,就不会有四季运行,昼夜交替,就会寒热无度,草木不生,就不会有人类世界的存在和发展,故《中庸》认为“不诚无物”。因此,中国美学所论之“诚”,并不是形而下的、某一行为的诚实。而是上升到形上的高度,为宇宙自然与人自身的本真呈现。所以中国美学推崇“诚”,强调诚修身正心,完成自身的品德修养。用人自身的“诚”体合天地之“诚”,融合为一,对天地万物之变化犹如对自身之了然。在《中庸》看来,“君子诚之为贵”,“诚”是人自身高贵品性的呈现,为人的原初审美域。并且,作为原初审美域,“诚”是自明的,“诚”是人本心、本性的自然呈现,是没有任何他者意义的坦诚。犹如自然天道造化万物而丝毫没有有为的做作。人本性本心,即“诚”的自明,其意义还在于照亮宇宙间的万事万物,所以《中庸》说:“诚者,非自成而已也,所以成物也。成己仁也,成物知也。性之德也,合外内之道也,故时措之宜也。”对此,朱熹解释说:“诚虽所以成己,然既有以自成,则自然及物,而道亦行于彼矣。”以真诚之道完成自己的身心修养就是“仁”,使万物得到生成与发展就是“智”。“仁”和“智”是人天赋的美的基元。至诚必然是仁德,仁者大人也,明至理,悟真宗之圣人也。成物,知之化也。诚诚相通乃是明理归源,与自然同体,参天地之育化,焉能不知也。参透天机,至简至易,都是至诚之天性,即生命构成之原初域,在己身之德化,即通畅无碍之显现,故《中庸》曰:“合外内之道也。”可以说,正是在“诚”域上,儒家学者建构了以“仁”为核心的人生美学体系。这也是儒家所提倡的“仁者爱人”即真诚互爱的仁爱精神在美学上的体现和要求。

儒家美学对“诚”范畴的标举与其对自由审美境域的追求分不开。在汉语中,“自由”的含义则是“由于自己”,而不由于外力,即“自己做主”。在中国传统文艺美学思想中,“自由”也就等于自在自然,顺情适性;“自然”就是“自己然也”,即“自己如此”。人本性自然,因此中国美学主张审美境域构成必须“无思无虑”“无处无服”“无从无道”,以洗尽尘滓,独存孤迥,敞亮本心,顺应自然,从而回归人的本然、固有的自然属性,还原到人自然的心性。

的确,在中国古代,无论是儒道美学,还是佛教禅宗,都把人生的“自然”自由境域作为最高的审美境域。如儒家孔子所标举的“从心所欲不逾矩”,就是一种与天地万物合一的自由境域,是完美和完善的宇宙在人生中的再现。孟子更是认为人性乃是人心的本来属性,“尽其心者,知其性也。知其性,则知天矣”。尽人之心,知人之性,体人之道,才能知天、事天,所以人生的最高追求,就是要回复本心,使人性与天性合一,从而以达成“与天地合其德,与日月合其明”,永与天地之造化,相生相合而相息相亡,又复相生,而生生不已;循环无息,而“圆极复极”“上下与天地合流”,以后天之精气神,合先天之精气神;复使得之于天地者,仍返之于天地;则自先后天合一且我之精神与天地之精神合流而为一,而达成万物皆备于我的自由完美的审美境域。人应“如其所是”的自由的生活,要从生活中求自由,则应该“自觉”。动物就是如其所是地生活的,但那不是自由。必须“意识到”自己在如其所是地生活,才是自由的境域。此所谓“意识到”,就是“我欲仁,斯仁至矣”。对“仁”境域的追求是人自身的需求,而不是“他者”要你“仁”,是“我欲仁”。自由就是你对自己如其所是的生活的“觉悟”。所谓“如其所是”,就是在自身的存在性显现中的合乎本性的生活。所以,你得既意识到自身存在的本性,又意识到实现这种自身存在本性的现实。二者缺一不可。所以,孔子强调“仁者爱人”,认为“为仁由己”,“求仁得仁”。在他看来爱人是人对于自我的发现、自我肯定和自我尊重;“己所不欲,勿施于人”,“仁”是由己及人及物,要求从“己”做起;欲“仁”得“仁”,“仁”是从自我到家庭、社会、天下的道德规范。所以,他要求人们“志于道,据于德,依于仁,游于艺”。在孔子看来,“古之学者为己”,而“今之学者为人”。这里所谓的“己” 与“为仁由己”之“己”相同,可谓真己,本我。“为仁由己,而由人乎哉?”“我欲仁,斯仁至矣。”“仁以为己任,不亦重乎?”“仁以为己任”就是说这是做人的责任,完全是自己的事,只能靠自己去实现。所谓“由己”,就是“由于自己”,也就是自己在如其所是的生活,如其所是的自我完善或自我实现。“仁”就是自身存在的展开,犹如真正的学问就是学做人一样。是解决自我的意识、思想、情感、行为是否应当的问题,而不是出自其他的考虑。“为仁”“由己”,其目的是还原自然之真我与本源之心,是为了自身心性的诚明,是“为己”。而“为人”则是迎合他人以获得外在的赞赏。以“为己”否定“为人”,意味着儒家将为学的重点指向自我。完善自我,还原自然之真我与本源之心,达成完美人格,以进一步达成审美域。孔子曰:“何事于仁!必也圣乎!尧舜其犹病诸!夫仁者,己欲立而立人,己欲达而达人。能近取譬,可谓仁之方也已。”又曰:“若圣与仁,则吾岂敢?抑为之不厌,诲人不倦,则可谓云尔已矣。”把“仁”置于中心地位来构建美学体系,强调还原自然之真我与本源之心的重要,十分注重人的内心世界的追求,把精神的高尚、充实看得比什么都重要。所谓“为己”,就是强调原初自然之真我与本源之心反观自明,强调自我提升、自我修养、独立人格对于“合道”,对于我之精神与天地之精神合流而为一,而达成万物皆备于我的人的重要性。对此,荀子在其《劝学篇》中解释得最为透彻:“君子之学也,入乎耳,著乎心,布乎四体,形乎动静;端而言,蠕而动,一可以为法则。小人之学也,入乎耳,出乎口。口耳之间则四寸耳,曷足以美七尺之躯哉?”这里就说出了孔子所谓“为己”的真谛。因此,要外王必然要内圣,要实现天人合一、社会和谐,均要“内圣”为基础,修养心性。“为己”则加强自我修养,内在“心性”的自明是照亮他人的前提。如何实现这种价值,是自己的事,不是别人的事,只能依靠自己,不能依靠别的什么力量,因此,儒家所讲的“为己”,只能是自身“心性”的自为,而不是他为,是靠自己的躬身践履。儒家认为,自我修养不是一个能不能的问题,而是一个为不为的问题,这就必须由“己”,从而才能去妄归真,返朴还淳,以超凡入圣,超圣入神,出神入化,与道合一。

这里所谓的“己”,为真己、本我,在自我意识中这种自我是原初自然之真我与本源之心性,其呈现为"诚"。因此禅宗称之为"真我"。唐代禅师临济(义玄)形容这个"真我"说:"著即转运,不求还在目前,灵音属耳。"为了不至引起概念上的混淆,张世英把日常生活中说的自我叫作"自我"或"主体",而不把"真我"叫作"主体",因为"主体"这个词是与"客体"相对而言的,"真我"则根本不在主客关系之中。日常生活中的"自我"总是与他人、他物相对而言的,这是因为在主客二分式中,"自我"被实体化了、被对象化了,是彼此外在、相互对立的,所以自我意识必然使"自我"与他人、他物彼此外在、相互对立,要超越主客二分,超越主客的对立,其本身就意味着超越"自我"或自我意识,或者倒过来说,要超越"自我"或自我意识,就意味着超越主客二分和对立,超越自我与他人、他物之间的外在性和对立性。而呈现为"诚"的、儒家所谓"为己"的"己",即人原初自然之真我与本源之心性,也就是道家美学所说的"无我"。道家美学所谓的"无我",也就是超出主客二分式的"自我"。不把"无我"当作实体,不把"无我"与"自我"对立起来,不把"无我"看成是超验的东西。所谓你只是你,己只是己,没有什么高低贵贱之分。这样,万事万物便既保持了各自的独特性,又相互融合,圆融无碍,这种清静、安宁的境域与主客二分中的"自我"执意以我为中心、把人我对立起来的焦躁不安的状态迥然不同。这也就是中国道家美学所推崇的天人合一、万物一体境域。道家美学是从克服和超越"自我",或谓"主体"出发的,其美学的原点是"无"。

在中国美学看来,最高境域的我,不是主客二分式中的"自我",而是"真我"。这"真我"既非实体、亦非与世界万物和"自我"对立,道家把它叫作"道"或"无"。"道"或"无"不是乌有和空虚,它就是前面所说的那个永远不能作为认识对象而又主持着认识活动的"真我"。其所以说它是"无",是指它不是超验的、与世界对立的实体,不是可以认识到的实存的东西,不是日常生活中的"自我",而是"无我"。只有这种非实体性、非二元性、非超验的"真我",才不至于像主客二分中的日常"自我"那样执着于我、执着于此而非彼,才不至于把我与他人、他物对立起来,把此一事物与彼一事物对立起来,从而见到"万物皆如其本然"。

中国美学认为,作为根本原则的"道"或"无"不是超出有之外、与有对立的形而上的东西,而是包含有与无在内的"无",它是有与无的对立性的克服和超越,在对立中的有与无是平等的,谁也不低于谁,谁也不高于谁。这超越有无对立的"无"或"道"就是由有转化为无、由无转化为有的动态的整体。道家美学之所以认为这个整体是"无",意思就是要既不执着于有,也不执着于无;既不执着于肯定,也不执着于否定。必须指出,"真我"既然是我,就必然有我性,有个体性,但他又是超出我性、超出个体性的宇宙整体。因为在道家美学看来,有我性的个人和超越我性的整体都是同一个现实世界,不存在什么二元性和超验性。道家美学所说的“道”实际上是指宇宙间的万物不是各自独立不依的,都不过是相互依存、相互转化、永远流变的过程。由“道”所生成与构成的整个宇宙,包括自然、人类社会和人的精神意识,都处于一种构成态,宇宙间任何一个事物,任何一个现象,都是一种构成域,当人超越主客二分、超越自我意识时,人就能悟到道家美学所谓的“真我”,悟到自己原来不是独立不依的实体,而是“道”的原发构成域,不是与他人、他物可以须臾分离的,而是与他人、他物有着千丝万缕的联系,以至于我们可以说,“真我”就是“道”的,其呈现样态为“诚”的原发构成域,就是宇宙整体,所囊括的范围涉及到宇宙的每一角落。宇宙间的原发构成瞬息万变,“真我”处在这种原发构成的整体中,也瞬息万变。说“真我”是“道”的原发构成,不是实体,就意味着没有永恒不变之我,意味着它是变动不居的,因为整个宇宙是一个有无不断转化、不断构成的整体。这样,“本我”在空间上便是无边无际的,在时间上是无始无终的,因而也可以说它是无穷无尽的无底深渊。但“本我”又是有个体性的,正如整个宇宙万物中每个构成点——即每个事物都各有自己的个体性一样。这是因为,尽管每个构成点又构成整个宇宙,但各个构成点与其他构成点的联系和关系又是各不相同、各式各样的:世界和社会上的各种事物以至个人自己的各种先天的和后天的生理因素和心理因素,以远近程度不同和千变万化的联系方式构成千姿万态的交叉点或“真我”,因此,每一构成点、每一“真我”虽然都是同一个宇宙构成域的整体,但彼此之间又有各自的个性和独特性。个体性融合在整体性之中,每个“真我”即是整体,整体即是每一个“真我”。正因为如此,我与他人、他物才融为一体,无有隔碍,而又能同时保持我自己的独立性、创造性和自由。这也就是中国美学所谓的“天人合一”或“万物一体”。

和道家美学相同,儒家美学认为“为仁由己”“返身而诚”,通过“由己”“返身”以达成“超脱自在”、情景相生,兴到神会,顿悟人生真谛的审美境域,从而从中体验自我,实现自我。所谓“能尽我之心,便与天同”,“尽人之性”,又“尽物之性”,“合内外之道”,则能“赞天地之化育,则可以与天地参矣”。只有与天地合为一体,才能使人成为“随心所欲”、自在自然、任心由性、自我自觉的人,而进入自由的构成态势。在儒家美学看来,所谓“为仁由己”之“仁”,是一种能力、潜能、“良能”,就是“能爱”。这种“仁”“爱”是发自本心、本性的,而并不是外在的,作为对象的他者强加于人的,是人自身存在的原初“诚”心、“诚”性的显现。所以孔子说:“我欲仁,斯仁至矣。”不是“被”,不是他者要你“仁”,而是“我欲仁”。儒家认为:“仁者爱人。”又说:“仁民爱物。”爱一切人;而且爱一切物。儒家讲“爱有差等”,就是说,爱的程度是有亲疏差别的。这种差别即自由的现实性,亦即所谓承认自身存在的现实。只有承认现实的“爱有差等”,才能“推己及人”,进而“推人及物”,成就一种现实可行的博爱。孔子自述一生自身存在展开的历史性过程,就是儒家追求自由的一个写照:“吾十有五而志于学,三十而立,四十而不惑,五十而知天命,六十而耳顺,七十而从心所欲不逾矩。”这里共有三个阶段、三种高低不同的境域:“三十而立”只是能够安身立命、如其所是地生活;“四十而不惑”则已经意识到自身存在本性之“然”(知道是“我欲仁”);“五十而知天命”则更进一步意识到自身存在本性之“所以然”(知道了仁爱是“天性”“天良”,亦即所谓“天命之谓性”)。此一阶段又可以再细分三种境域:“知天命”还是“有意识”的,还不觉得真正自由;“耳顺”就感觉要自由自在得多了,不再那么勉强;“从心所欲不逾矩”就真正如其所是,存其所存,道其所道,自由自在,“从心所欲”,率性而为,随意而行,一如自然,不假安排。这就是儒家所理解的真正的、自身存在性显现境域的自由审美域。

所以,在儒家美学,所谓“本我”“真我”,其实质就是“诚”,真正的、自身存在性显现境域的自由审美状态,也即“仁”的境域、“诚”的境域。“仁”即“诚”。《中庸》说:“诚者,天之道也;诚之者,人之道也。”朱熹解释道:“诚者,真实无妄之谓也,天理之本然也。诚之者,未能真实无妄而欲其真实无妄之谓,人事之当然也。”所以,人的道德实践体现为“畏天命”,“是以君子之心常存敬畏,虽不见闻,亦不敢忽,所以存天理之本然,而不使离于须臾之倾也。”所以儒家美学追求“返身而诚”。《中庸》云:“诚者自成也,而道自道也。诚者物之始终,不诚无物。”又言:“故至诚无息。不息则久,久则征。征则悠远,悠远则博厚,博厚则高明。博厚,所以载物也;高明,所以覆物也;悠久,所以成物也。”张载云:“天地之气,虽聚散、攻取百涂,然其为理也顺而不妄。”王夫之解释云:“不妄者,气之清通,天之诚也。”张载又云:“天不言而信,神不怒而威。诚,故信;无私,故威。”王夫之解释道:“气无妄动,理之诚也,无妄,信也。”“诚者自诚”是说所谓“诚”或诚的事物,是事物自身之诚,是事物的自身显示,即事物本身与本真。是“与事物本身保持同一,象本身那样存在”,用海德格尔的话来说,即此在的展开。在此在的展开状态中,人可以成为不同形态的存在,既可以从“世界”和“他人”方面领会自己,也可以从自己最本己的可能性领会自己;既可以本真地在世,也可以非本真地在世。本真的存在状态就是“诚者自诚”的存在态势,为此在最源始的真理现象,即此在的生存的真理。但是,此在通常和首先是处于非本真状态中,被抛入常人的意见之中,混迹在常人之中,为常人所宰治,致使此在的沉沦和异化。它不是领悟和保持此在的敞开状态,不是为了了解真理的存在,而是封闭和掩盖了世内的存在者,因为它们从来就不费心去回溯到谈及的东西的根基上去,从而完全掩盖了事情的真相,所以说“不诚无物”。在这种状态中,存在者虽然呈现,却是以假象的模式呈现,存在者处于伪装、封闭和遮蔽状态,因此,“此在在不真中”。但是无论是被抛还是沉沦,都是此在展开状态的构成环节,因此,就其完整的生存论存在意义来说,“此在在真理中”同样源始地也是说“此在在不真中”。此在是展开的 ,也是封闭的,只因为世内存在都随此在是揭开的,作为可能的世内的照面的东西才是遮蔽的或伪装的。因此,事物自身之诚就是事物与自身保持同一,事物如果不是它自身,那就不是诚,而是“伪”了。事物与自身保持同一的那种状态就是诚的含义。在《中庸》里,诚也是人自身之诚,也就是人与自身保持一种同一,以及这种与自身保持同一的态度,所以《中庸》说:“诚之者,人道也。”这里的“诚”,就是说“诚”是“人道”的显现,或谓是由“道”所生成与构成的“人”的一种构成态势,也是人如其所是地、自然而然地呈现出来的一种形态。以“诚”的形态呈现出来,同时以“诚”的态势对待事物,就是人之道。所以说诚“不诚无物”。“成己,仁也;成物,知也。性之德也,合外内之道也”,乃是《中庸》讲“诚”之立场和态度的哲学。《中庸》指出:“诚者,自成也,而道自道也。诚者物之终始,不诚无物。是故君子诚之为贵。诚者非成己而已也,所以成物也。成己,仁也;成物,知也。性之德也,合内外之道也。故时措之宜也。”在这里所谓“诚者物之终始,不诚无物”之“诚”,不仅是指人的诚实,而且是指天地万物象其本然那样存在这一哲学的基础。人和物都在自身存在的基本特性上是其所是,成其所成。而一个“诚者”亦即象人和物本然存在那样对待人和物的人,就能够按照人和物的自身特性既成就自己之可能,也成就物之可能。这就是《中庸》所谓的“诚者非成己而已也,所以成物也”。成就自己,要靠“仁”,人成就万物要靠知识。人的特性或获得性既可以按照人自身的内部规律来对待自己,也可以按照人之外的物质世界的规律办事。这就是所谓“合内外之道也”。可见,这已经远远超出道德和政治哲学意义上的内圣而外王,成为关于人和世界的基础哲学理论了。在《中庸》里诚的重要性得到了极为重要的表达:“唯天下至诚,为能经纶天下之大经,立天下之大本,知天地之化育。夫焉有所倚!肫肫其仁,渊渊其渊,浩浩其天。苟不固聪明圣知达天德者,其孰能知之!”因此,《中庸》说:“故至诚无息。不息则久,久则征(验于外)。征则悠远,悠远则博厚,博厚则高明。博厚,所以载物也;高明,所以覆物也;悠久,所以成物也。”《中庸》“视诚为宇宙人生之根本”,即如现代哲学家谢无量所指出的,犹如“周子之言‘太极’,张子之言‘太虚’,程子、朱子之言‘理’,皆视为宇宙人生之根本,与《中庸》之言‘诚’无异”。可见,在中国儒家美学思想中,“诚”不仅是人之德,也是天地之德,也是真正的、自身存在性显现境域的自由审美状态与宇宙情怀。这种自由审美状态宇宙情怀,不是将宇宙看成一个冷漠的时空存在,不是将宇宙看成一个无情的物理世界,而是将宇宙看成生命的鼓动、情趣的流荡、严整的秩序、圆满的和谐。这宇宙开拓着我们的心胸情怀,启示着美的奥秘。人生之于宇宙,则以天地为庐,澄怀观道,悠然自足,自在自由,将宇宙看成一个美的世界。人对世界必当采取一种审美态度,人生也才生意盎然,充满希望,此正所谓“我见青山多妩媚,料青山见我应如是”。人生和宇宙,回旋往复,灵气流转,是成一个“天人合一”的自由审美境域。“反身而诚”正是对这一自由审美境域的直观顿悟。

第三节 儒家美学“仁”范畴之义域

就社会伦理学视域看,儒家学者非常强调人的社会性、集体性,强调人只有生活于社会伦理关系之中才能生存和发展,因此人必须结成群体共同生活,个人的意志需求应该建立在社会群体的情感、社会责任、社会行为的基础上,个体与群体和谐相处,协作团结,在儒家的理论体系中,人具有互相依存的社会性。所谓“四海之内,皆兄弟也”。在此基础上,儒家学者建构了以“仁”为核心,以血缘亲情关系推衍到社会集体乃至民族国家的思想体系。这是一种比较积极的人生态度和入世精神,表现出对人生、社会和集体的关注和积极的参与精神。影响及儒家美学,则构成其“兴观群怨”的审美价值观,强调“美”与“善”的统一,把“诗”“乐”、“艺”看作“成孝敬、厚人伦、美教化、移风俗”的重要手段,看成实现仁学、安邦定国的必由之道,认为“和实生物,同则不继”等,强调通过文学艺术而达到上下和悦、互相仁爱、协作团结的特殊作用,这是儒家所提倡的“仁者爱人”即真诚互爱的仁爱精神在美学上的反映和要求。但是,这只是儒家美学的一个方面。应该说,儒家美学并不忽视个人价值,就美学意义而言,儒家美学还呈现出一种对自由审美境域的追求。

应该说,儒家的最高人生境域是心灵的超越和升华,是人生的自由,但之中的自由是要通过自我心性的修养、提升,与行为的努力来达到的,个体的人经过长期修养超越了日常生活的羁绊,回归到真我,即还原到人的本心、本性,也即原初的“仁”,使“仁”还原为自身自然而然的本心本性的流溢,克服和控制受外在影响而生成的情欲,处理好己与人,与社会,与自然,以及人与自我、真我的关系,体验到生命存在的意义,也就获得了自由。“仁”是儒家思想的基元范畴,同时也是儒家美学的核心和出发点,为审美境域构成的原初域。可以说,正是就这种意义看,儒家美学“仁”范畴的纯粹意义层呈现出审美的意蕴。

一

“仁”是儒家思想的基元范畴,也是儒家美学思想的基元范畴。即如庄子所指出的,以孔子为首的儒家思想“要在仁义”,又如孟子所指出的:“居仁由义,大人之事备矣。”《吕氏春秋·不二篇》也认为:“孔子贵仁。”据《礼记·中庸》载,孔子曾经对鲁哀公说:“为政在人,取人以身,修身以道,修道以仁。仁者人也。”这就是说,在孔子看来,“仁”就是人,是人的本心、本性。对此,孟子解释说:“仁也者,人也。合而言之,道也。”这种对“仁”的解释与《中庸》是一致的。

就原初语义看,“仁”的本意就是人。《说文》云:“仁,亲也。从人从二。”《春秋元命苞》也说:“仁者情志好生爱人,故其为人以人,其立字二人为仁。”宋人戴侗《六书故》解释说:“先人曰:吾闻诸尤叔晦:古文有因而重之以见义者:因子而二之为孙,是也;因大而二之为夫,是也;因人而二之为仁,是也。孔子曰:‘仁者,人也。’人其人之谓仁。”清人徐灏《说文解字注笺》云:“《中庸》曰:‘仁者,人也。’《孟子》曰:‘仁也者,人也。’《荀子·君子》篇曰:‘仁者,仁此者也。’谓仁即为人之道也。人能尽为人之道,斯谓之仁,故因而重之以见义。二有偶义,故引申之有相亲之义。郑康成氏所谓相人耦,是也。扩而充之则曰博爱之谓仁。千心为仁,即取博爱之意。”清朱骏声《说文通训定声》解释说:“仁者,情志好生爱人,故立字二人为仁。”也认为“仁”是人的本心本性,是人的天性。

人的本心、本性、天性是“仁”,并且,“仁即为人之道”,即人的本性本心就是与人“相亲”,与人“博爱”,“好生爱人”。因此,应该说,“仁”的基本内涵就是“爱人”。《论语·颜渊》载:“樊迟问仁,子曰爱人。问知,子曰知人。”《孟子·离娄下》说:“君子以仁存心,以礼存心。仁者爱人,有礼者敬人。”《孟子·离娄上》也说:“爱人不亲,反其仁。”孔子强调“仁者爱人”,认为“为仁由己”,“求仁得仁”。

在他看来爱人是人对于自我的发现、自我肯定和自我尊重；“己所不欲，勿施于人”，“仁”是由己及人及物，要求从己做起；欲仁得仁，“仁”是从自我到家庭、社会、天下的道德规范。所以，他要求人们“志于道，据于德，依于仁，游于艺”。在孔子看来，“为仁由己”之“己”，可谓真己，本我。“为仁由己，而由人乎哉?”“我欲仁，斯仁至矣。”“仁以为己任，不亦重乎?”“仁以为己任”所谓“由己”、也就是由于自己，发自内心，自己在如其所是的生活，如其所是的自我完善或自我实现。真正的“仁”就是自身存在的展开，犹如真正的学问就是学做人一样。是解决自我的意识、思想、情感、行为是否应当的问题，而不是出自其他的考虑。“为仁”“由己”“为己”与孔子所主张的“为己”之学一脉相承。

就美学意义看，“仁”具有经验性与非经验性、自明性。从经验性意义看，由人本心本性而外在外推的“仁”心“仁”性，仁民爱物，无有穷尽。在仁民爱物的自身经验中，我是心灵和心灵的自我。这种自我属于被经验到的身体。而从非经验性、自明性看，“仁”是人的本心本性，为人的真我，是真正自身给予的、自明的。作为人的本心本性、人的真我，真正自身给予的、内在自明的“仁”，则为真诚的“仁”心，这种“仁”心是无限的，不止不息。即如王阳明所指出的：“仁是造化生生不息之理，虽弥漫周遍，无处不是，然其流行发生，亦只有个渐……惟其渐，所以便有个发端处……譬之木，其始抽芽，便是木之生意发端处。抽芽然后发干，发干然后生枝、生叶，然后是生生不息。若无芽，何以有干有枝叶？能抽芽，必是下面有个根在。有根方生，无根便死。无根何从抽芽？父子兄弟之爱，便是人心生意发端处，如木之抽芽。自此而仁民，而爱物，便是发干生枝生叶……孝弟为仁之本，却是仁理从里面发生出来。”“仁之本”，是“从里面发生出来”，为人最初的东西和自身包含一切存在与真理之起源的东西，也即纯粹自我，真我。因此，“仁”心“仁”性的“发端”与发明首先应该是内在的、自明的，有如树之有根，然后“抽芽然后发干，发干然后生枝、生叶，然后是生生不息”。此即所谓“有根方生，无根便死”。“仁”发端自明于人之自我，原于“己”。孔子说：“夫仁者，己欲立而立人，己欲达而达人。”又说：“己所不欲，勿施于人。”这里就强调指出，“仁”是源自自我的，从自我出发。要“立人”，要仁民爱物，首先要“己”也“欲立”，要“达人”，“为仁”，也首先要“己”“欲达”。并且，己所不欲，不可施于人，可见“己”即自我是“仁”的生成点。显然，在孔子，实际上就是要求“为仁”要立足于自我的本心本性。因为只有自身所“欲”或“不欲”的东西符合一定的审美诉求，由此而推衍开来的“立人”“达人”也才可能有“仁”的意义。如果连自身都不具有“仁”心“仁”

性，也就谈不上“立人”“达人”了。因此，“仁”必须发端于自我。同时，孔子又不把个人看作是孤立的个人，而是把他看作是处在各种社会关系中的个人。仁就是要处理好个人与他人、个人与社会的关系，因此孔子又强调“立己”“达己”的同时要“立人”“达人”。

作为真我、真正自身给予的“仁”，仁立足于自我，但最终不在于自我，如果只看重自我的立达而不去“立人”“达人”，这就根本不能称之为“仁”，因为“仁”的生动呈现在于“为人”而非“自为”。可见，虽然孔子之“仁”，既在“己”，更在“他”，讲推己及人，以自我为“仁”心“仁”性的生长点。这种以自我为生长点的“仁”的美学思想由于有一种既“在己”又“在人”，既自明又敞开、照亮，既非经验性又经验性，既内在又外在，因此其本质上就决定了“仁”的自明性与为他性一如，而不能把这种“立”“达”限于自我本身；同时又由于有了这一自我的生长点，孔子“为仁”思想又体现了自我的需求，与自我密切相连。《论语·宪问》中孔子说的“修己以敬”“修己以安人”“修己以安百姓”就体现了孔子“为仁”思想这种立足于自我又指向他人的审美特征。

正是从“为仁”“由己”“为己”思想出发，孔子提倡作为个体的人应该把自己想的、做的，也帮助别人想到、做到；自己所不愿接受的，不要施加给别人。他主张人与人之间应实行“忠恕之道”，彼此诚恳相待、互相谅解，在个人与他人与集体发生利害冲突时，要克制自己，甚至于舍己利人。为此，他一再强调“克己复礼为仁”。可以说，正是基于恪守人之天性“仁”的思想，孔子认为作为个体，人都应该加强自身修养，以高度完善的自我。因此，他说：“夫仁者，己欲立而立人，己欲达而达人。”他甚至把“仁”作为最高的人生境域，主张“志士仁人，无求生以害仁，有杀身以成仁”。认为“博学而笃志，切问而近思，仁在其中矣”。《礼记·儒行》在论及“仁”与“礼乐”的关系时说：“温良者，仁之本也；敬慎者，仁之地也；宽裕者，仁之作也；孙(逊)接者，仁之能也；礼节者，仁之貌也；容貌者，仁之文也；歌乐者，仁之和也；分散者，仁之施也。”认为仁是礼乐的根本，礼乐是仁的表现。近代学者谢无量曾进一步概括说：“通观孔子平日所言及所定五经中所有诸德，殆无不在仁中。曰诚、曰敬、曰恕……皆体仁中所包之德也。故仁者众德之统，万善之源；凡修齐治平之道，莫非仁用，而仁义礼智信五常，尤儒家为教之要领。”这里就表明孔子所谓的“仁”涉及到的人生境域非常宽泛，但“爱人”则是其核心。《墨子·天志》说“仁”是“上利乎天，中利乎鬼，下利乎人”的“天德”。《庄子·天道》把“仁”看作是“大道”中的一部分，亲亲即仁。基于此，当代学者唐力权把“仁”分为三个层面,即仁、类性之仁与道德化仁。“仁是‘无执的感通与开放的仁爱精神至于充极状态’之仁,也就是后儒所谓‘仁者与天地万物为一体’之仁,这是一种对一切存有绝对无差等、绝对一视同仁的‘爱’。正是在这个意义上,儒家把具有‘生生之德’的天视为‘仁’,也只有天作为‘道体’才具有蕴涵这一超越一切、肯定一切而又成就一切的‘仁’的资格。”足见,作原初域体的仁是与天认同的,是超越的。

“类性之仁”则是“落实在人性之中的‘仁’,也就是仁在人的类性禀赋限制之下所具有的同体感通的力量。它不是一种无私的爱,而是私于个体、私于家庭、私于民族和私于全体人类的私仁”。这就是儒家的有差等的爱。“仁”在具体事物上呈现时并不是抽象的“博爱”“兼爱”,而是有远近、厚薄、轻重、缓急、本末、内外等许多条理和区别的。也就是说,仁爱的播施,是由远及近,各如其分地逐步“推”开去的,而不是不分厚薄,平均地“盖”上去的。孟子讲“老吾老以及人之老,幼吾幼以及人之幼”依据类性之仁的原则,必须先爱自己的亲人,后爱别人的亲人;先爱自己的子女,后爱别人的子女,而不能反其道而行之,否则就是“不孝”“不仁”之大者。孟子又说“亲亲而仁民,仁民而爱物”,“亲亲而仁民”是在人与人之间行仁的原则,“仁民而爱物”是在人与自然之间行仁的原则。也就是说,原则上讲,对人类的爱必须先于、重于对动植物等自然物的爱,也不能反其道而行之。类性之仁虽是一种私仁,但是,由于类性之仁是仁在人性中的落实,因而它仍是把无差等的爱摄入其中的,并且成为类性之仁的仁性关怀的最后根源与精神动源。

应该说,所谓“道德化仁”就是仁性的道德化或社会理性化,也就是仁通过类性之仁的中介作用在社会法制和伦理规范中进一步的落实,表现在儒家对于“礼”的重视。道德化仁的处理问题,应该可以说是作为以仁性关怀为出发点的人文主义学说的儒家所关注的中心问题。在《论语》中多处讲到“仁”,但这个“仁”不是抽象的“仁”,而是在社会的特殊场合中取义的“道德化仁”,比如:“仲弓问仁,子曰:‘……己所不欲,勿施于人。’”“司马牛问仁,子曰:‘仁者,其言也讱。’”“子张问仁于孔子,孔子曰:‘能行五者于天下,为仁矣。’‘请问之。’曰:‘恭,宽,信,敏,惠……’”孔子不愿意离开道德化仁而谈论类性之仁和仁。当然,我们不能认为论语中所有的“仁”都是在特殊场合中取义的“道德化仁”。

孔子一方面指出“为仁由己”,认为仁不远人,“我欲仁,斯仁至矣”;另一方面又从不轻易以仁许人,不仅不以仁许子路、子贡等贤弟子,而且自己也从不以“仁”自居。如果说,前一方面意义的“仁”可以看作“道德化仁”的话,那么后一意义上的仁如果也仅仅看作是道德化仁恐怕很难讲通。孔子所谓“仁者爱人”“天下归仁”也可以作为一种“类性化仁”来理解。与此同时,孔子还以与天所表现出来的亲和感透露出了体悟“天道”,“天道”即“仁”的思想。“仁”是天道在人道中的体现。在郭简中,天是万物之源,具有至善、至高的特性:可以知物之几微,“几而知之,天也”;又完善无瑕,“不说而足养者,地也;不期而遇者,天也”。郭简认为“天生百物,人为贵”,人虽是天之所生,是天地之间尊贵者。“仁”是人道的呈现,通过“仁”的呈现使人成其为符合人道的人,成为天地间尊贵者。的确,孔子主要是立足于“仁”即人之本心本性的构成论思想,并由此彰显出“类性之仁”与“仁”,但在他所揭示的“仁”的概念所富含的深层意义中,不难看出孔子的“仁”境域中泛爱生生,大化同流的鲜活信息。因此,在儒家美学,“仁”应该是以对人的关怀为起点,最终要达于与天认同的“仁”。在“仁”的价值之中蕴藏着审美的内涵。

当然,儒家美学“仁”范畴的真正确立,应该是始于孟子的。在中国哲学史上,孟子最早提出了“天人合一”的思想,他主张天与人相通,人性乃“天之所与”,天道有道德意义,而人禀受天道,因此人性才有道德意义。所以,宇宙万物和人类社会都以“仁”为纯粹构成域。“仁”生万物,万物结构的基础是“仁”。这样,从孟子开始,“仁”在儒家美学里就有了审美范畴的意义。在中国美学,以老庄为首的道家美学也主张“天人合一”,老子说:“人法地,地法天,天法道,道法自然。”但在道家美学,作为审美纯粹构成域的“天人合一”与孟子的“天人合一”有明显的不同之处。在孟子看来,与天认同的“仁”乃人之所本,有审美价值的意义,而就老庄的“天人合一”的“道”之域看,则更加近乎纯粹审美的意义,是自然而然,此即所谓“道法自然”。

儒家美学以全德言仁,以爱言仁,以博爱之谓仁,“仁”既意为“仁爱仁德”,又意为“仁人、仁政、仁心仁术”,如所谓“求仁而得仁”“人而不仁”“仁者安仁”“仁民爱物”“凡爱众,而亲仁”“殷有三仁焉” “志士仁人,无求生以害仁,有杀身以成仁”“知者乐水,仁者乐山”“仁者必有勇,勇者不必有仁”“知者乐,仁者寿”等。在儒家美学,仁者以天地万物为一体。“仁”之域既是儒家美学泛爱生生的思想基础,更是达成“仁人”“圣人”之域的原初境域,因此,以“仁”原初域的世界才是美的世界、诗的世界,才充满勃勃生机,正如东方美所说:“这个世界决不是一个干枯的世界,而是一切万物含生浩荡不竭,全体神光焕发,耀露不已,形成交光互网,流衍互润的‘大生机’世界,所以尽可洗涤一切污浊,提升一切低俗,使一切个体生命深契大化生命而浩然同流,共体至美。这实为哲学与诗境中最高的上胜意。”以“仁”为原初构成域实际是肯定了万物都是一种生命的存在,生命之间息息相通,由此构成一个生命整体。通过“仁”的审美域,我们看到了儒家美学人生审美价值观。

二

儒家积极入世,他们对于人生的关注是以人伦道德关怀为起点,这就形成了以“仁”为核心的道德体系。前面我们也讲到,儒家不愿离开道德化仁来谈论仁的超越性,但“仁”的内在超越性又决定了这个道德体系必然蕴涵着美学价值。孔子说“不仁者不可以久处约,不可以长处乐。仁者安仁,知者利仁”,“唯仁者能好人,能恶人”,“苟志于仁矣,无恶也”,“富与贵,是人之所欲也;不以其道得之,不处也”,“贫与贱,是人之恶也;不以其道得之,不去也。君子去仁,恶乎成名?君子无终食之间违仁,造次必于是,颠沛必于是”,“我未见好仁者,恶不仁者。好仁者,无以尚之;恶不仁者,其为仁矣,不使不仁者加乎其身。有能一日用其力于仁矣乎?我未见力不足者。尽有之矣,我未见也”,“人之过也,各于其党。观过,斯知仁矣”,“巧言令色,鲜矣仁!”这之中提到“不仁者”“仁者”“知者”“富者”“贵者”“贫者”“贱者”“好仁者”“恶不仁者”,并且涉及到其间的若干关系。应该说,关注人生是儒家美学的一个鲜明特点。儒家美学非常注重从个人与他人、个人与社会的关系中凸显个人生命的意义与价值,对个人的人生行为规范和生命存在加以确认。尽管孔子认为人生的要义,“仁”的精髓首先呈现在“为己”“由己”,其所强调的首先是个人本心本性的修为,但同时,孔子又认为人作为一种社会存在物,其自我修为并不能脱离人伦关系而独立进行。只有在社会关系的链条中按照“仁”的审美诉求不断提升自已,才能达成极高的审美境域。

在处理人伦关系上,儒家的原则可以说是“忠恕之道”。忠恕之道包括了两个方面的内容,即“己所不欲,勿施于人”与“己欲立而立人,己欲达而达人”。所谓“忠”即是“尽己”,即尽知己最大的努力去成人之美。所谓“恕”则是“推己及人”,即将已心比他心,以尽可能同情地了解他人的处境。儒家十分注重忠恕之道在成就仁德中的重要作用。孔子曾对曾参说:“参乎!吾道一以贯之。”而按照曾参的理解,“夫子之道,忠恕而已矣”。在另一处,孔子明确告诉子贡说:“夫仁者,己欲立而立人,己欲达而达人。能近取譬,可谓仁之方也已。”而当子贡问孔子有没有什么基本准则可以“终身行之”时,孔子回答道:“其恕乎!己所不欲,勿施于人。”在一定的意义上,我们可以说,所谓“己所不欲,勿施于人”与“己欲立而立人,己欲达而达人”实际上都是立足于“推己及人”这一原则的。它们之间的差别在于:前者是推己及人的否定方面，自己所不意欲的便不强加于人；后者是推己及人的肯定方面，自己所力图成就的，也帮助别人去成就。它们构成了忠恕之道的两个方面。忠恕原则的核心要求，显然是要人们在视听言动之中处处秉持仁爱之心去行事。

而在处理人伦关系中所秉持的仁爱之心应该是一种类性之仁，即有差等的爱，它要求在处理人际关系时，按照宗法和血缘的亲疏远近来依次推行仁。又由于类性之仁是以仁为最后根源和精神动源，它就要求在行仁时不能自私，而要把爱的范围扩大，把仁推行于万事万物。孟子说："亲亲而仁民，仁民而爱物。"亲亲的精神不仅是尊老爱幼，而且要推之于同类，然而仅仅对待自己的同类以仁还不够，还要把仁爱之心推广至世界万物，乃至山川草木，宇宙中的一切生命。

儒家美学"仁"范畴的核心意旨，就是"万物一体"的审美诉求。所谓"万物一体"的"物"，不仅指自然界的事物，而且指作为主体的人。所谓"一体"，一是自我生命和实际人伦的统一，将外在的道德规范化为内在的生命欲求；另一方面是人的自我生命和天地精神的统一，将万物视为一个有机整体，如同人的身体一样，是天人合一。这种普遍的宇宙关怀，是"仁"的最高审美实现，也是儒家"成己成物"之学的最高审美境域。儒家美学正是以"仁"为核心展开的，在这种由远及近、由内到外的展开中主体的人格逐渐得到提升，"浩然之气"便蕴积而成，如孟子说："我善养吾浩然之气。"又说："充实之谓美，充实而有光辉之谓大。"光辉充实之境，也就是胸怀荡然，上下与天地同流的伟大人格的境域。儒家对于现实人伦虽然有许多道德的规定，但如同佛教的清规戒律一样，最终是想使人们通过修养而达到自由。在这种境域中，道德愉悦和审美愉悦达到了统一。

在儒家美学，"仁"是人生的最高审美域。孔子说："君子去仁，恶乎成名？君子无终食之间违仁，造次必于是，颠沛必于是。"这里就强调指出，"仁"是君子之所以为君子的最高追求。"仁"也是人生审美域的构成态呈现。在孔子看来，"仁"是人的一种原发构成域，植根于个人内心的要求和感受，即非常强调个人内心的动因。孔子说："不仁者不可以久处约，不可以长处乐。仁者安仁，知者利仁。"朱子注云："不仁之人失其本心，久约必滥，久乐必淫，惟仁者则安其仁而无适不然，智者则利于仁而不易所守。"强调"仁"要发自"本心"，然后才可以"无适不然"。"安仁"是最自然的人生审美域呈现，没有任何"仁"以外的目的。"利仁"是因利而行"仁"，动机虽在"仁"外，也是发自内在的行为，因而也是比较自然的。在"安仁""利仁"之外，还有"强仁"。《礼记·表记》记载："子曰：仁有三……仁者安仁，知者利仁，畏罪者强仁。”“强仁”即出于压力、害怕负罪而不得不按照仁德的要求行动。“强仁”完全是不自然的，其行为动机完全是外在的。

孔子特别推重内心自发的人生“仁”审美域构成，他说：“知之者不如好之者，好之者不如乐之者。”知之者“利仁”，以“仁”为有利而行“仁”，不是自发的，所以不如“好之者”之“安仁”，而“好”之极致便是“乐仁”，以行“仁”为乐，则实践仁德的行为更加自发和主动，完全没有其他的目的，没有丝毫的勉强，因此也更为自然。不过，“安仁”与“乐仁”都是以仁本身为目的，而“安仁”自可达成“乐仁”之审美域，所以不必在“安仁”之外另立“乐仁”的标准。朱子说：“安仁者不知有仁，如带之忘腰，履之忘足。”《庄子·达生》云：“忘足，履之适也；忘腰，带之适也；忘是非，心之适也。”心灵摆脱了任何束缚或挂念，其精熟的创造活动看起来像自然而然的达成出神入化的审美域。“仁者”“安仁”，表明“仁者”已经达成了自然之化，不需要任何意识、目的去支配自己的行为。

“为仁”本身要求的就是内在自觉、自发地实践“仁”的原则，不要外在的压力，也不要自我勉强，这样的表现才是自然的、真诚的“仁”。“为仁”者不仅不能把己所不欲强施于人，而且不能把己之所欲强施于人。不强加于人，人与人之间关系才能比较自然，比较真诚。“为仁”是为己之学，一切所求，都应该通过自身的努力去实现，而不是直接地强求硬要，这样的得才是自然之得，不失之得。“为仁”之人有极高的品德修养，但不能保证在世俗生活中可以径情直遂，因此要能够接受洁身自好的自我逍遥。这样不仅可以保持个人的怡悦，而且不至于破坏社会整体的和谐。应该说，孔子重视个人的内在的动因，保证个体的自主性，强调人际关系的自然和谐，这和重视自然之价值的精神是相通的。

三

“仁以为己任，不亦重乎？”“仁以为己任”就是说这是做人的责任，完全是自己的事，只能靠自己去实现。所谓“由己”“为己”，就是“由于自己”，也就是自己在如其所是的生活，如其所是的自我完善或自我实现。在儒家美学，真正的“仁”就是自身存在的展开，犹如真正的学问就是学做人一样。是解决自我的意识、思想、情感、行为是否应当的问题，而不是出自其他的考虑。“为仁”“由己”“为己”与孔子所主张的“为己”之学一脉相承。《论语·宪问》曰：“古人之学为己，今人之学为人。”《论语注疏》曰：“古人之学，则履而行之，是为己也。今人之学，空能为人言说之，已不能行，是为人也。范晔云：‘为人者冯誉以显物，为己者因心以会道也。'"这就是说,在古人,学习的目的是做人,是为了道德的切身践履,修心正形,全身心地去体会仁义礼智信圣的德性;而今人学习、修养的目的则是为了卖弄学问,沽名钓誉,给别人看的。所谓"为人"就是指迎合他人以获得外在的赞赏。以"为己"否定"为人",意味着儒家将为学的重点指向自我。完善自我,成就理想人格,达成理想的人生境域,正是儒家美学的审美价值取向。孔子曰:"君子无终食之间违仁,造次必于是,颠沛必于是。"又曰:"有能一日用其力于仁矣乎?我未见力不足者。"把"仁"置于中心地位来构建美学体系,强调精神生活与内心世界之丰富与重要,自我心性的充实比什么都重要。"为己"的目的是为了自我提升、自我修养,以达成一个具有独立人格的、"会道"的人。对此,《荀子・劝学篇》的解释最为透彻:"君子之学也,入乎耳,著乎心,布乎四体,形乎动静,端而言,蝡而动,一可以为法则。小人之学,入乎耳,出乎口,口耳之间,则四寸耳,曷足以美七尺之躯哉?"从伦理学或哲学的意义上看,成为一个人必须有一个学的过程。因此,学做人意味着道德上的完善,人格的确立及精神境域的升华。儒家把他们的学问称为"圣人之学",它所关注的焦点是人如何成就德性完善人格的问题。学做人的圣人之学也就是为己之学。或者说学做人是为己之学的性质,而学道德或道德修养是为己之学的内容。儒家主张"尊德性而道问学""必仁且智"的,但却是以尊德性为优先价值,以仁为本的。

为己之学的起点必然是为学动机的为己性,按照儒家的思维方式,自我处于各种关系的核心,因此,要外王必然要内圣,要实现天人合一、社会和谐,均要以个人的自觉修养为基础。学者为己的启发意义,也许可以被理解为自我修养的一种命令,内在的认识自己是在外部世界正确行为的前提。应该说,为己之学指向自我以实现圣贤人格为指归,是为己切己的。

所谓"为己",是指所思维的应当首先是为自己立法而不是为人立法,就是在日常为学和行为实践中,时时存有"为我"的思维,在任何时候、任何情况下都要想一想我应当不应当如何。事事处处联系自身的思想、行为而进行反思,因而必然时时处处涉己。学与切己自反相结合,是儒家道德思维的一个鲜明特色,道德思维就是要把所获得的知识同己身相联系,从中明了做人的道理。道德思维总是离不开主体自身——"我",总要以"我"为整个思维的支点。舍弃了"我",其思维则不具有道德的意义,或者说不属于道德思维。在道德思维中,"我"是轴心、是重心。道德思维的目的,就在于使"我"有所得,在于通过自省来陶冶情感、磨炼意志、增进理性、完善人格。为己之学不仅在思维中是切己的,而且在实践中也是涉己的。既然道德修养或为己之学要切己涉己,那么要在学习过程中有所成就,即使自己的人格境域有所提升,就只能靠自己的作为和努力。孔子说:"君子求诸己,小人求诸人。"人生的意义和价值就在自身之内,不在自身之外,不是别人的事,不能依靠别的什么力量,因此,这就必须从自我做起,必须自在自为。

这里的"己"、真己、本我与日常生活中的"自我"不同。日常生活中的"自我"是实体性的、独立自存的某种东西,是和外物、与他人彼此外在、互相对立的实体,这种"自我",是不自由的,表面上有主体性,但归根结底,它总是受外物的限制,受他人的限制。所以说,日常生活中的自我是主客二分的产物,是实体性的自我,在自我意识中这种自我是被认识的对象。当我说"我意识到我"时,这句话中后面的那个"我"是被认识、被意识的对象,是客体,前一个"我"是进行认识活动、意识活动的主体,它不是被认识的对象,而且永远不是,也不可能是被认识、被意识的对象。我们永远不可能把握它——认识它,只要你把它放在面前加以把握——认识,它就成了客体,而作为认识主体的它就躲藏到后面去了,这个永远在逃避我们的认识而又主持着我们的认识活动的主体,禅宗称之为"真我"。唐代禅师临济(义玄)形容这个"真我"说:"著即转运,不求还在目前,灵音属耳。"为了不致引起概念上的混淆,张世英把日常生活中说的自我(即主客二分式中的自我)叫作"自我"或"主体",而不把"真我"叫作"主体",因为"主体"这个词是与"客体"相对而言的,"真我"则根本不在主客关系之中,尽管"真我"更具自由的本质,或者借用主客二分学说的语言来说,更具"主体性",甚至可以说是真正的"主体性"。日常生活中的"自我"总是与他人、他物相对而言的,这是因为在主客二分式中,"自我"被实体化了、被对象化了。我们平常说的自我意识就是把"自我"当作实体、当作对象来把握,而实体性的、对象性的东西总是彼此外在、相互对立的,所以自我意识必然使"自我"与他人、他物彼此外在、相互对立,要超越主客二分,超越主客的对立,其本身就意味着超越"自我"或自我意识,或者倒过来说,要超越"自我"或自我意识,就意味着超越主客二分和对立,超越自我与他人、他物之间的外在性和对立性。我们日常生活中的"自我",又总是把世界上的事物与事物之间看成是彼此外在、相互对立的。要超越人与我的区分,超越物与物的区分,就意味着超越"自我",这也就是道家美学所说的"无我"。道家美学所谓的"无我",也就是超出主客二分式的"自我"。不把"无我"当作实体,不把"无我"与"自我"对立起来,不把"无我"看成是超验的东西。所谓你只是你,己只是己,没有什么高低贵贱之分。这样,万事万物便既保持了各自的独特性,又相互融合,圆融无碍,这种清静、安宁的境域与主客二分中的“自我”执意以我为中心、把人我对立起来的焦躁不安的状态迥然不同。这也就是中国道家美学所推崇的天人合一、万物一体境域。道家美学是从克服和超越“自我”,或谓“主体”出发的,其美学的原点是“无”。在道家美学看来,最高境域的我,不是主客二分式中的“自我”,而是“真我”。这“真我”既非实体、亦非与世界万物和“自我”对立,道家把它叫作“道”或“无”。“道”或“无”不是乌有和空虚,它就是前面所说的那个永远不能作为认识对象而又主持着认识活动的“真我”。其所以说它是“无”,是指它不是超验的、与世界对立的实体,不是可以认识到的实存的东西,不是日常生活中的“自我”,而是“无我”。只有这种非实体性、非二元性、非超验的“真我”,才不至于像主客二分中的日常“自我”那样执着于我、执着于此而非彼,才不至于把我与他人、他物对立起来,把此一事物与彼一事物对立起来,从而见到万物皆如其本然。道家美学认为,作为根本原则的“道”或“无”不是超出有之外、与有对立的形而上的东西,而是包含有与无在内的“无”,它是有与无的对立性的克服和超越,在对立中的有与无是平等的。谁也不低于谁,谁也不高于谁。这超越有无对立的“无”或“道”就是由有转化为无、由无转化为有的动态的整体。道家美学之所以认为这个整体是“无”,意思就是要既不执着于有,也不执着于无,既不执着于肯定,也不执着于否定。必须指出,“真我”既然是我,就必然有我性,有个体性,但他又是超出我性、超出个体性的宇宙整体。因为在道家美学看来,有我性的个人和超越我性的整体都是同一个现实世界,不存在什么二元性和超验性。道家美学所说的“道”实际上是指宇宙间的万物不是各自独立不依的,都不过是相互依存、相互转化、永远流变的过程。由“道”所生成与构成的整个宇宙,包括自然、人类社会和人的精神意识,都处于一种构成态,宇宙间任何一个事物,任何一个现象,都是一种构成域,当人超越主客二分、超越自我意识时,人就能悟到道家美学所谓的“真我”,悟到自己原来不是独立不依的实体,而是“道”的原发构成域,不是与他人、他物可以须臾分离的,而是与他人、他物有着千丝万缕的联系,以至于我们可以说,“真我”就是“道”的原发构成域,就是宇宙整体,所囊括的范围涉及宇宙的每一角落。宇宙间的原发构成瞬息万变,“真我”处在这种原发构成的整体中,也瞬息万变。说“真我”是“道”的原发构成,不是实体,就意味着没有永恒不变之我,意味着它是变动不居的,因为整个宇宙是一个有无不断转化、不断构成的整体。这样,“本我”在空间上便是无边无际的,在时间上是无始无终的,因而也可以说它是无穷无尽的无底深渊。但“本我”又是有个体性的,正如整个宇宙万物中每个构成点——即每个事物都各有自己的个体性一样。这是因为,尽管每个构成点又构成整个宇宙,但各个构成点与其他构成点的联系和关系又是各不相同、各式各样的:世界和社会上的各种事物以至个人自己的各种先天的和后天的生理因素和心理因素,以远近程度不同和千变万化的联系方式构成千姿万态的交叉点或“真我”,因此,每一构成点、每一“真我”虽然都是同一个宇宙构成域的整体,但彼此之间又有各自的个性和独特性。个体性融合在整体性之中,每个“真我”即是整体,整体即是每一个“真我”。正因为如此,我与他人、他物才融为一体,无有隔碍,而又能同时保持我自己的独立性、创造性和自由。这也就是道家美学所谓的“天人合一”或“万物一体”。

和道家美学相同,儒家美学认为“为仁”的发端在“己”,通过“己”,以达成“仁”之审美域,从而体验自我,实现自我。宇宙便是吾心,吾心即是宇宙,因此能尽我之心,便与天同。“尽人之性”,又“尽物之性”,“合内外之道”,则能“赞天地之化育,则可以与天地参矣”。只有与天地合为一体,才能使人成为“随心所欲”、自在自然、任心由性、自我自觉的人,而进入自由的构成态势。在儒家美学看来,所谓“为仁由己”之“仁”,是一种能力、潜能、“良能”,就是“能爱”。你要意识到,能爱,这并不是别人强加给你的要求,而是你自身存在的本性。否则“爱”就成了你的一大负担,哪里还有自由之感?所以孔子说:“我欲仁,斯仁至矣。”“仁”是自身自发,不是人家要你“仁”,而是“我欲仁”。在儒家美学,“仁”就是关爱他人,关爱自然,不但爱一切人;而且爱一切物。儒家讲“爱有差等”,就是说,爱的程度是有亲疏差别的。这种差别即自由的现实性,亦即所谓承认自身存在的现实。只有承认现实的“爱有差等”,才能“推己及人”,进而“推人及物”,成就一种现实可行的博爱。孔子自述一生自身存在展开的历史性过程,就是儒家追求自由的一个写照:“吾十有五而志于学,三十而立,四十而不惑,五十而知天命,六十而耳顺,七十而从心所欲不逾矩。”这里共有三个阶段、三种高低不同的境域:“三十而立”只是能够安身立命、如其所是地生活;“四十而不惑”则已经意识到自身存在本性之“然”(知道是“我欲仁”);“五十而知天命”则更进一步意识到自身存在本性之“所以然”(知道了仁爱是“天性”“天良”,亦即所谓“天命之谓性”)。此一阶段又可以再细分三种境域,“知天命”还是“有意识”的,还不觉得真正自由;“耳顺”就感觉要自由自在得多了,不再那么勉强;“从心所欲不逾矩”就真正彻底自由了,自在了。一方面“不逾矩”,不违礼犯规,不违法乱纪;一方面却感到“从心所欲”,率性而为,随意而行,一如自然,不假安排。这就是儒家所理解的真正的、自身存在性显现境域的自由审美状态。

在儒家美学，真正的、自身存在性显现境域的自由审美状态，也即“仁”的境域、“诚”的境域。“仁”即“诚”。“诚”或“诚”的事物，是事物自身之诚，是事物的自身显示，即事物本身与本真。而“仁”即为人的本心本性，是人的本身与本真，是人与本身保持同一，“象本身那样存在”，用海德格尔的话来说，即此在的展开。在此在的展开状态中，人可以成为不同形态的存在，既可以从“世界”和“他人”方面领会自己，也可以从自己最本己的可能性领会自己；既可以本真地在世，也可以非本真地在世。本真的存在状态就是“仁者自仁”的存在态势，为此在最源始的真理现象，即此在的生存的真理。但是，此在通常和首先是处于非本真状态中，被抛入常人的意见之中，混迹在常人之中，为常人所宰治，致使此在的沉沦和异化。它不是领悟和保持此在的敞开状态，不是为了了解真理的存在，而是封闭和掩盖了世内的存在者，因为它们从来就不费心去回溯到谈 及的东西的根基上去，从而完全掩盖了事情的真相，所以说“不仁无人”。在这种状态中，存在者虽然呈现，却是以假象的模式呈现，存在者处于伪装、封闭和遮蔽状态，因此，“此在在不真中”。但是无论是被抛还是沉沦，都是此在展开状态的构成环节，因此，就其完整的生存论存在意义来说，“此在在真理中”，同样源始地也是说“此在在不真中。”此在是展开的，也是封闭的，只因为世内存在都随此在是揭开的，作为可能的世内的照面的东西才是遮蔽的或伪装的。因此，人之“仁”就是与人自身保持同一，人与自身保持同一的那种状态就是“仁”。

“成己，仁也；成物，知也。性之德也，合外内之道也”，是《中庸》讲“仁”的立场和态度。在这里，所谓“成己”之“仁”，不仅是指人的本心本性，而且是指天地万物象其本然那样存在这一哲学的基础。人和物都在自身存在的基本特性上是其所是，成其所成。而一个“仁者”亦即象人和物本然存在那样对待人和物的人，就能够按照人和物的自身特性既成就自己之可能，也成就物之可能。成就自己，要靠“仁”；人的特性或获得性既可以按照人自身的内部规律来对待自己，也可以按照人之外的物质世界的规律办事。这就是所谓“合内外之道也”。此即所谓“我欲仁，斯仁至矣。”“为仁由己，而由人乎哉！”“仁”不是从外面得来的，而是“由人”，是人自己所具有的，完全由自己决定，而不是由别人决定或给予。但是，如果有“己”，以“我”为限，那就违背了“仁”，从这个意义上说，“仁”是没有内外之分的。当仁受到“己”即个人欲望限制时，就要“克己复礼”，通过礼的规范以恢复仁德，视、听、言、动都符合礼，也就自然达成“仁”境域了。礼是由“仁”决定的，但反过来又能培养和实现仁德。“仁”不是从外在的什么地方产生的，但是由情感决定的仁德与外部规范不是对立的,而是内外统一的,并相互作用的。这就是所谓"内外合一之道"。

在《中庸》里"仁"境域得到了极为重要的描述:"肫肫其仁,渊渊其渊,浩浩其天。苟不固聪明圣知达天德者,其孰能知之!""仁"境域的呈现有如"渊渊其渊,浩浩其天"!只有"聪明圣知达天德者",始可能达成此境域。可见,在中国儒家美学思想,"仁"不仅是人之德,也是天地之德,也是真正的、自身存在性显现境域的自由审美状态。

儒家"仁"范畴所规定的这种对自由的审美境域的追求还突出地表现在孔子"乐以忘忧"的人生理想追求上。如所周知,就总体倾向而言,以孔子为代表的儒家追求的理想人生境域是"修身,齐家,治国,平天下";是"博施于民在而能济众"。孔子曾经非常热切地表达自己的抱负说:"苟有用我者,期月而已可也,三年有成。"然而,这种理想人生境域的获得与人的自我实现并不是轻而易举的事,除了人自身方面的原因外,还受到现实生活的诸多限制。并且,"逝者如斯",人在时空中生活,还要受时空的限制。人在宇宙时空中的存在是不自由的,宇宙永恒,无限,人生短暂、有限。而人又总是不能够甘心与满足,总是不安于守旧与停顿,总是不安于平庸与单调,不安于失败,总是在不息地追求、寻觅并设法改变自己的环境与自己生活的世界。正如马克思和恩格斯所指出的:"已经得到满足的第一个需要本身,满足需要活动和已经获得的为满足需要的工具又引起新的需要。"人希望自我实现,并执着地追求着自我实现,但与此同时又受社会环境、宇宙时空,以及人自身的"内部挫折"的局限,使自我实现的需求不能达成。如何来缓解这一理想与现实的矛盾,使人从这一矛盾中解脱出来,以减轻人的痛苦,平衡人的心态呢?孔子曾经给我们描绘他自己说:"其为人也,发愤忘食,乐以忘忧,不知老之将至。"这里,实际给我们设计了两种理想人生境域:一是"为仁由己""人能弘道""发愤忘食""知其不可而为之"而"乐以忘忧"的积极进取的理想人生境域;二则是"乐天知命""乐山乐水"、安时处顺而"乐以忘忧"的理想人生境域。

据《论语·述而》记载,孔子曾经评说自己,说:"饭疏食饮水,曲躬而枕之,乐亦在其中矣。不义而富且贵,与我如浮云。"又说:"发愤忘食,乐以忘忧,不知老之将至云尔。"又据《论语·雍也》记载,孔子曾经称赞颜回说:"贤哉,回也!一箪食,一瓢饮,在陋巷,人不堪其忧,回也不改其乐。"据此,宋代周敦颐说:"每令寻孔颜乐处,所乐何事。"周敦颐让受学于他的程颢程颐探寻孔子与其弟子颜渊"所乐何事",由此才引发中国思想史上的"二程之学"。对"孔颜乐处",周敦颐在《通书》中解释说:“颜子‘一箪食,一瓢饮,在陋巷,人不堪其忧而不改其乐’。夫富贵,人所爱也;颜子不爱不求,而乐乎贫者,独何心哉?天地间有至贵至爱可求而异乎彼者,见其大而忘其小焉尔。见其大则心泰,心泰则无不足;无不足,则富贵贫贱,处之一也。处之一,则能化而齐,故颜子亚圣。”在他看来,颜回之所以能够在贫困中保持心境快乐和身心和谐,是由于“天地间有至贵至爱可求而异乎彼者”,而颜子能“见其大”,从而能保持“心泰”。也就是说,俗人以贫贱为人生苦境,以富贵为人生目的,而君子是超越于富贵与贫贱之上的,人生中有着至富至贵、可爱可求乃至比生命还重要的东西,这就是“大”,即成圣成贤的理想。人若见其“大”,必忘其“小”,从而在心灵深处实现一种“泰”,即心态的高度充实、平静和愉悦。

应该说,周敦颐所谓的“孔颜乐处”,就是中国文化所提倡的“安贫乐道”。而所谓“乐”,具体说来,有道德和审美两个层面的意思;即道德心灵之乐与审美心灵之乐。就道德层面看,所谓“孔颜乐处”之“乐”,涉及到人生选择或价值诉求方面的内容。一个人将物欲、权欲视为人生的价值追求,为达到目的,可以不择手段,并且心安理得,自然不会理解“孔颜之乐”;但如果一个人承认人生除了财富、权力之外,还有一些更值得追求的东西,诸如品性正直、人格高尚、心地善良、精神充实,等等,他便能够“安贫乐道”,自然也就能够体会并获得“孔颜之乐”。可以说,作为一种人生价值诉求,“孔颜之乐”正是人生的精神需要、道德追求超越、战胜了人类的物质需要、利害计较所达到的崇高人生境域。

从审美的视阈看,“孔颜之乐”则是超道德的,是人的自然生命与精神生命构成一体,从而所显现出的心灵自由的存在方式或存在状态,是一种对自身生命意识的充分肯定,是“乘物以游心”“清贫自乐”“随缘任远”,表现出一种在此基础上珍惜生命、体味生命的审美意趣和与天地同其大的宇宙情怀,是人生境域与审美境域的构成,也是心灵的自由和升华的审美境域。

所以说,颜回之乐并不是因为贫贱本身有什么可乐之处,而是指这种生存方式已经超越了贫贱与富贵,进入了一种崇高的精神自由境域。个体达到了这种崇高的精神自由境域,即使有着人所不堪的贫贱或唾手可得的富贵也不能使其心身失衡或丧失心境的愉悦。由此可知,“孔颜之乐”实质上与世俗所追求的仅仅满足物欲的快乐不同,它是一种内心自足的快乐,是一种为追求社会道德价值和人生理想信念而超越物质欲求的崇高精神自由境域。程颢后来回忆说:“昔受学于周茂叔,每令寻颜子仲尼乐处所乐何事。”受此教导,二程不仅“慨然有求道之志”,而且最终达成了“吟风弄月”“吾与点也”的自由境域，这种自由境域就是“孔颜乐处”。程颢说：“如再见周茂叔后，吟风弄月而归，有‘吾与点也’之意。”冯友兰认为：“这种吟风弄月之乐，正是孔颜之乐。”应该说，这里所谓的“孔颜之乐”，也即朱熹评点“曾点境界”所云：“而其胸次悠然，直与天地万物。上下同流，各得其所之妙，隐然自见于言外。”这种宇宙情怀，不是将宇宙看成一个冷漠的时空存在，不是将宇宙看成一个无情的物理世界，而是将宇宙看成生命的鼓动、情趣的流荡、严整的秩序、圆满的和谐。这宇宙开拓着我们的心胸情怀，启示着美的奥秘。人生之于宇宙，则以天地为庐，澄怀观道，悠然自足，自在自由，将宇宙看成一个美的世界。人对世界必当采取一种审美态度，人生也才生意盎然，充满希望，此正所谓“我见青山”，“青山见我”，我与青山一如，人生和宇宙自然回旋往复，灵气流转，并由此以达成的“天人合一”的自由审美域。

第四节　中国美学的“朴”与“归朴”之域

中国美学认为，审美活动的意义，是审美者通过澄心静虑，自在自由、即境缘发，以达成真力弥满、万象在旁、掉臂游行、“超脱自在”、兴到神会，顿悟人生真谛的审美境域，从而从中体验自我，实现自我。这样，顺应自然、超脱自在、实现自我、境域缘发、即境构成就成为中国美学所推崇的“返璞归真”、复归于朴，从而体道达道的审美构成态。

在中国美学，“美”是自然天成的，是“自明地给出”与存在性显现，是“与天地共生”“淡然无极”，发生构成于纯粹的构成域“道”，其构成态表征为“归真”与“归朴”。因此，在中国美学，所谓美，总是天然淳朴的，是惚恍而来，不思而致的一种构成域。这种审美构成域，是审美者通过澄心静虑，心游目想，通过因情适性、自由自得、直观感悟，直觉体悟，以达成“超脱自在”、顿悟人生真谛的审美域。而这种审美域的构成态则是情景相生、即境缘发、兴到神会。其中，生动地呈现出中国美学顺应自然的返璞归真精神。

中国美学“朴”与“归朴”之域的构成要求文艺审美创作应追求平淡自然、韵味淡远的审美意境。在审美者方面则推崇心灵的柔和谦逊之美，保持淳朴的本质，超凡脱俗、飘逸淡远、朴拙冲淡，自然天成。在“朴”之域的创构方面则推崇无心偶合、自然天然；其审美特色是平淡而不流于浅俗，澄淡朴洁。唐代司空图在

《诗品·典雅》中云:“玉壶买春,赏雨茅屋。坐中佳士,左右修竹。白云初晴,幽鸟相逐。眠琴绿阴,上有飞瀑。落花无言,人淡如菊。书之岁华,其曰可说。”这里所描绘的,就是一种淡雅闲适、悠然澄明、空灵渺远、莹洁疏朗的和澄淡朴洁之境域。大味必淡,大音必希、大道必朴。在中国传统文艺美学思想,“朴”,即指作品的韵味淡远、语淡意深。故而,“朴”之境域所表现出的“质朴自然”审美风貌中的“朴”,应该意指冲和、宁静、闲适、淡远,是淡而意韵幽长、渐远而至无穷;是平淡萧疏、冰痕雪影、乌迹山廓,渐远渐无的清澄平淡之境;是淡中见浓、淡中见深;朴中现真、朴中体道,是浮云卷舒、孤鸿轻逝、空灵淡远、纯真古朴。

一

中国美学对“朴”之域的推崇,其思想原点应追溯到老子的“清净无为”“返璞归真”“抱朴归真”观。《老子》一书多处提到“朴”,如云: “敦其若朴,旷其若谷。”(十五章)又云:“见素抱朴,少私寡欲。”(十九章)强调“复归于朴”“朴散则为器”“道常,无名,朴”“我无欲,而民自朴”等。

从语义域看,所谓“朴”,原初义域是未加工的木料。如《说文》云:“朴,木素也。”段玉裁进一步解释说:“素犹‘质’也。以木为质,未饰,如瓦器之坯然。”木素就是未经锯凿,未经雕饰的原木,也就是木的本来形态。“朴”的原初义为未经加工的木材,所以《论衡·量知》云:“无刀斧之断者谓之‘朴’。”王褒《洞箫赋》云:“秋蜩不食,抱朴而长吟兮。”李善注引《苍颉篇》云:“朴,木皮也。”木料未经过加工叫“朴”,推而广之,别的未经过人为,属于自然、本真的都可为“朴”。如《吕氏春秋·论人》云:“故知知一,则复归于朴。”高诱注云:“朴,本也。”《玉篇·木部》云:“朴,真也。”对人来说,不尚奢侈叫“朴”,质朴无华叫“朴”,诚实不欺叫“朴”。如《庄子·胠箧》云:“焚符破玺,而民朴鄙。”这里所谓的“朴鄙”就是无知无欲,老实敦厚。正因为“朴”是指自然状态和本来面目,因此,各种保持其自然状态和本来面目的事物也都可以叫“朴”。这样,“朴”的引申义域即指:未经改变的本质、本性、本真、真性。又引申为纯真、敦厚、质朴、纯朴、朴实、朴素、朴拙、原真、质朴、不加雕饰、质朴真率、质朴无华等。显然“朴”的引申义域与现象学所谓的“显现者总是自明地给出”,终极只能活生生地呈现在人的世间生存之中,而不能被在任何意义上现成化的观点是一致的。

老子尚“朴”,但是在《老子》一书中,“朴”的义域却比较广泛。如所谓的“敦其若朴”的“朴”,属基本义,可以解释为“纯朴厚道,像没有经过加工雕琢的原木一样”。而所谓“见素抱朴”则为“显现其素朴自然的心性,保持其质朴纯真的天性”;其中的“朴”,则通常被解释为素朴、质朴、自然、纯真。三十二章的“道常,无名,朴”和三十七章的“道常,无为而无不为。侯王若能守之,万物将自化。化而欲作,吾将镇之以无名之朴。镇之以无名之朴,夫将不欲。不欲以静,天下将自正”中的“朴”,其义域都是纯朴,质朴。五十七章的“我无为,而民自化;我好静,而民自正;我无事,而民自富;我无欲,而民自朴”和二十八章的“知其雄,守其雌,为天下溪。为天下溪,常德不离,复归于婴儿。知其荣,守其辱,为天下谷。为天下谷,常德乃足,复归于朴。知其白,守其黑,为天下式。为天下式,常德不忒,复归于无极。朴散则为器,圣人用之,则为官长,故大智不割”的“朴”之义域,则有的人把它解释成原真,朴素,有的人把它解释成原木。或把第一个朴解释成原真,朴素的意思,把第二个朴解释成原木。同时,老子还运用“朴”来表示婴孩时心态的质朴、纯真。而上升到美学的高度,则“见素抱朴”“复归于朴”之“朴”又为宇宙万物构成本源的“道”的构成态势,其表征为质朴自然、玄默无为,在老子则称之为“无名之朴”。老子认为,作为纯粹构成域的“道”也是“无名”的,所谓“绳绳不可名”,只是“强为之名”,因而“道隐无名”,“道常无名”。因而在他看来,“道”“大”“一”就是“朴”。“朴”就是“无”,是不可名之“名”,不可道之“道”。应该说,正是在此基础上,老子才提出“大音希声,大象无形”。因为“无”是没有大小之分、之名,因此是无限,是“真”与“朴”。

正由于“朴”又为宇宙万物构成本源的“道”的构成态势,而老子尚“朴”,所以,作为中国美学的子系统,以老庄为首的道家美学所追求的审美境域是大智若愚、大成若缺、大盈若冲、大直若屈、大巧若拙、大音希声、大象无形、大美无言,是返璞归真,即“复朴”“归朴”、达道体道之域。在老子看来,知识和欲望不断增加,诡诈和忧烦也就增加;见素抱朴、遵循“道”之自然,知识和欲望减少,诡诈和忧烦也就减少。只有“见素抱朴,少私寡欲。”保持朴实、朴素、纯真、自然的原初构成态,保持并蕴含朴素、纯真的自然天性,不要沾染虚伪、狡诈而玷污、损伤人的天性,“抱朴”“复朴”“归朴”去掉外饰,还其本质,还原质朴;返回本真、真性、纯真,天然,自然之域,保持原初的自然生成态势,返回到原初的纯朴纯真的状态,不为物欲所诱惑,不为杂念所困扰,贱物、贵身、守朴、养素、全真,保持淳朴、朴实、质朴、实在的自然状态,如陶渊明《劝农》诗所描述的“傲然自足,抱朴含真”,去掉外饰,返璞归真,还其本质,才能达道、体道。因此,老子说:“反者道之动。”“反”既是道的自我运动,是“复归于静”“复归于无极”“复归于朴”,亦是变。有变,才有

“生成”,才能体道、得道,与道合一。

所以老子经常把“朴”作为“道”的又一形态。所谓“道常,无名,朴”(三十二章);“朴散则为器”。“朴”,即本真的分解就变为诸多的器物,万物经过自身生命的运动流程,最终还得“复归于朴”(二十八章),即恢复到最原初的本真质朴。也即万物从“道”的生化中产生,最终又复归于“道”的整体——“朴”的状态,所以《老子想尔注》指出,“道”本身就是“质朴”,说:“朴,道之本也。人行道归朴,与道合。”成玄英也说: “朴,道也。”并称“道”为真常之道。“朴”和“真”都是“道”之本性。但“归朴”“归真”“合道”不可能仅仅是回到“道”的原初纯粹域。应该说,“真”与“朴”“静”都是“道”之构成态的呈现。所以老子认为:“无为而无不为……无名之朴,夫亦将无欲,不欲以静。”(三十七章)作为原初纯粹构成域的“道”之显现,“朴”与“无为”“静”共同呈现为宇宙万物的生命构成状态。在此意义上,可以说,“朴”就是“无为”,就是“静”,而“复归于朴”就是“得道”,或谓“体道”。同时,又只有通过“得道”与“体道”,才能构成“朴”之域。

由此,老子所主张的“无为”也即“朴”。并且,老子所谓的“朴”“无为”都与老子尚“无”的思想相关。老子尚“无”、贵柔,强调有无、清浊、刚柔、厚薄、等的相对而生、相倾相比,主张守柔,守一,守下,守雌,认为“柔弱胜刚强”(三十六章)。在老子看来,“天下莫柔弱于水,而攻坚强者莫之能胜,其无以易之”(七十八章),“天下之至柔,驰骋天下之至坚”(四十三章),“强大处下,柔弱处上”(七十六章)。应该说,这里所谓的以“至柔”以“至坚”就与老子“抱朴”“返朴”以“归真”、体道、合道的思想分不开。

从其主张“无为”、尚“无”与“朴”思想出发,老子认为,人生的最高构成域就是“抱朴归真”。作为人之纯粹原初构成域,“朴”即婴孩之自然纯真状态,没有欲望,没有烦恼。人世间的一切不幸和灾祸都源于欲望,知识越多,欲望越大,欲望到了熏心的地步,人就会利令智昏,追名逐利,相互争斗,相互倾轧,社会就陷入混乱和灾患。所以老子云:“专气致柔,能婴儿乎!”(十章)又云:“常德不离,复归于婴儿。”(二十八章)“合德之厚,比于赤子。”(五十五章)“夫物芸芸,各归其根。归根曰静,是谓复命。”(十六章)主张人应该返璞归真,保持婴孩一样纯朴可爱,无为、无我、无欲的自然心性,“少私寡欲”、抱朴归真、守弱居下,淡泊名利,平淡人生。所谓“夫物芸芸,各復归其根”;“万物并作,吾以观其复”;“归根曰静,是谓復命。復命曰常,知常曰明”。作为一定运动形态之物,虽纷然杂陈,但最终还是无一不复归其根,即复归构成宇宙万物的“道”,还原为“真”与“朴”。

二

老子“复归于朴”的“朴”之境域论的蕴育与生成是多种因素作用的结果,它和地域的、社会的与文化的作用分不开。老子提出的虚静淡泊的人生态势论,就起着不可低估的作用。

以老子为首的道家哲人强调作为审美者的自我修养,其美学思想着重探讨审美者在审美实践中如何解决各种内外因素对心理的干扰和思想意识活动,以及各种官能欲求同清静素朴与体道合道、心灵超越的关系问题,并由此提出了通过“虚静”,以修性养心的原则与方法。它讲求清心寡欲,由清净虚明、自然恬淡的心理境域中以明心性,静以体道。这种思想在中国人生美学的发展进程中,特别是在中国人生美学以心为主,应物斯感,要求主体的审美神思宛转徘徊于心物意象之交,俯仰自得于千载万里之间的独特的审美体验方式的产生与形成中,具有催化与发酵的促进作用。它丰富并完善了中国古代审美构成域的思想内容。我们认为,就其对“朴”之境域论所主张的在审美体验与审美创作构思之初,创作主体必须构筑与达成虚明澄净、无欲无念的审美境域,也即“朴”之存在性境域审美意识的影响来看,主要有以下几个方面。

首先,体道返根的思想与“朴”之境域论相通。以老子为首的道家哲人认为宇宙生成的本原是“道”。“道”也就是充斥在自然万物与一切生命体之间的一种至精至微、阴阳未分的先天元气。它大化流衍,窈窈冥冥,恍兮惚兮,似有似无,既决定和支配着宇宙万物、生命人类的存在,又将人的生命同社会自然的存在沟通、联结起来,形成一个同构的整体。审美者只有在一种静寂入定的心理状态中,依靠心灵感悟,始能体会得到这种宇宙的真谛与生命的意味。因而,老子主张“抱一”“守中”“涤除玄鉴”,庄子则提出“心斋”“坐忘”,要求解脱外在的束缚,清净心地,使精神专一、心不旁骛,“致静笃”,清除心中的杂念,排除外部感觉世界的各种干扰,保持心灵的洁净无尘,表里澄澈,内外透莹,以创构出一种自由宁定的心境。只有这样,才能如空潭印月,映照万物,直观宇宙自然、天地万物的生命本原。后来的道家哲人整个汲取了这一美学精神,提出“泯外守中”“冥心守一”“系心守窍”等修炼功法,要求精神内聚,思想集中,抱元守一,返观内照,通过精神和意念的锻炼,以使生理和心理状态得到调节与改善。这也就是“复归于朴”的学理依据。可以说“朴”就是“清静”“虚静”。所谓“人能以气为根”(《老子河上公章句·守道章》),天地万物都是由“气”所构成。既然气是人与万物的生命之根,那么,审美者构筑心性的基本手段与法则就是清心正定,排除邪想杂念。只有澄神安体,意念守中,在高度入静中以达成万念俱泯,一灵独存的境地,这样始能内视返听,外察秋毫,感悟到人自身与宇宙自然的生命精微。此即《老子想尔注》所谓说的“清静大要,道微所乐,天地湛然,则云起露吐,万物滋润”,“情性不动,喜怒不发,五藏皆和同相生,与道同光尘也。”收敛感官,神不外驰,在情绪与心理上实现自我控制和解脱,专诚至一,是养精炼神的基本要求。是的,在以道家美学为核心的中国美学来看,人的意念活动是最富于能动性的、高度自主的。气和心定,闲静介洁的心境,以保证意念活动的专一,有利于体内的气体过程和气的运行,也有利于人与自然之间元气的交换,因而能强化主体自身的生命运动;反之,则将会导致人体内部气机运行混乱,阻塞天人交通的渠道,从而损害自身的生命运动。故而,老庄美学认为,修炼身心的第一要旨就是清净心地,冥目静心,检情摄念,息业养神,以遵循人体生命整体观的自然规律,自觉地、能动地运用自己的意念,内而使神、气、形相抱而不离,外而与天相通,茹天地混元之气以强化自身的生命运动,变人的潜能为自为的智能,进而内外交融,天人合一,返归天道。这种专心一意,使形身精神相抱相依,合而为一,亦就是道家美学所谓的“守一”。如《太平经》就指出,“守一复久,自生光明,昭然见四方,随明而远行”;“使得上行明彻,昭然闻四方不见之物,希声之音,出入上下,皆有法变”,以达成“行天上之事,下通地理,所照见所闻,目明耳聪,远和无极去来事”;“开明洞照,可知无所不能,预知未来之事,神灵未言,预知所指”。就老庄为首的道家美学来看,通过“抱中”“守一”,则能在审美体验中以洞照天地上下,人身内外,深入宇宙万物的底蕴,直观生命的本原,从而回归到混融滋蔓的宇宙万物构成之原初域。由此,不难看出,以老庄美学为起源的道教美学所强调的这种通过“见素抱朴”“冥心守一”、专心专意的意念活动具有高度的集中性与明确的指向性。其从修养心性入手,进而达成“明心见性”返璞归真、返根体道的还原思想与“朴”之境域论所规定的内容是相通相关的。

其次,“安静闲适”的心境与“朴”之构成性境域相似。从审美创作的视角来看,“朴” 之境域论要求审美者进入心灵体验活动之先应当“澄心端思”,即切断感官与外界联系,排除外在干扰,中止其他意念活动,使意识思绪集中到一点,进入一种虚静、空明的心理状态,以获得“内心的解脱”。王梦简说:“先须澄心端思,然后遍览物情。”(《诗学指南》卷四)进行心灵体验活动的过程是“心”“思”“神”“想”,是心灵的契合,因此,审美者在心灵体验活动中必须具有心灵的自由。“遍览物情”与“妙悟自然”的审美创作活动离不开心灵的活力与心灵的能动,心灵自由是心灵体验活动取得成功以达成“真淳古朴”之境域的前提,而“澄心端思”,澄怀净化,忘知虚中,以构筑出空明虚静的心理空间则是对心灵的解放。只有这样,审美者才能在心灵体验活动中最大限度地发挥心灵的活力,去“凝神遐想”以领悟宇宙人生的妙谛。庄子指出:“虚者心斋也。”(《庄子·人间世》)通过“澄心端思”,可以使心神凝聚,意识集中,使自己达成空明虚灵、真淳洁朴的构成性境域。从这里我们可以看出,“朴”之境域论所主张的“澄心端思”实际上是虚以待物,以静制动的审美构成态势,它是一种高度平衡的心理构成状态。这种构成状态相似于老庄为首的道家美学所谓的通过“抱一”“守中”“心斋”“坐忘”“冥心守一”“系心守窍”以达成的“安静闲适,虚融澹泊”的“自性”“本心”,也就是老子所说的“如婴儿之未孩”,“比之赤子”的归复本初,犹如初生婴儿时的原初纯构成态。应该说,无论是身心修养,还是心灵体验,都只有达成这种存在性境域,“用心不杂”,“其天守全”,克服其主观随意性,“不牵于外物”,“复归于朴”,顺应宇宙大化的客观规律,在自然的徜徉中,逍遥无为,物我两忘,从而才能与造化融汇为一,直达道的本体,以达成人最真确的自身生命存在性境域呈现。

故而,以老庄为首的道家美学提倡“弃欲守静”“复归于朴”,认为保持虚空明净,无欲无念的构成境域是修养心性,直达万化生命本原,达成“朴”与“真”境域的重要途径。所谓“学道之初,在于收心离境,入于虚无,则合于道焉”。“收心离境”,就是指涤尽心中尘埃,洗却烦忧,超脱于纷纷扰扰的世事,摆脱与功名利禄等私欲相关的物的束缚,只有这样,才能创构出一个明净澄澈、虚灵不昧的性灵心空。只有“心静”“心定”“心明”,破除烦恼,不为物欲所役使,虚静至极,始能使精、气、神与形相合,身心一体,形神依存,返璞归真。因此,去物去我,使纷杂定于一,躁竞归于静,澡雪精神,“收心离境”,“复归于纯静”是道家美学所追求的炼养身心,开发智能,陶冶性情的特定的心理境域。扫除不洁,净化心灵,以产生一个虚灵清明、神静气通的心灵空间,从而才能使自己的心性、意识、精神状态复归到小孩一样无分别、平等、率真的那种纯朴、天然心域,使心灵得到净化,情性获得陶冶,真正达成达道、合道,与“道”融通合一的“朴”与“真”审美境域。

以老庄为首的道家美学所注重的这种“朴”之境域构成论不但规定审美者在进入心灵体验之必须“澄心端思”,而且还要求“澄心静怀”,以摆脱与功名利禄相干的利害计较,营构出一个清静虚明、无思无虑的心理空间。徐上瀛说:“雪其躁气,释其竞心。”(《溪山琴况》)沈宗骞也指出,在进入心灵体验活动时,审美者必须要“平其竞争躁戾之气,息其机巧便利之风……摆脱一切纷争驰逐,希荣慕势,弃时世之共好,穷理趣之独腴”(《芥舟学画编》卷一)。只有使心灵经过“澄心静怀”,屏弃奔竞浮躁、汲汲以求、生活情趣不高的意念,做到无欲无私,少思少虑,胸无一丝俗念,才能在心灵体验活动中超越自我,通过直觉观照与内心体验,以体味到宇宙自然的“大美”,感悟到审美对象中所蕴藉的深远生命内涵和人生哲理。

应该说,老子所主张的虚静淡泊、返璞归真的人生理想,以及庄子所推崇的静以体道,游于无穷与“朴”之境域构成论所规定的内容是相互沟通的。审美创作构思中,“澄心端思”,实现心灵的自由、专一和“澄心静怀”,超越名利、好恶得失等世俗杂念,保持心灵的净化与空明,从而才能于心灵观照中达成与宇宙自然合一的“真淳浩朴”境域,以创作出艺术珍品。

三

在这里,还应该注意到这么一个事实,即以老庄为首的道家美学对“朴”之审美境域的推崇和中国人因情适性、“天人合一”的审美观念分不开,并建构在道家美学“道”论的深层审美意识之上。

所谓“道”论,是以老庄为首的道家哲人提出的一种思想。“道”先于自然万物,为自然万物纯构成的本源,是“道”论中最重要、最基本的含义。作为万物构成本原的道,它生成宇宙自身所固有的生命力和创造力。张祥龙指出:“对……老庄而言,这最终的根源都不是任何一种‘什么’或现成的东西,而是最根本的纯境域构成。”“老庄的‘道’也同样不是任何一种能被现成化的东西,而是一种根本意义上的‘湍流’,总在造成新的可能,开出新的道路。”换言之,“道”是一切生命的总源泉总生机,万物发生构成于“道”,又内含着“道”而得其生命之常。在老子看来,作为万物发生构成本原的“道”,不能说它有。因为所谓境域就是在终极处的发生构成,所有的现成存在性都不能达成本源境域。“道”不是现成的物,无形无象;又不能说它无,不能说它可以独立于万事万物而“生出”万事万物,因为它缘于有而成就有,所以老子指出“有”与“无”“同出而异名”以构成异彩纷呈的动态世界。所以“道”体是无,“道”用是有,“道”是无与有的统一,两者同出而异名。既然“无”是天地的原始;“有”是万物的根本,因此,应当从无形无象处去体悟道的微妙,应当与“道”所呈现出的缘发构成,而进入“朴”“真”等审美域。

所以,在中国美学看来,任情率性,顺心随意、“还原”到“自我”,以“与天同”“与天地参”“万物与我为一”,其本身就是一种纯粹的终极构成域。所谓“万物与我为一”的“一”,即“道”,也即“本根”,即宇宙万物所发生构成的终极境域。庄子云:“天下莫不沈浮,终身不固;阴阳四时运行,各得其序。惛然若亡而存,油然不形而神,万物畜而不知,此之谓本根,可以观于天矣。”(《庄子·知北游》)天地的发生构成与聚合变化,都可以追问到“本根”这一所在。“本根”可以简称为“本”,而“本”也就是“一”。《淮南子·诠言训》云:“夫无为,则得于一也。一也者,万物之本也,无敌之道也。”从道家的“道”论看,“一”就是“道”。作为大道本体的“无”,也是“道”,和“一”相同,都是宇宙原始的纯粹构成本源,此原始之构成本源并非绝对的空无,它朦朦胧胧、浑然一体,其中包孕着生成天地万物的基因,这就是“精”。因此,“道”,看起来什么也没有,虽可称为“无”,实质上则是有无一体。说它是“无”,那只是相对于天地万物而言的,而不是说它不存在。它是一种无形无象、无分无界、朦胧不清、浑然一体的东西。正因其无分无界,浑然一体,所以可称其为“一”。这样一来“一”就从“无”中生发了出来。老子把这个过程称为“道生一”,体现了“道”的这种纯构成性。在自我的构成之中,“道”逐渐生成为阴阳二气,这则是老子所谓的“一生二”。“二”就是阴阳。阴阳间的对话交流,犹如强大的动力,激活并构成了宇宙间的“精”,从而生发构成天地与人,所以说天地与人与“道”并存,老子把这个过程称为“二生三”。所谓“三”,即指天、地、人三才。宇宙万物得以发生构成,是通过“道”的生发与阴阳运动生成,因此,老子把这个构成式称为“三生万物”。老子又说,“万物负阴而抱阳,冲气以为和”(四十二章)。作为天地万物原构成境域的“道”,具有能生而又不被生的永恒不息动力,其表现特征为空灵、自然、无为、素朴。正是在此意义上,老子认为,人道在于天道,应追随天道。而天道即自然质朴之“道”。这样,人就不能背离自然。人应按照自然无为的原则,以实现自身的人生价值。表现在审美活动中,要生成并显现这种宇宙之美,就必须“绝圣去智”“无知无欲”,由“虚静”的自由境域中,让心灵自由飞翔、穿越,以超越有限的、具体的“象”,而体悟到“道”——这种宇宙生命的精深内涵和幽深旨意。也正由于此,所以老子讲“我自然”“道法自然”“无为”与“涤除玄鉴”,庄子则追求“逍遥游”“无待”,讲一个“忘”字,如“坐忘”“相忘于江湖”等等,追求“得道”,以获得心灵的精神自由。所谓“得道”或者“知道”的“道”就是“自然”,也就是“自由”,亦即庄子所谓“在宥”(“在宥”理当读为“自由”)。但道家的“自然”并非今天所谓存在意义上的“自然”,不是作为科学和人类实践层面上的客体的存在自然,而是本然自在、天道自然。老子云:“人法地,地法天,天法道,道法自然。”(二十五章)这里的“自然”,其意义则本然、天然、自然而然。即如河上公注本云:“‘道’性自然,无所法也。”董思靖注云:“‘道’贯三才,其体自然而已。”吴澄说得更明确:"'道'之所以大,以其自然,故曰'法自然'。非'道'之外别有自然也。"童书业说:"所谓'道法自然'就是说道的本质是自然的。"冯友兰也认为:"道之作用,并非有意志的,只是自然如此。故曰:'人法地,地法天,天法道,道法自然。'"陈鼓应注曰:"'道'纯任自然,自己如此。"可见,"道法自然"意思实质就是"道"就是"自然"。就是"自然而然""顺其自然",就是本然、本来如此、"自己如此",也就是"如其所是"。自然界是本来如此的,人也该是本性如此的。既没有上帝的安排,也没有人类社会当中的种种矫揉造作。自己如此,也就是"天性"或纯真质朴"本性",就是"真"与"朴"。所以,"道法自然"与"复归与朴"其实是相通的。"朴"之为天性、本性、本真,也是一种"自然"。就现象学意义而言,"道法自然""复归与朴"则是生命质朴本真的显现,是依生命的实际冲动势态而缘发境域式的纯真构成,其表征则为"真",为"朴"。

这种返璞归真、"道法自然""无为""涤除玄鉴"和"逍遥游""无待",自然而然,"返朴""复朴""归朴"以"得道"的缘发构成,显现于文艺创作中,则是顺应万物、"以天合天",心物交融,最终以实现天人合一的审美境域构成活动。其根本特征是因情顺性、自然而然、心源和造化之间的互相触发,互相感会。也正由于此,中国美学特别强调创作者遇景起兴、即目兴怀,强调无心偶合、不期然而然,去与物悠游,以心击之,在顺情任性的构成态势中随大化氤氲流转,与宇宙生命息息相通,随着心中物、物中心的相互构成,最终趋于天地古今群体自我一体贯融,一脉相通,以实现心源与造化的大融合。

故而,中国美学缘发构成论注重顺应万物、"见素抱朴""以天合天""目击道存",要求文艺审美创作者走进自然山水之中,以自然万物为撞击自己心灵、激发审美创作欲望和冲动的重要契机,为产生灵感兴会的渊薮,去心游目想,寓目入咏,即事兴怀。老子说:"知其雄,守其雌。"(二十八章)又说:"弱之胜强,柔之胜刚。"(七十八章)"致虚极,守静笃。""归根曰静,是曰复命。"(十六章)在老子看来,自然万物、宇宙天地都是运动变化的,这种运动变化又是循环反复的,"道"的构成性特点,就是要使自然万物运动变化发展到它的极致。而所谓自然万物运动发展的极致,也就是向静的方面的复归,是"复归其根""复归于朴"。这实际上也就表明,宇宙自然中在动与静的关系上,动是暂时的,静才是根本,故而老子贵柔主静。老子认为,"道"的构成态势也就是自然,大地自然都是由"道"所生成,并由"道"所构成而变动不居,周而复始,自在自由的。人道中体现天道。郭简认为,"天型成人,与物斯理""天生百物,人为贵"(《语丛三》),即人和万物均是天所生,来源相同,也有相同之理。但人毕竟是人,是万物中的贵者,具有区别于万物的、人之为人的独有之质。人道之中既有和万物同理的天之道,也有人所独有之道,"人之道也,或由中出,或由外入"(《语丛一》),人道既是从天而入,也是人身固有。所谓"道者,群物之道"(《性自命出》),不存在天有天的道,人有人的道,而是一个道。因为人和天是合一的。"性自命出,命自天降。道始于情,情生于性。始者近情,终者近义,知情者能出之,知义者能入之。"(《性自命出》)人的本性出自命,命源自天。人道本于天道,构成于天道。天道即自然素朴之道。人道从自然素朴之道构成而来,最终归结于天道。因此,审美活动的要旨就在于遵循宇宙自然、社会人事自在自为的构成态势,让自己的心灵遍及万物,与天心相通,与万物一体,进而达成"天人合一","万物皆备于我"的"真""朴"构成域,直觉地体悟到宇宙、自然深处活泼泼的生命韵律,从而实现人生与精神的自由与自在。

第五节　中国美学之"化"与"化生"范畴

"化"是贯穿中国古代哲学、美学的一个重要范畴。中国传统文艺美学认为,"道"(气)是宇宙万物的最初形态,世间万物都是由"道"(气)自明地给出与存在性显现,是"与天地共生""淡然无极""道"(气)构成万物的构成态表征为"化"。因此,在中国美学范畴里有很多都是又"化"所构成的范畴,如化生、化合、化育、化物、化感、化元、化化等,这些范畴总是天然淳朴、恍惚而来,都来自于一种构成域。这种构成域,在审美创作层面来讲,是通过"化"来实现的,在审美心理层面讲,是通过澄心静虚、心游目想,顺应自然,直观体悟得到的。

中国美学之"化"之域的构成要求文艺创作中追求一种意境而非仅仅停留于"美"的层面。在审美者方面推崇心与物、情与景、意与象的相交相融,人完全融入审美对象之中物我不分,在"化"之域的创构方面则推崇自然天成。其审美特色是在一种大化流行之际感受到宇宙万物的生生不息,"行到水穷处,坐看云起时"、"感时花溅泪,恨别鸟惊心"的一种纯粹的自然之美。清代石涛在《石涛画语录》中也称自己的画是"搜尽奇峰打草稿"并能够"以一画测之,即可参天地之化育"。应该说,石涛的"一画"也就是打破混沌的"一化",也只有通过这动态的"一化",这能使万物"化生""化合"。

作为范畴,"化"最初见于《周易》。《周易·系辞传》云:"天地絪缊,万物化醇,男女构精,万物化生。”“氤氲”“化醇”“化生”是《周易》一书中所提出的关于中国哲学基本特征的一个最具有代表性的观点,即认为人和自然界的万物都是由阴阳二气氤氲化醇与化生而来。作为一个美学范畴,“化”内容丰富而复杂。在美学层面上,“化”可以导出“化生”。本文旨在从“化”范畴导出的“化生”审美范畴做一分析。

一

所谓“化”,古字为“匕”。《说文》云:“匕,变也。”徐灏解释云:“匕化古今字。”《说文解字》释“匕”云:“变也,从到人。”又云:“上匕之而下从匕谓之化。”这就是说,从字形构造看,“化”字的构成是一个正立的人,和一个倒立的人,两个互“到”人、变化人,相倒背之形,一正一反,以示变化,指事物形态或性质的改变。可见,就原初义看,“化”就是“变化”的意思。《周易·系辞传》云:“知变化之道。”虞注云:“在阳称变,在阴称化,四时变化。”荀注:“春夏为变,秋冬为化,坤化为物。”《礼记·乐记》云:“和故百物化焉。”《荀子·正名》云:“状态而实无别而为异者谓之化。”注云:“化者改旧形之名。”《国语·晋语》云:“胜败若化。”注云:“言转化无常也。”《吕氏春秋·察今》云:“因时而化。”《国语·晋语九》云:“雀入于海为蛤,雉入于淮为蜃。鼋鼍鱼鳖,莫不能化,唯人不能。”《礼记·中庸》:“动则变,变则化,唯天下圣诚为能化。”孔颖达疏云:“初渐谓之变,变时新旧两体俱有,变尽旧体而有新体谓之为化。”《荀子·七法篇》云:“渐也,顺也,靡也,久也,服也,羽也,谓之化。”《荀子·不苟篇》云:“神则能化矣。”《礼记·中庸》云:“变则化。”刘勰《文心雕龙·指瑕》云:“斯言一玷,千载弗化。”这里的“化”,应该指质变。“化”又引申为教行、迁善、融解、性质或形态改变等义,如变化、分化、教化、熔化、融化、潜移默化等,有改变人心风俗,教育的意思。《周礼·大宗伯》云:“以礼乐合天地之化。”《周易·乾》云:“善世而不伐,德博而化。”又有受感化、受感染的意思。《吕氏春秋·大乐》云:“天下太平,万物安宁,皆化其上,乐乃可成。”白居易《丘中有一士》诗之二云:“所逢苟非义,粪土千黄金。乡人化其风,熏如兰在林。”李如篪《东园丛说·语孟说·瞽瞍底豫》云:“夫人日与善人居,则不能不化而善,与恶人居,则不能不化而恶。”就汉语史看,“匕”字在甲骨文时代就已经存在。作为“化”,是女人做母亲生下来的孩子,可一变二或更多,亦可变女为男,指人类社会的生育变化,所以说“化”又是女人的象征。《说文解字》释“化”云:“教行也。”父母亲生下了孩子,也就将自身“化”为下一代,因而就要“教”。《吕氏春秋·士容》

云:“淳淳乎纯谨畏化。”注云:“教也。”由此,“化”又引申为化声、化行、化诲、化雨、化作、化物、化气、化光、化向、化流、化俗、化服等。

正由于“化”象征女性,所以,从原初义看,“化”又为“生”“生生”。《周礼·柞氏》云:“若欲其化也。”注云:“犹生也。”“化”为生长、化育。《礼记·乐记》云:“乐者,天地之和也……和,故百物皆化。”郑玄注云:“化,犹生也。”董仲舒《春秋繁露·人副天数》:“天德施,地德化,人德义。”秦观《论变化》云:“变者,自有入于无者也;化者,自无入于有者也……是故物生谓之化,物极谓之变。”又指化生之物。《礼记·乐记》云:“鼓之以雷霆,奋之以风雨,动之以四时,暖之以日月,而百化兴焉。”“化”为生,所以“化”又为造化、“百化”,即生生不已的万物自然。同时,“化”又为生成宇宙万物的原初域“道”及其构成态势。《素问·五常政大论》:“化不可代,时不可违。”《吕氏春秋·似顺》云:“有知顺之为倒、倒之为顺者,则可与言化矣。”高诱注云:“化,道也。”陈奇猷校释云:“化者,日后必至之势。”陶潜《归去来兮辞》云:“聊乘化以归尽,乐夫天命复奚疑?”权德舆《从事淮南府过亡友杨校书旧厅感念愀然》诗云:“故人随化往,倏忽今六霜。”王夫之《读四书大全说·孟子·万章下》云:“化自有可知者,有不可知者。如春之必温,秋之必凉,木之必落,草之必荣,化之可知者也。”“化”又为融合、融化。《管子·形势》云:“道往者,其人莫来;道来者,其人莫往。道之所设,身之化也。”尹知章注云:“道者,均彼我,忘是非,故无来往之体。然道之所设,身必与之化也。”又为化元,造化的本原。又为化化,化其所化,感化外物。《文子·守真》云:“夫生生者不生,化化者不化,不达此道者,虽知统天地,明照日月,辩解连环,辞润金石,犹无益于治天下也。”《列子·天瑞》云:“不生者能生生,不化者能化化。”张湛注云:“不生者固生物之宗,不化者固化物之主。”宋祁《宋景文公笔记·庭戒诸儿》云:“吾有大患者为吾有身,生生者不生,化化者不化,然其清净可以治人。”“化”又为化生,即化育生长;变化产生。《周易·咸》云:“天地感而万物化生。”葛洪《抱朴子·讥惑》云:“澄浊剖判,庶物化生。”《资治通鉴》晋惠帝元康七年云:“阴阳恃以化生,贤者恃以成德。”纪昀《阅微草堂笔记》滦阳消夏续录三云:“此化生自然之理,非人力所能为。”又为化物,即化于物。谓被外物所同化。《礼记·乐记》云:“夫物之感人无穷,而人之好恶无节,则是物至而人化物也。人化物也者灭天理而穷人欲者也。”孔颖达疏云:“外物来至,而人化之于物,物善则人善,物恶则人恶,是人化物也。”“化”又为感化外物、化育外物。《淮南子·俶真训》云:“夫化生者不死,而化物者不化。”高诱注云:“化生者天也,化物者德也。”《淮南子·本经训》云:“阴阳者承天地之和,形万殊之体,含气化物,以成埒类。”又为化育,化生长育。《礼记·中庸》云:“能尽物之性则可以赞天地之化育,可以赞天地之化育则可以与天地参矣。”《孔子家语·本命解》云:“群生闭藏乎阴而为化育始,故圣人因时以合偶。”苏轼《御试重巽申命论》云:“天地之化育,有可以指而言者,有不可以求而得之者。”郑燮《潍县署中与舍弟墨第二书》云:“夫天地生物,化育劬劳,一蚁一虫,皆本阴阳五行之气细缊而出。”“化”又为化境,即自然精妙之境域,为最高的审美境域。王士禛《香祖笔记》卷八云:“舍筏登岸,禅家以为悟境,诗家以为化境,诗禅一致,等无差别。”陈廷焯《白雪斋词话》卷三云:“哀艳而超脱,直是坡仙化境。”

二

在中国美学,自然万物就是作为原初构成域的“道”氤氲生化的形态化呈现。而这个生化的过程就是化元、化化,化生自然、化其所化,化生长育、感化外物。老子云:“天下之物生于有,有生于无。”(四十章)又云:“道生一,一生二,二生三,三生万物。”(四十二章)显然,这里的“一”指由“道”所生化而成的阴阳未分的混沌统一体,古代哲学家又称此为元气、太极;“二”则指由元气所分化而出的阴阳二气和天地;“三”指由阴阳二气相摩相荡、相生相养而成的和气。也就是说:“一”“二”“三”都属于生命美学中“有”的范畴。由此可见,在老子存在论美学中,化生“一”的“道”,就是化生“有”的“无”,“道”和“无”都属于同类同列的审美范畴。作为美的生命本体,“道”是幽隐无形的存在,是“玄之又玄”的“众妙之门”,它“无状之状”“无物之象”,是高度抽象和不可感知的,故可以称之为无。但是,这并不意味着“道”是绝对虚无,它虽幽隐无形,可是“其中有象”“其中有物”“其中有精”,是真实美妙的生命存在,故可以称之为有。“有”与“无”统一于“玄之又玄,众妙之门”的“道”,于是,审美活动中主体便可以从“无”去体悟“道”的奥妙,从“有”去体验“道”的审美效应,以获得生命的微旨。

在老子存在论美学中,同“道”密切联系的就是“气”。老子说:“万物负阴而抱阳,冲气以为和。”(四十二章)天地万物和整个宇宙世界是由阴阳二气交感化合生化所成的。对此,《淮南子·天文训》解释云:“道始于一,一而不生,故分而为阴阳,阴阳和而万物生。”应该说,无论是“一”或“有”,都是指“道”所生的阴阳混沌一体的元气。这种混沌的气生化为阴阳二气,阴阳二气和谐、协调、相适,才能相生相化,从而化生宇宙间的万事万物。

故《易传》提出“阴阳合德,刚柔有体”的命题,来揭示主体审美个性与审美意趣的差异及其形成缘由。“阴阳合德”中的“阴阳”，指生成与化育万物的两种气；“德”则是指万物得之于“气”并使万物得以存在、发展的属性和功能。依照中国传统的宇宙意识，世界上的一切，包括自然、社会、人身，所谓天、地、人三才，均为阴阳二气交感化合的产物。诚如《老子》所说：“万物负阴而抱阳，冲气以为和。”“气”连绵不绝，冲塞宇宙，施生万物而又不滞于物。大自然中的云光霞彩、高山大海、小桥流水、珠玉贝壳、花草鸟兽；社会生活中的仁义礼乐、政令农事、人情事态、歌舞战斗；人类自身的膝理五脏、四肢百骸、生命机能、心性思维等等，从自然、社会、到人事以至人的道德、情感、心态等等，都是由气研化生化合，都包含着阴阳的属性。阴阳二气相互补充、相互转化，才能生育化合出万物。也正是由于阴阳二气的互待、互透、互转、互补，相互激荡，循环往复，从而始构成万事万物生生不息的属性。在中国美学看来，宇宙大化的生命节奏与律动，人们心灵深处的节律以及脉动，都是源于阴阳二气的相互化合作用。这种“阴阳”之审美意识与审美观念渗透在自然美和艺术美的全部审美意境之中。正如孔颖达在《周易注疏》中所指出的：“天下之万声，出于一阖一辟；天下之万理，出于一动一静；天下之万数，出于一奇一偶；天下之万象，出于一方一圆；尽起于乾坤二画。”所谓“乾坤二画”，乃是指《周易》的阴交、阳交，就是阴阳，也即阴阳二气。“阴阳者，气之大者也。必谈阴阳者，天之气也。”万物是阴阳二气交感的产物，人类亦是阴阳气化而生。《淮南子·天文训》云：“阴阳合和而万物生。”《精神训》又云：“于是乃别为阴阳，离为八极，刚柔相成，万物乃形。烦气为虫，精气为失。”

即如周敦颐的《太极图说》所指出的：“无极而太极。太极动而生阳，动极而静，静而生阴，静极复动。一动一静，互为其根。分阴分阳，两仪立焉。是故易有太极，是生两仪。”阴阳二气交感，化生万物。万物生生，由此而变化无穷。而在中国美学，所谓阴阳混沌一体的元气，既为“道”所内在具有，又为道所生，故又为“一”。“一”所生化，则为阴阳二气；阴阳二气氤氲化合则为天地万物。因此，可以说整个宇宙世界、万事万物都为“道”所生、所化。由此，在中国美学，正是由于作为宇宙原初构成域“道”的作用，才有了充塞于宇宙之间，贯注万物，周流六虚，大化流行，生生不息的生命力量。即如韩非子所说：“道者，万物之所然也，万理之所稽也。理者，成物之文也，道者，万物之所成也……稽万物之理，故不得不化，不得不化故无常操。无常操是以死生气禀焉。万智斟酌焉，万事废兴焉。天得之以高，地得之以藏，维斗得之以成其威。日月得之以恒其光，五常得之以常其位，列星得之以端其行，四时得之以御其变气……万物得之以死，得之以生，万事得之以败，得之以成。”

(《韩非子·解老》)道是万物的生命光辉、成败、生死、盛衰的根本原因。它使万物周流不息,盈盈不衰,“不得不化”;它创造万物的生命,给万物带来生命,使天、地、日、月、星、辰以及世间的一切进入生灭、有无、盈虚的变化之中。而这所有的生灭、有无、盈虚的变化,在中国美学,则为“化”、化生、化合、化醇、化物、化气。

三

“化生”又称为“气化”“道化”。“道”(气)都是对宇宙本原、即“天下母”“天下之大美”的称谓。在老子看来,“道”(气)是宇宙万物共同的本原,决定着万物自然的著变渐化与往来不穷。而“化”则是把这种幽微深远的生命本体在个体中呈现。古人就是根据“男女构精,万物化生”能繁衍后代直接推出天、地之交能化生万物之理。《周易》中有言:“一阴一阳谓之道。”老子中的“化生”以及周易哲学中的“阴阳”范畴都是以“观我生”“观其生”(《周易·观》)为终极关怀。即对人生命的高度的关注,把天、地、人一体的宇宙视为一个大生命系统,从而提出了“天地之大德曰生”“生生之谓易”(《周易·系辞传》)的观点,要求通过直观,以领悟这个生命系统的“易道”,即天道、地道尤其是人道;它让我们倾听“道言”,然后“言道”。从而达成人道与人事融合中,求得天人之际和谐、人际和谐。因此,文章主要试图从生命哲学、美学的角度来谈论“化生”理论。

(一)“化生”理论的纵向发展

“化生”理论的初源要追溯到《周易》,《周易·系辞下》里解释损卦九三辞时提出:“天地氤氲、万物化醇、男女构精、万物化生。”“氤氲”又为“细缊”,陆德明《经典释文》解释云:“细,本又作氤,同,音因。缊,本又作氲,纡云反。”李鼎祚《集解》引虞翻云:“天地交,万物通,故‘化醇’。”孔颖达《疏》云:“细缊,相附着之义。言天地无心,自然得一,唯二气细缊,共相和会,万物感之,变化而精醇也。天地若有心为二,则不能使万物化醇也。”朱熹《本义》云:“细缊,交密之状。醇,谓厚而凝也,言气化者也。”来知德《集注》云:“细,麻线也。缊,绵絮也。借字以言天地之气缠绵交密之意。醇者,凝厚也,本醇酒,亦借字也。天地之气本虚而万物之质则实,其实者乃虚气之化而凝,得气成形,渐渐凝实,故曰‘化醇’。”王夫之《内传》云:“细缊,二气交相入而包孕以运动之貌。”高亨《大传今注》云:“细缊借为氤氲,阴阳二气交融也。”这些说法尽管略有差异,但于“细缊”则异曲同工。“氤氲”是指的原始混沌之气。所谓“天地氤氲、万物化醇”,是指天和地通过氤氲的“气”交合而生成万物。所谓“男女构精,万物化生”,则是指男女两性的精气融合,从而生成万物。《易传》认为,有天地然后有万物,有万物然后有男女,有男女然后有夫妇,有夫妇然后有父子,有父子然后有君臣。所以天地是万物、男妇、夫妇的始祖。在此,天地“化生”万物被表征为一个絪缊生生的动态流。这个流程中有许多环节,而且也有多种要素或对立成分的化合,从而构成了万物自身生生不息。古人理解万物生成的过程是直观地从男、女交繁衍后代的事实中推衍出来的。《周易》的这种思想就为中国生命存在论哲学奠定了基础,影响了后来整个中国哲学史。在中国历史上,不同时代的哲学、美学家所面临的时代课题各不相同,但我们不难发现,他们的致思取向却有惊人的相似性。在《周易·咸》中有云:“天地感而万物化生。”这里的天对阳、地与阴、这一阴、阳两相交,天地万物就化生出来 。“化生”范畴的内容,就是一种生命关怀。

进入子学时代,诸子百家无不以“化”作为宇宙万物产生的原动力为生命生化流的中心议题。《庄子·大宗师》里有:“况万物之所系,而一化之所待乎?”所谓“一化”,也就是宇宙万物的生化流及其韵律。《管子·形势》里云:“道往者,其人莫来;道来者,其人莫往。道之所设,身之化也。”尹知章注:“道者,均彼我,忘是非,故无来往之体。然道之所设,身必与之化也。”正是这种恍兮惚兮的无来往之体的“道”,也就是“无”,他是人的心灵所能把握的具体存在物,它是一种超越人类的一切感知觉。也正是因为道的这种独特性,它成为孕育生命的一个大母体。这种孕育性也被称为“化生”性,可见,“化”导生出来的“化生化育”是具有生命意义的。董仲舒在《春秋繁露·人副天数》中说:“天德施,地德化,人德义。”汉代王充在《论衡·自然》中也说:“天地为炉,造化为工。”天地实为自然,“工”即是为根本,也就是说“化”展示了大自然的生命韵律,又复现了天地、阴阳、刚柔等相对面的万物的化生化合。

魏晋南北朝是一个文学自觉的时代,人们对于人体的生命忧患意识再次突显。陶渊明在《归去来兮辞》云:“聊乘化以归尽,乐夫天命复奚疑?”这里的“化”带有浓重的生命忧患意识,带有与天地同“化”的义域色彩。魏晋道教哲学追求一种得道成仙、长生不死,这其实也就是一种个体的生命关怀。葛洪《抱朴子·讥惑》云:“澄浊剖判,庶物化生。”也提出“化生”思想。

就其学理的脉络而言,宋明理学无疑是此前的中国生命结构哲学的逻辑展开和深化。程朱理学其核心范畴是“理”或者“天理”,实即仁义礼智的伦理规范。朱熹在《朱子语类》中谓:“阴阳变化无穷,而物得因之以生。”强调世间万物都是因阴阳二气而化生。

(二)“化生”理论的横向发展

1. 儒家的“化生”

这里的“化生”思想主要涉及儒家著作《易传》中的生命美学。《周易·系辞传》云:“生生之谓易”。可以看出,“化生”应为《易传》的中心范畴,表征着宇宙万物的“生命生化动态流程”。对此,孔颖达曰:“生生,不绝之辞。阴阳变转,后次于前生,是万物恒生,谓之‘易’也。”这其实表明的就是“易”为生命生化动态流程之道,所谓“生生不绝”“阴阳变转”“万物恒生”表征着宇宙万物生生不已的生命之流。中国美学的终极关怀是生命关怀,而“化生”范畴则生动地表征了这种生命关怀。《周易》作为儒家的代表作,它以“阴阳”为宇宙之初,以“化生”作为万物生成的原初动力。从根本上来说,“阴阳”并非实体,而是一种生命生化动态流,这种阴阳二相对立的生命生化流,通过“化生”变成一种生命生化流。这种生命流是一种整合人生在内的宇宙万物大生命的生生不已。在以“天人合一”的思想为基础的中国美学,不是以“美”为自身艺术追求的最高目标,而是把“意境”作为艺术领域的最高追求。对“意境”追求其实质也是对生命的追求,也就是通过对个体生命的感悟达到对大宇宙生命的感悟。

《周易》以静态“阴阳”的生命生化流为根本,但大千世界,无限宇宙却是一种动态的流行,循环往复,生生不已。这种静态向有节韵、节律的动态的转变是通过宇宙间的“大化”流行而实现的。“阴阳化生”生命生化流由静态向动态的这种转化,是一种“公理式方法”的转化,或者是“准公理式方法”的转化。这种公理方法是一种自然而然、无为而自为的显现。“化生”理论是中国美学史上的润滑油,它使对立面相融相契。

2. 道家的“化生”

道家关注个体生命、贵生。乃是典型的个体生命美学。老子“道生一”所谓的“生”就是“化生”之义。道的根基为一,一为原始气,气又分为二,即阴阳二气,阴阳二气相互作用又化生了世间的万事万物。《中和集·卷一》云:“形形相授,物物相孕,化化生生,奚有穷尽。”宇宙万物的这种循环是无穷尽的,这种无穷尽是因为物与物的相孕、形与形的相授,这种化化与生生之间,使宇宙流动生生不息,永不停息。在道家眼中,他们也相信宇宙的万物都是由“道”(气)化生而来的。无论是道家还是在道教的思维中,对“生”有一种极大的崇拜。“生”给人有一种积极的审美性,中国古代的人对“生”的崇拜也就是简单的对应对“生殖”的崇拜,在道家的文献里,人之所以万物之最灵,也就是因为人也具有这种繁衍后代的生殖能力，把这种自然形态的“生”，放在对宇宙万物的生之源的追溯就是“化生”。也就是能“万化生乎身，变在其中”。《说文解字》释“一”字条中有这样的表述：“惟物太极，道立于一，造分天地，化成万物。”应该说，太极也就是虚，但这个虚不同于绘画中的“虚实生白”的虚，这里的虚也就是一种“无”的呈现，按许慎的解释，万物的“有”，是由宇宙的“无”化生而来的，庄子在《至乐》篇中对万事万物生成的过程有其自身独到的论述，他说，“察其始而本无生，非徒无生也而本无形，非徒无形也而本无气。杂乎芒笏之间，变而有气，气变而有形，形变而有生。”就是说观察万事万物的本来原初状态并不是有形有体状，而是混沌，这种混沌也不是我们所谓的原气，而是在“杂乎芒笏之间，”混沌“化”为原气，原气变化为有形体，有形体又化生出宇宙的万物。“化生”这一范畴作为宇宙间万物生成的契机，不仅具有本体论意义上动态的化生过程而且在道家的文化视野中有其特殊的意义生成。庄子是道家的代表人物，他追求养生、逍遥、快乐。《庄子·至乐》云：“两无为相合，万物皆化生。”就是说，天与地无为而合和，便能促进万物的生长变化。道必然化生繁育着万物，运演着宇宙自然的无限和“生生不息”“生生不已”以及呈现出有序且物质循环性的生命的流程，同时也在时间的无时无刻和空间的浩瀚无限中促动生命的化生能力，体现生之又生。“生生”运动节律之前是“无”，而“化生”的前提也是“无”的，是在无迹“虚”中化生出“有”。化生是绝对的，无止境的，化生既是实在的，又是虚性的。其虚性就表现在不化中显化，在不变中求变，虚实相生，有无相生，中国古代时道士谭峭《化书》中有这样的论述：“道之委也，虚化神，神化气，气化形，形而万物所以塞也。”谭峭在这里更进一步的说明了“道”作为万物的本体，必须在虚实同体之中才能显现出来，而这种显现的契机就是化生。生生与化化都是道之运行的根本。

“化生”作为一个美学的范畴具有他的特殊性。它是一种动态的运动流程，它是转化、变化、生成、化育。这种“化”的过程不是单向，而是双向的。即自然向“人”以及人向自然的“化”。这种过程是一种自然的化化不息与生生不已。

第四章

民族地域特色与接受思想

中国传统文艺美学思想是光辉灿烂的中国传统文化的内容之一，也是世界美学思想的一个重要组成部分。中国古代的文艺美学思想批评家、接受家、文艺审美创作者、诗人、词人曾经对文艺美学思想的创立、发展和成熟做出过重大的贡献，在美学的性质和作用、审美创作、美学体裁、美学风格、审美接受和美学等方面留下了许多精辟的论述和深刻的见解。这些论述和见解除集中反映在一些美学思想专著中而外，还散见于文话、诗话、词话、赋话、曲话和序跋、书信、笔记、评点以及训诂、考据、纬书之中，甚至在某些诗歌、小说中也包含着一些关于文学理论方面的真知灼见。用马克思主义的立场、观点和方法对这一部分宝贵的理论遗产进行整理和研究，是我们建立具有本土化、民族化、地方化的马克思主义的文艺理论体系必不可少的条件之一。同时，整理和研究中国传统文艺美学思想遗产对提高民族自信心、增强民族自豪感和培养爱国主义精神来说也有着深刻的现实意义。

第一节　传统文艺美学思想的民族地域特色

当前，世界文化正处于相互交流越加稠密、相互渗透也越加深入的时代，怎样看待中国传统文艺美学思想在世界文化发展史上的地位和作用，这是每个美学思想研究者和学习者必须首先回答的问题。历史是一个不断延续的整体，“一切历史都是当代史”（克罗齐语）。传统文化是现代文化得以产生和发展的土壤，每个时代的文化只有在吸收传统文化精髓的基础上才能健康地向前发展。今天，我们也只有用整个人类所创造的有价值的思想资料丰富自己，“以人类知识的一切材料为基础"①,才有可能创造出人类历史上最进步的文化。这是被当代美学发展的历史所证明了的真理。就在冬宫刚刚被攻占的第一个夜晚,列宁就同卢那察尔斯基谈到整理和发行古典文化遗产的问题。之后,列宁非常关心古典作品的发行工作,在党的历次代表大会上不止一次地阐述过继承文化遗产的问题,他"以特有的坚定性语调指出,我们的任务就是要向群众介绍过去的文化珍品和文化成就"②。1961 年 6 月 19 日,周恩来在文艺工作者座谈会和故事片创作会议上谈到"遗产与创造的问题"时强调指出:"我们的民族从来是善于吸收其他民族的优秀文化的。我们吸收了印度文化和朝鲜、越南、蒙古、日本的文化,也吸收了西欧的文化。但要'以我为主',首先要把我们民族的东西搞通,学习外国的东西要加以溶化,不要硬加。"③列宁和周恩来的这些观点对我们研究和继承中国传统文艺美学思想具有重要的指导意义。在我们国家和民族进入新的历史时期,在坚持改革和对外开放的历史条件下,面对日趋复杂的外来文化,我们尤其应该"以我为主"。当然,"以我为主"并非"唯我独尊",但吸收外来文化的前提是弄通自己的文化。弄通自己的文化,也就是要找出本民族文化的普遍性特征而不是个别的特征。就中国传统文艺美学思想而言,主要是弄通中国传统文艺美学思想在历时性形态及其各部分的相互关系上所表现出来的民族特征。

一

关于中国传统文艺美学思想的民族特征问题,已经有不少学者对之进行研究,并取得可喜的成果。不过,就研究现状看,这些研究基本上是从范畴、命题入手,如对文学思想看,应该说,对传统文艺美学思想中有关文学本体论、创作论和批评论及其所呈现的民族特色的审视尚未深入,也很少有人进行系统剖析。我们认为,任何一个时代的审美创作现象都是由文艺审美创作者、作品和受者(包括批评者和接受者)三个方面构成的。相应地以探讨这种审美创作现象的本质规律和构成关系为主要对象的文艺美学思想的研究也应该包括这三个方面的内容。

一门理论学科的发展和繁荣很大程度上取决于研究这门学科方法的进步和多样。作为一种理论形态,中国传统文艺美学思想的价值首先体现在它的整体性

---

① 《列宁全集》第 6 卷,人民出版社 1986 年版,第 139 页。

② 《列宁和俄国美学问题》,第 422 - 423 页。

③ 文化部文学艺术研究院编:《周恩来论文艺》,人民文学出版社 1979 年版,第 98 页。

上,整体大于部分之和。马克思在《资本论》第二版的跋语中指出:“研究必须搜集丰富的材料,分析它的不同的发展形态,并探寻出这各种形态的内部联系。”不详细地占有大量的第一手材料,就无从着手进行研究;有了大量的第一手材料而不分析研究它们的历时性形态和它们的内部联系,则容易陷入片面性。诚然,中国传统文艺美学思想除了少数专著外,大部分是一些各自独立的见解,但这并不妨碍我们从整体上进行研究。研究对象有无系统性与系统地研究对象毕竟是两回事。

理论的特殊性决定于思维方式的特殊性,而建立在生理和心理基础之上的思维方式是每个民族最具普遍性的特征。中国传统思维方式的特点主要表现在将离自身最远的事物和离自身最近的事物结合起来从整体上进行把握,以形象具体的事物来说明抽象复杂的道理,带有一种直观理性主义的色彩。“观乎天文以察时变,观乎人文以化成天下”①“近取诸身,远取诸物”②,便是这种特点的概括。从总的方面看,在人和社会的关系上,传统思想既肯定人的个体人格的价值,又强调个体道德的完善以服从于群体道德的要求。在人和自然的关系上,传统思想既肯定人战胜自然的力量和坚韧不拔的精神,又强调人和自然的亲和关系,认为人只有“与天地精神往来,而不傲睨于万物”③,即遵循自然的规律,才能获得掌握自然的自由。在人的自然属性和社会属性的关系上,传统思想既肯定人的各种欲望对人的正常发展所起的作用,认为“饮食男女,人之大欲存焉”④,又强调“不逾矩”⑤,个体不能因自我欲望的满足而违背社会的道德规范和危害群体利益。作为传统思维方式表现之一的中国传统文艺美学思想不可避免地会带上这些色彩,并因此表现出鲜明的民族特色。

这种民族特色首先表现在文学本体论上。古希腊柏拉图的美学思想认为,文艺审美创作是超然于现实之外的理念世界的模仿,它与真理隔着三层。文艺审美创作只是对神旨的解释,如果这种解释违背了神灵的意志,那么诗人将被逐出理想国。柏拉图的这种观点经过亚里士多德的修正,变成了理念与现实、形而上与形而下相结合的新的模仿说。这种模仿说强调对现实世界的再现和写实,因而使

① 《周易·贲》。
② 《周易·系辞下》。
③ 《庄子·天下》。
④ 《礼记·礼运》。
⑤ 《论语·为政》。

整个西方文艺美学在19世纪的浪漫主义产生之前,基本上是一种写实、求形似的美学。尽管贺拉斯也提出过"寓教于乐"的观点,但这种观点仅仅是模仿说的附庸,没有蔚为大国。这与中国传统文艺美学思想相比有着明显的差别。中国传统文艺美学思想本体论认为,审美创作是自然事物和社会生活作用于人的内心世界,从而引起人的情感波澜并使人把这种情感波澜表现出来的结果。无论是言志缘情说还是载道补世说都反映了这个特点。"气之动物,物之感人"①"人禀七情,应物斯感,感物吟志,莫非自然"②和"皇泽丰沛,主恩满溢。百姓欢欣,中和感发"③。便是这种理论的一个代表。它把审美创作的性质和原动力概括得十分准确。中国传统文艺美学思想本体论很强调审美创作的表现性,认为审美创作是创作者主观情感的抒发和表现。创作者笔下的世界已经不是现实中的原样的世界了,它是经过作者审美能力处理后的艺术世界,因而使作品染上了明显的主体色彩。但中国传统文艺美学思想本体论并不排斥再现,而是以表现为主,再现为辅,表现与再现结合,既讲求惟妙惟肖,更强调神似得意。在审美创作的作用上,中国传统文艺美学思想本体论认为,审美创作是维护社会伦理道德和巩固政权的重要工具。审美创作可以"兴观群怨""事父事君"④,可以"经夫妇,成孝敬,厚人伦,美教化,移风俗"⑤。同时,也认为审美创作还具有感发意志、陶乐性情的美感教育作用。可以使人"移晷忘倦"⑥,给人以"至乐"⑦。唐宋以后,载道补世说异军突起,与言志缘情说分庭抗礼。但韩柳欧王等人所谓的"文以载道""文以补世"的"文"主要是指散文或"古文",类似于今日的应用文和政论文。载道补世说尽管在表面上占据了支配地位,但从实质上看,言志缘情说依然历久不衰。中国传统文艺美学思想始终以表现情性、陶冶性情作为重要的审美尺度。我们只要看看宋以后的审美创作的历时性状况便可明晓这点。

在创作论上,中国传统文艺美学思想家认为,创作者的创作起源不外两个途径:一是"伫中区以玄览"⑧,即从社会现实和自然对象中获得审美感受,"感而后

① 钟嵘:《诗品序》。
② 《文心雕龙·明诗》。
③ 《文选》卷五——王褒:《四子讲德论》,李善注:"感发,谓情感于中,发言为诗也。"
④ 《论语·阳货》。
⑤ 《毛诗序》。
⑥ 《文选序》。
⑦ 金圣叹:《贯华堂第六才子书西厢记》评语。
⑧ 陆机:《文赋》。

思，思而后积，积而后满，满而后作”①。二是“颐情志于典坟”②，即从文化遗产中汲取创作养料。强调“积学以储宝，酌理以富才”③和“读书破万卷，下笔如有神”④。然而，西方文艺美学思想家则认为，诗人的创作是神灵庇护和圣助的结果，它来自诗人对先天世界的回忆。“有本事的诗人总是通过一种神赐的灵感把神的一些话解释给我们听”⑤。与中国传统文艺美学思想创作论相比较，柏拉图的看法显然不够准确。但他注意到了审美创作的独特性，因而使西方文艺美学较早独立于哲学和史学，也使表现神灵世界的文学样式如古希腊戏剧和史诗较早成熟并成为整个西方文艺审美创作的“武库”⑥。

由于注重作品表现创作者内心情感，提倡通过言志缘情来发挥文艺审美创作的社会作用。因此，中国传统文艺美学思想创作论非常重视诗品与人品的关系。自孔子提出“有德者必有言，有言者未必有德”⑦之后，重视文艺审美创作者的道德修养几乎成了中国传统文艺美学思想创作论的核心部分。沈德潜的“有第一等襟抱，第一等学识，斯有第一等真诗”⑧对诗品与人品的关系论述得最为深刻。在表现手法上，中国传统文艺美学思想创作论注重的是写意和传神，追求意境和韵味的审美理想，提倡用含蓄凝练的表现手法表现创作者的情志和意趣，并在作品中给受者留下进行艺术再创造的余味，要“不着一字，尽得风流”⑨。从理论形态上看，创作论中包含有接受论的内容，二者相互渗透、相互交叉。许多概念如“味”“意象”“意境”“神思”“虚静”“兴会”“移情”，等等，既是创作论上的审美追求，又是接受论上的审美尺度。离开接受论是很难准确把握这些概念术语的，这也是文艺审美创作论上最能反映民族特色的地方。究其原因，归根到底是中国封建社会生产方式所决定了的。在漫长而相对稳固的以自给自足的小农经济为主要生产方式的封建社会中，文艺审美创作始终没有商品化。中国传统文艺美学思想创作者作文赋诗、填词度曲主要不是为了攫取金钱，更不是为了偿还债务，而是从政之

---

① 《文选》卷五——王褒：《四子讲德论》，引《乐·动声仪》文。
② 《文赋》。
③ 《文心雕龙·神思》。
④ 杜甫：《奉赠韦左丞丈二十二韵》。
⑤ 柏拉图：《文艺对话集·伊安篇》。
⑥ 《马克思恩格斯选集》第 2 卷，人民出版社 2012 年版。
⑦ 《论语·宪问》。
⑧ 《说诗晬语》卷上。
⑨ 司空图：《诗品·含蓄》。

余的“小技”。西方文艺审美创作者兼实业家、经纪人的大有人在,例如沙翁和巴尔扎克。中国传统文艺美学思想创作除了趋时的作品(主要是奉和应制之作)外,大部分创作都是为主体本身生产对象,带有极其明显的自娱自乐的意味。因此,在中国传统文艺美学思想中,创作者兼接受者为数众多,创作论与接受论自然相互包容,相互交叉。杜甫、元好问的论诗绝句、韩柳欧苏的文艺审美创作观点、公安竟陵的诗文主张以及李清照的词论、汤显祖的剧论、朱彝尊的序跋无一不体现出这种民族特色。此外,中国传统文艺美学思想创作论还对“一与多”“形与神”“虚与实”“情与理”“理与趣”“文与质”“通与变”等等的关系作了辩证的阐述,在实际上形成了一个比较完整的艺术辩证法系统。这在世界美学中也是比较少见的。西方文艺审美创作论中最为丰富的是关于人物塑造、情节描写、细节刻画等方面的论述。中西文艺审美创作论上的这些差异,除了受文艺审美创作本体论的制约外,与各自的文体论很有关系。

在西方,最早产生的是史诗和戏剧(印度古代戏剧也很发达。我们这里暂不涉及诸如中印、中日文艺审美创作的异同问题)。以后的西方文学基本上是从这两类文艺审美创作体裁演变而来的。而在中国古代,最早产生的是诗歌,中国古代文体论最早注意的自然也是诗歌。《周礼》在叙“大师”之职时已将诗分成风、雅、颂三类,“风、雅、颂,诗之异体也”①。关于诗歌的类别体裁问题,是中国古代文体论论述得最多的一个方面。但是,用今天的文艺审美创作观念来衡量,中国古代文体分类显然缺乏科学性。由于“文者,岂徒笔札章句而已,诚治物之器焉。大则核礼之序,宣乐之和,缮政典,饰刑书。上之为史,则怙乱者惧;下之为诗,则失德者戒;发而为诏诰,则国体明而官守备;列而为奏议,则阙政修而民隐露”②,所以文艺审美创作的地位被抬高到无以复加的地步,中国古代文体论实际上是在杂文学观念支配下对凡是用文字来表达思想进行交往的书面材料进行研究。被誉为体大思精、独一无二的《文心雕龙》论述的重点仍然是文体。尽管我们不能同意那种把中国传统文艺美学思想说成是文章学理论的观点,但在古代文体论研究的对象中,的确有相当大的部分并不是文艺审美创作体裁而是类似于今日的公文。以《文心雕龙》看,刘勰不仅将文体分为骚、诗、乐府、赋、颂、赞、祝、盟、铭、箴、诔、碑、哀、吊、杂文、谐、隐、史传、诸子、论、说、诏、策、檄、移、封禅、章、表、奏、启、

---

① 孔颖达:《毛诗序疏》。

② 李觏:《上李舍人书》。

议、对、书、记34类，而且每一类下又有细目，仅“书、记”类下面又分了24目，认为它们“虽艺文之末品，而政事之先务也”①。在刘勰的心目中，文体是与政治连在一起的。中国古代文体论中的分类法是西方文艺美学中很难见到的现象。西方文艺美学思想几乎没有系统的文体论，文艺审美创作体裁主要是诗歌、戏剧和小说，这也是西方文艺美学观念较为明确、文艺审美创作的地位较为低下所导致的结果。

中国古代文体的繁富必然带来风格的多样。文艺审美创作风格论在中国形成的时间比较早，也比较完备。它包含时代风格、文艺审美创作者风格和文体风格三个部分。关于时代风格、文艺审美创作者风格，中西文艺审美创作风格论没有什么差异。最能体现中国传统文艺美学思想民族特色的主要是文体风格。曹丕在《典论·论文》中首先论述的便是文体风格：“夫文本同而末异，盖奏议宜雅，书论宜理，铭诔尚实，诗赋欲丽。”陆机继而发挥为“诗、赋、碑、诔、铭、箴、颂、论、奏、说”10种文体风格②。刘勰甚至敷演成“章表奏议”等20种文体风格③。此外，中国传统文艺美学思想家在概括风格时往往用一些具体可感的事物来描述和比譬。或自然景物，或文史典故，或美女少年都可以用来概括文艺审美创作者的艺术风格。此类例子不胜枚举，兹略列一二，以见一斑：如钟嵘评范云诗“清便宛转如流风回雪”，邱迟诗“点缀映媚似落花依草”④。谢榛论盛唐诸家风格：“有雄浑如大海奔涛，秀拔如孤峰峭壁，壮丽如层楼垒阁，古雅如瑶瑟朱弦，老健如朔漠横雕，清逸如九皋鸣鹤，明净如乱山积雪，高远如长空片云，芳润如露蕙春兰，奇艳如鲸波蜃气。”⑤清代的洪亮吉甚至一口气征引了104种事物来评述104位诗人的风格⑥。这样的论述，化抽象为具象，融理性于实体，不独使人可触可摸，其本身也是一种很有价值的审美对象。阅读这样的风格论无疑会使人获得很高的审美享受。

二

如果说中国传统文艺美学思想风格论的民族特色主要体现在文体风格这一

---

① 《文心雕龙·书记》。
② 《文赋》。
③ 《文心雕龙·定势》。
④ 钟嵘：《诗品》。
⑤ 《四溟诗话》。
⑥ 《北江诗话》卷一。

部分上的话,那么中国文艺审美接受论则在接受的性质、接受与创作的关系、接受过程和接受者修养各个方面显现出我们民族独特的审美经验和审美意识。中国文艺审美接受论是整个文艺美学思想的重要组成部分。对这一部分理论,我们一直未给予足够的重视,有的学者还以创作论为中国传统文艺美学思想的核心和主要内容,很少或基本上没有涉及接受论。正如我们在前面所指出的,受者的接受是文艺审美创作现象的有机构成之一,没有接受论的文艺美学思想不能说是一个完整的理论体系。事实上,中国文艺审美接受论的历史积淀极为丰富。即使不能说中国传统文艺美学思想的主要内容就是接受论,至少也可以说接受论与创作论有着相等的地位和作用。在审美接受的性质上,中国传统文艺美学思想家提供伦理道德和美感教育的结合,旨在通过美感教育作用来达到丰富和提高审美接受者的精神生活,从而自觉地使个体道德服从于群体道德的需要。西方文艺审美接受论则强调审美接受的审美快感作用。古希腊哲人认为"大的快乐是来自对美的作品的瞻仰"①。西方文艺审美接受的目的在中国传统文艺美学思想中成了达到目的的手段。在审美接受的一般过程及其特点上,中国文艺审美接受论强调以感性体悟的"玩味"说为中心,审美注意的焦点是在作品的意境和韵味的接受。在接受修养上,中国文艺审美接受论强调伦理道德、审美能力和生活体验三者的结合。但随时代的变迁,三者的重要性也不断改变。大体上说,先秦两汉强调以伦理道德为主,魏晋南北朝隋唐五代强调以审美能力为主,宋以后强调以生活体验为主。在上面这几个部分中,起主导作用的是第一部分。由于注重伦理道德和美感教育作用的结合,在接受过程中既强调接受者应该把审美注意力放在玩索体味审美对象的"微言大义"上,也肯定接受者对有意味的情感形式所进行的审美观照,使接受者从中得到"至乐"。而为了达成这个双重目的,中国文艺审美接受论又十分重视接受者在伦理道德和审美能力方面的修养。这是一个由伦理道德和美感享受出发而归于伦理道德和美感享受的接受系统,在中国传统文艺美学思想中有广义与狭义之分。

广义的审美接受是指以批评为主的诠释字义、考据史实、分章析句、绳理辩正的过程;狭义的审美接受实际上是指接受者对文本进行感知、想象、品尝的审美观照的过程。我们上面主要指的是狭义的审美接受,至于广义的审美接受思想我们将在下面简述。

---

① 德谟克利特语,见朱立元:《西方美学思想史》上卷,上海人民出版社 2009 年版,第 5 页。

在审美接受批评论上，民族特色主要体现在“尽善尽美”的批评标准和审美与评价相兼的批评方法这两个方面。所谓“尽善尽美”，指的是文艺审美创作的文本的思想内容与艺术形式的和谐统一。中国文艺美学思想家认为，美的作品同时应该是善的。“尽善尽美”和“美善相乐”的批评标准一直贯穿于中国传统文艺美学思想的整个历史。从“乐而不淫，哀而不伤”①“情信辞巧”②演变而来的情采说、文质说在批评史上占据着重要地位。在批评方法上，中国传统文艺美学接受思想认为，“知人论世”和“以意逆志”是主要的方法。它提倡从特定的历史环境中去批评文艺审美创作者，从作品的内在含义去评价理解作品。反对向声背实、贵古贱今、贵远贱近、以偏概全和文人相轻。其特色是，从具体的批评对象入手，立足于文艺美学发展史进行批评，在追溯文艺审美创作者及其文本的风格和品尝玩味作品的审美意象中把握作品的思想价值和艺术价值。正如刘勰自己所说：“若乃论文叙笔，则囿别区分，原始以表末，释名以章义，选文以定篇，敷理以举统。”③这样的审美创作是主体与对象的合一，感性与理性的交融。但这并不代表文艺美学家将接受与批评混为一谈。早在齐梁时代，“评”与“赏”的界限就很明确了。所谓“评”，是以之“绳理”；而“赏”，则以之“辨情”④。只不过在具体的批评过程中，批评家是把二者结合起来考察对象的。西方文艺美学着重的是从一般到个别的演绎，思辨色彩极其浓厚。批评者本人的审美感受在批评中少有流露。例如，差不多与曹丕同时的新柏拉图主义创始人普洛提诺从“太一”（或神秘的精神实体）出发，认为理性是从“太一”流溢而出，艺术则是因为分享了来自“太一”的理性而成为美的了。黑格尔也是从抽象的一般出发来建构他的包括艺术批评在内的文艺美学体系的。他首先提出“绝对精神”的概念，将艺术置于这个“绝对精神”的辩证发展的一个阶段上，由此评论各门艺术的审美特征。

综上所述，我们似可得出以下初步的结论。前面所提六个部分，从表面看似无什么系统，但深究其理，其中所包含的“内部联系”还是不难看到的。在这六个部分中，本体论显然是基础，它与其余五个部分的关系不是并列而是主次关系，创作论、文体论、风格论、接受论和批评论都是在这个基础上发展而来的。总的来说，中国传统文艺美学思想是一个在传统思维方式影响下从伦理道德和政治教化

① 《论语·八佾》。
② 《礼记·表记》。
③ 《文心雕龙·序志》。
④ 《刘子集校》卷十，《正赏》。

的目的出发，经过审美教育的中介而复归于伦理道德和政治教化的理论体系。其整体上显现出来的民族特色似可以一个“和”字来概括。无论是对文艺美学外部规律和内部规律的概括和总结，还是理论体系本身的形成和发展，都基于这个“和”字。

文艺美学与社会和合相应，作者与受者融和相兼，内容与形式和谐统一。正是因为以“和”为中心，以“和”为基石，才使中国传统文艺美学思想在历时性形态上相对来说呈现出一种超稳态结构。在世界文明史上，没有哪一个国家、哪一个民族的文艺美学思想能够像中国传统文艺美学思想那样绵延数千年而不毁。

中国传统文艺美学思想是古代文艺家审美创作实践活动的概括和总结，如果不首先了解文艺实践活动，难以真正掌握文艺美学思想的基本规律。特别是掌握以直观理性主义思维方式概括和总结出来的中国传统文艺美学思想，尤其应该首先对文本有一个大略的了解。对那些在文艺美学史上彪炳千秋的名人名作，还得精研细读。其次，对古代的著名理论家、批评家的生平传记也应该做到胸中有数，只有在基本了解他们的审美情趣、个性爱好及其与时代、社会、环境的关系之后，我们才有可能对他们做出实事求是的评价，也才能全面地掌握他们的文艺美学思想。

再次，作为中华民族审美经验和审美意识的历史积淀物，特别是由于中国传统文艺美学思想是在杂文学观念支配下构建的理论体系，它与文艺美学、哲学、历史、宗教以及其他学科都有相互交融的现象。因此，掌握中国传统文艺美学思想、哲学、历史、宗教、伦理、政治以及心理学、地理学、民族学、民俗学程度的深浅决定了文艺美学思想研究水平的高低和学习收获的大小。

至于在学习中注意中国传统文艺美学思想观念、范畴和命题的历史阶段性和连续性的关系以及去其糟粕、取其真美则是自不待言的了。

第二节　审美接受思想的现代诠释

以当今接受美学视域看，在中国传统文艺美学思想中，接受思想一直居于十分重要的地位。古代文艺理论家曾就审美接受的性质和作用、审美接受的规律和特点、审美接受者的修养等方面做出过论述。只不过由于他们使用的概念工具与今有别而给人造成一种不成体系的假象。如果我们把文艺审美接受思想放在整个古代文化背景中以当代的接受美学思想作为参照系来进行系统的而不是零星的、动态的而不是静态的考察的话,那么我们会发现这是一个有着自身独特概念、范畴、命题和规律的完整的理论体系。研究这一特殊的理论遗产,无论是就拓展古典文艺美学研究领域,还是就总结积淀在其中的具有民族特色的审美心理机制来说都是很有意义的。本文拟分别论述传统文艺美学思想有关审美接受的性质和作用、审美接受的一般规律和审美接受者的修养。

一、审美接受的性质

所谓审美接受,在传统的文艺美学思想中有广义和狭义之分。广义的审美接受包括以阐释为主的诠释字义、考据故实、第求精本和选抄去取几个方面;狭义的审美接受主要是指审美接受者以主观品第、分章析句和吟咏玩味的方法对文艺创作的文本进行感受与体验、欣赏与接受的过程。

这里论述的是狭义的审美接受。按照中国传统文艺美学的理解,接受的过程分为"鉴"与"赏","鉴,所以别妍媸"①;"赏者,所以辨情也"②。从接受美学的视域看,狭义的审美接受实际上是审美者(接受者)对审美对象(作品)进行审美接受的过程。但是,中国古代的审美接受与西方美学中所谓的审美接受有很大的区别。在古希腊哲人那里,审美接受是为了使人身心快乐。他们认为:"大的快乐是来自对美的作品的瞻仰。"③人们在接受中可以使灵魂"受到净化,因而心里感到一种轻松舒畅的快感"④。康德甚至认为,接受是不带任何利害观念和功利色彩的一种审美判断力。"一个关于美的判断,只要夹杂着极少的利害感在里面,就会有偏爱而不是纯粹的欣赏判断了。"⑤而中国古代的审美接受思想恰好在这一点上表现出自身独特的性质,它包孕着强烈的利害观念,带有非常明显的政治伦理色彩和社会功利性,审美特性则相对淡漠。

中国文艺美学审美接受思想的性质决定于传统思想的性质。中国传统思想主要由儒、道、释三者杂糅而成。但儒、道、释三者的思维模式各不相同,因而对审

---

① 《资治通鉴》卷九十二注。

② 《刘子集校》卷十《正赏》。

③ 德谟克里特语,见朱立元:《西方美学思想史》上卷,上海人民出版社 2009 年版,第 5 页。

④ 亚里士多德:《政治学》第 8 卷,见朱立元:《西方美学思想史》上卷,上海人民出版社 2009 年版,第 96 页。

⑤ 康德:《判断力批判》上卷,人民出版社 2002 年版,第 41 页。

美接受性质的影响也不尽相同。由于中国本土的佛教思想已经揉进儒、道二家的思想体系,故我们这里着重探讨儒、道两家对审美接受的影响和制约。

儒家的思维模式是把离自身最远的事物和离自身最近的事物结合起来从总体上进行把握,主张“观乎天文以察时变,观乎人文以化成天下”①。这种思想重视人的存在价值,强调个体人格的道德完善以服从于群体道德的需要。它主张人与自然、人的自然属性与社会属性的统一。在儒家看来,审美接受正是满足这种需要和这种统一的重要工具。换句话说,儒家思想制约下的审美接受思想比较注意完善个体人格的实用价值和对社会政治伦理的影响。这在孔子身上表现得比较明显。一方面,孔子津津乐道审美接受对人的欲望的满足。他在齐国“与齐太师语乐,闻《韶》音,学之,三月不知肉味……”②孔子认为,一个人要想成为仁人君子,必须“兴于诗,立于礼,成于乐”③。必须“志于道,据于德,依于仁,游于艺”④。包咸注解说:“兴,起也,言修身当先学诗。”“游”则指对包括美学在内的六艺的接受和运用。这里的“游”,与庄子“游刃有余”的“游”一样,带有一种主体把握对象时的自由感和愉快的意味。另一方面,孔子又非常看重审美接受的社会功利性。他提倡“诗可以兴,可以观,可以群,可以怨。迩之事父,远之事君;多识于鸟兽草木之名”⑤。“兴、观、群、怨”的基本思想是以群体道德的标准和理式规范个体道德,试图通过审美接受使个体与群体和睦相处,继而使个体将社会的群体道德艺术化为个体自觉的心理欲求,借以达到稳定社会秩序和伦理纲常的目的,其强调审美接受的政治伦理色彩的特征十分突出。

以政治伦理道德的眼光来进行审美接受的现象在先秦两汉时期尤为普遍。审美接受总是与政治权势相关。即使是一国之君也很难挣脱这种先王永教的桎梏而对接受对象进行纯粹的审美判断。一次,魏文侯与田子方宴饮,“文侯曰:‘钟声不比乎?左高。’田子方笑。文侯曰:‘何笑?’子方曰:‘臣闻之,君明乐官,不明乐音。今君审于音,臣恐其聋于官也。’文侯曰:‘善。’”⑥。魏文侯可以说是一位具有审美判断能力的国君,他能接受出旋律的高低与声音的和谐与否,注重的是

① 《周易·贲》。
② 《史记·孔子世家》。
③ 《论语·泰伯》。
④ 《论语·述而》。
⑤ 《论语·阳货》。
⑥ 《资治通鉴》卷一。

对象的审美特征。但受学于子贡的田子方却以“君审于音,臣恐其聋于官也”来规谏文侯。对音乐的接受力越高,对政事的统治力越低,这就是儒家的接受逻辑。

后世“以为美谈”的“七子赋诗”是注重审美接受的政治伦理色彩的典型事例①。公元前546年,晋国大夫赵孟(武)与屈建主持“弭兵之会”后,自宋返晋,路过郑国。“郑伯飨赵孟于垂陇,子展、伯有、子西、子产、子大叔、二子石从(杜预注:“二子石:印段、公叔段”)。赵孟曰:‘七子从君,以宠武也。请皆赋(诗)以卒君贶,武亦以观七子之志。’子展赋《草虫》。赵孟曰:‘善哉!民之主也。抑武亦不足以当之。’伯有赋《鹑之贲贲》。赵孟曰:‘床笫之言不逾阈,况在野乎,非使人所得闻也。’子西赋《黍苗》之四章。赵孟曰:‘寡君在,武何能焉。’子产赋《隰桑》。赵孟曰:‘武请受其卒章。’子大叔赋《野有曼草》。赵孟曰:‘吾子之惠也。’印段赋《蟋蟀》。赵孟曰:‘善哉!保家之主也,吾有望矣。’公孙段赋《桑扈》。赵孟曰:‘匪交匪敖,福将焉往。若保是言也,欲辞福禄得乎。’卒飨。”②七子赋诗,各言其志,都是借诗歌语言表达自己的情志和对赵孟的尊敬。《诗·召南·草虫》本来是表现新嫁娘的伤悲之怀,但赵孟却以为子展赋这首诗表明他具备统治之才;《诗·鄘风·鹑之贲贲》指斥卫宣姜与公子顽的淫乱之行,赵孟认为这有伤礼教,不应该在这种场合赋这种诗,给了伯有一个难堪;子西赋《诗·小雅·黍苗》,将赵孟比之于曾佐周武王灭商的召伯,赵孟却以“寡君在,武何能焉?”谢绝了子西的恭维,把自己所做的一切归诸晋平公;子产赋的《诗·小雅·隰桑》是说小人在位,君子在野,贤达之士希慕明君的事,但赵孟特地给子产指出最后一章,意思是要子产从中得到一些规谏君王的启发。应该说,赵孟基本上是从政治伦理的角度来接受七子所赋之诗的,带有很强的社会功利性。

“季札观乐”也是一个比较明显的例子。公元前544年,吴公子季札访问鲁国,鲁襄公以诗、乐、舞款待他:“使工为之歌《周南》《召南》。(季札)曰:‘美哉!始基之。犹未也。然勤而不怨矣。’为之歌《邶》《鄘》《卫》。曰:‘美哉!渊乎,忧而不困者也。吾闻卫康叔武公之德如是,是其卫风乎。’为之歌《王》。曰:‘美哉!思而不惧,其周之东乎。’为之歌《郑》。曰:‘其细已甚,民弗堪也,表东海者,其大公乎,国未可量也。’为之歌《豳》。曰:‘美哉!荡乎,乐而不淫,其周公之东乎。’为之歌《秦》。曰:‘此之谓夏声,夫能夏则大,大之至也,其周之旧乎。’为之歌

① 《文选》卷四二,吴质:《答东阿王书》。

② 《左传·襄公二十七年》。

《魏》。曰:‘美哉!,渙渙乎,大而婉,险而易,行以德辅,此则明主也。’为之歌《唐》。曰:‘思深哉!其有陶唐氏之遗民乎,不然,何忧之远也,非令德之后,谁能若是?’为之歌《陈》。曰:‘国无主,其能久乎。’自《郐》以下无讥焉。”①这里生动地再现了歌舞与季札边听边赞赏的现场。从季札的接受看,他主要是以“德”的审美尺度来接受与欣赏对象的,强调的是接受对象本身具有的布德施惠、弘扬圣迹的功利性与政治伦理作用。正如杜预注所说,季札是“听其声,然后依声以参时政,知其兴衰也”②。虽然季札也能直觉到接受对象的美感作用,连连“美哉!”但他所谓的美是一种实用的美、夹杂着利害关系的美,故是不自由的美。他的接受也只能是一种非常有限的接受,即从道德和政治的角度进行接受。季札创造的这种“依声参政”的接受方法对后来的审美接受产生了巨大的影响。

归结到一点看,儒家主张的审美接受实际上是以功利的眼光来对待文学艺术作品。这样的接受必然带有局限性。但这种有限的接受又具有历史的合理性。“从历史上说,以有意识的实用观点来看待事物,往往是先于以审美的观点来看待事物的。”③就一般而言,魏晋以前的审美创作本身就是政治活动的附庸,是统治者强化群体道德意识的一种工具,其接受性质必然带有功利性。儒家这种带有政治伦理色彩的接受思想对后世产生了深远的影响。自汉代把孔子神圣化、把儒家典籍宗教化以后,注重审美接受的社会功利性基本上成了一种心理定式。接受者总是在接受对象的“微言大义”上下功夫,突出文艺创作的文本“经夫妇,成孝敬,厚人伦,美教化,移风俗”④的作用。对此,朱熹说得最明白:“修身及家,平均天下之道,其亦不待他求而得之于此矣。”⑤显然易见,这实际上是夸大了文艺创作文本的作用,忽视了文本作为审美对象的审美特征,因此也就延缓甚至阻碍了审美接受思想的发展。直到晚明,随着资本主义经济关系的产生而带来的注重个体道德的社会思潮的出现,审美接受的性质才从服从于社会伦理道德的要求转变成为满足接受者本身的情感需求。这个时候的审美接受思想强调接受文本应该“各以其情而自得”⑥,审美接受活动成了丰富个体精神生活、满足个体高层次需要的必

① 《左传·襄公二十九年》。
② 《左传·襄公二十九年注》。
③ 普列汉诺夫:《论艺术》,生活·读书·新知三联书店1954年版。
④ 《毛诗序》。
⑤ 《诗集传序》。
⑥ 王夫之:《姜斋诗话》卷一,《诗经》。

要手段和途径。不过,就整个古代社会的审美接受而言,儒家注重功利性的接受思想一直居于主导地位。

正是在儒家审美接受思想的薄弱之处——忽视文本本身的美学意义的地方,道家思想影响下的审美接受思想充分显示了它的活跃性,因而使古典审美接受思想基本上是以儒道互补的形式往前发展。儒、道两家的思想实质是相通的,都强调"法天制用,不敢违天"①。不同的是,儒家侧重人的作用,对天的崇信和礼赞是为了对人的尊重;道家侧重的是遵循自然规律和社会规律,人的个体成长属于整个自然规律的正常发展。道家的思维模式是将自我置于宇宙之中,以参与者的形式来认识世界、认识自我。道家强调认识主体应与天地相往来,不傲睨于万物。其思想核心是"乘物以游心"②。在这个参与者的宇宙观中,现实被认为是不可名道的、混浊的,唯有道才是世界的真宰。在这种思维模式上浇铸出来的审美接受思想侧重于超功利的直观。例如,在"言"和"意"的关系上,儒家认为"意"是可以通过"言"来认识的。道家却主张:"意之所随者,不可以言传也。"③"可以言论者,物之粗也;可以意致者,物之精也。"④也就是说,审美者(接受者)对审美对象(作品)的感受、体验、体味和理解不能停留在对象的表面形态上,而是要充分运用自己的主体意识去领悟玩索对象的审美意蕴。只有这样,接受者才能获得审美接受中的愉快和满足。道家这种只可意会、不可言传的观点流布深广。中唐以后,这种观点经司空图的承袭而发挥成"韵味说"。宋代严羽在此基础上以禅喻诗,创造了"妙悟说"。这两种学说在封建社会后期的审美接受思想中产生了重要的作用。

道家思想对古典审美接受性质的影响还表现在"虚"和"实"的关系上。《老子》载:"道之为物,惟恍惟惚。惚兮恍兮,其中有象,恍兮惚兮,其中有物,窈兮冥兮,其中有精,其精甚真,真中有信。"⑤这就是说,作为宇宙万事万物主宰的"道"虽然恍惚无形,看不见,摸不着,但在这种恍惚无形中却有着可触可摸的具体事物,从具体事物中可以感悟到"道"的真实存在性。即使是在渺渺茫茫的虚幻时空中也存在着"道"。老子这些话不是指审美接受而言,但由于老子所谓的"道"是涵盖一切的概念,它也包括审美接受在内。所以这些话也可以看作是对审美接受

---

① 《广弘明集》卷一,《吴主叙佛道三宗》。

② 《庄子·人间世》。

③ 《庄子·天道》。

④ 《庄子·秋水》。

⑤ 《老子》二十一章。

思想的哲理性的表述。庄子进一步提出,接受主体对接受对象应:“无听之以耳而听之以心,无听之以心而听之以气。听止于耳,心止于符。气也者,虚而待物者也。唯道集虚,虚者,心斋也。”①庄子在实际上指出了接受主体在接受对象时,必须使自己进入一种特定的审美心态。这种审美心态的特征是凝神取象,在虚静中把握对象的审美特征,在物我两忘中获得审美快感。这种观点对接受主体思维空间的拓展具有重要意义。较之儒家的审美接受思想,它更强调接受过程中审美者的再创造,这显然对在古典审美接受思想中占有重要地位的意境说的创立起到了直接的作用。

有必要指出的是,我们将儒道两家的审美接受思想分别论述,这并不意味着古典审美接受思想的性质具有二重性。相反的倒是试图以此证明,正是儒道两家审美接受思想的互相结合和互为补充才形成了古典文艺美学的接受性质,即审美接受既是功利性的又是审美判断式的。从接受对象上看,它要求接受主体既要注意到对象所具有的政治伦理内容,又要注意到对象的有意味的形式美的因素。但又不拘泥于形式美的因素和政治伦理内容,而是从更高的审美层次上进行接受,即从韵外之致、味外之旨和艺术意境上来观照对象。从接受主体看,它既强调审美接受对主体的道德修养的作用,也肯定审美接受对主体所产生的审美快感的作用。简言之,注重审美接受的社会功利性和审美感受的一致性,这就是古典审美接受的性质。掌握了古典审美接受的这种性质,我们才有可能更好地理解那些具有中国民族特色的、积淀着历史文化因素和审美机制的接受概念、接受范畴和接受命题,从而更准确地认识古典审美接受的一般规律和特点。

与接受的性质相一致,古典审美接受思想的表现形态也有一些特殊性。同西方审美接受思想相比较,中国古代的审美接受思想着眼点更多的不是繁重的逻辑推理和抽象的一般规律。表现方式也不是采用鸿篇巨制的形式,而是运用直观理性主义的方法以随笔、偶感、漫谈和画龙点睛式形式对各门具体的文艺美学种类进行审美体悟,因而带有明显的经验性和描述性的特征。由于注重审美接受的功利性和社会效果,因而文艺审美接受的手法常采用人们熟知的事物和用形象化的譬喻阐明哲理;在接受角度上富于多变性。特别是在对文艺审美创作者风格的接受上,多采用具体可感的事物来比喻不同的风格。或人物形象、或自然景物、或神仙鬼狐都可作为风格的喻体。例如,钟嵘评赏范云和丘迟的诗说:“范诗清便宛

① 《庄子·人间世》。

转,如流风回雪。丘诗点缀映媚,似落花依草。”①谢榛赏鉴唐诗道:“熟读初唐、盛唐诸家所作,有雄浑如大海奔涛,秀拔如孤峰峭壁,壮丽如层楼垒阁,古雅如瑶瑟朱弦,老健如朔漠横雕,清逸如九皋鸣鹤,明净如乱山积雪,高远如长空片云,芳润如露蕙春兰,奇艳如鲸波蜃气,此见诸家所养之不同也。”②清洪亮吉甚至一口气征引了104种事物来比喻104位诗人的风格③。这种审美接受方法的长处在于能使对象的主要特征凸现在接受者眼前,可以说它比抽象归纳或演绎的方法更符合审美接受的规律性。因为它更直观、更形象,符合我们民族的审美心理结构。这些审美接受语言本身就创造了一种意境,这种意境与作者在文本中创造的意境既有相同的地方又有不同的地方。关于这点,我们将在下一节中详细论述。

二、审美接受的作用

在论述审美接受的性质时,我们实际上已涉及到审美接受的一般作用。这里,我们将着重讨论审美接受对审美创作所产生的作用。审美接受与审美创作从来就是不可分割的整体。它们之间的关系主要表现在这样两个方面,一是创作者接受前代人或同代人的作品以丰富自己的创作意识,同时,创作者在创作过程中以接受者的主体意识来接受自己正在创作的未成型的作品以成功地表现自己的创作意识。二是创作者与接受者的间接的或直接的交往以提高艺术表现力。从审美接受的角度看,创作与接受还表现为另外一种形态,即接受也是文艺创作形式之一,或者说是文艺创作的一部分。只有经过接受者的再创造才可以说是整个作品的最后完成。因为文本归根结底是创作者认识现实生活并试图对现实生活施加影响的一种手段,创作者只把这种手段作为一种社会存在的实体提交给社会,如果没有社会公众的接受,这种手段无以发挥作用。在世界文艺美学史上,举凡大文豪无一不把审美接受作为自己创作的推动力和基础。苏联学者尼季伏洛娃在其《文艺创作心理学研究》中分析托尔斯泰的创作构思时说:“阅读别人的文本,在托尔斯泰的构思形成中起着重要而特殊的作用。这是他考虑和确定作品具体形式的直接推动力和基础。他在紧张地思考《逃亡者》的构思时阅读《伊利亚特》,使他‘全部重新考虑’他的构思。由于《伊利亚特》的影响,他甚至把作品改

① 《诗品》。
② 《四溟诗话》。
③ 《北江诗话》卷一。

称《哥萨克》。这种标题的改换使人想到,《伊利亚特》这部史诗性作品影响了托尔斯泰的思想,使他的《逃亡者》的构思具有更多的史诗性质。他阅读莎士比亚的《安东尼和克列奥帕特》,使他重新捡起被他遗忘了的《哥萨克》的构思并把这篇作品编成话剧(1857 年)。”然而,在产生于封闭的小农经济基础之上的封闭型的中国传统文艺美学思想中,审美创作与审美接受的关系更为紧密,精神产品的生产者和消费者往往是合一的。文艺审美创作者兼接受家大有人在,因而创作论与接受论相互包容。许多理论概念,既是创作上的最高规范,又是接受上的最后目标。比如“滋味”说和“意境”说。从创作角度看,它要求作者用含蓄凝练的表现手法寓情于物、移情于景,创作出使“味之者无极”的作用,给受者留下想象和再创造的艺术时空;从接受的角度看,它要求接受者透过文本的字面结构去接受与欣赏其内在意蕴,并运用自己已有的审美经验去对作品进行审美再创造,只有这样,才能获得审美接受的真谛。因此,审美接受对审美创作产生着不可忽视的作用。

在文艺美学中,审美接受对审美创作所产生的作用主要表现在两个方面:一个是创作者自己接受活动对他的创作的影响,另一个是接受者对作品的态度在创作者身上的反响,即审美创作的反馈作用。现分别论述如下:

综观文艺美学发展史,几乎没有哪一个成就辉煌的创作者不从接受中吸收养料来提高自己的创作水平的。文艺美学发展的历史就是一个不断借鉴和新变的历史。很难设想一个杰出的创作者不借鉴前人的优秀成果而可以使自己的作品成为不朽之作。古代的文艺美学思想家一贯强调创作者应该读前人之书。读前人之书也就是一种审美接受活动。陆机在《文赋》中说作文之由不外两途:感物起兴和本源于接受文本:“伫中区以玄览,颐情志于典坟。遵四时以叹逝,瞻万物而思纷;悲落叶于劲秋,喜柔条于芳春。心懔懔以怀霜,志眇眇而凌云。咏世德之骏烈,诵先人之清芳;游文章之林府,嘉丽藻之彬彬。慨投篇而援笔,聊宣之乎斯文。”陆机从自己的创作甘苦中总结出来的创作经验具有广泛而深刻的意义。他认为,创作者的起点在观察万物和接受古籍两个方面,二者不可分离。这里的“游文章之林府”的“游”与孔子“游于艺”的“游”是一个意思,都是说创作者以一种审美自由感和愉悦的审美心态对文本进行接受。创作者只有认真地从“典坟”“林府”中吸取间接经验才有可能“慨投篇而援笔,聊宣之乎斯文”。刘勰也认为:“陶钧文思,贵在虚静,疏瀹五脏,澡雪精神,积学以储宝,酌理以富才,研阅以穷照,驯致以怿辞。”①也就是说,像储藏珍宝一样来积累学识即借鉴前人的杰出成就是创作者进行构思的重要条件。“研阅”含有反复接受前人的文本的意思。这与王昌龄所谓“寻味前言,吟讽古制,感而生思”②是一回事。严羽进一步提出学诗者“必须熟读《楚辞》,朝夕讽咏以为之本;及读《古诗十九首》、乐府四篇,李陵、苏武、汉魏五言皆须熟读,即以李杜二集枕籍观之,如今人之治经,然后博取盛唐名家,酝酿胸中,久之自然悟入”③。尽管严羽将佛教禅理揉进文艺美学思想而创“妙悟”说和“别材别趣”说,但他的“妙悟”说和“别材别趣”说是根源于审美接受的。他曾明确论道:“夫诗有别材,非关书也;诗有别趣,非关理也。而古人未尝不读书,不穷理。”④关键是不为书缚、不为理束。严羽的这些看法无疑是正确的。这是文艺美学思想家对接受作用于创作的看法。

创作者本人也认为接受前辈的作品对自己的创作有很大的作用。《西京杂记》卷二载:“或问扬雄为赋,雄曰:‘读千首赋乃能为之。’”有人以为这是扬雄模拟抄袭前人赋作的自供词,其实不然。扬雄的作品有他自己的艺术个性和创作风格,但这种风格的形成离不开对前人如司马相如的赋作的接受。杜甫转益多师,苦心学习前贤的创作经验、从接受中汲取养料的精神在文艺美学史上成为美谈,受到后人的极力推崇:“至于子美,盖所谓上薄《风雅》《骚》,下该沈、宋,古傍苏、李,气夺曹、刘。掩颜、谢之孤高,杂徐、庾之流丽,尽得古今之体势,而兼人人之所独专矣。”⑤他的“读书破万卷,下笔如有神”的诗句精练地道出创作与接受的关系,说明了接受对创作所产生的巨大作用。

大器晚成的苏洵之所以能跻身于唐宋八大家之列,其主要原因是他善于通过接受前人的佳作精品来提高自己的创作水平。他在给欧阳修的信中叙述了自己接受前人作品以提高创作能力的经过:“洵少年不学,生二十五年,始知读书……其后困益甚,然后取古人之文而读之,始觉其出言用意,与已大异。时复内顾,自思其才则又似夫不遂止于是而已者。由是尽烧曩时所为文数百篇,取《论语》《孟子》《韩子》及其他圣人、贤人之文,而兀然端坐。终日以读之者七八年矣。方其始也,入其中而惶然,博观于其外而骇然以惊,及其久也,读之益精,而胸中豁然以

① 《文心雕龙·神思》。
② 《诗格》。
③ 《沧浪诗话·诗辨》。
④ 《沧浪诗话·诗辨》。
⑤ 元稹:《唐故工部员外郎杜君墓系铭并序》。

明,若人之言固当然者,然犹未敢自出其言也。时既久,胸中之言日益多,不能自制,试出而书之,已而再三读之,浑浑乎觉其来之易矣。"①苏洵的经验说明,创作水平的高低与审美接受有着密切的联系。不反复审美接受是不会知道古人为文"出言用意与已大异"的。苏洵接受古人作品从"兀然""惶然"到"骇然""豁然",再到"当然"的转变过程,实际上就是审美接受中审美心理机制发生变化的过程。这对他的古文创作起到了推动作用。后人也将老苏读书奉为楷模。朱熹称之为"老苏法",并以此告诫学子②。

江西诗派的开山祖黄庭坚也认为接受对创作产生着很大作用。"夺胎换骨""点铁成金"之说便是这种观点的高度概括。他在《答洪驹父书》中说:"自作语最难,老杜作诗,退之作文,无一字无来处;盖后人读书少,故谓韩、杜自做此语耳。古之能为文章者,真能陶冶万物,虽取古人之陈言入于翰墨,如灵丹一粒,点铁成金。"黄庭坚认为"陶冶万物"是"点铁成金"的前提。他实际上把接受与创作、体验与创作统一起来。惠洪《冷斋夜话》引黄庭坚语也说:"诗意无穷而人之才有限,以有限之才追无穷之意,虽渊明、少陵不得工也。然不易其意而造其语,谓之换骨法;窥入其意而形容之,谓之夺胎法。"黄庭坚在这里强调的是对前人作品的接受而不是指剽窃、蹈袭前人的作品。"夺胎换骨"是指在借鉴前人的精华的基础上以自己的言辞来表达,使之更加精美。葛立方以王安石、黄山谷点化唐人名句为例说明:"诗家有换骨法,谓用古人意而点化之,使加工也。李白诗云:'白发三千丈,缘愁似个长。'荆公点化之则云:'缲成白发三千丈。'刘禹锡云:'遥望洞庭湖翠水,白银盘里一青螺。'山谷点化之云:'可惜不当湖水面,银山堆里看青山。'孔稚圭《白苎歌》云:'山虚钟响彻。'山谷点化之云:'山空响管弦。'卢仝诗云:'草石是亲情。'山谷点化之云:'小山作友朋,香草当颐妾。'学诗者不可不知也。'"③类似例子不胜枚举,于此可见审美接受对审美创作所产生的作用。

应该说,古代的中国传统文艺美学思想家、诗人或文艺审美创作者都认为钻研古籍、研味前言对自己的文艺美学修养、创作才能都有重要的作用,是作文赋诗的重要前提。

审美接受对创作的作用还表现在接受者与创作者的关系上。在中国文艺审

---

① 苏洵:《上欧阳内翰第一书》,《嘉祐集》卷十一,四部丛刊本。

② 《晦庵先生朱文公文集》卷七四,《沧州精舍谕学者》。

③ 《韵语阳秋》卷二。

美接受思想中,较早意识到这种关系的是《乐记》的作者。《乐记》中保存了不少有关接受与创作的论述。《乐记》认为,审美接受和审美创作之间存在着一种相互感应的关系:“凡奸声感人,而逆气应之;逆气成象,而淫乐生焉。正声感人,而顺气应之;顺气成象,而和乐生焉。倡和有应,回邪曲直,各归其分,而万物之理,各以类相动也。”这就是说,文本一经产生,它就会以社会产品的形式对社会发生影响,产生出强烈的社会效果。但文本的这种作用只有经过接受者的接受才能实现。同时,接受者的接受又会反作用于创作,二者“倡和有应”,不断推动或改变着文艺审美创作“通变”的历时性趋势。从而使创作者创作出新的社会精神产品,给接受者提供新的接受对象。这是一个由低到高的不断反复的过程。只要社会上存在着文学现象,这个过程永无终止。《乐记》的这种观点在今天看来也不失为一种可资借鉴的养料。马克思说过:“艺术对象创造出懂得艺术和能够接受与欣赏美的大众——任何其他产品也是这样,因此,生产不仅为主体生产对象,而且也为对象生产主体。”①我们虽然不能说产生于2000年前的《乐记》与马克思的论述有完全一致的地方,但我们却可以这样说,《乐记》似乎是在不同的文化背景、哲学基础上不自觉地意识到了精神生产的特殊性质和精神产品的生产与消费之间的辩证关系。

中国古代的文艺创作者多数都是发愤而作,带有自娱自乐的意味。不过,在文艺美学取得独立的地位、从附庸蔚为大国之后,一些文人也有意识地为接受者而创作,希望自己的作品尽可能地得到大多数人的认可而传诸后世成为不朽之作。因而,他们在作文时,总是尽量地考虑到自己的接受对象。曹子建“常好人讥弹其文,有不善者,应时改定”②。“白乐天每作诗,令一老妪听之。问曰:‘解否?’妪曰:‘解。’则录之;‘不解’,则又复易之。”③白居易不但以童稚老妪为知音,经常依据接受对象的态度来修改、润饰自己的诗作,而且对此具有明确的看法。他认为:“凡人为文,私于自是,不忍于割截,或失于繁多,其间妍蚩盖又自惑,必待交友有公鉴无姑息者,讨论而削夺之,然后繁简当否得其中矣。”④“有公鉴无姑息”的接受者应该说是创作者的福音。也正是重视了接受者对自己作品的态度,才使白氏赢得了作诗雅俗共赏的美名。贾岛甚至认为自己作诗是:“二句三年得,一吟双

① 《马克思恩格斯选集》第2卷,人民出版社2012年版,第95页。

② 《文选》卷四二,《与杨德祖书》。

③ 惠洪:《冷斋夜话》。

④ 《与元九书》。

泪流。知音如不赏,归卧故山秋。"①这一则说明以苦吟见长的贾岛的创作甘辛,另一则说明贾岛对知音的渴求已到了难以估量的地步。换句话说,审美接受对审美创作产生的作用已到了不容忽视的地步。

总的来说,古典审美接受的性质和作用是整个古典审美接受思想的重要组成部分,它对接受思想的形成和发展起着决定性的作用。只有首先了解古典审美接受的性质和作用。我们才能全面地和准确地掌握建立在直观理性主义基础之上的古典审美接受的一般规律。

第三节　接受心理的现代诠释

由于受统治阶级思想的制约和传统思维模式的浸润,文本往往以含蓄凝练为其表现特征。创作者一般都把自己所要表达的情感和意愿隐蕴在作品的深层结构之中,而在字面结构上呈现出另外一种形式。就作品语言而言,大都是:"注彼而写此,目送而手挥,似谲而正,似则而淫,如《春秋》之有微词,史家之多曲笔。"②与此相应,在文艺美学思想中,关于审美接受规律的论述比较丰富,有许多概念、命题,尽管表述方法不同,但理论实质都是一样的。我们从关于接受规律的各种不同的论述中括出"披文入情""涵泳玩味""情迁感会"和"见仁见智"这四个命题和有关的范畴作为接受过程的四个程序系统。其意义在于,接受者在接受作品时,必须首先通过破读作品的字面结构,以了解到作品的表层意蕴,然后运用自己已经具备的知识结构、思想感情、兴趣爱好、生活知识和审美经验去玩索体味作者所要表现的情感和意志,并借助于这种体味玩索由物我同一达成物我两忘,进入作品的艺术境域,从而获得具有很大差异性的审美接受的独特感受。这是四个相关系数极高但又相对独立的接受过程,其在审美接受中的作用不可或缺。文艺审美接受规律主要由这四个部分构成。

一、披文入情

从创作角度看,"文由胸中而出,心以文为表"(《论衡·超奇》)。作者的创作

① 《题诗后》。

② 戚蓼生:《石头记序》。

过程大多是由深层结构到表层意义、再到字面结构。也就是说,创作者借助于某种喻体或象征体把自己从社会生活中和自然现象中所感应到的情感和思想愿望通过按一定艺术规则排列组合而成的艺术语言表现出来,即扬雄所谓:"言,心声也。"①也如《文章流别论》所说:"夫诗虽以情志原初域,而以声成为节。"②从接受角度看,其过程刚好相反。文本的语言犹如蕴藉作者心灵世界的大门,接受者只有率先叩开这座大门,才有可能升堂入室,一窥庐山真面目。因为文本既然是创作者的感情,即"心声"的表现,那它本身就充当着表现这一感情的载体,它的语言就不是一般的语言,而是一种艺术符号。接受者只有把自己的感情深入到这种艺术符号中去,才有可能与作者所表现的感情达成交融而产生共鸣。因此,接受作品的顺序是通过文字的训诂(这是汉语本身形、音、义分离的特点所决定了的)以了解到作品的字面意义,或者说破译作为艺术符号的作品的美学意义,继而从字面意义的相关性中推导出作品本身的审美情趣。这正是刘勰所概括的"披文入情"的过程。

刘勰在《文心雕龙·知音》中指出:"夫缀文者情动而辞发,观文者披文以入情,沿波讨源,虽幽必显。世远莫见其面,觇文辄见其心。岂成篇之足深?患识照之自浅耳。夫志在山水,琴表其情,况形之笔端,理将匿焉?"披者,开启也。刘勰以钟子期接受伯牙弹琴的典故说明,文本既然是作者有感而发的结果,那么,即使他所表现的情感比较隐晦,与接受者相隔的年代比较久远,只要接受者"披文入情,沿波讨源",也一定能接受到作品深层结构中的情感和意蕴的。同时,刘勰还具体地阐述了披文入情的方法,即他称为"六观"的接受方法:"将阅文情,先标六观:一观位体,二观置辞,三观通变,四观奇正,五观事义,六观宫商。斯术既形,则优劣见矣。"③刘勰认为,要接受到文情,应先从这六个方面入手,一是看文章的体制安排,结构变化;二是看文辞布置,语词组合;三是看有无新变,青出于蓝;四是看奇偶相配的表现手法;五是看运用典故,精工与否;六是看音韵声律,和谐与否。只要做到这"六观",文本的情感是一定能把握得到的。

披文入情可谓接受过程中的一般规律。刘勰之前,王充已明确论道:"贤者定意于笔,笔集成文,文具情显,后人观之,见以正邪,安宜妄记;足蹈于地,迹有好

---

① 《法言》卷五。

② 《太平御览》卷五八六,"文部"二。

③ 《文心雕龙·知音》。

丑;文集于札,志有善恶。故夫占迹以睹足,观文以知情。"①这就是说,文艺审美创作者创作时,他的意愿和情感是在落笔之前就存在了的。作者一旦将他的意愿和情感诉诸笔端,那他的情感和意愿一定会显露出来,接受者只要认真接受与欣赏判断是不难体悟到的。这就像"以迹测足"一样,接受者也可以"观文以知情"。然而,"观文知情"是从"观辞辨情"演变而来的。早在先秦时代,人们对"辞"与"情"的关系就有了比较清楚的看法,认为"圣人之情见乎辞"②。人的心情不同,言辞也不同:"将叛者其辞惭,中心疑者其辞枝,吉人之辞寡,躁人之辞多,诬善之人其辞游,失其守者其辞屈。"(同上)打算违叛离弃亲朋好友的人,心怀鬼胎,表面上相亲相近,但不说真话,他的言辞一定是使人感到羞愧的;"枝"是枝蔓的意思。心中疑神疑鬼的人,一天到晚心绪不定,他的言辞散漫不经,像多余的树枝一样;性情善良的人言辞直率,毫无矫揉造作之态,所以他的言辞较少;性情急躁的人因胸中烦闷困扰,所以他的言辞较多;诬陷诽谤别人的人,他的言辞浮游不定,虚漫不根;生不逢时,难遇明主且丢掉了自己志向的人,他的言辞没有多大力量,不能畅快地表达自己的心愿。这是人们从长期的生活实践中摸索出来的规律。言辞尽管是人的一定心情和思想的直接体现,但当创作者按照自己的创作旨意和创作构思将其付诸文本时,它所表达的意思却不一定就是文字的字面意思。"诗造成的效果完全超出了其中的字面陈述所造成的效果,因为诗的陈述总是要使被陈述的事实在一种特殊的光辉中呈现出来。"③换句话说,文艺美学语言特别是诗歌语言有一种因字、词、句、章的有机组合而带来的增殖效应。其信息容量大大超过仅仅作为交流工具的一般语言的信息容量。诗歌艺术给接受者展示了既诉诸空间,又诉诸时间的意象结构,因为诗歌艺术的"有意味的形式"是语言。语言是人类最神奇的符号,它代表着时间和空间的规定性,任何一种语言都必须在一定的时空条件下才得以成为交流思想的工具。所不同的是,诗歌艺术的语言展示的是双重想象的虚幻时空。它展示的第一种想象中的虚幻时空是语言本身所代表的情感形式;第二种想象中的虚幻时空是由这种情感形式所代表的审美意象,即由艺术语言构成的类似于绘画和音乐艺术的感觉形式。故接受者只有把握到了这种双重想象的艺术接受与欣赏的技艺,才有可能真正成为诗歌艺术的接受者。如果仅

① 《论衡·佚文》。
② 《周易·系辞下》。
③ 苏珊·朗格:《艺术问题》。

据字面意义体味,无异于隔靴搔痒。庄子有段话说得很透辟:“荃者所以在鱼,得鱼而忘荃;蹄者所以在兔,得兔而忘蹄,言者所以在意,得意而忘言。”①一个人猎取到鱼和兔是因为凭借了“荃”和“蹄”这两种工具,而“荃”和“蹄”实在是有异于鱼和兔,得到了鱼和兔也就用不着“荃”和“蹄”了。言和意的关系也是这样,妙理和意愿是借助于言辞表现出来的,言辞本身并不是妙理和意愿,掌握到了妙理也就用不着再在言辞上下功夫了,庄子的本意并不是指审美接受,但这个道理同样适合于审美接受。

接受者“披文”的目的是“入情”。不深入到作品所表达的情趣和意旨中,如果拘泥于字、词、句、章的形貌,将字、词、句、章的语义学意义开启得再多也难得到作品的真髓。因而,孟子强调说,接受作品不能“以文害辞,以辞害志”②。他以《诗大雅·云汉》“周余黎民,靡有孑遗”句和《诗·小雅·北山》“普天之下,莫非王土;率土之滨,莫非王臣”句为例说明正确的接受方法应该是“以意逆志”。如以辞接受,那么《云汉》所言,是说周朝的民众无一存活;《北山》所言,是指周朝国土的广大。只有“以意逆志”,才知《云汉》所言,意在忧旱;《北山》所言,是指君王遣使劳役不甚公平。为说明问题,现将这两首诗中的有关部分引录如下。“周余黎民,靡有孑遗”的前面是“旱既太甚,则不可推。兢兢业业,如霆如雷”几句。意思是说,大旱的时间简直太长了,周朝的黎民众庶被饥馑所困,成天到晚忧心如焚,心动意惧,犹如雷霆滚滚,震荡于自己的头上。因为天旱无收,周朝众民多有死亡,剩下的人也被饥饿疫病所缠身。“普天之下,莫非王土;率土之滨,莫非王臣。”接下去是“大夫不均,我从事独贤”。意思是说,王朝的国土广袤无边,君王的臣民难以计数,为何偏偏使我劳累奔忙于差役之中。郑玄以为这是作者“自苦之辞”。这种说法无疑是符合诗意的。“率土之滨”的“滨”,顾千里、段玉裁等人都认为应作“宾”。从全诗看,“普天之下,莫非王土”指的是周王朝统治下的疆界范围;“率土之宾,莫非王臣”指的是周王朝统治下的臣民邦国,二者正相对而言。而且,《说文》只有“宾”字,而无“滨”字。恐“滨”是后起之字,属传抄刻写所误。所以,我们认为顾千里和段玉裁的说法是正确的。因此,《北山》所表达的“役使不均”的情绪也就很容易被人所理解了。

孟子“以意逆志”的观点对审美接受的理论和实践都有很大的影响。杜预注

① 《庄子·外物》。

② 《孟子·万章》。

《左传》说:“诗人之作,多以情言,君子论之,不以文害意,故《春秋传》引诗不皆与今说诗者同。”①刘勰也认为:“说文者不以文害辞,不以辞害义。”②南宋的陈善把这种观点解释为“出入法”:“读书须知出入法。始当求所以入,终当求所以出。见得亲切,此是入书法,用得透脱,此是出书法。盖不能入得书,则不知古人用心处;不能出得书,则又死在言下。惟知出知入,乃尽读书之法。”③“死在言下”的人根本不可能接受到对象的精华。这种影响一直延续到清代。清代学者章学诚坚持认为:“善论文者,贵求作者之意指,而不拘于形貌也。”④他还认为古人为文,常有假设之词:“善读古人之书,尤贵心知其意。愚者介介而争,古人不以为异也已。”⑤孟子“以意逆志”的观点在古典审美接受思想中具有重要的地位,但对“以意逆志”的理解却一直存在着各种各样的解释,很有重新辨析的必要。赵岐以为“以意逆志”是“以己之意逆诗人之志”⑥。朱熹与赵岐的观点一致:“当以己意迎取作者之志。”⑦朱自清先生也认为:“以己意己志推作诗之志。”⑧清吴淇的看法则不同,他在《六朝选诗定论缘起》中说“以意逆志”是“以古人之意求古人之志,为就诗论诗”。王国维也同意这种看法。他认为接受作品当“由其世以知其人,由其人以逆其志,则古诗虽有不能解者寡矣”⑨。在我们看来,吴淇和王国维的观点似较正确,也符合孟子原意。孟子原本就要指斥那种凭主观臆测以文害辞、以辞害志的人,怎么反而又要受者凭自已心中的意志去迎取作者之志呢?这样的接受观点不可能产生在一位以伦理纲常的复兴为已任、处处注重群体道德的“亚圣”的身上。赵岐注《孟子》:“笺释文句,乃似后世之口义,与古学稍殊。”“其说也不及后来之精密。”⑩他的看法似难成立。从上下文看,孟子大概是指过犹不及,拘泥于文辞和主观愿望的迎取都不是正确的接受方法。这里的“意”似应指作品文辞构成的表层含意;“逆”是“猜度、推测”的意思;“志”是诗歌作者所要表达的深层

---

① 《左传·隐公元年》。
② 《文心雕龙·夸饰》。
③ 《扪虱新话》上集卷四。
④ 《文史通义》卷一,《诗教》下。
⑤ 《文史通义》卷二,《言公》下。
⑥ 《孟子章句》。
⑦ 《孟子集注》。
⑧ 《诗言志辩》。
⑨ 《玉溪生年谱会笺序》。
⑩ 《四库全书总目提要》。

含意。“志”与“情”是一致的。“以意逆志”与“披文入情”实际上是同一个意思的不同的表达方式,二者都注重以诗论诗,强调接受诗歌要有所本,不能凭空臆测,但又不局限于诗歌的表层意义,必须仔细玩味,深入到诗歌的深层意义中去。

披文入情又是一个由整体到细节,再从细节到整体的循环过程。接受者起初总是凭借直觉隐约地从作品中得到一个大致如此的印象。这种印象促使接受者去剖析作品的细节,去开启作品的关键——诗眼与文心,进而品赏到作品的韵外之致和言外之旨。而“文家言外之旨,往往即在文中警策处,读者逆志,亦即从此而入,盖隐处即秀处”①。当接受者感受到细节处的隐秀之后,这种初步获得的审美快感又逼使接受主体从细节回到整体,从而获得更高层次上的接受美感。当然,从细节到整体,再从整体到细节的循环并不是指接受者可以随意比附。汉代经学家对《诗》的接受之所以遭到后世的责难和摈弃,其原因正在于断章取义、任意比附和有意扩大文本的社会作用。刘勰认为文本的字、句、章有着内在的联系。创作者“搜句忌于颠倒,裁章贵于顺序,斯固情趣之指归,文笔之同致也”②。文章的章、句就像鳞片一样,不能随意颠倒。因此,披文入情也只能如抽丝一样,不可任意取截。

披文入情仅仅是接受过程的第一步。了解了作品本身的思想内容只是开启了通向作者心灵世界的大门。接受者还必须“沿波讨源”“寻幽探微”,从作品的表层含义追溯到深层意蕴,探索作者的为文用心,运用自己的接受能力去观照品味对象,从而获得接受的真谛。然而,要达成这一审美境域则非易事,接受者必须对接受对象细心地反复地涵泳玩味。

二、涵泳玩味

涵泳玩味是一个具有中国民族特色的审美接受命题,它与创作论中注重缘情蓄意、追求“味”的审美尺度相辅相成。在文艺审美接受史上,几乎每一个有建树的接受思想家都运用过“味”这个术语来表述接受对象所具有的审美特征和接受主体所获得的审美感受。所不同的是,在特定的历史阶段中,“味”这个术语的内涵也是特定的。因此,在考察涵泳玩味之前,我们有必要对“味”的概念作一番历史的甄别。

---

① 刘永济:《文心雕龙校释·隐秀》。

② 《文心雕龙·章句》。

“味”的概念大致经历了三个阶段的变化。第一个阶段是以味喻政。“味”本来是一种能被正常人的味觉所感知的物质属性,这种物质属性能作用于人的精神意识。现代新兴边缘学科气味学的研究初步证明,不同的味能够使人产生不同的情绪变化。例如,丁香花的气味使人宁静,玫瑰花的气味使人精力充沛,天竺花的气味能镇静和治疗失眠症。先秦时代,人们凭借“远取诸物,近取诸身”的思维模式已不自觉地意识到味的精神作用,并以之喻政,使味从医学、饮食领域进入政治领域。《左传·昭公九年》载:“味以行气,气以实志,志以定言,言以出令。”孔颖达《疏》说:“调和饮食之味以养人,所以行人气也,气得和顺,所以充人志也。志意充满,虑之于心,所以定言语也,详审言语之于口,所以出号令也。”这段话把味从物质属性转化成精神属性的过程讲得很清楚。这里,味成了统治者发号施令的基因。这是以味喻政的典型。

第二个阶段是以味喻乐。这在孔子和孟子身上表现得比较显著。孔子35岁时,在齐国听到《韶》乐:“三月不知肉味。”①孟子也说:“理义之悦我心,犹刍豢之悦我口。”②二者都以味来比喻自己所获得的一种精神上的乐趣。尽管这种观点还带有一定的物质功用色彩。严格说来,这还不是一种审美接受,只是一种感性上的娱乐,但其价值在于它已经注意到接受主体对接受对象的感知和认同不同于一般的认识,它有自己独特的规律。一般的认识规律主要依据逻辑推理和概念证明来使认识主体获得满足,而审美接受则主要依靠情感体验和感性悟察来使主体获得审美快感。这种情感体验和感性悟察带有一种模糊性,不是能够用逻辑和概念甚至也不是能够用语言来表达的。显然,这种以味喻乐的观点对后来的“味诗”说有着直接的积极的影响。

第三个阶段是以味喻美。魏晋以后,随着人们审美理想的改革和审美能力的提高,审美接受思想也从经验性的描述期进入理论上的分析期,尽管这种分析还缺乏系统性和整体性。其转折的标志是将味直接引进审美接受领域。自陆机在《文赋》中首次提出“阙大羹之遗味”,味,几乎成了接受领域中无处不见的术语。最著名的是钟嵘的“滋味说”,刘勰的“余味说”、司空图的“韵味说”。这时的味,已不是用物质属性或感性体悟所能界定的了。它已包含有接受的审美享受的意义。但陆机、钟嵘和刘勰的味诗说有一个共同的弱点,即忽略了审美接受中审美

---

① 《论语·述而》。
② 《孟子·告子》。

者的再创造性问题。这个缺陷在司空图的“韵味”说那里得到了补充。

司空图的“韵味说”所以成为文艺审美接受思想的核心部分,其根本原因在于它在肯定接受对象所具有的独特的审美特征的同时肯定了接受主体的创造性。他标举的“韵外之致”“味外之旨”指明了接受者以自己的思想情操、生活经验、知识结构和兴趣爱好去补充、丰富接受对象所具备的形象和意境时所获得的审美感受。从而使味这个术语完全抛弃了物质属性的外衣,进入审美接受的境域。接受者经过主体创造性思维活动所获得的对象的“韵外之致”“味外之旨”是一种非常特殊的审美感受。这种特殊的感受往往还得经过主体的反复体味才能与己同化。具体来说,接受主体应“取前人名句意境绝佳者,将此意境缔构于吾想望之中;然后澄思渺虑,以吾身入乎其中而涵泳玩索之,吾性灵与相浃而俱化,乃真实为吾有而外物不能夺”①。也就是说,在接受中,审美者必须在一种特定的心理状态中通过对作品意境的反复玩味才能感受到审美对象的美。

玩味诗文,不但可以使远近、虚实、动静相互对转,从而为接受者提供新的创造天地,而且可以使接受者用灵感去点燃作品所存在的潜信息的导火线,发作者之未发,继而用自己的接受修养去补充、完善作品的意象以进入情迁感会的境域。这个特点,朱熹说得很明白:“致知功夫,亦只是且据所知者,玩索推广将去。”②反过来说,意境在接受者想象中的实现又增添了诗歌的韵味。由此反复不已,“其境愈熟,其味愈长”③。涵泳玩味的辩证关系本来如此。

古代的审美接受家非常重视涵泳玩味的问题。刘勰说:“夫唯深识鉴奥,必欢然内怿,譬春台之熙众人,乐饵之止过客。盖闻兰为国香,服媚弥芬;书亦国华,玩绎方美。”④鉴识深远、审美能力较强的人一定会看到作品的微妙之处,在内心得到一种审美愉悦感,但这种感觉来自对审美对象的反复玩味。刘勰以兰花为喻说明,好作品也是要反复玩味,才会感觉到它的美,这是接受者应该留意的。萧统编辑《文选》和李善注《文选》的过程实质上也是一种审美接受的过程,他们都获得过涵泳玩味的审美快感。前者“历观文囿,泛览辞林,未尝不心游目想,移晷忘倦”⑤。“心游目想”是对作品的反复体味;“移晷忘倦”是说经过一段较长时间的

---

① 况周颐:《蕙风词语》卷一。
② 《朱子语类》十五,《大学》二。
③ 贺贻孙:《诗筏》。
④ 《文心雕龙·知音》。
⑤ 《文选序》。

体味得到了作品的真髓,以致忘记了疲劳和倦困。后者“握玩斯文,载移凉燠。有欣永日,实味通津”①。“有欣永日”来自他对《文选》的玩味体悟。欧阳修认为梅圣俞“近诗尤古硬,咀嚼苦难嘬。又如食橄榄,真味久愈在”②。“真味”与苦味的相互转化源于反复地对诗歌进行涵泳体味,没有苦味也就没有真味。对美的追求总是要付出代价的。苏轼酷爱陶诗,他认为:“陶彭泽诗,初若散缓不收;反复不已,乃识其趣。”③不但作品的“趣”需要在主体的反复玩味后才能被感知到,而且作品的“病”也同样需要在主体的熟味后才可觉察。正如陆游所说:“一卷之诗有淳漓,一篇之诗有善病。至于一联一句,而有可玩者,有可疵者,有一读再读至十百读,乃见其妙者,有初悦可人意,熟味之使人不满者。”④作品的深浅精粗、妍蚩虚实、邪正刚柔,一句话,作品所具有的审美意象和潜信息都只有在玩味中才能得到鉴别赏正。

涵泳玩味中往往伴随着“妙悟”。或者说,玩味和妙悟是同一过程的两个方面。因为“接受力和理解力的差别在于接受力是由一些混乱的感觉组成的,对这些混乱的感觉,我们不能充分说明道理”⑤,有时不得不借助灵感来加以解释。中国古代的接受思想家把在涵泳玩味中因灵感思维而获得的美感称为“妙悟”。严羽以禅喻诗,以为“禅道惟在妙悟,诗道亦在妙悟”⑥。严羽虽然对世俗化的情感作了宗教性的阐释,使原本就很“混乱的感觉”又被抹上了一层神秘的色彩,但这种“妙悟”说不是没有道理的。现代科学技术的发展为人脑的研究开辟了乐观的前景。据钱学森说,人脑具有抽象思维、形象思维和灵感思维三种功能,前两种属于意识的活动,容易被人理解;后一种属于潜意识的活动,故鲜为人知。如果说涵泳玩味主要依赖抽象思维和形象思维的结合来进行的话,那么妙悟则主要借助于灵感为引发。严羽“妙悟”说的历史进步性在于他发现了接受过程中玩味与妙悟的关系,意识到了接受美感中那些意识不到的地方,使文艺审美接受思想不断向纵深发展,向探索审美者的深层结构和心理动态上发展并使之趋于成熟。

同创作论中积累与灵感的关系一样,玩味与妙悟是在接受过程中相互依存和

---

① 《上文选注表》。
② 《六一诗话》。
③ 《书唐氏六家书后》。
④ 《谓南文集》卷三十九,《何君墓表》。
⑤ 莱布尼茨语,见《西方美学家论美和美感》,商务印书馆 1980 年版,第 84—85 页。
⑥ 严羽:《沧浪诗话》。

相互转化的统一体。玩味是妙悟的前提，妙是玩味的突变。在具体的接受过程中，玩味与妙悟有时又因接受主体的修养和对象的表现方式的不同而各自有所侧重。对审美意象比较复杂、表现方式比较特殊的对象，接受主体既需玩味又需妙悟。“苟非穷精阐微，超神入化，玲珑透彻之悟，则莫能得其门，而臻其壸奥矣。”① 如果不涵泳玩味对象的精微之处和在对象的基础上进行再创造，使自己进入到妙悟的境域，那么，接受主体还是不识庐山真面目。反过来说，如果接受主体做到了这一点，那必定会进入“情迁感会”的审美境域。

三、情迁感会

首先需要指出的是，情迁感会主要是文艺审美创作论的一个命题，但正如“味”和意境一样，它也适用于接受论。这是被文艺审美接受思想的特殊形态——循环封闭性所决定了的。在创作论中，情迁感会与西方现代文艺美学中的“移情”说有某种相似之处。它“指的不是一种身体感觉，而是把自己感到审美对象中去”②。情迁感会的说法在中国产生得比较早，庄子与惠施的“人鱼之辩”已略露端倪；刘勰以为：“岁有其物，物有其容；情以物迁，辞以情发。”③创作者的思想情感与自然界事物的发展变化有着密切的关系，当作者把自然界不仅当作物质生产的原料而且当作精神生产的资料时，他总是会应物斯感，“感而后思，思而后积，积而后满，满而后作”④。孔颖达《毛诗正义序》称：“六情静于中，万物荡于外，情缘物动，物感情迁。”“物感情迁”就是“感物迁情”。应该说，创作论中的情迁感会说侧重的是人与物的关系；而接受论中的情迁感会说则注重人与人，即接受者与创作者或作品主人公、或拟人化的物体的审美关系。一般来说，情迁感会主要指接受者对创作者的审美感受的情绪反应。这种反应是以美感的共同性为基础的。孟子曾经从人性本善的角度以易牙调味、师旷审音和子都之姣来说明这个道理：“口之于味，有同耆也。易牙先得我口之所耆者也。如使口之于味也，其性于人殊，若犬马之与我不同类也，则天下何耆皆从易牙之于味也？至于味，天下期于易牙，是天下之口相似也。惟耳亦然。至于声，天下期于师旷，是天下之耳相似也。惟目亦然。至于子都，天下莫不知其姣也。不知之都之姣者，无目者也。故曰：口

① 高棅：《唐诗品汇总序》。
② 里普斯：《论移情作用》。
③ 刘勰：《文心雕龙·物色》。
④ 《文选》卷五一，王褒《四子讲德论》，引《乐·动声仪》文。

之于味也,有同耆焉;耳之于声也,有同听焉;目之于色也,有同美焉。"①

就现代文艺美学意义看,孟子实际上说明,人之所以具有共同的美感,其根本原因在于与动物不同的人的感觉器官的共同性。尽管人的美感不同于一般的生理感受,它还包括审美者的心理感受,但美感的产生却是以一定的生理感受为基础的。因为,"按照人类内心结构的原来条件,某些形式或品质应该引起快感,其他一些引起反感;如果遇到某个场合没有造成预期的效果,那就是因为器官本身有毛病或缺陷……一切动物都有健全和失调两种状态,只有前一种状态能给我们提供一个趣味和感受的真实标准"②。例如,除色盲如道尔顿者不能正确判断颜色外,正常的人对红色总感到激动和兴奋,对蓝色总感到静谧和爽朗,对绿色总感到希望和欣喜。因此,只要不是精神失调,人对具有审美特征的同一对象总会产生共同的美感。情迁感会即是接受者在接受过程中产生的与作者情感一致的美感。

要获得情迁感会的接受美感,有两个重要条件:其一,作品须有"可以移人之情者"③。也就是说,接受对象必须具备摄人心魄的美感力量,平庸低劣的作品只会引起主体的反感。其二,接受主体须有迁情的能力,很难设想一个接受力低下的人能够在接受时做到"观风似面,听辞如泣"④。没有同创作者或作品主人公大体上一致的生活经验、思想情感、知识结构、兴趣爱好就没有接受过程中的情迁感会。这正是历代文人"痛知音之难遇"⑤的症结所在。真正能够在上述四个方面与作者或作品的主要形象大致同构的接受者,未尝不在接受中"触性性通,导情情出"⑥。孔子之所以能知《易》之作者文王(用章学诚说)之忧,司马迁之所以能以己之志而通屈平之志,扬雄所以能悲《离骚》,"读之未尝不流涕也"⑦,曹丕所以能"历览(建安)诸子之文,对之抆泪;既痛逝者,行自念也"⑧,其根本原因在于他们

---

① 《孟子·告子上》,朱熹《集注》:"易牙,古之知味者。言易牙所调之味,则天下皆以为美也。师旷,能审音者也。言师旷所和之音,则天下皆以为美也。子都,古之美人也。姣,好也。"

② 休谟:《论趣味的标准》。

③ 黄宗羲:《论文管见》。

④ 《文心雕龙·诔碑》。

⑤ 《文选》卷四十二,曹丕:《与吴质书》。

⑥ 无碍居士:《警世通言叙》。

⑦ 《汉书·扬雄传》。

⑧ 《与吴质书》。

的接受修养十分全面,在于他们与对象有着基本上相应的思想感情和艺术修养。

情迁感会的审美意识非常浓厚。其审美接受的作用不但可以使人泣下沾襟,骨肉都融,而且可以使人身心两忘,出神入化,有时甚至可以膨胀到置人死地的程度。清代戏剧理论家焦循的《剧说》卷六记载了这样一件事:"杭有女伶商小玲者,以色艺称;于《还魂记》尤擅场。尝有所属意,而势不得通,遂郁之成疾。每作杜丽娘《寻梦》《闹殇》诸剧,其若身其事者,缠绵凄婉,泪痕盈目。一日,演《寻梦》,唱至'使打并香魂一片,阴雨梅天,守得个梅根相见,盈盈界面',随身倚地;春香上视之,已气绝矣。临川寓言。有小玲实其事耶?"这出"戏中戏"虽属对文本接受中的个别现象,一般很难发生,但它毕竟说明了情迁感会的审美效应是难以估量的这个特点。

情迁感会主要在想象中进行。文本的表面形态只是一些语义符号,它本身是僵死的。只有当接受者联类比物,充分运用想象能力体味作品的审美意象时,作品的语言才会活起来,作品的人、事、情、景也才有了生气。没有接受者的想象,再美的作品也只是一堆符号而已。披文入情不能离开作品的字、词、句、章,必须依循字面符号所传达的表层意义去感悟作者隐蕴在深层结构中的情趣、意志和思想。此可谓"入乎其内";情迁感会则不一样,它是一种特殊的认同过程。与一般的认同过程不同的是,它对别人感受的情绪的反映是在想象中而不是在逻辑推理中完成的,故有心理上的不满足感。然而,正是这种心理上的不满足感增强了作品的可塑性和不确定性,从而给接受主体提供了再创造的机会,使接受主体驱遣自己的想象力在作品的不定点即隐秀处进行再创造。此可谓"出乎其外"。在前一过程中,审美者所得到的是感知后的心理满足;而在后一阶段中,审美者所得到的是除认同上的满足外还有再创造所带来的自我价值的实现感。

如果说想象力的驱遣是情迁感会的必要条件,意境的形成则是情迁感会的心理标志。从接受的角度看,意境是接受者的一种审美感受,也是衡量接受主体审美能力的一个内在尺度。意境不可能在披文入情和涵泳玩味这两个过程中形成,只有可能在情迁感会中产生。因为接受者在这个阶段中,"八极可围于寸眸,万物可齐于一朝"①。想象中的艺术时空无比恢宏、无比遥深,因而更富魅力。接受者可以根据自己的个性修养在作品提供的基础上去补充、修正作者未完成的和已完成的艺术时空,去捕捉作品的韵外之致和味外之旨,从而由物我同一达成物我两

① 《文选》卷六,左思:《魏都赋》。

忘,进入作品的艺术境域,发现连作者本人都未发现的艺术精髓。古代的审美接受家对情迁感会的这个特点做出了高高的概括:“作者之用心未必然,而读者之用心何必不然。”①受者所理解的世界已经不是作者创作出的世界了。每个接受主体的心里都有一种在经验中形成的解释结构。在这种解释结构的作用下,作品的审美特征才有可能转化为审美者的审美感受。所以我们可以这样说,谭献提出的“作者之用心未必然,而读者之用心何必不然”的命题在接受过程中具有普遍意义,堪称接受思想中的“极值原理”。值得一提的是,接受主体所获得的关于意境的审美享受大都是心照不宣,含而不露,即便传达出来,也是运用直观的理性主义的思维方式以高度浓缩的语言作随笔性或蜻蜓点水式的经验性表述,因而使这种表述带有十分显著的个性色彩,使美感出现差异性。这正是接下去我们所要继续探讨的问题。

四、见仁见智

审美接受是伴随一系列生理和心理变化过程的以单向或双向形式进行联络的信息沟通。审美接受主要是以单向联络的形式进行。除了在间接交往(对作品的独立接受)的同时伴随着直接交往(与作者或其他接受者的交流)外,审美接受几乎没有什么反馈联系。“每个人所领略到的境域都是性格、情趣和经验的返照,而性格、情趣和经验是彼此不同的。”②这是接受中最为普遍的现象,即接受的个体差异性——仁者见仁、智者见智。

古代的文艺思想家和接受思想家很早就注意到接受的个体差异性。《易》已有“仁者见之谓之仁、智者见之谓之智”③的说法。孔子从人的社会属性与物的自然属性相统一的角度提出“智者乐水,仁者乐山”④的君子比德说。他认为自然事物的某些审美特征与人的某些精神气质有着一致的地方,所以精神气质不相同的人对不同的自然美景看法不同。据《尚书大传》卷六载,子张曰:“仁者何乐于山也?”孔子曰:“夫山,草木生焉,鸟兽蕃焉,财用殖焉,生财用而无私为,四方皆伐焉,每无私予焉。出云雨以通乎天地之间,阴阳和合,雨露之泽,万物以成,百姓以飨。此仁者乐于山者也。”又据《说苑·杂言》载,子贡问曰:“君子见大水必观焉,

---

① 《文选》卷六,左思:《魏都赋》。
② 朱光潜:《诗论》。
③ 《周易·系辞上》。
④ 《论语·雍也》。

何也?”孔子曰:“夫水者,君子比德焉:遍予而无私,似德;所及者生,似仁;其流卑下,句倨皆循其理,似义;浅者流行,深者不测,似智;其赴百仞之谷不疑,似勇;绵弱而微达,似察;受恶不让,似包蒙;不清以人,鲜洁以出,似善化;至量必平,似正;盈不求概,似度;其万折必东,似意。是以君子见大水,观焉尔也。”在孔子心目中,山与水简直就是人的化身。他的这些话虽然指对自然美的接受,但其中包含有审美接受的个体差异性,其精神实质也适用于审美接受。这种仁者见仁,智者见智的观点对审美接受有着直接的影响。每个人的个性修养不同,性情爱好不同,知识水平与生活环境不同,因此在审美接受中总是表现出强烈的差异性。正如曹子建所说:“人各有好尚,兰茝荪蕙之芳,众人所好,而海畔有逐臭之夫。咸池六茎之发,众人所共乐,而墨翟有非之之论,岂可同哉!”①曹子建认为评鉴文章而出现的差异性在于人的好尚不同。人人都以香花为美,而海畔却有愿意与臭夫形影不离的人;《咸池》《六茎》是大家都喜爱的黄帝和颛顼所做的音乐,但墨子却对之进行非论。这是由个人的爱好决定的。而在审美接受中,也就不可能不出现差异性。

较为完整的论述接受主体的个体差异性的理论家是刘勰。首先,刘勰提出“见异为知音”②的观点。他认为接受的魅力和最高境域就在差异性。艺术创造的生命力在于独创,艺术接受的生命力也在独创。每个人本身就是一个独立的世界,他所接受到的艺术真谛就是自己内心本质力量的外化。唯有发前人所未发,从自己的独特个性出发,方可深入到接受对象的微妙之处。“夫惟深识鉴奥,必欢然内怿,譬春台之熙众人,乐饵之止过客”③,这是具有独特接受力的接受主体所必然会获得的审美愉悦。刘勰的“见异为知音”的观点影响非常深远。宋代陆游进而提出接受者应有“具眼”的看法:“万卷虽多当具眼,一言惟恕可铭膺。”④所谓“具眼”,明代的李东阳认为是接受者独自高明的鉴别力。他说:“诗必有具眼,亦必有具耳,眼主格,耳主声,闻琴断,知为第几弦,此具耳也;月下隔窗辨五色线,此具眼也。”⑤清代的叶燮说得更为清楚:“夫人以著作自命,将进退古人,次第前哲,必具有只眼,而后泰然有自居之地。”⑥“具眼”“只眼”都说明接受贵在独创,贵在

---

① 《文选》卷四二,《与扬德祖书》。

② 《文心雕龙·知音》。

③ 《文心雕龙·知音》。

④ 《剑南诗稿》卷五五,《冬夜对书卷有感》。

⑤ 《怀麓堂诗话》。

⑥ 《原诗·内篇下》。

"见异",也就是说,贵在发掘出接受对象独特的审美意蕴和审美特征,从而给社会提供独立的信息,而有价值的信息或能成为整个社会总信息量的一部分的信息,必须是独立的信息,因为"只有独立的信息才能近似地相加"①从这个意义上说,刘勰的"见异为知音"的观点具有超越历史的意义。

其次,刘勰指出了接受差异性的根本原因在于人的性格和年龄的差别。他说:"凡童少者鉴浅而志盛。长艾识坚而气衰,志盛者思锐以胜劳,气衰者虑密以伤神,斯实中人之常资,岁时之大较也。"②他认为,青年人和老年人由于年龄、气质的不同而在接受识别力上也就必然有所不同。青年人志气旺盛但鉴识短浅、老年人能深识鉴奥但却容易伤于慎密,也就是说,无论老年人、青年人都存在着差异性。因此,当他们面对同一个对象时,总会产生两种迥然不同的接受态度。同是一个接受对象,但他们各自从中所得到的审美快感却不尽相同。例如对待《离骚》,"才高者苑其鸿裁,中巧者猎其艳辞,吟讽者言其山川,童蒙者拾其香草"③。才力敏捷的人从《离骚》中接受到的是鸿篇巨制,文思巧妙的人从《离骚》中接受到的是绮文丽藻,喜欢诵读的人从《离骚》中接受到的是山川风物,而年纪较小的人仅从《离骚》中识得香草美物,却不知《离骚》中的香草美物是贤臣哲人的喻体。同时,刘勰还认为人的性格也是造成接受差异性的原因:"智多偏好,人莫圆该。慷慨者逆声而击节,蕴藉者见密而高蹈,浮慧者观绮而跃心,爱奇者闻诡而惊听。会己则嗟讽,异我则沮弃。"④人的性情好尚各有所偏,不可能面面俱到。性情慷慨的人喜欢击节赞赏激越的作品;性格内向、涵养深沉的人喜欢接受含蓄细腻的作品;浮巧聪慧的人见到绮丽之文就欢欣;爱搜奇问怪的人听到奇文就惊叹不已。迎合自己口味的作品便赞叹诵读,不合自己口味的则舍弃不理。如果就批评而言,这显然是不可取的。"评者,所以绳理也。"⑤文艺批评是在接受与欣赏的基础上对作品进行客观地冷静地分析。尽管这种批评不可避免地会带上批评者的主体意识,但它本质上规定的是理性色彩,即是说主要以理服人。批评家的任务就是要将一切好的或坏的作品揭示给社会公众,从而帮助接受者正确鉴别接受对象和引导创作者力求创作出优秀的作品、摈弃低劣的作品。但是,如果就接受而言,

① 维纳:《维纳著作选·人当作人来使用》,上海译文出版社 1978 年版,第 106 页。
② 《文心雕龙·养气》。
③ 《文心雕龙·辩骚》。
④ 《文心雕龙·知音》。
⑤ 《刘子·正赏》。

这种种不同的接受态度必定有着合理的成分。“赏者,所以辨情也”①。审美接受主要依据接受者的情感体验来进行,带有浓厚的个体性。它允许而且应该根据接受者的兴趣爱好对文本进行取舍。唯其如此,审美接受才有存在的价值。清人王夫之以谢安接受《毛诗》和齐、鲁、韩、毛四家对《关雎》的不同解释为例说明了接受差异性的道理。《姜斋诗话》卷一《诗绎》载:“作者用一致之思,读者各以其情而自得。故《关雎》,兴也;康王晏朝,而即为冰鉴。‘讦谟定命,远猷辰告’,观也;谢安欣赏,增其遐心。人情之游也无涯,而各以其情遇,斯所贵于有诗。”《毛诗序》认为《关雎》是颂扬后妃之美德的诗,又说:“《关雎》乐得淑女以配君子,忧(一作“爱”)在进贤,不淫其色,哀窈窕,思贤才,而无伤善之心焉。是《关雎》之义也。”然而,齐、鲁、韩三家却以为《关雎》是讽刺周康王政治衰败之诗。《后汉书·皇后纪》说:“康王晚朝,《关雎》作讽。”注引《鲁诗》:“后夫人鸣佩玉去君所,周康王后不然,故诗人叹而伤之。”于此可见,齐、鲁、韩、毛四家(鲁诗有二说)对《关雎》的理解各不相同。王夫之引这件事是想说明诗的美刺功能是随着接受者的不同而产生不同作用的。“讦谟定命,远猷辰告”是《诗·大雅·抑》中的第二章,全诗是这样的:“无竞维人,四方其训之。有觉德行,四国顺之。讦谟定命,远猷辰告。”诗的意思是说统治者应该怎样治理国家,从中可考见政治得失。而东晋名相谢安特别喜欢这两句,认为它“偏有雅人深致”②。以之区别于谢玄所认为的《毛诗》中的最佳诗句:“昔我往矣,杨柳依依;今我来思,雨雪霏霏。”王夫之引此接受例子,试图说明接受者在接受时应“各以其情而自得”。王夫之在这里揭示的审美接受中的客观规律十分深刻。这与西谚“一千个读者有一千个哈姆莱特”的说法有着相似之处。同是一个哈姆莱特,歌德认为他是一个没有行动力量、不能担负伟大重任的小人;柯尔律治认为他是一个像哲学家那样耽于沉思和幻想的人;弗洛伊德则认为他是俄狄浦斯情结的表现者;然而,在逻辑实证主义哲学家赖欣巴哈的眼中,哈姆莱特却是一位思维缜密、严格按照逻辑推理来行动的哲学家。同是一个屈原,司马迁和班固的看法截然相反。司马迁“读《离骚》《天问》《招魂》《哀郢》,悲其志。适长沙,观屈原所自沉渊,未尝不垂涕,想见其为人。”他认为:“屈原之作《离骚》,盖自怨生也。《国风》好色而不淫,《小雅》怨诽而不乱。若《离骚》者,可

① 《刘子·正赏》。
② 《世说新语·文学》。

谓兼之矣。"①从《离骚》可以看出屈原的人品很高洁,"虽与日月争光可也"。但班固则以为屈原"露才扬己",其《离骚》所言"皆非法度之政,经义所载,谓之兼《诗》风雅而与日月争光,过矣"②! 两个都是伟大的史学家,生活的年代也比较相近,然而在接受同一对象时却产生这样大的差距。

同是一个李白,在欧阳修、黄庭坚、王安石三人的心目中却有着完全不同的看法。欧阳修喜欢李白的诗,对之推崇备至,称其:"'清风朗月不用一钱买,玉山自倒非人推。'之诗,此等句虽奇逸,然在太白诗中,特其浅浅者。鲁直云:'太白诗与汉、魏乐府争衡。'此语乃真知太白者。王介甫云:'白诗多说妇人,识见污下。'介甫之论过矣。孔子删诗,三百零五篇说妇人者过半,岂可亦谓之识见污下耶?"③欧、王、黄三人同是北宋大文豪,接受中的差异性表现得很充分,他们对李白的看法显然是他们"各以其情而自得"的结果。

"各以其情而自得"指的是不同的接受主体对同一接受对象所产生的差异性。在同一接受主体身上也会因时间、地点、心情的不同而对同一对象产生出不同的接受结果。同是一首诗或一部小说,少年时读它和青年,中年、老年时读它,感受不一样;有时甚至今天读它接受到的东西和明天读它接受到的东西也不一样。这是什么原因呢? 荀子把其中的道理讲得很清楚:"心忧恐则口衔刍豢而不知其味,耳听钟鼓而不知其声,目视黼黻而不知其状,轻暖平簟而体不知其安。故享万物之美而不能嗛也,假而得问(间)而嗛之则不能离也。故享万物之美而盛忧。"④这就是说,人在忧惧焦虑的时候是不可能品尝到佳肴美味的,也不会欣赏到悦人耳目的音乐和美丽的花纹。换句话说,审美接受需要一定的审美心态,心态不佳,接受作品的美感特征时是不可能获得美的快感的。即使暂时获得一点愉快,而其不愉快的部分仍然存在。《吕氏春秋》进而提出"适乐"的观点,将荀子的看法作了发挥:"耳之情欲声,心不乐,五音在前不听。目之情欲色,心弗乐,五色在前不视,鼻之情欲芳香,心弗乐,芳香在前弗嗅。口之情欲滋味,心弗乐,五味在前弗食。欲之者,耳、目、鼻、口也。乐之弗乐者,心也,心必平和然后乐。心必乐,然后耳、目、鼻、口有以欲之。故乐之务于和心,和心在于行适。"⑤人有各种感觉上的生理

① 《史记·屈原贾生列传》。

② 《离骚序》。

③ 张戒:《岁寒堂诗话》。

④ 《荀子·正名》。

⑤ 《适乐》。

欲求，这是必然的、不可更易的天生欲望。但人之所以为人，正在于这些生理欲求是受制于人的心理欲求的。审美接受虽然由生理欲求和心理欲求两部分组成，但生理欲求仅仅是次要的部分，起主导作用的或者说起决定作用的是人的心理欲求。当人的心态不同，对同一对象所得到的美感就不同。只有平和的心态才会得到美的享受。这就是《吕氏春秋》这段话的主要意思。荀子和《吕氏春秋》的作者的这种观点实质上已接触到审美接受中的审美心理机制问题，为文艺审美接受思想的发展拓开了一片新的领域。他们的这些论述与马克思所说的“焦虑不堪的穷人甚至对最美的景色也没有感觉”①在表述上有某些相同之处。当然，马克思主要是从政治经济学的角度来剖析审美心理机制的，这是荀子和《吕氏春秋》的作者所无法比拟的。

值得指出的是，“各以其情而自得”是指接受主体按照自己的审美趣味对文本进行选择和接受，从而满足自己精神世界的高层次需要，这与任意断章取义有本质的区别。承认审美接受的差异性标志着文艺审美接受思想的成熟。它表明随着文艺美学的自觉和独立时代的到来，人们不仅对文艺美学内部固有的创作规律有所认识，而且对审美接受的一般规律也有所了解。如果说，重视音律的和谐、辞藻的绮丽和对仗的精工标志着文艺美学独立于玄学、史学和经学的话，那么肯定接受的差异性则说明文艺审美接受思想已经走出一般认识规律而宣告独立；其理论形态也从描述期进入分析期，从强调审美接受的社会功利性进入肯定审美接受的审美感受性，从用一般化的伦理道德规范来制约接受主体转变为承认接受主体的审美个性，这是具有深远影响的转变。这时的审美接受思想不但对接受实践有所指导，而且对审美创作也起着不可忽视的作用。审美创作与审美接受是密不可分的，一定的审美接受活动和审美接受思想有时会给审美创作带来某种推动作用，甚至还可以促使新的文艺美学流派的产生。在中国传统文艺美学思想发展史特别是诗歌艺术发展史上产生了巨大作用的“永明体”的创立即是一例。文艺美学独立之后，文人的地位随之提高，文士集团也随之产生。偏安江南的齐梁文人身处相对来说太平无事的社会，生活在秀丽的自然环境之中，使他们的审美创作和审美接受活动得到了一个安静的环境。再加上统治者的提倡和鼓励，齐梁文艺美学呈现出一派空前繁荣的景象。在这样的氛围中，文人们既可以相聚一处吟诗

① 《马克思恩格斯论艺术》第1卷，人民文学出版社1960年版，第205页。

作赋,也可以相互评赏,“随其嗜欲,商榷不同,淄渑并泛,朱紫相夺,喧议竞起”①。这在客观上给新的审美创作手法的产生和新的文艺美学流派的形成带来了推动力。“永明末,盛为文章。吴兴沈约、陈郡谢朓、琅邪王融,以气类相推毂,汝南周颙善识声韵,约等为文皆用宫商,以平上去入为四声,以此制韵,不可增减,世呼为‘永明体’”②。这样一种新的以诗歌艺术的规定性为主要特征的文艺美学流派的产生,显然是和新的审美接受思想的形成有着一定的关系的。“情用赏为美”③。事物的美丑是与人的主观认识分不开的,只要能引起人的赞叹和接受的事物就是美的:“是以一世之士,各相慕习,原其风流所始,莫不同祖《风》《骚》。徒以赏好异情,故意制相诡。”④沈约这段话把审美接受的差异性与审美创作的关系阐释得比较清楚。“意制相诡”来源于“赏好异情”,这是审美创作中的一种较为普遍的现象。

隋唐之后,审美创作日益繁荣,各种风格流派、各类文艺美学体裁日益丰富,审美接受的差异性也越来越受到中国传统文艺美学思想家或创作者和接受者的重视。特别在明清时期,由于注重个体道德的社会思潮日占上风,故仁者见仁、智者见智的接受方法一时成了文坛上的惯例。金圣叹认为:“《西厢记》断断不是淫书,断断是妙文。今后若有人说是妙文,有人说是淫书,圣叹都不与做理会。文者见之谓之文,淫者见之谓之淫耳。”⑤陈廷焯也说:“风诗三百,用意各有所在,仁者见之谓之仁,智者见之谓之智,故能感发人之性情。后人强事臆测,系以比、兴、赋之名,诗义转晦。”⑥梁启超融贯中西文艺美学思想而提出“心境”说。他在《自由书·惟心》中指出:“仁者见之谓之仁,智者见之谓之智,忧者见之谓之忧,乐者见之谓之乐,吾之所见者,即吾所受之境之真实相也。故曰:‘惟心之所造境为真实。’”⑦这种重视接受中的差异性的观点一直传承到鲁迅先生那里,鲁迅先生以《红楼梦》为例详细地论述了接受主体的差异性。⑧

必须指出,差异性应该不是绝对的。个性成熟离不开一定的社会因素,而社

① 《诗品序》。
② 《南齐书·陆厥传》。
③ 谢灵运:《从斤竹涧越岭溪行》。
④ 《宋书·谢灵运传论》。
⑤ 《读第六才子书〈西厢记〉法之二》。
⑥ 《白雨斋词话》。
⑦ 《饮冰室文集》卷二。
⑧ 《〈绛洞花主〉小引》。

会因素具有历史性、民族性和阶级性，也就是说，个体不能离开群体而生活，人总是在一定的社会历史条件下生活在具有民族性和阶级性的一定的群体之中。因此，作为这个特定的群体中的一员的接受者必然会染上这个群体的色彩，从而在审美接受中有意识地或无意识地表现出与这个群体相一致的倾向和爱好。在这个意义上说，差异性即含有一致性。另一方面，由于某些杰出的文艺美学家在自己的作品中反映了人类战胜自然的必然性和揭示了（无论这种揭示是有意识地还是无意识地）人类社会发展的规律，因此，这些作品具有“永恒的魅力”，而受到不同时代、不同国度和不同民族以致不同信仰的接受者的喜爱，从而在接受中表现出一致性。

应该说，差异性是有条件的，而一致性则是无条件的，二者的对立统一促进了审美接受思想的不断发展。披文入情、涵泳玩味、情迁感会和见仁见智这四个接受命题的产生并非一时一人，所以从表面看，它们没有什么必然联系。不过，当我们将其置于整个文艺审美接受思想的背景上考察时，不难看出它们内在的逻辑关系。披文入情是涵泳玩味的必要条件，情迁感会是涵泳玩味的深入发展，见仁见智则是情迁感会的必然结果。当然，这仅是就审美接受的一般规律而言，在具体的接受中，这四个程序系统的排列往往是不明显的，或者说是无序的，有时还会出现由于接受者修养的不同而相互颠倒的情况。这已经涉及到接受者的修养问题。

第四节　审美接受者的智能构成

如上所言，审美接受是审美者运用自己的审美能力对文本进行感知、体验、玩味和创造的过程。在这个审美过程中，接受者的修养发挥着至关重要的作用。“如果你想得到艺术的享受，你本身就必须是一个有艺术修养的人。”①没有接受修养就不会有审美感受，接受者修养水平的高低决定着接受的美感程度的高低。在古典审美接受思想中，所谓接受者的修养一般是指接受主体伦理道德、专门知识和一般知识的修养。文艺美学思想家认为，接受修养中最主要的是伦理道德方面的修养。这是与古典审美接受的性质密切相关的。但是，接受修养也并不是一成不变的。它随着社会意识和审美意识的发展变化而不断改变，也就是说，接受

① 马克思：《1844年经济学哲学手稿》，人民出版社2000年版。

者的审美尺度是随着社会的审美意识的变化而变化。因此,这三个方面的修养在不同的历史时代各自的重心不一样。相对来说,魏晋之前以伦理道德修养为主要标准。所谓接受者的修养主要是指接受主体是否具备以伦理纲常的一套道德标准去接受文本的能力。魏晋之后,随着文艺美学的独立,对接受者修养的要求也更加复杂,但衡量一个人是否具备接受作品的审美能力的尺度则主要看他有无关于文学艺术的专门知识和一般知识。现分别论述这三个方面的修养。

一、伦理道德的修养

与西方相比较,中国传统文艺美学思想绵延发展从未中断,在漫长的文艺美学发展史上,不同阶段的文艺审美创作,其性质是不同的。与此相应,对接受者的修养要求也不一样。汉以前的文艺美学与哲学、史学和经学相互混杂,文艺美学是政治伦理、外交军事上的一种工具,审美接受只是完善个体人格以从事政治伦理、外交军事活动的一个途径。因此,对接受者修养的要求侧重于伦理道德方面。具体说来,衡量接受者修养的尺度主要是“以事证诗”或“以诗证事”的能力,这在孔子与他的弟子的诗论中可以找到比较典型的例子。

> 子贡曰:“贫而无谄,富而无骄,何如?”子曰:“可也,未若贫而乐,富而好礼者也。”子贡曰:“《诗》云:‘如切如磋,如琢如磨。’其斯之谓与?”子曰:“赐也,始可与言《诗》已矣,告诸往而知来者。”①

子贡以为一个人只要做到贫贱而不谄媚、富贵而不骄奢就可以成为仁人君子。他问孔子,像这样的人德行如何。当时子贡富有,无心于学,所以这样问,意思是想说富贵不骄奢即是美德。孔子循循善诱,有意抑止他,便告诉子贡,这并非美德,不如贫贱不忧而乐善自修、富贵不骄而好礼崇德的人。子贡意识到这是老师在勉励教育自己,他马上引《诗·卫风·淇奥》中的诗句“如切如磋,如琢如磨”来证实老师的话。这两句诗是礼赞周武公的美德的,说他本身已有很好的修养,又能听取别人的规劝来以礼自修。子贡引此,也表明他应坚持学习、以礼自修的态度。孔子很高兴,直呼其名,认为子贡“因事及诗”,从伦理修养的角度体悟到了“如切如磋,如琢如磨”的诗味,具备了言诗也就是接受诗歌的资格。《论语·八

① 《论语·学而》。

佾》又载：

> 子夏问曰："'巧笑倩兮，美目盼兮，素以为绚兮。'何谓也？"子曰："绘事后素。"(子夏)曰："礼后乎？"子曰："起予者商也：始可与言《诗》已矣。"

子夏读《诗》至《卫风·硕人》中的这几句诗，不明其旨，便问孔子。孔子以绘画先布施众色，然后以素色分布其间使它纹彩绚丽比喻美女虽有倩盼美姿也须以礼自修。子夏闻听老师之言，立即解悟到"绘事后素"的意旨，知道了以素喻礼的含义，便说"礼后乎？"由于子夏"因诗及事"，能够从伦理道德仁义修养的角度发挥阐释孔子言诗的思想，所以孔子认为他具备了接受诗歌的起码条件。子贡和子夏这种"因事及诗"和"因诗及事"的做法实际上是一种有目的的接受。在以礼治为中心的先秦时代，这样的接受方法成为普遍的法则。所以在孔子的心目中，只要能从伦理道德的角度对诗歌进行接受就算是具备了接受诗歌的条件。换句话说，对接受者修养的要求是以伦理道德上的修养为主的。这在孟子的思想中表现得更为突出：

> (孟子)曰："我知言，我善养吾浩然之气。"(公孙丑)曰："敢问何谓浩然之气？"曰："难言也。其为气也，配义与道，无是馁也。是集义所生者，非义袭而取之也。行有不慊于心，则馁矣。"①

赵岐认为，孟子说的"知言"是表明他自己"闻人言能知其情所趋"，也就是说，孟子能通过对方的言辞接受到它所传达的情绪和旨意。孟子的"知言"，是善养浩然之气的结果。而孟子的"气"，是以义为根本、与道相配合的。而且要一贯做着合乎仁义礼智信的事而问心无愧，才能在自己身上培养出"至大至刚"的正气，也才有可能做到"知言"。这实际上是要求接受者在伦理道德上坚持不懈地完善自己。没有"集义所生"的"浩然之气"，不可能做到"诐辞知其所蔽，淫辞知其所陷，邪辞知其所离，遁辞知其所穷"。朱熹《集注》解释说："诐，偏陂也。淫，放荡也。邪，邪僻也。遁，逃避也。蔽，遮隔也。陷，沉溺也。离，叛去也。穷，困屈

---

① 见《孟子·公孙丑上》。朱熹《集注》解释云："浩然，盛大流行之貌。气，即所谓体之充者。养气，则有以配天道义，而于天下之事无所惧。"

也。”这就是说，在孟子看来，一个不具备仁义礼智信的人是不可能进行接受的。所以，孟子“知言养气”说的实质还是强调接受者在伦理道德上的修养。

《乐记》较为全面地发挥了孔子和孟子的接受观点。《乐记》认为：“凡音者，生于人心者也。乐者，通伦理者也。是故知声而不知音者，禽兽是也。知音而不知乐者，众庶是也；唯君子为能知乐。是故审声以知音，审音以知乐，审乐以知政，而治道备矣。是故不知声者，不可与言音，不知音者，不可与言乐，知乐则几于礼矣。”从这里可以看出，首先，《乐记》认为具备接受表现人物内心情绪的乐音的能力是人与动物的重要区别。动物也懂得声音，但不懂得乐音。知音是人所独有的功能，非人是只知声而不知（乐）音的。在儒家看来，音乐与政治伦理、社会兴衰密切相关。“治世之音安以乐，其政和；乱世之音怨以怒，其政乖，亡国之音哀以思，其民困。”①知音，即审美接受主体对音乐所表现的带有浓厚政治伦理色彩的内容的理解，并非只是对音乐旋律、节奏、音色等方面的认识和接受。这是与古希腊哲人对音乐的认识迥然不同的。其次，《乐记》认为接受水平的差距是衡量众庶与君子的尺度。如果抛开《乐记》作者的阶级偏见来看，这实际上说明了伦理道德上的修养对接受力的重要影响。“乐”是比较高雅的音乐，为“六艺”之一。它是儒家作为完善个体人格必不可少的条件之一。接受与欣赏音乐，除了必须具备专门的知识、受到专门的训练外，还必须加强伦理道德上的修养。因为“乐”是“通伦理”的，与伦理道德有很直接的关系。“知乐则知政之得失，知政之得失则能正君臣民事物，故云知乐则几（近）于礼矣。”②懂得音乐便能知道治乱兴衰之理，知道治乱兴衰之理则能成为统治天下的人，所以说懂得乐理的人与懂得礼教是几乎相同的。然而，能具备这种接受修养的人只有贵族子弟和仁人君子，平民百姓是没有这些修养的。所以“不知音者，不可与言乐”。《乐记》的这种观点与《淮南子》所谓的“六律具存，而莫能听者，无师旷之耳也”③是同一个意思。它们都认为没有相应的审美能力就不可能接受艺术作品。他们都发现了审美接受中具有普遍意义的规律，即接受主体必须达到一定的修养水平才能对接受对象进行审美接受。

二、专门知识的修养

审美接受属于较高层次的精神享受，它的对象是属于社会文化的精致文化中

---

① 《毛诗序》。

② 《毛诗正义》卷首，郑玄：《诗谱序》，孔颖达：《疏》文。

③ 《淮南子·泰族训》。

的一部分。因此,审美接受需要接受主体具备一定的专门知识的修养。“每种艺术作品都属于它的时代和它的民族,各有特殊环境,依存于特殊的历史的和其他的观念和目的,因此,艺术方面的博学所需要的不仅是渊博的历史知识,而且是很专门的知识,因为艺术作品的个性是与特殊情境联系着的,要有专门知识才能了解它,阐明它。”①而在文艺美学中较早意识到这种关系的是宋玉。宋玉在《对楚王问》中说:“客有歌于郢中者,其始曰《下里巴人》,国中属而和者数千人;其为《阳阿薤露》,国中属而和者数百人;其为《阳春白雪》,国中属而和者不过数十人;引商刻羽,杂以流徵,国中属而和者不过数人而已。是其曲弥高,其和弥寡。”②“曲高和寡”,这的确是接受思想中的重要命题,它说明了专门知识的修养在接受中起着决定性的作用。不过,在魏晋之前,专门知识的修养远不如伦理道德的修养那样重要。魏晋之后,挣脱了经学桎梏的文艺美学逐渐独立于史学和哲学,从附庸蔚为大国。随着对创作者的素质的要求不断提高,对接受者的修养的要求也不断改变。接受者除了必须具备一般的伦理道德上的修养外,还要掌握专门的知识。沈约说:“夫五色相宣,八音协畅,由乎玄黄律吕,各适物宜。欲使宫羽相变,低昂互节,若前有浮声,则后须切响。一简之内,音谐尽殊;两句之中,轻重悉异。妙达此旨,始可言文。”③“妙达此旨”的“旨”说的是汉语特有的声韵规律在文学艺术特别是诗歌艺术中的运用,即沈约等人所创的“四声八病”说一类的规则。在六朝,一个不辨音韵、声律,不识山水之趣的人是不配做文人的。孙绰讽刺卫君长说:“此子神情都不关山水,而能作文?”④但一个不懂音韵声律的人即使具有正统的道德伦理修养,具有考证故实、鉴别辞藻和识得山水之趣的能力也还不能算是一个接受者。唯有通晓诗歌音韵声律规则的人才能算得上是创作者的知音。梁代大文豪沈约位居尚书令时,虽然名位很隆重,但他生活居处很俭素。他曾在建康附近的东山脚下修了一座住宅,于此可瞩望郊野风光。他并以此为题作了一首描写郊居乐趣的赋,名为《郊居赋》。他曾把《郊居赋》的草稿拿给颇通音韵甚至作诗能用“强韵” (一种生僻少用的诗韵)的王筠看。当王筠读至“雌霓(五的反)连蜷”时,沈约不禁高兴得拍手欢笑说:“仆常恐人读为霓(五兮反)。”王筠读至及“冰悬坎而带坻”时,他自己也不由得“击节称赞”。沈约很有感触地对他说:

① 黑格尔:《美学》第1卷,商务印书馆1997年版,第19页。

② 《文选》卷四五。

③ 《宋书·谢灵运传论》。

④ 《世说新语·赏誉》。

“知音者希，真赏殆绝，所以相要，正在此数句耳。”①齐梁时代，文人辈出，沈约却谓“知音者希，真赏殆绝”。由此可见具有专门知识的修养在审美接受中的作用和地位是何等的重要。

对接受者需具备专门知识这个问题，隋唐之际的陆法言说得更为明白：“欲广文路，自可清浊皆通，若赏知音，即须轻重有异。”②陆法言身当中国南北文化大一统之世，发挥了沈约的声律说，对审美接受者提出了更高的要求。这种要求对古典审美接受思想的发展起着很大的推动作用。中唐以后，以发端于西晋陆机“遗味”说为主要内核的审美接受思想有了突破性的发展。盛唐诗歌的繁荣造就了一大批高明的接受家，也给中国传统文艺美学思想家提出了新的任务。司空图在前辈的接受思想的基础上，总结了初盛唐乃至以前的诗歌创作经验和接受实践，提出了著名的“二十四诗品”，并在接受者专门知识的修养这个问题上鲜明地指出：“辨于味，而后可以言诗也。”③也就是说，接受者必须具有敏捷的审美感受力和再创造的能力才可以说是具备了了解作品“韵外之致、味外之旨”的资格。如果说孔子称子贡、子夏“始可与言诗已矣”主要是就作品思想内容方面的接受而言，那么沈约所谓的“妙达此旨，始可言文”则主要是指作品的艺术形式方面的接受而言。但是，司空图却把这两个方面结合起来，从作品的思想内容和艺术形式所构成的审美意象上进行考察，把握到了审美接受中接受主体与接受对象之间的审美关系，从而提出“辨于味，而后可以言诗也”的命题。

专门知识的修养还包括敏捷力的锻炼。敏捷力是构成审美接受能力的重要因素。有关某一接受对象的专门知识越丰富，其敏捷力也就越强。西方近现代文艺美学家甚至认为敏捷力即是接受力。狄德罗就曾说过，艺术接受力是“由于反复的经验而获得的敏捷性”④。中国古代的审美接受思想家很早就意识到敏捷性在审美接受中的重要性。刘勰比狄德罗早1200多年提出这个问题。他在《文心雕龙·知音》中指出，尽管审美接受中的知音很难遇合，文本的情感和思想也比较隐微，但是，正如音乐一样，文艺美学的知音和文本中的情感及思想都是所以被遇合和被接受到的。所以“心之照理，譬目之照形；目瞭则形无不分，心敏则理无不达。”只要接受者“心敏”即具有敏捷性，作品内在的情感和思想总是可以接受到

① 《南史》卷二十二，《王昙首传》附《王筠传》，《梁书》卷三十三，《王筠传》。

② 《切韵自序》，见《宋本广韵》。

③ 《与李生论诗书》。

④ 《绘画论》，载《文艺理论译丛》，1958年第4期。

的。刘勰的“心敏则理无不达”的观点比孔子“告诸往而知来者”和孟子“我知言，我善养吾浩然之气”的观点往前迈进了一大步。它在实质上接触到了审美接受灼心理机制问题。刘勰之后，许多中国传统文艺美学思想家都谈到过敏捷性的问题，并进一步提出“顿悟”“妙悟”和“胆识”的观点。叶燮认为“理、事、情”三者足以穷尽世界上万事万物的变化形态，形形色色，音声状貌都具备这三个要素。因此，创作者需具备“才、胆、识、力”四者才能使万事万物得到表现。如果一个人无胆识才力，“则理、事、情错陈于前，而浑然茫然，是非可否，妍蚩黑白，悉眩惑而不能辨”。就接受者而言，也必须有胆识才力，否则“眼光从无着处，腕力从无措处。即历代之诗，陈于前，何所抉择？何所适从？”“惟有识，则是非明，是非明则取舍定，不但不随世人脚跟，并亦不随古人脚跟，非薄古人为不足学也。”①诚然，叶燮这里论述的重点是在审美创作方面，但其中的道理也同样适合于审美接受。审美接受也是需要放开眼光进行选择和取舍的。面对浩如烟海的审美接受对象，很难设想一位没有胆识才力的接受者能够从中选择到情志高雅、趣味盎然和意境深远的作品，更不用说可以从中获得情感的净化、灵魂的震颤和审美的乐趣了。

三、一般知识的修养

审美创作是创作者直接经验和间接经验的形象化反映。审美接受同样离不开直接经验和间接经验的作用。我们把具备一定的直接经验和间接经验的修养称为一般知识的修养。一般知识的修养包括博览群书与生活体验两部分。

先说博览群书。桓谭说：“扬子云工于赋，王君大习兵器，余欲从二子学。子云曰：‘能读千赋则善赋。’君大曰：‘能观千剑则晓剑。’”②也就是说，要想真正成为某一门艺术的接受者，首先要对这门艺术进行反复的了解、观察，只有博观才能提高接受水平。“能读千首赋则善赋”虽然就创作而言，但也可用于审美接受。桓谭之后，曹植也论道：“盖有南威之容，乃可以论其淑媛，有龙泉之利，乃可以议其断。”③南威是古代的美女，龙泉是古代的宝剑名。曹植的意思是说，要想成为美的接受者，其本身必须具备相应的审美能力。在审美接受的修养中，几乎古今中外的文艺美学思想家都强调过接受主体和接受对象的知识同构问题。差不多与

① 《原诗·内篇》。

② 《新论·道赋》。

③ 《与杨德祖书》，《文选》卷四二。

曹植同时的新柏拉图派创始人普洛丁也认为:“本身不美也就看不见美,所以一切人都须先变成神圣的和美的,才能体味神和美。”①在中国,刘勰也提出:“凡操千曲而后晓声,观千剑而后识器;故圆照之象,务先博观。阅乔岳以形培塿,酌沧波以喻畎浍,无私于轻重,不偏于憎爱,然后能平理若衡,照辞若镜矣。”②只有会演奏上千个曲子的人才真正懂得音乐,观察了上千把剑后才会真正识得宝剑。而登上了高山的峰巅和绝顶才会更感到土堆的渺小,领略过沧海的浩瀚更知晓溪沟的浅陋。刘勰以这些事例说明接受者“务先博观”的重要性。如果没有博观作基础,便很可能在接受中产生偏见。而“偏嗜酸咸者,莫能知其味;用思有限者,不能得其神……若夫驰骋于诗论之中,周旋于传记之间,而以常情览巨异,以褊量测无涯,以至粗求至精,虽始自髫龀(童稚),讫于振素,犹不得也”③。不能接受到对象的滋味是因为眼光偏狭,趣味不广,不能得到对象的神韵是因接受者才思有限。如果以一般的情趣去接受那些鸿文奇章,以杯水测无涯,以至粗赏至精,必定一辈子也难以获得审美的快感。应该说,葛洪的这些观点在审美接受中是具有普遍意义的。

再说生活体验。除了闻博强记外,生活体验在接受中也有着不容忽视的作用。接受者不仅要积累间接经验而且还要积累丰富的生活知识,从生活中吸取接受养料。只有既具备丰厚的书本知识又具备广博的生活阅历的人,才有可能透彻地理解对象的意义。正如一个不辨音律的耳朵不懂音乐一样,一个目不识丁、脚不出户的人是不可能玩味诗文以陶醉其乐的。明代画家董其昌说:“古人诗语之妙,有不可与册子参者,唯当境方知之。长江两岸皆山,予以牙樯游行其中,望之地皆作金色。因忆水碧沙明之语。又自岳州顺流而下,绝无高山,至九江则匡庐突兀,出樯帆外。因忆孟襄阳所谓:‘挂席几千里,名都山来逢。泊舟浔阳郡,始见香炉峰。’真人语千载不可复直也。”④“唯当境方知之”的确道出实地体验在审美接受中的作用。洪亮吉之所以在接受岑参《走马州行奉送封大夫出师西征》一诗的意义上高出沈德潜、方东树二人,其缘由正在这里。岑诗云:“轮台九月风夜吼,一川碎石大如斗,随风满地石乱走……”沈从用韵的方法上去接受⑤,方从才气方

---

① 《西方美学家论美和美感》。

② 《文心雕龙·知音》。

③ 《抱朴子·尚博》。

④ 《画禅室随笔》。

⑤ 《唐诗别裁集》。

面去接受①,都不能鉴得真味。而洪亮吉由于亲身经历沙漠奇境,所以在对岑诗意境方面的领悟较沈、方两位真切。对此,他自己感慨说:“(余)尝以己未冬杪,谪戍出关,祁连雪山,日在马首,又昼夜行戈壁中,沙石吓人,没及髁膝,而后知岑诗‘一川碎石大如斗,随风满地石乱走’之奇而实确也,大抵读古人之诗,又必身亲其地,身历其险,而后则心惊魄动者,实由于耳闻目见得之,非妄语也。”②如果不“身亲其地,身历其险”,不但不会接受到对象的真味,还有可能闹出笑话,受人讥笑,所以说“心惊魄动者,实由于耳闻目见得之”。《西清诗话》记载了这样一件事:“欧公嘉祐中,见王荆公诗:‘黄昏风雨暝园林,残菊飘零满地金。’笑曰:‘百花尽落,独秋菊枝上枯耳。’因戏曰:‘秋英不比春花落,为报诗人仔细吟。’荆公闻之,曰:‘是岂不知《楚辞》夕餐秋菊之落英,欧九不学之过也。’”③(此一说为苏轼与王安石事,后苏轼亲历其地见菊花秋落后方知王安石诗的正确。)大文艺美学家兼接受家欧阳修的修养不可不谓渊博精深,但由于在接受中缺乏生活体验和书本知识,同样免不了被人奚落讽刺。

特别是接受那些艺术成就极其辉煌的诗人或文艺审美创作者的作品,更须扎实的书本知识和丰富的生活知识:“昔人云,不读万卷书,不行万里地,不可与言杜。今且于开元、天宝、至德、乾元、上元、宝应、广德、永泰、大历三十余年事势,胸中十分烂熟;再于吴、越、齐、赵、东西京、奉先、白水、鄜洲、凤祥、秦州、同谷、成都、蜀、绵、梓、阆、夔、江陵、潭、衡,公所至诸地面,以及安孽之幽蓟、肃宗之朔方、吐蕃之西域,洎其出没之松、维、邠、灵,藩镇之河北一带地形,胸中亦十分烂熟,则于公诗,亦思过半矣。”④当然,这是指理想值最高的审美接受而言。接受者不必也不可能事事处处与创作者同构,但它所包含的接受者需实地体验或全面掌握接受对象的历史文化背景、产生的时间、地点等才可能获得深切的审美体会的道理却具有普遍的指导意义。

注重生活知识的修养,不仅能更好地对文本进行审美接受,而且还可以弥补因书本知识的匮乏而带来的不足,同样可以使接受主体获得较高层次的美感。《资治通鉴》卷九十五载:“(石勒)虽不学,好使诸生读书而听之,时以其意论古今得失,闻者莫不悦。尝使人读《汉书》,闻郦食其劝立六国后,惊曰:‘此法当失,何

---

① 《昭昧詹言》。

② 《北江诗话》卷五。

③ 吴景旭:《历代诗话》。

④ 浦起龙:《读杜心解·发凡》。

以遂得天下?'及闻留侯谏,乃曰:'赖有此耳。'"石勒虽然没有满腹经书,但他有切身的体验,"包括二都,平荡八州"①的戎马生涯和政治斗争的经验使他具备了独特的接受修养,其表现在接受中的敏捷性非常人可比。当他听到郦食其劝汉高祖刘邦重新封立六国后代以解荥阳之围时,立刻意识到这是十分危险的谋略,有可能失去汉家天下。当听到张良的劝谏后,石勒立刻转惊为喜,对张良的胆识表示了由衷的赞赏。于此可见,生活知识的修养在审美接受中的重要性。高层次的精神享受和审美快感来自高水平的接受力和敏捷性,而高水平的接受力和敏捷性则来自直接知识和间接知识的积累,来源于生活实践和审美实践的锻炼,这是审美接受中的一个永恒的道理。

应该说,中国古代审美接受思想是一般审美接受思想中的一个重要组成部分。作为历史的产物,它本身有着特殊的理论价值和独特的理论形态。在审美接受的性质和作用上,中国古代审美接受思想注重审美接受的政治伦理作用和社会功利性;在审美接受的一般规律和过程上,中国古代审美接受思想注重以感性体悟的"味诗"说为中心,带有明显的直观理性主义的特点;在接受者的修养上,中国古代审美接受思想注重接受主体伦理道德方面的修养,其目的是使接受主体能把握到接受对象中的政治道德和思想情感。所有这些,与西方审美接受思想相比都表现出鲜明的民族特色,这是我们在学习和研究中国古代审美接受思想时应该注意的地方。

① 《资治通鉴》卷九十五。

第五章

传统批评之诗性言说及态度与方法

中国传统文艺美学思想传统意义上的汉语批评具有浓重的诗性特征，注重于对文本诗性的感悟，注重于对这种感悟的诗性传达，而并不着意于理论体系的建构和理性的逻辑的推演。如果说西方批评注重的是言说的稳定性、确定性和逻辑性，那么，中国传统文艺美学思想传统汉语批评则注重言说的心灵性、游移性、模糊性和点悟性，强调批评文本的张力和弹性，追求意在言外。这种传统文学批评的诗性言说方式应该是以老庄为首的道家美学思想在批评中的呈现。

第一节　传统批评之诗性言说及其美学渊源

的确，中国传统文艺美学思想传统意义上的汉语批评的言说方式与西方不同，具有浓重的诗性特征。即如有学者所指出的，传统文学批评家不仅用诗的精神和诗的性情识鉴品评文学作品，而且用诗的思维方式和诗的表达方式来呈现他们的品评结果，并最终形成具有诗性内质和外观的文学批评理论①。传统文学批评注重于对作品诗性的感悟，注重于对这种感悟的诗性传达，而并不着意于理论体系的建构和理性的逻辑的推演。如果说西方批评注重的是言说的稳定性、确定性和逻辑性，那么，中国传统文艺美学思想传统汉语批评则注重言说的心灵性、游移性、模糊性和点悟性。这种点悟直观，以诗性的方式体现时，是倾向于汉语言的诗意点悟性和亲历性。它以诗性言说的姿态强调批评文本的张力和弹性，追求意在言外。《周易·系辞上》因之释为“言不尽意”，认为“书不尽言，言不尽意”。老子则曾指出：“知者不言，言者不知。”又指出：“故常‘无’，欲以观其妙；常‘有’，

---

① 李建中：《中国传统文艺美学思想古文论诗性特征剖析》，载《学术月刊》，1998 年第 10 期。

欲以观其徼。”庄子则认为:“可以言论者,物之粗也;可以意致者,物之精也;言之所不能论,意之所不能察致者,不期精粗焉。”①当传统批评的直觉直观性及其对意在言外的推崇以诗性言说的方式体现时,则倾向于诗性呈现的空灵性和精粹性。它以“诗意点悟”的姿态向自然“还原”。这就是钟嵘所说的“文已尽而意有余”。这里所强调的是,用语言说出“在场者”,但其目的是让此“在场者”不仅指涉它自身,同时还指涉“不在场者”,并因此使之显现并“到场”。因此,可以说,传统文学批评的诗性言说方式应该是汉语人特有的言说方式和思想方式,应该是对以老庄为首的道家美学审美诉求的生动体现。

二

应该说,中国传统文艺美学思想传统文学批评是一种诗性言说,明显地异质于西方诗学话语。这表现在其言说的高弹性和其句法的自由性两个方面。传统文学批评重意会、重气韵、重兴象,具有极强的人文化和风格化的色彩。这些特征都必然而当然地吻合于传统文学批评诗性言说。即如法国当代思想家福柯在其《词与物》中所指出的,中国传统文艺美学思想“所使用的语言,它的句法,它对事物的称谓和命名,甚至该语言中联系词语的语法规律,都与我们已知的一切相左……言不及义,词不达意,语法从根本上被取消,我们的神话以及我们的语句中的抒情表达方式都将消解枯竭”②。传统文学批评的内在性、此岸性、意蕴性等诗性言说方式都与西方不同,其诗性言说的核心范畴味、神、韵、气、象等也是独特的。正由于此,所以德里达认为汉语批评的诗性言说是“所有逻各斯中心之外所发展起来的强有力的文明态势的明证”③。传统文学批评的诗性言说方式首先表现在其非逻辑形式结构之上,具体说来,则表现在汉语批评诗性言说的高弹性以及其启迪性、开放性等方面。汉语批评的诗性言说很难划分词类。比如“风、雅、颂、赋、比、兴”,在《周礼·春官·大师》所谓“大师教六诗:曰风,曰赋,曰比,曰兴,曰雅,曰颂”中为六种诗体。而在《毛诗序》中又作“六义”,其中,风、雅、颂,是指体例分类来说的;赋、比、兴,是就表现手法而言。关于赋、比、兴,宋代朱熹在《诗集传》中做了比较确切的解释:“赋者,敷陈其事而直言之也;比者,以彼物比此

---

① 《庄子·秋水》。

② 盛宁:《道与逻各斯的对话》,载《读书》,1993 年第 11 期。

③ 叶维廉:《语言与真实世界》,见《古代文学理论研究》(第 8 辑),上海古籍出版社 1983 年版,第 42 页。

物也;兴者,先言他物以引起所咏之词也。”而“风、雅、颂”中的“风”《毛诗序》中有这样的解释:“风,风也,教也;风以动之,教以化之”,“上以风化下,下以风刺上。”这同样一个“风”,有的是名词,有的则是动词,即感化、教化、讽谏等。在这里,一个基本词根,作名词、动词、形容词时,读音各不相同,同时字也各不相同。词性使用的随机性、滑动性可以说是传统文学批评诗性言说方式的第一个鲜明特征。正是在这个意义上,语言学家王力先生认为,“西洋的语言是法治的,中国传统文艺美学思想的语言是人治的”①。

传统文学批评诗性言说方式常常是隐喻性的,具有一种集体表象的朦胧的互渗性质。它们的内涵外延也常常是流动的、不确定的和发散式的。例如,在中国传统文艺美学思想古代,作为一种意指系统,“文”的含义极为丰富,就“形文”看,是采色交错,是杂多的统一,是纹理、花纹;就“人文”看,是文章、文辞、文字、文词、文采,是鼓乐,是表现形式,是法令条文,是社会与自然界的现象,是天文、地文、水文,是美,是善,是文德;同时,在中国传统文艺美学思想古人看来,“文”是生成而不是现成的,“文”是“与天地共生”,发生构成于纯粹的构成域“道”,可以说,“文”就是一种不确定形式,体现了一种发散式功能,展示了汉语的流动本性,这其中有自然之文,有人文之文,也有文学之文。纵观整个意义域,其中“文”的含义有:文化、文明、文学、天文、人文、文字、文采,等等。但在西方文学批评理论看来,这些“文”的横向连锁关系和纵向层次关系都是“相当混淆”的,因而也是缺乏逻辑性和体系性的。林语堂先生在《中国文学人》一书中认为,中国文艺美学家常常用意象性名词而不习惯用抽象性名词。于是在中国传统诗学中,“不同的写作方法被称为‘隔岸观火’(一种超俗的格调),‘蜻蜓点水’(轻描淡写),‘画龙点睛’(提出文本的要点),‘欲擒故纵’(起伏跌宕)……”②可以说,正因为如此,索绪尔才认为汉语是不可论证的语言。

传统文学批评诗性言说方式非常注重再创构中意义的建构生成,即再创构中意义在批评文本与接受之间互动、生成。因为,在中国传统文艺美学思想传统批评家看来,“文”是“与天地共生”的,是在天、地、人三才间,通过其相互作用、互交互动而建构生成的。其生成与建构过程展示了人的本性不断完善、丰富的历程,显示了人的本质力量的丰富性。即如《周易·系辞》所云:“物相杂故曰文。”《国

① 王力:《王力文集》(第1卷),山东教育出版社1984年版,第35页。

② 林语堂:《中国文学人》,学林出版社1994年版,第94页。

语》也云:“物一无文。”“文”是杂多的统一,所谓“物相杂”就是“天文、地文、人文”的杂多统一。单一的事物,是不可能构成“文”的。而在《易传》看来,众多的事物的最基本构成要素是乾与坤,即天与地,宇宙万事万物及其各种属性,包括阴阳、刚柔、动静、仁义等,都是由乾坤天地所构成的。因此,韩康伯解释说:“乾,阳物也;坤,阴物也。”“刚柔相错,玄黄错杂。”《周易·贲卦·彖辞》云:“刚柔交错,天文也;文明以止,人文也。”就是以天文、地文、人文相互融合、相互交流、相互统一、相互构成的观点来解释“文”的发生构成的。“贲”的本身就是“文”,所谓贲卦,离下艮上,离代表火,属柔,艮代表山,属刚。“文明”指“离”,“止”指“艮”,所谓“文明以止”也就是“刚柔交错”。可见,无论是“天文”,还是“人文”,都是由“刚柔交错”而相构相成的。天文、地文、人文是相互融合、相互交流、相互统一的,即如天道、地道、人道的相融相合、相交相流、相互统一,都是自然而然、遵从天势的。汉代王充也曾运用天文、地文、人文是相互融合、相互交流、相互统一、相构相成的观点来论述人不能无文的。在他看来,“人文”的构成也是自然而然的。他在《论衡·书解》中说:“山无文则为土山,地无毛则为泻土,人无文则为仆人。土山无麋鹿,泻土无五谷,人无文德不为圣贤。上天多文而后土多理。二气协和,圣贤禀受,法象本类,故多文采。”正是在这种认识的基础上,中国传统文学批评认为,“文”及其审美意味是生成与建构而成的,并由此而重视文学批评中的诗性言说。①

生成与建构体现了人类文化形式的多样统一。可以说,正是由于“文”是建构而成的,所以其意义具有多重性,并表现为一种意义系统。

传统文学批评的诗性言说确是重意义的构成与生成而不重形式论证的语言,它表现出很强的人文性、风格化和诗意化。这些特征包括以下几方面。

(一)重意会

传统文学批评诗性言说方式追求以意逆志,强调意会意合。据《诗人玉屑》卷六载,王仲写了首诗其中有这样一句:“日斜奏罢长扬赋。”王安石看后认为还可以改得更好,他就把它改成“日斜奏赋长扬罢”。后来有人问他为何这样改,王安石说,“诗家语如此乃健”。如若有人要追问,恐怕就只能“欲辨已忘言”,或者说“诗有可解,不可解,不必解”。注重意会意合而不重形式结构,给传统文学批评留下了相当广阔的再创作空间。即如叶维廉所指出的,“中国文学思想传统上的批评

① 李天道:《中国古代“文”符论》,载《西南民族大学学报》(人文社科版),2005年第11期。

是属于'点、悟'式的批评,以不破坏诗的机心为理想,在结构上,用'言简而意繁'及'点到为止'去激起读者意识中诗的活动,使诗的意境重现,是一种近乎诗的结构"。"即就利用了分析、解说的批评来看,它们仍是只提供与诗'本身'的'艺术',与其'内在机枢'有所了悟的文字,是属于文学的批评,直接与创作的经营及其达成的趣味有关……"①

(二)重自然

传统文学批评认为"文以气为主"。据《春秋穀梁传·成公元年》记载:"季孙行父秃,晋却克眇,卫孙良夫跛,曹公子手偻,同时而聘于齐。齐使秃者御秃者,使眇者御眇者,使跛者御跛者,使偻者御偻者。"刘知几看后提出两点意见,一是将"御"改为"迎"或者改为"逆",因为"逆亦迎也"。这条意见与本文无关。他还提出第二条意见,即后四个排名太啰唆。他认为应"但云:各以其类逆。必事毕再述,则于文殊费,此为烦句也"。但是,魏际瑞(号伯子)不同意刘知几的第二条意见,他在《伯父论文》中答辩道:"古人文字有累句,涩句,不成句处,而不改者,非不能改也。改之或伤气格,故宁存其自然。"传统文学批评对文气及其自然生动的重视,来源于他们对宇宙人生的理解。首先,气是万物之源;其次,气是精神之源;再次,气是文章和语言之源。所以,当"气之动物,物之感人,故摇荡情性"之际,文学家、诗人就要感应宇宙之生气,充实自己之灵气,最后使文气和语气与这些"气"相通相应相和从而创造出优秀的文学作品。

(三)重感兴

传统文学批评诗性言说方式显然不喜欢抽象的概念,他们习惯于"观物取象",使概念生动可感,并有所依托。传统文学批评更多的是从读者一方出发,在读者和文本中充当桥梁的作用。它往往用极精练、极隽永的语言来点出文本的关键,以启发读者更准确地领悟文本精微、含蓄的意旨。钱钟书先生在《读拉奥孔》中说:"诗词、笔记里,小说、戏曲里,乃至谣谚和训诂里,往往无意中三言两语,说出益人神智的精湛见解,含蓄着很新鲜的艺术理论,值得我们重视和表彰。"这种用"三言两语"说出"精湛见解"的方法,就是诗性言说方式。这种传统诗性言说方式讲究言简意赅,点到为止,看似只言片语,其中却包含着深刻的理论见解,能使人产生丰富的联想。

---

① 叶维廉. 1993, diffusion of Distances Between Chinese and Western Poetics. Universtity of Chlifomia press. see chapter6.

二

传统诗性言说方式的这种重意会、重自然、重感兴是有其深刻的美学渊源的。它建立在中国传统文艺美学思想“大象无形”“大美无言”“言有尽而意无穷”和“妙悟”说之上。

“大象无形”之说见于《老子》第四十一章。王弼《老子指略》解释说:“大象,天象之母也……有形则有分,有分者不温则炎,不炎则寒,故象而形者非大象。”“大象”是诸形(物象)的抽象,“故象而形者,非大象”。“有形则有分”,“形”具体而可分,“无形”的“大象”便是诸形的抽象的“集合”,是不可分的整体。《老子》第六十七章说:“夫唯大,故似不肖,若肖,久矣其细也夫!”“大”,似“形”而不肖。可见,“大象无形”之所谓“大象”,乃是超越个别事物有限的直观形式,是无形体可求,与“气”相融、为“道”的呈现。“象”表征着万物自然的生命运动,来自圣哲对宇宙万物的宏观体味,并在道家的哲学体系中成为沟通“道”“物”“气”“意”“言”的重要的中间环节。

老子“大象无形”的“象”说,通向“气”与“道”,包含着一个极其重要的思想,即重视“象”的虚空超无,对“象”的意象而非言语的符号指涉功能做出了种种描述和规定。《老子》书中多处提到“大象”,如云:“执大象,天下往。”(三十五章),“大音希声,大象无形,道隐无名。”(四十一章),老子以“大象”来表征“道”,以体现“道”的虚空无名之状。老子说:“视之不见名曰夷,听之不闻名曰希,搏之不得名曰微。此三者,不可致诘,故混而为一。一者,其上不皦,其下不昧;绳绳不可名,复归于无物。是谓无状之状,无物之象,是谓惚恍。”(十四章)这里所谓的“夷”“希”“微”都是就作为生命本原的“道”而言的。道化育自然万物,并且作为生命的核心存在于自然万物的底蕴;自然万物可见、可听、可触,所以说有“状”、有“物”;而作为自然万物生命本原的“道”则不可见、不可听、不可触,所以说“无状”“无物”。然而这里所谓的“无”又不是真的什么也没有,而只是“无序”“无形”,“是谓惚恍”,是“夷”“希”“微”。也就是说,“道”实际上存在着,只是幽而不显,“混而为一”。可以说,“无状之状,无物之象”“混而为一”,也就是“道”。它“周匝太清,遍及万物”,“于无形状之中而能造一切形状,于无物象之中而能化一切物象”,“有无不定,是谓惚恍”。在老子美学看来,宇宙万物的生命本原是“道”,这种“道”是不可言传只可意会的。老子说“知者不言,言者不知”,“大音希声”。所谓“大音希声”,王弼注云:“听之不闻名曰希,不可得闻之音也。有声则有分,有声则不宫而商矣。分则不能统众,故有声者非大音也。”①换言之,即“无物之象”“大音”“大象”之类都是美的生命本原“道”的呈现,因此无论用什么具体的言辞声音都不能把它传达出来;或者反过来说,一旦诉诸任何具体的言辞声音,它就不再是“道”本身了,因而也就不是“大音”与“大象”的“知者”。老子说:“道之为物,惟恍惟忽。忽兮恍兮,其中有象;恍兮忽兮,其中有物。”(二十一章)又说:“绳绳不可名、复归于物,是谓无状之状,无物之象。”(十四章)“道”呈现为“物”与“象”,表征为无形无状,惟恍惟忽,同时在恍忽无形之中又有“象”有“物”。应该说,这种若有若无之“象”,对作为宇宙万物构成之本源的“道”的存在作了极其精微的阐发。这种构成是非言语能表达的,只能凭借意象,存在于人的意象感悟和体验中。《老子》全书充满了这种意象感悟的符号,如“水”“谷”“母”“朴”“阴”“玄牝”“婴儿”等,它们都指向“道”这一不可言状,难以穷尽的宇宙万物构成之源。老子这种虚象非言的意象符号指涉功能的确认,使他进一步提出了有关审美创造和再创造中的一系列范畴,如“虚”“实”“有”“无”“妙”“味”“玄鉴”等。其中,“虚”“无”“妙”“味”“玄鉴”等具有形而上超言语意义的范畴对传统文艺美学思想的建构尤为重要。特别是“无味”之“味”范畴的提出,以“味无味”言“大象”之“象”的审美境域方式的确定,深刻地影响着中国传统文艺美学思想文学批评诗性言说方式的生成。因为,中国传统文艺美学思想文学批评的诗性言说,在本质上就是一种味象超象、形而上超经验的文本审美意味的生成与构成。

老子以后,庄子继承并发展了老子的“大象无形”的“象”说思想。庄子美学对现时存在的把握,无时无刻不保持着一种“象”的体验的完整性。在老子“大象无形”的“象”说思想上,庄子又进一步提出“大美无言”说和“至美”“全美”,提倡“无言而心悦”。庄子承继了老子道、气、象的哲学,执“大象”而言“道”,道、气、象三者融通同一。不过,相对于老子,庄子所说,更是以“虚”“无”原初域,强调不可名状和不可言说。他说:“视乎冥冥,听乎无声。冥冥之中,独见晓焉;无声之中,独闻和焉。”②这就是说,“道”视而无形,听而无声,但无形无声中又见明朗之象,又闻至和之音,这便是“道”的呈现和显现,所谓“视”“冥冥”“听”“无声”“独见”“独闻”乃是一种对生命境域和审美意味的体验和感悟,语言文字当然是无法表述的。《庄子·田子方》言老聃游心于“道”,“心困焉而不能知,口辟焉而不能

① 《王弼集校释》。

② 《庄子·天地》。

言”，但其内心体验却能再现遨游天道的景象，从而得“至美至乐”，达成“至人”的境界，这亦表现了“道”意义的多样性和丰富性。庄子言“象”，蹈虚非言，重体验感悟，可以从他关于“象罔”“浑沌”“滑疑之耀”等寓言比喻更明显见出。《庄子·天地》中讲了一个寓言：“黄帝游乎赤水之北，登乎昆仑之丘而南望，还归，遗其玄珠。使知索之而不得，使离朱索之而不得，使吃诟索之而不得也。乃使象罔，象罔得之。黄帝曰：‘异哉！象罔乃可以得之乎！’”这里的“玄珠”表征“道”；“知”表征思虑、理智；“离朱”是传说中黄帝时代视力最好的人，表征视觉；“吃诟”表征言辩。寓言的意思是说，用思虑、视觉、言辩得不到的道，用“象罔”却可以得到。“象罔”表征有形和无形、虚和实的结合。吕惠卿注云：“象则非无，罔则非有，不皦不昧，玄珠之所以得也。”①郭嵩焘注云：“象罔者若有形若无形，故眸而得之。即形求之不得，去形求之亦不得也。”②对此，宗白华解释说：“‘象’是境相，‘罔’是虚幻，艺术家创造虚幻的境相以象征宇宙人生的真际。”③按此解读，“象罔”似有若无、恍惚朦胧、“浑沌”“滑疑之耀”的状态，就是一种虚幻的“境相”，它“象征宇宙人生的真际”，是超言语超经验的，是一种以“象”的虚空，为极诣的深刻人生体验和人生境域的实现。庄子这种对“象”的描述和规定，与其《庄子·天道》篇中所说的“书不过语，语有贵也。语之有贵者意也，意有所随。意之所随者不可言传也”的思想是相互一致的，上承老子“象”论，下启魏晋玄学以“无”原初域体的对“象”的义理发挥，并直接引发了佛学的“象外之谈”，同时，由此而构成传统文学批评诗性言说方式赖以形成的美学渊源。

传统文学批评诗性言说方式虽然从总体上讲，以老庄“大象无形”的“象”说和“大美无言”思想为出发点，言“境”不离“象”，但其重点又在象外之象，在诗性言说所构成的象外虚空中揭示人生意味并构成审美境域。所以，应该说是老庄“大象无形”“大道之象”的哲学和重“象”外虚空、非言味象的提出，奠定了传统文学批评诗性言说方式的理论基础。

---

① 《庄子义》。

② 《庄子集释》。

③ 宗白华：《美学散步》，上海人民出版社 1981 年版，第 71－72 页。

第二节 传统批评的标准和态度

文艺审美接受与欣赏具有主观性和情感性特点，因此，允许接受者有偏好。曹植说："人各有好尚，兰茝荪蕙之芳，众人所好，而海畔有逐臭之夫；咸池六茎之发，众人所共乐，而墨翟有非之之论，岂可同哉？"①人们所处的阶层、所受的教育有所不同，观点、性情、爱好有所不同，从而形成不同的审美趣味，故接受与欣赏是不能强求一律的。但是，建立在审美接受与欣赏基础上的文艺美学批评就不同了，它要求批评家应客观地、科学地对文艺审美创作者及其作品做出准确的评价。因此，除了批评家应培养、具备高度的修养外，还要有一定的批评标准。钟嵘说："随其嗜欲，商榷不同，淄渑并泛，朱紫相夺，喧议竞起，准的无依。"②没有一定的批评标准作为衡量文本优劣的"准则"，势必造成混乱，使美丑颠倒，好坏不分。

文艺美学批评标准又总是随着时代和社会的发展不断变化的。所谓"文律运周，日新其业"③。审美创作的内容和形式，以及表现手法都在发展变化，批评标准也相应地在发生变化。但纵观中国传统文艺美学思想史，不管标准怎样变换，总不外是从内容和形式两个方面定出政治道德的标准和审美价值的标准。

一、政治道德的标准

（一）"思无邪"

中国传统文艺美学思想历来把政治道德的标准放在首位。《诗经》的采辑和编著就是从社会政治目的出发，以政治道德标准为尺度的。《汉书·艺文志》曰："古者有采诗之官，王者所以观风俗，知得失。""采诗"是为王者"观风俗，知得失"的。《左传·襄公十四年》载师旷说："自王以下，各有父兄子弟，以补察时政，史为书，瞽为诗，工诵谏。"作诗的目的是为政治服务，那么，也得以此作为采诗的标准。

早期的诗歌批评无疑是偏重于政治标准的，如前所举春秋时期吴公子季札观乐后发表的言论就反映出这种倾向性。据《左传·襄公二十九年》载，季札听到

---

① 《与杨德祖书》。

② 《诗品序》。

③ 《文心雕龙·通变》。

《周南》《召南》说:“美哉!始基之矣,犹未也,然勤而不怨矣。”他认为周南召南是周公召公管辖的地方,治理得较好,所以那里的人民勤于劳作而不怨恨,但还不能使人民安乐,所以说“未也”。听到歌邶、鄘、卫,季札又说:“美哉!渊乎,忧而不困者也。吾闻卫康叔、武公之德如是,是其卫风乎?”邶、鄘、卫三国的地方在周初用来封武庚、管叔、蔡叔,他们背叛周王朝,于是,周公灭了三国,封给卫康叔。那里的人民经过亡国之痛,想得很深,所以说“渊乎”。但他们又经过卫康叔、卫武公的安抚,所以“忧而不困”。又如听《郑风》后说:“其细已甚,民弗堪也”,听《陈风》后说:“国无主,其能久乎?”等,可以看出,这些评语都是根据政治标准而做出的。

到春秋战国时期,孔子对当时的文化典籍进行了全面的整理,开创了儒家学派。在总结他以前审美创作实践的基础上,从理论上第一个明确地把政治道德效果作为文艺创作的评价标准。孔子的观点集中体现在“思无邪”上。

“思无邪”,语见《论语·为政》:“《诗》三百,一言以蔽之,曰:‘思无邪。’”“思无邪”三字,本出于《诗·鲁颂·駉》最后一章:“駉駉牡马,在坰之野;薄言駉者,有骃有騢;有驔有鱼,以车祛祛,思无邪,思马斯徂。”据清陈奂《诗毛氏传疏》注,“思”字是句首语气词,并无实意。原诗句“无邪”也只是描写牧马人放牧时的专心致志的神态,并无深意。孔子按照当时的“断章取义”的方式,完全改变诗句原意,借来评价整部《诗经》的内容,赋予“思无邪”以新意。“无邪”已变成含有政治、道德内容的一个评价诗歌的标准。《论语集解》引包咸之说,解释“无邪”为“归于正”。刘宝楠《论语正义》也解释为:“论功颂德,止僻仿邪,大抵皆归于正,于此一句可以当之。”把内容纯正、符合礼教的诗称为“无邪”,这是符合孔子关于诗的社会功能及其评诗标准的看法的。孔子认为诗的功用是为统治阶级歌功颂德,“事父”“事君”的,虽然也“可以兴,可以观,可以群,可以怨”①,有抒发性情的作用,但是必须要抒写正当的性情,要符合礼教,一句话要做到“无邪”。

除了用“思无邪”这个标准来评价整部《诗经》外,孔子对《诗经》中具体诗句的评价也是依照这一标准的。《关雎》明明是一个男子思慕女子的情诗,孔子偏要给它一个“思无邪”的解释,说是“乐而不淫,哀而不伤”②。郑卫之音是当时民间表现爱情的诗歌,孔子却主张“放郑声”,因为“郑声淫”③,“放”是禁止的意思,违

① 《论语·阳货》。
② 《论语·八佾》。
③ 《论语·卫灵公》。

反了礼教,不符合“思无邪”的标准。所谓“恶郑声之乱雅乐耳”①,对郑声深恶痛绝,都是本着“思无邪”这一标准。

由孔子制订的“思无邪”的政治道德标准,对中国传统文艺美学思想有极大的影响。在长期的封建社会中,“思无邪”被正统的封建文人发展为严格的维护封建礼教和封建伦理道德的诗歌准则,成为封建正统文人反对诗歌脱离礼教政治的武器。汉代的《诗大序》就依据“思无邪”和孔子的“兴观群怨”“迩之事父,远之事君”说加以发展,提倡“风化”说,明确地提出“发乎情,止乎礼义”的要求来规范诗歌中的情感。《诗大序》对《诗经》的批评就是以此为标准,认为经过孔子以“思无邪”为准绳删定的《诗经》可以“正得失,动天地,感鬼神”,可以“经夫妇,成孝敬,厚人伦,美教化,移风俗”。《小序》错误地评《关雎》是“后妃之德”。《召南·野有死麕》云:“有女怀春,吉士诱之。”原本是情诗,可是《小序》说:“恶无礼也。”“虽当乱世,犹恶无礼也。”《邶风·静女》云:“静女其姝,俟我于城隅。”本来是爱情诗,《小序》却评论说:“刺时也,卫君无道,夫人无德。”这些批评都是按照政治教化的标准来讲的,严重地歪曲了这部分抒情诗的原意。又如宋人邢昺说:“诗之为体,论功颂德,止僻防邪,大抵皆归于正。”②朱熹认为,“思无邪”“其用使人得其性情之正而已”③,等等,显而易见,这些说法都是对“思无邪”批评标准的维护与引申。

当然,“思无邪”中重视文艺的思想内容和社会作用的一面不无积极意义,但以封建政治礼教束缚审美创作,则是消极的,有害的。

(二)“温柔敦厚”

“温柔敦厚”是儒家提出的又一有关文艺的思想内容方面的批评标准。语见于《礼记·经解》:“温柔敦厚,诗教也……其为人也,温柔敦厚而不愚,则深于诗教也。”作为批评标准,和“思无邪”相比,“温柔敦厚”的诗教则侧重于道德伦理方面的规范。

唐孔颖达在《礼记正义》中对“温柔敦厚”所做的解释比较符合原意。他说:“温,谓颜色温润;柔,谓性情和柔。诗依违讽谏,不指切事情,故曰温柔敦厚诗教也。”要求“性情和柔”,就是要求不要违反礼教,不要反抗,要“怨而不怒”。虽然作为批评标准,儒家“温柔敦厚”的诗教也要求诗歌发挥讽谏作用,“依违讽谏”,

---

① 《论语·阳货》。

② 《论语注疏》。

③ 《论语集注》。

可以“怨刺”,可以发愤抒情,“以讽其上”,但必须“止乎礼义”,不能过火,要保持“中和”的态度,言词应委婉含蓄。

马克思指出:“每个原理都有其出现的世纪。”①“温柔敦厚”的道德伦理批评标准的提出既是诗学发展的必然,也是特定历史时期的必然产物。中国传统文艺美学思想家认为,诗歌要表达内心的情志以反映社会政治风貌。在此观点的影响下,汉代儒家学者认为,诗歌在政治清明的盛世,是歌颂时代政治的;在政治黑暗的乱世,是讽刺在上者的,这就是诗的美刺作用。《毛诗序》说:“上以风化下,下以风刺上。”又说:“至于王道衰,礼义废,政教失,国异政,家殊俗,而变风、变雅作矣。”“化”是教化的意思,统治者用安乐的歌声来教化百姓;“刺”是讽刺的意思,百姓在政乖世乱的时代,以变风变雅之作,针对政治的败坏进行讽刺,表示怨怒,这是一个方面。另一方面,在儒家学者看来,这种“讽刺”和“怨怒”绝不能金刚怒目式的去进行揭露和批判,必须“乐而不淫,哀而不伤”②。孔安国说:“乐不至淫,哀不至伤,言其和也。”朱熹说:“淫者,乐之过而失其正也;伤者,哀之过而害于和者也。”③要把文艺纳入正轨,既为封建统治阶级服务,又不伤害封建统治的根本利益,就得以“温柔敦厚”为道德标准,以中和之美为准则。

如果说前面提到的“兴观群怨”说是孔子对文艺社会功用的总结,那么“温柔敦厚”则是对如何表现这一功能所做的具体的规范性要求。它是孔子提出的“中庸之道”④的哲学思想和政治观点在文艺上的反映。孔子一方面强调文艺要“事父”“事君”;一方面又承认诗“可以怨刺上政”(孔颖达注),但要求“怨而不怒”(朱熹注),以此来调和激烈的阶级斗争。使文艺更好地维护统治阶级的利益。

“温柔敦厚”的道德伦理批评标准是使文艺为培养顺民、消除人民反抗心理,为巩固封建统治服务的。其消极影响被历代统治者所利用,成为禁锢人民思想的桎梏,对中国传统文艺美学思想创作和理论的发展起过阻碍的作用。从诗歌创作方面来看,它束缚着诗人的思想,使诗歌不能充分表现独立、自由的思想和情怀,不能揭露和批判封建的黑暗统治。从诗歌理论来看,作为一种规范性批评标准,它也严重地约束着许多批评家的思想。不要说正统封建卫道者运用这个批评标

---

① 《马克思恩格斯选集》第1卷,人民出版社2012年版,第113页。

② 《论语·八佾》。

③ 《论语集解》。

④ 《论语·雍也》。

准来极力否定一些具有民主性的进步诗歌,就是一些进步的理论家,如清代有名的诗评家王夫之等人,由于遵从这个诗教标准,也在其诗歌批评中出现了不少否定蕴藉进步思想的诗歌的错误评价。例如王夫之按照"温柔敦厚"的批评标准否定杜甫和白居易的一些反映了民生疾苦的诗就是证明。

但是,"温柔敦厚"的道德伦理批评标准毕竟是以孔子为首的儒家学者在对当时——主要是《诗经》的创作实践进行全面总结、对文学的社会作用进行了深刻的认识和全面的概括的基础上提出的,这在中国传统文艺美学思想史上是一个重要贡献。其中的积极因素,对后世的文艺美学思想的发展产生了深远的影响,成为历代进步文艺审美创作者和批评家反对艺术脱离政治、缺乏社会内容的武器。如汉代王充就强调作品"为世用者,百篇无害,不为用者,一章无补"①。郑玄说:"论功颂德,所以将顺其美;刺过讥失,所以匡救其恶。"②认为歌功颂德的作品,不是为了投君所好,而是为了除弊兴利。可以说,初唐陈子昂高倡"汉魏风骨""风雅兴寄",以反对脱离社会现实的"彩丽竞繁,而兴寄都绝"的齐梁诗风,中唐韩柳的"文以载道""文以明道"说,白居易的"唯歌生民病,愿得天子知"的诗歌理论都无不受"温柔敦厚"这一道德伦理批评标准中的合理因素的影响。

继承儒家的"温柔敦厚"批评标准,并把此传统发展到极致的是清代的沈德潜。他在《唐诗别裁集·序言》中说:"先审宗旨,继论体裁,继论音节,继论神韵,而一归于中正和平。"认为不仅诗歌的"宗旨",而且诗歌的"体裁""音节""神韵"等也都须"一归于中正和平。"所谓"中正和平"就是"温柔敦厚"。都应以"中正和平"为准绳,这可以说明"温柔敦厚"的批评标准在促进文学艺术表现方法的发展上产生了有益的影响。在此之前,刘勰也提出:"诗主言志,诂训同书,摛风裁兴,藻辞谲喻,温柔在诵,故最附深衷矣。"③主张诗歌要含蓄,强调的是"温柔敦厚"在文学艺术表现上的特点。应该说,"温柔敦厚"的批评标准主张去泰去甚,防止过与不及,讲求"主文谲谏",要求以含蓄的手法寄寓教义的观点为后世所继承,并加以发展,对中国传统文艺美学思想有极其深远和多方面的影响。

---

① 《自纪》。

② 《诗谱序》。

③ 《文心雕龙》。

二、艺术审美标准

(一)尽善尽美

最早提出艺术审美批评标准的是孔子。他认为诗乐应该给人以道德观念的教育,但这种教育又必须通过美的形式表达出来,给人以美感。这一观点集中地体现在他提出的“尽善尽美”的审美标准之中。据《论语·八佾》记载:“子谓《韶》,尽美矣,又尽善也。谓《武》,尽美矣,未尽善也。”《韶》,相传为虞舜时的乐曲,表现的是舜接受尧的“禅让”、继承其统业的内容,其“乐音美”,“文德具”①,故孔子赞许为“尽美矣,又尽善也”,认为内容好,形式也美。《武》,相传为周武王时的乐曲,表现的是武王伐纣建立新王朝的内容,其“舞体美”,但“文德犹少未致太平”②,故孔子称其“尽美矣,未尽善也”,孔子的这一思想是一贯的,《论语·雍也》记载孔子的话:“质胜文则野,文胜质则史。文质彬彬,然后君子。”文采多于朴实就要虚浮,朴实多于文采未免粗野;只有文质合度,才能做到“文质彬彬”。从人的角度说,这是“君子”的标志;从文本的角度说,这才是尽善尽美的作品。

孔子肯定内容和形式相统一的作品。虽然他是把内容放在前面(这从他对《武》乐的评价上可以看出),是在重视内容的前提下重视形式的美巧。从审美创作批评史来看,他这个看法还显得很简单,但毕竟是第一次鲜明地提出文艺作品的社会批评必须和审美创作批评结合起来,并从文本自身的美学特征出发,定出审美批评标准。这是具有重要的开创意义的,对后代的审美创作有极大的影响。

发展和完善“尽善尽美”审美批评标准的是六朝时的刘勰。他在《文心雕龙·宗经》篇中提出六义说:“一则情深而不诡;二则风清而不杂;三则事信而不诞;四则义直而不回;五则体约而不杂;六则文丽而不淫。”前四点是着重于作品内容方面的要求,后两点则是着重形式方面的要求。

和刘勰同时的萧统也力主“文典则累野,丽亦伤浮,能丽而不浮,典而不野,文质彬彬,有君子之致”③的观点,并根据“事出于沉思,义归于藻翰”④的审美批评标准给文本与非文本划出一条界线,以此为他所编选的《文选》的入书标准。可以说,到刘勰、萧统时,“尽善尽美”的审美批评标准才定型下来,并对以后的审美创

---

① 刘宝楠:《论语正义》引《乐记》疏。

② 刘宝楠:《论语正义》引《乐记》疏。

③ 《答湘东王求文集及诗苑英华书》。

④ 《文选序》。

作和批评的发展给以重要的推动作用。

（二）天然淳真

这是强调诗歌真实性的审美批评标准。诗歌要自然超妙，出自真情方为上品。元好问《论诗》云："一语天然万古新，豪华落尽见真淳。""天然"，即自然高妙，是造作、雕饰的反面；"真淳"，即感情真实，和无病呻吟相反。两者并称指文本的真实应当情真、理真。元好问以此作为审美批评标准来肯定陶渊明诗歌的艺术价值。

真实与否是衡量作品优劣的基本审美批评标准之一。但艺术的真实并不等于生活的真实，也不等于历史的真实。在中国传统文艺美学思想史上，很早就提出了真实性的审美批评标准，但在历代批评家那里，其内涵是不同的。

在审美创作批评史上，明确地把"真"作为独立的批评标准的是汉代的王充。在《论衡》中，他针对时弊提出"辨然否"（《定贤篇》）、"疾虚妄"（《佚文篇》），反对"虚妄显于真，实诚乱于伪"（《对作篇》），并强调"精诚由中"（《超奇篇》），要求文艺审美创作者要表现自己的真实情感，以真情写实事。和王充同时的班固强调"其事核，不虚美，不隐恶"①的"实录"精神。以后左思提出的"美物者贵依其本，赞事者宜本其实"②；挚虞指责"假"与"过""与情相勃"的造作现象，认为："其假象过大，则与类相远，逸辞过壮，则与事相违，辩言过理。则与义相失，丽靡过美，则与情相勃。"③他们所使用的标准："事核""事实"，大体和王充的"实事"相同，这对于论说文、史传文是正确的标准，而对于艺术虚构性较强的作品就不尽恰当了。

给真实性标准以正确解释并从理论上加以完善的是刘勰。他在《文心雕龙》一书中区分了"实事"的真和艺术的真，并从作品思想情感和表现技巧、风格特征等方面对艺术真实性的要求做了论述，使之作为一条独立的审美批评标准，为后世所沿用。他在《论说》篇中说："论之为体，所以辩正然否。"赞同王充的观点。而《情采》篇则云："故为情者要约而写真，为文者淫丽而烦滥，而后之作者。采滥忽真。"这里的"文"，主要指辞赋一类作品；"写真""忽真"的"真"，是指情真而言，即作品中所包含的文艺审美创作者的意旨的真诚性和感情的真挚性。他认为文本要表现文艺审美创作者真实的思想感情，做到了这点，才是好作品。这表明

① 《汉书 · 司马迁传》。

② 《三都赋序》。

③ 《文章流别论》。

刘勰清楚地认识到艺术的真实应是情真、理真，而不是人真、事真。艺术作品中所描写的人物和事件可以是虚构的，也可以是半真半假的，但其中所体现的理和情，则必须是真实的。

刘勰以后，历代文艺美学家对文本的艺术真实有不少提法，但都是建立在刘勰提出的基本观点之上的。如唐李白提倡的“清水出芙蓉，天然去雕饰”①，要求气韵天成，真实自然。司空图《二十四诗品》专立“自然”一品，强调“妙造自然”（《精神》）、“妙不自寻”（《实境》），从表现技巧上，要求质朴、清新、天造的特点。给真实自然以新的内容并以此作为衡量作品优劣的审美批评标准。明谢榛在《四溟诗话》中则更明确地提出“自然为上，精工次之”。

到了清代，叶燮总结历代见解，提出了他对艺术真实性的两点卓见：一是“真”来源于现实而成于虚构。他在《假山说》中说：“自有天地，即有此山为天地自然之真山而已……盖自有真画而后之人遂忘其有天地之山，止之有画家之山……一夫画，既已假，而肖乎真美之者，必曰逼真。逼真者，正所以为假也。”这里就以“自然之真山”与“画家之山”为例，说明虚构的“真”是“逼真”。二是“真”是真情化，即心灵化的真。他说：“夫是胸襟以为基，而后可以为诗文。不然，虽日诵万言，吟万首，浮响肤辞，不从中出，如剪采之花，根蒂既无，生意自绝，何异凭虚而作室也。”②客观现实的真必须经过主观情志的真挚熔铸才成为艺术的真。可见艺术的真是指情真、理真而言。

（三）意新语工

有无新意，是否具有独创精神，是文艺思想中衡量作品质量高低的又一基本审美批评标准。欧阳修《六一诗话》引梅尧臣语云：“诗家虽率意，而造语也难，若意新语工，得前人所未道者，斯为善也。”要求作品立意新颖，不能人云亦云，要具有独创性。“意新”，是就创作主体的要表现的审美意旨与审美情趣而言，“语工”，则是就艺术表达、遣词造句而言。可见，所谓“意新语工”其规定的独创精神应包括审美感受的独特和艺术表现的新颖。据《国语·郑语》记载，史伯曾提出“声一无听，色一无文”的主张，可算最早发现艺术新奇性审美特征的记录。王充在《自纪》中指出：“饰貌以强类者失形，调辞以务似者失情。”强调“文贵异，不贵同”。刘勰在《文心雕龙·体性》篇中指出，创作主体在进行创作构思时，都“各师

① 杜甫：《经乱离后天恩流夜郎忆旧游书怀赠江夏韦太守良宰》。
② 叶燮：《原诗》。

成心”,故而,其作品的风格也应“其异如面”,反对风格的单一,提倡风格多样化,要求作品应具有独创性。韩愈则进一步提出“唯陈言之务去”①的主张,要求艺术表现应具有创新性。无论中外古今,强调艺术的创新和独特性是共同的。托尔斯泰在《艺术论》中指出:“只有传达出人们没有体验过的新的感情的艺术品才是真正的艺术作品。”契诃夫也说:“如果这个作者没有自己的笔调,那他绝不会成为文艺审美创作者。”②他们从作品的思想感情和表现手段指出,新颖性是文艺创作的重要审美特征。鲁迅也说:“诗歌、小说虽有人说同是天才则不妨所见略同,所作相像,但我以为究竟也以独创为贵。”③凡是成功的艺术品,都显现着艺术家对于美的独特感受和个性特征,都具有艺术表现的独创性,艺术创新在文艺作品成功的诸因素中,占有重要的地位。

在继承的基础上,富于变化发展是“意新语工”审美批评标准的主要规定性内容。陆机在《文赋》中说:“收百世之阙文,采千载之遗韵,谢朝华于已披,启夕秀于未振。”“谢朝华于已披,启夕秀于未振。”唐大园《〈文赋〉注》云:“上句是务去陈言,下句是独出心裁。”陆机以花为喻,指出古人已用之陈言旧意,像早上已开过的花朵一样应谢而去之;古人未述之新意新词,则如未发之花,尽可取而用之。所谓“朝华”与“夕秀”是包括文意和文辞两个方面的,陆机主张两方面都应有革新变化。只有不断创新的艺术才具有生命力,时代前进了,就需要适应当时的具体情况,符合变化了的新要求。陆机在《文赋》中指责当时文病说:“或藻思绮合,清丽千眠。炳若缛绣,凄若繁弦,心所拟之不殊,乃暗合曩篇。”所谓“藻思绮合”,应该既包括艺术构思和形象塑造,又包括词采、音律;“所拟不殊”,指形象描写的问题。陆机在这里是本着“谢朝华”“启夕秀”,要求具有创新精神的审美批评标准来反对抄袭、雷同之作的。

“意新语工”审美批评标准的规定性内容还包括具体作品的审美结构和情节发展的生动曲折,富于变化。如就小说和戏剧而言,则规定其情节必须新奇曲折,要“将三寸肚肠直曲折到鬼神犹曲折不到之处,而后成文”④,要使受者和观众在不知不觉中被变幻莫测的情节所吸引,和剧中人一同喜怒哀乐。只有做到情节婉转曲折,欲擒故纵,新奇巧妙,出人意料,使形象表现得异常突出动人,才能使作品

① 韩愈:《答李翊书》。

② 《契诃夫论美学》。

③ 《不是信》。

④ 金圣叹:《两厢记》二本一折批文。

获得永久的艺术价值。而就抒情性强的诗歌而言,则规定其必须表现出情感变化的跌宕多姿,从而达成引人入胜的境地。据《旧唐书·杜甫传》载,杜甫曾用“沉郁顿挫”来评价自己的诗作。“沉郁”是指感情深沉、含蓄;“顿挫”则指诗歌内在的审美情感运动的波澜变化和音律上的抑扬起伏。总的来看,“沉郁顿挫”,指诗作中蕴含的情感是自然的流露,却又“若隐若见,欲露不露,反复缠绵”①,给人以千回百转的意味。杜甫诗中有“文章曹植波澜阔”②,“凌云健笔意纵横”③之句,以“波澜阔”“意纵横”评价别人或自己之作,都是指作品中情感变化上的波澜起伏。杜甫被称为“集诗之大成者”④,为“千古诗人之首”⑤,除了诗歌中强烈的人民性外,艺术表现上富于变化创新也是一个重要原因。

但是,情节的曲折和审美情感运动的起伏又必须自然而然,这就是叶燮所谓的“变化而不失其正”。叶燮认为,优秀的诗作“其道在于善变化”,但接着又说“变化岂易语哉?”⑥强调应做到如苏轼所说“如万斛源泉,随地而出”⑦,孕变化于自然,只有这样,始为佳作。金圣叹也强调情节的变化应自然,应“无成心之与定规”“自然异样变换”。在他看来,“自然异样姿媚”也就“自然异样高妙”⑧。只有既符合自然,又具有无穷变化、新意迭出的作品,才具有极高的审美价值和永久的艺术魅力,令人百读不厌,回味无穷。

应该说,新颖的题材,独创的主题,起伏的情感,曲折的情节,是“意新语工”审美批评标准的主要内容。

三、批评的态度

(一)正确的态度

1. 操千曲而后晓声

文艺美学批评要求“平理若衡,照词若镜”⑨。要做到这点,文艺美学批评家

---

① 陈廷焯:《白雨斋词话》。
② 《追酬故高蜀州》。
③ 《戏为六绝句》。
④ 秦观语:《杜诗详注附编·诸家论杜》。
⑤ 叶燮:《原诗》。
⑥ 《原诗》。
⑦ 《原诗》上篇。
⑧ 《西厢记·读法》。
⑨ 《文心雕龙·知音》。

首先应具有广博的知识和深厚的艺术修养。刘勰说:“操千曲而后晓声,观千剑而后识器;故圆照之象,务先博观。”①这就是说,演奏过千百种曲调才能真正懂得音乐,见过上千把宝剑才能识别兵器,要做到全面衡量作品,则必须见识广博。他认为:“阅乔岳而形培塿,酌沧波以喻畎浍。”②游览过大山就更清楚小丘,观赏过大海就更明白小沟,有见识,才有比较,才能养成精辟的批评能力,以期发现和揭示作品中不为常人所知的深刻的意蕴,甚至可能发现作品中那些连作者本人也没意识到的东西。

有关文艺美学批评家必须具有极高的艺术修养的见解,刘勰之前的曹植也曾论及,他在《与杨德祖书》中说:“盖有南威之容,乃可以论于淑媛,有龙渊之利,乃可以议于断割。”南威,古之美女;龙渊,即龙泉,古宝剑名。曹植以“南威”和“龙渊”为例,说明批评家必须有较高的修养,才能对文本做出正确的评价,正如评论美女的姿容,自己一定要有南威的绝世之貌;评论宝剑的锋利,必得有龙泉剑的名声一样。比刘勰稍晚的颜之推也认为“学者贵能博闻”,“观天下书未遍,不得妄下雌黄”③。丰富的知识积累和高深的艺术修养是做到准确判断、正确批评的先决条件。

知识的积累和能力的培养对深入理解作品是很重要的。因为“形器易徵”而“文情难鉴”,④只有真正熬到学深、才富、博见、贯一,才能“知音见异”,使批评“平理若衡,照词如镜”⑤。历代批评家对此是有亲身体会的。高棅在《唐诗品汇总序》中说,为了对唐诗做到“辨尽诸家,剖析毫芒”,他曾经历了10多年的研究、观察、积累,才达到了“僻蹊通庄,高门邃室,历历可指数”的地步。《杜臆》的作者王嗣奭说自己为了贴切解读《新安吏》的深旨妙谛,竟整整花了近60年的工夫。他说:“余年二十而读此诗,年八十而于枕上得此解,为之一快。”他在《杜臆原始》中还说,他从43岁始深研杜诗,认为杜诗“愈阅愈深愈远,若探渊海,泅然不得其涯,靓然不测其底”,因此而引起他极大兴趣,更加深入地去研讨,以至于“盖精之所注,行住坐卧,无非是物。夜搜枯肠,作真人想;朝拈枯管,作蝇头书。八十老人不

① 《文心雕龙·知音》。
② 《文心雕龙·知音》。
③ 《颜氏家训·勉学篇》。
④ 《文心雕龙·知音》。
⑤ 《文心雕龙·知音》。

知倦也”①。他正是本着这一精神,以耆老之年,仍然勤奋研究,年 80 而《杜臆》书成。《杜臆》为《杜诗详注》作者仇兆鳌大量采录,并且称其对杜诗“最有发明”。由此,也可见出王嗣奭所取得的成就。

应该说,丰富广博的知识、较高的艺术接受能力和始终一贯的钻研精神是批评者必须具备的正确态度之一。

2. 审己度人

“审己度人”是曹丕提出的文艺美学批评应采取的正确态度。文艺美学批评应该有全面的考察,不能用自己片面的见解,武断的去衡量一切作品。《典论·论文》云:“盖君子审己以度人,故免于斯累而作论文。”曹丕认为,应从文艺审美创作者的不同气质出发,从文本的客观实际出发,才是批评的正确态度。

刘勰指出:“知多偏好,人莫圆该。”②作者的才能,禀性和爱好各不相同,出身和地位也各不相同,“修短殊用”,“难以求备”③。这是形成作品差异的主观上的原因。从文本的内容和形式来说:“文非一体”,且“本同而末异”④。就风格而言,则有的慷慨激昂,有的蕴藉含蓄,有的绮丽,有的奇诡。所以,批评者如没有对作品的全面的考察和“审己度人”的正确的态度,而仅凭自己一隅之见去衡量多种多样的作品,势必得不出对作品的正确评价。

“审己度人”,其规定性内容要求批评者首先明于审己,方可度量别人之作。“审己”,就是要明察自己的优缺点,深刻体会自己创作的甘苦。如果敝于不能自见,以为己作是至善至美,那就必然轻视、贬抑一切异于自己的作品。只有明于审己,认清己作的不全不备,才不会以己作为至善至美的标准去套别人之作,也才能发现和明察别人作品的长处和优点。也只有明于审己,以自己创作的甘苦去了解别人,就像庄子在《德充符》中所说“以其心得其常心”⑤,才能尊重别人的创作成果,尽可能地做出符合实际的,公正的评价。杜甫说:“文章千古事,得失寸心知。”⑥贾岛也说:“二句三年得,一吟双泪流。知音如不赏,归卧故山秋。”⑦他们都说出了文艺审美创作者创作的甘苦,表露了对“知音”的渴望。

---

① 《杜臆原始》。

② 《文心雕龙·知音》。

③ 《文心雕龙·程器》。

④ 《典论·论文》。

⑤ 王先谦的《庄子集解》解释为“以吾心理悟得古今常然之心理”。

⑥ 《偶题》。

⑦ 《题诗后》。

其次,审己与度人还应该有一个统一的标准。用一把尺子审己,用另一把尺子度人,就无法做出客观的评价。审己以宽,度人以苛;审己则"鲜能备善",度人则求全责备;都无法避免批评的错误。曹丕讲"审己以度人",就是要求批评家以审己的尺子去度人。标准统一了,对长短、轻重、是非、优劣就可能做出客观的评价。

3. 无私不偏

刘勰继承和发扬了曹丕"审己度人"的见解,认为偏私偏好,以己之好恶来评价文本,只会有害于审美创作。他通过审美接受和审美批评的比较,进一步提出批评应采取"无私""不偏"的正确态度,避免"信伪迷真"和"知多偏好"的错误态度。他说:"夫篇章杂沓,质文交加,知多偏好,人莫圆该。慷慨者逆声而击节,酝藉者见密而高蹈,浮慧者观绮而跃心,爱奇者闻诡而惊听,会己则嗟讽,异我则沮弃;各执一隅之解,欲拟万端之变,所谓"东向而望,不见西墙也。"①文艺文本篇章繁杂,风格有质朴和华丽的不同,评论的人又大多有自己的偏爱,看法很难全面。感情激昂的人听到悲壮的声调就打拍子,性格内向含蓄的人见到细致的作品就高兴,见识肤浅的人看到华丽的作品就动心,爱好奇特的人遇到怪异的作品就惊叹。合乎自己口味的就赞赏诵读,不合自己口味的就撇弃,各人坚持自己片面的意见,想揣度诗文复杂的变化,这就是所谓的面向东望,自然看不见西墙了。

审美接受是允许有个人偏好的。但建立在接受与欣赏基础之上的审美批评就不能"各执一隅之解",否则就会做出错误的评价。为了避免这一错误,刘勰认为只有"无私于轻重,不偏于憎爱","然后能平理若衡,照辞如镜矣"②。只有排除主观的憎爱,才能公正的批评。

批评应不带主观憎爱的见解,在刘勰之前的王充也曾论及这点。他在《论衡·自纪》中说:"夫不得心意所欲,虽尽尧舜之言,犹饮牛以酒,啖马以脯也。""心意所欲"即主观偏见。王充认为批评如有主观偏见,就是把尧舜这样的圣人的话说尽,也不会做出公允的批评。他又说:"言金由贵家起,文粪自贱室出。《淮南》《吕氏》之无累害,所由出者,家富官贵也……观读之者,惶恐畏忌,虽见乖不合,焉敢谴一字。"③认为出自贵家的著作,未必字字如金玉,来自寒门的诗文,未必句句皆粪土。淮南王,吕不韦的论著,未必一字千金,而无人敢于指责,因为书

① 《文心雕龙·知音》。

② 《文心雕龙·知音》。

③ 《论衡·自纪》。

出王侯之家，长着一双势利眼的批评家，是绝对做不出明如镜、平如衡的审美批评的。王充的这段论述，有力地讽刺了“势家多所宜，咳唾自成珠，被褐怀金玉，兰蕙化为刍”①的不良批评风气，表达了批评应避免主观偏见的见解。

当然，批评是不可能做到绝对的不偏不倚，不可能漠无爱憎。万事皆空的态度也不是正确的批评。批评的关键在于不合为私心所蒙蔽，而轻重错乱；不能为偏好所主宰而憎爱不当。

要做到“无私不偏”，熟读、精读作品，弄清楚作者的真正意向是十分重要的。方回在《瀛奎律髓》中评王维的山水诗说：“穷幽入玄，学者当自细参则得之。”“细参”，即指通过熟读去深入全面的探究考察。陆游说：“一卷之诗有淳漓，一篇之诗有善病。至于一联一句而有可玩者，有可疵者。有一读再读，至十百读，乃见其妙者。有初阅可人意，熟味之使人不满者。”②只有通过反复阅读、“熟味”，才能发现作品优劣，才能领悟作品所表现的人生精义和深刻的意蕴，发现诗文的美妙和精深，也才能尽量做到“无私不偏”。

“无私不偏”的态度还要求批评家应有胆识。严羽说：“虽获罪于世之君子，不辞也。”③表现了一个批评家敢于反对普遍错误倾向的勇气和创新精神。清薛雪在《一瓢诗话》中也说道：“诗文无定价，一则眼力不齐，嗜好各别；一则阿私所好，爱而忘丑，谈诗论文，开口便以其人为标准，他人纵有杰作，必索一瘢以诋之……吾辈定须竖起脊梁，撑开慧眼，举世誉之而不加劝（提倡），举世非之而不加沮，则魔群妖党，无所施其伎俩矣。”慧眼是佛经所说的五眼之一，它能照见并识破一切事物。“撑开慧眼”，意为张开明察洞见一切的眼睛。“诗文无定价”，并非诗文本无价，而是评者不按质论价，当然就要对其所爱，爱而忘丑，对其所恶，吹毛求疵。这样评文，就一定“以夜光为怪石”，“以燕砾为珠玉”，所以有责任感的批评家，一定要张开慧眼，挺直脊梁，做到“无偏无私”。

（二）错误的态度

1. 文人相轻

“文人相轻”最早由曹丕提出，语见《典论·论文》：“文人相轻，自古而然。傅毅之于班固，伯仲之间耳，而固小之，与弟超书曰：‘武仲以能属文为兰台令史，下

---

① 《论衡·自纪》。

② 《何君墓表》。

③ 《沧浪诗话·诗辨》。

笔不能自休。'"汉代有班固轻视傅毅的故实，到曹丕时，文人之间不能正确认识对方创作审美价值的情况更为普遍。魏晋时，品评人物之风盛行，在审美批评中侧重评论具体的文艺审美创作者及其文本。曹植在《与杨德祖书》中就提到当时"人人自谓握灵蛇之珠，家家自谓抱荆山之玉"，都是自视甚高的。由此，"诋诃文章"成风，但"暗于自见，谓己为贤"。他们常常用自己之所长，去比较别人之所短，从而轻视别人，这样，自然难以做到客观地评价别人的作品。因此曹丕说："以此相服，亦良难矣"①。

针对这种错误，曹丕进一步指出，造成"文人相轻"的原因，在于批评者是从主观的好恶出发，不能认识文艺审美创作者及其文本客观上存在的差异。他说："夫人善于自见，而文非一体，鲜能备美，是以各以所长，相轻所短。"②主观上"善于自见"是产生"文人相轻"的一个原因。人们都善于看见自己的长处，这影响到对别人长处的发现，因此，往往是己之短不以为短，人之短倍觉其短。更有甚者，己之短反以为长，人之长反以为短，这样一来，当然不可能对别人的创作做出客观的、公正的评价。

作品客观上存在的差异也是造成"文人相轻"的原因。"文非一体"，文本有各种体裁，限制了内容，也形成各自的审美风格和艺术特点。批评家应了解这种特点，才能避免"文人相轻"的错误。文本是精神产品，具有鲜明的独创性，不能以一格来强求文艺审美创作者，以一色来强求作品。只有使各呈其长，文学艺术才能百花争艳、繁荣发展。若以一家一体一统天下，在审美批评中采取以己之长轻人之短的态度，必然脱离文艺审美创作者的创作实际，不能正确认识作品的价值。

"文人相轻"在审美批评中是一个带有普遍性的现象。曹丕第一个提出这个问题，并做了理论的总结，是他的一个贡献。以后，历代美学家对此都很重视。刘勰在阐述正确的审美批评态度和方法时，就强调指出"贵古贱今""崇己抑人""信伪迷真"等批评态度都是错误的，赞扬曹丕对"文人相轻"的批评，认为是"非虚谈也"③。实际上，刘勰提出的"操千曲而后晓声，观千剑而后识器"的批评态度，以及"将阅文情，先标六观"的批评方法，正是对曹丕观点的进一步发展。

---

① 《典论·论文》。

② 《典论·论文》。

③ 《文心雕龙·知音》。

2. 尊古卑今

“尊古卑今”的错误批评态度最早是由汉代王充指出的。王充主张“文无古今”,对当时一般人崇古薄今的观念,进行了大力批判。他说:“夫俗好珍古,不贵今,谓今之文不如古。夫古今一也,才有高下,言有是非,不论善恶而徒贵古,是谓古人贤今人也……盖才有浅深,无有古今;文有伪直,无有故新。”①王充的这种思想见解来自桓谭。桓谭曾说:“世咸尊古卑今,贵所闻而贱所见也,故轻易之。”②批评当时轻视扬雄的错误态度。汉代流行厚古薄今的文风,在学术界和审美创作上,常有人认为“今之文不如古书”。王充针对这种现象,继承了桓谭的观点,从理论上进行了批判,认为人的才能有高下,文章有真伪,言论有是非,古今都一样。因此,鉴别贤愚善恶的标准,不应该以“古”与“今”“故”与“新”为是。“今之文”与“古之书”都有“高下”“真伪”“是非”之分。有美的,也有丑的。古人未必贤于今人,是古而非今是毫无道理的。王充还以社会发展的事实来批判尊古卑今批评态度的错误,他说:“上世之民,饮血茹毛,无五谷之食,后世穿地为井,耕土种谷,饮井食粟,有水火之调;又见上古岩居穴处,衣禽兽之皮,后世易以宫室,有布帛之饰。”③由此可见,后世之超越前代是历史发展的必然,说明今不卑于古是理所当然的。

王充对“尊古卑今”的错误态度的批判对后世有极大的影响。曹丕在《典论·论文》中就指出“常人贵远贱近,向声背实”是当时的审美批评中存在的一种错误态度。之后,葛洪进一步从理论上批判这一错误的批评态度,并提出今胜于古的观点。在葛洪的著作中,有许多猛烈攻击贵古贱今批评态度的言论,他说:“贵远而贱近者,常人之闲情也;信耳而疑目者,古今之所患也。”④葛洪对“信耳而疑目”的贵古贱今论进行了辛辣的嘲讽和激烈的批判。汉代的一些学者认为:“古之著书者才大思深,故其文隐而难晓;今人意浅力近,故露而易见。以此易见,比彼难晓,犹沟浍之方江河,蛭垤之并嵩、岱矣。故水不发昆山,则不能扬洪流以东渐;书不出英俊,则不能备致远之弘韵焉。”⑤而在葛洪看来这恰恰是错误的,他说:“盖往古之士,匪鬼匪神,其形器虽冶烁于畴曩,然其精神不在乎方策。情见乎辞,指

① 《论衡·案书》。
② 《新论·闵友》。
③ 《论衡·齐世》。
④ 《抱朴子》外篇《广譬》。
⑤ 《抱朴子·钧世》。

归可得。"①古人并不是"神",也不是"鬼",和今人一样,是普普通通的人。今文的"露而易见",比起古文的"隐而难晓"来,不仅不是弱点,而正是他的长处。葛洪不仅继承了王充反对盲目崇古的思想,而且在此基础上做了进一步的思考,发展了这一观点。他说:"古者事事醇素,今则莫不雕饰,时移世改,理自然也。至于罽锦丽而且坚,未可谓之减于蓑衣;辎軿妍而又牢,未可谓之不及椎车也……若舟车之代步涉,文墨之改结绳……世人皆知之快于曩矣,何以独文章不及古也。"②事物是随着时代的变化而变化,并且日益进步的,现今的丝毛织品的漂亮耐用,远远胜过古时的蓑衣……舟车代步,文字代结绳,没有一项不优于过去,怎么能说只有文章赶不上古人呢?本着这样的观点,葛洪尖刻地嘲弄了那种今天的山不如古代的山高,今天的太阳不及古代的热等盲目崇古的谬论。由此出发,葛洪认为,今文不但毫不逊于古文,而且,远比古文进步,从而提出了他的今比古胜的观点。此后,刘勰在《文心雕龙·知音》篇中也对"贵古贱今"的态度进行了批判,指出不能厚此薄彼。到明代,针对前后七子"是古非今"的错误态度,屠隆强调指出:"不必区区以古绳今。"③清王夫之则提倡"鉴古酌今",反对"泥古过高而菲薄方今"④。

以上,我们论述了文艺美学家所强调应避免的两种错误态度。文艺美学家还提出批评中"向声背实"(曹丕语)"重所闻,轻所见"(葛洪语)"信伪迷真"(刘勰语)等错误的批评态度,因在对以上两种错误态度的论述中已有论及,就不再立专节论述了。

第三节　传统文艺美学的批评方法

一、社会批评

这是中国传统文艺美学思想史上最早形成的一种批评方法。它大致包括两个方面的内容:一是从时代、社会政治生活和作者生平看对文艺审美创作者及其文本的影响;二是看作品反映社会生活的程度,并以此来评价文本的价值。这种

---

① 《抱朴子·钧世》。
② 《抱朴子·钧世》。
③ 《鸿苞·论诗文》。
④ 《读通鉴论》。

方法兼有社会批评和道德批评的特色，重视审美批评和社会生活的联系，故又有人称之为社会道德批评方法或实用性批评方法。

“知人论世”是对社会批评方法第一方面内容的高度概括。语出《孟子·万章下》：“颂(诵)其诗，读其书，不知其人可乎？是以论其世也，是尚友也。”孟子认为诵读古人的诗书，就应了解古人和他所处的时代。也就是说应通过对文艺审美创作者生平、社会背景、历史条件等方面的了解，只有这样，从而才能对文艺审美创作者及其文本做出正确、深入的评价。

考察起来，应该说，传统文艺美学思想中的“物感”说和“赋诗言志”说是“知人论世”批评方法的理论基础。审美创作既然来自社会生活，作者既是文本的创造者，又是社会中的一成员，那么，审美创作必然受时代、社会以及文艺审美创作者所处地位、兴趣爱好、个性、气质等等因素的影响。因此，只有通过“知人论世”，考察作者生平、作品产生的时代和社会政治背景，探索社会生活对作者的“为文之用心”①的影响和形成作品风格特征的依据，才能做到精准、深透的批评。

在历代批评实践中，通过作者生平和所处社会背景对作品进行评价的例子多不胜举，现略举几例如下。

王逸在《离骚经序》中对屈原的批评就采用了这一方法。他说：“屈原执履忠贞，而被谗邪，忧心烦乱，不知所愬，乃作《离骚经》。”王逸通过屈原的遭际，把握住了《离骚》的主旨，评价是正确的。刘勰也认为：“不有屈原，岂见离骚？”②文艺审美创作者诗人是作品产生的主观要件，没有文艺审美创作者诗人，自然不可能有作品，可见了解文艺审美创作者诗人的生平遭际与社会背景是批评作品的重要途径。

“披文以入时”也就是社会批评方法的一种体现。刘勰对“建安文学”的批评就采用了“披文以入时”的方法③，即从时代背景出发来评价文艺审美创作者及其文本和当时的审美批评现象。他在《文心雕龙·时序》篇中说：“观其时文，雅好慷慨，良由世积乱离，风衰俗怨，并志深而笔长，故慷慨而多气也。”认为“建安文学”慷慨激昂的文风，实在是由于其时社会动乱，世风日下，民怨四起，文艺审美创作者受社会生活的影响，故思想沉郁而笔意深长，作品风格也就显得感情激昂，气势

---

① 《文心雕龙·序志》。
② 《文心雕龙·辨骚》。
③ 《文心雕龙·辨骚》。

饱满了。而“太康文学”则因为当时“运涉季世”,正是衰落动乱的年代,“人未尽才”,所以虽然有左思、陆机、潘岳等文艺审美创作者,也成就有限。①

从作品反映社会生活的深度来评价作品,是社会批评方法的第二方面内容。儒家的“教化”说和后世所提倡的“文以载道”说是这方面内容的理论基础。儒家的批评观自孔子始就认为文学和人的道德修养有密切关系,强调文学对社会生活负有道德责任。对此我们在前面已有不少论述。正是在这样的理论指导下,历代文学思想家,大都各从自己不同的角度把考察和判断文本是否具有“事父”“事君”“劝善惩恶”和“兴观群怨”的功用,以及是否“载道”作为评价作品的基本方法。

杜甫被后世尊称为“诗圣”,就因为他的诗能及时反映当时重大的政治事件和尖锐的社会矛盾,处处表现出忧国忧民的思想。而历代批评家对杜甫的批评也多是或从他本人经历对他的影响,或从他的诗作反映的社会现实的深度,以及诗作中流露出的深沉的思想感情来进行评价。因此,对杜甫的批评,可谓运用社会批评方法的典范。如唐孟棨就在《本事诗·高逸》中说道:“(杜甫)逢禄山之难,流离陇蜀,毕陈于诗,推见至隐,殆无遗事,故当时号为‘诗史’。”就从当时社会生活对杜甫的影响,以及杜诗对社会现实的反映来肯定杜诗的价值。《新唐书·杜甫传赞》说:“甫又善陈时事,律切精深,至千言不少衰,世号‘诗史’。”陈岩肖《庚溪诗话》评杜甫:“其穷也未尝无志于国与民,其达也未尝不抗其易退之节。”从作品内容给予肯定,都是极中肯的评价。

历代批评家中,研究杜诗成就最大和解说最为详切的王嗣奭和仇兆鳌,都力主采用“知人论世”和“以意逆志”的批评方法来品评杜诗。王嗣奭解释为什么要以《杜臆》作为自己研究杜诗之作的书名,说:“臆者,意也,‘以意逆志’,孟子读诗法也。诵其诗,论其世,而逆以意,向来积疑,多所披豁,前人谬述,多所驳正。”②认为通过“以意逆志”和“知人论世”的批评方法,能使历来存在的疑问搞清楚,也能对历来错误的批评进行驳正,从而得出正确的批评见解,极力推崇社会批评方法。他本人就是运用这一方法,极力还原到杜甫所处的那个时代,从当时的社会背景出发,对杜甫的生活和思想感情做了深入的研究。从《杜臆》中,我们可以比较明晰地了解杜诗产生的时代背景,以及杜甫思想发展的历时性线索。

---

① 《文心雕龙·时序》。

② 《杜臆原始》。

《杜诗详注》的作者仇兆鳌也力主社会批评方法。他在《序》中首先列举了据认为是最了解杜甫的元稹和韩愈对杜的评论,然后批评道:“二子之论诗,可谓当矣。然此犹未为深知杜者。论他人诗,可较诸词句之工拙,独至杜诗,不当以词句求之。盖其为诗也,有诗之实焉,有诗之本焉。孟子论诗曰:‘颂其诗,读其书,不知其人,可乎?是以论世也。’诗有关于世运,非作诗之实乎。孔子论诗曰:‘温柔敦厚,诗之教也。’又曰:‘可以兴观群怨,迩事父而远事君。’诗有关于性情伦纪,非作诗之本乎。”①仇兆鳌本人就是运用社会批评方法研究杜诗的,他从杜甫的生平遭遇和作品的思想感情着手,肯定了杜诗强烈的人民性和爱国主义精神,评价是准确的。

中国传统文艺美学思想中还有说“诗本事”和编作者年谱记生平经历的两种批评方法,以此来帮助受者和批评家对文艺审美创作者及其文本的理解。这也属于社会批评方法。“诗本事”是说明诗人因什么事而写某首诗,追溯起来,这种方法的使用在《左传》中就已开端。如《左传·隐公三年》载:“卫庄公娶于齐东宫得臣之妹,曰庄姜。美而无子;卫人所为赋《硕人》也。”“赋”诗,即写诗之意。庄姜美丽、贤明,但没有儿子(据毛诗《邶风·燕燕》和《绿衣》云,可知庄姜出身高贵,又关心国政,但庄公不理她,迷恋嬖妾,娶厉妫和戴妫,生了一些儿子,又和嬖人生了州吁,故卫国的人为此“闵而忧之”②。结果,由于没有嫡子,那些庶子就相互争位,引起了几代之乱)。《左传》以沉痛的语调记叙了这些事,在庄姜贤而无子下点出“卫人所为赋《硕人》”一句,意思就是说卫国几代之祸都是因庄姜贤而无子的缘故。讲清楚这件事对于理解《硕人》是有一定帮助的。以后,汉代的《毛诗序》、唐孟棨的《诗本事》都是这种批评方法的袭用和发展。但是,诗歌作为一种文学体裁,是具有虚构性特点的,如一定要以现实中的事例加以印证,则很难避免牵强附会。

“编年谱”是按年记载作者生平事迹、著述等,以帮助批评家了解作者生平,揭示作品产生的背景及其实际过程。中国史学发达,历代比较有名的文艺审美创作者都有《本传》,这对研究和批评文艺审美创作者及其文本大有裨益。但这些“本传”只记作者生平的一些大事和大略经历,对深入研究似嫌不够,故到了宋代又产生了“编年谱”这一方法。如宋吕大防所编《杜甫年谱》,洪兴祖《韩愈年谱》等,对

---

① 见《杜诗详注·序》。

② 《硕人诗序》。

深入认识作品都有很大作用。

综上所述，可以看出，社会批评是一种背景式的批评方法，能帮助我们深刻理解文艺审美创作者及其文本，从而对文艺审美创作者及其文本做出比较准确的评价。

但正如仇兆鳌所言，文本中除了具有很强的社会性一类作品以外，还有一类是注重"词句之工拙"，即重在艺术表现的作品。对这类作品，纯从社会背景的角度进行批评，就不甚妥当了，而应"较诸词句之工拙""以词句求之"，考察其"诗之本"，因此下面我们介绍另一种批评方法。

二、本体批评

本体批评是从文艺美学本身出发，把文艺美学作为具有独立审美价值的艺术形态来进行分析研究的一种方法。在这种批评方法看来，文艺美学是有其自身的特点和规律的。社会批评是从审美创作的背景，从外在的伦理道德关系和因果关系出发，本体批评则从文艺美学自身、从内在的结构入手，它和社会道德批评是相反相成的两极。

本体批评的产生和发展有一个前提，即首先是审美创作有一个颇为长久的历史和一个繁荣的局面；其次是文艺美学自身获得独立的地位、审美特征。因此，和社会批评方法相比，它产生较晚，但发展蓬勃，是文艺美学中运用最广泛、影响最深远的一种批评方法。

在历代批评实践中，运用本体批评方法主要有两种形式：一是诗话、词话、曲话；二是采用"品"的形式，如钟嵘的《诗品》、吕天成的《曲品》和祁彪佳的《远山堂曲剧品》。本体批评的理论主要散见在这两种形式的一系列著作之中。

追溯起来，本体批评方法的建立，首功当推曹丕，他在《典论·论文》中肯定了文艺美学的独立地位。之后，挚虞在《文章流别论》中对文艺美学体裁进行了专门的研究，标志着本体批评有了细致深入的批评实践。刘勰则把本体批评推到一个新的阶段，他的《文心雕龙》虽然不能看作本体批评的专著，但其中的一些篇章已经涉及到本体批评的方法论问题。

他在《文心雕龙》中提出"六义说"和"六观说"，并以此为审美批评标准来评价文艺审美创作者的创作成就和作品审美价值。表明他对文本的内在文艺美学结构已有系统的认识。他将这种方法运用于批评实践，在《文心雕龙》一书中，本着“论文叙笔”①的方法,根据“无韵者笔也,有韵者文也”之分把三十五种文体分为“文”和“笔”两大类,然后以“原始以表末”“释名以章义”“选文以定篇和敷理以举统”②等四个原则与步骤对各种文体的创作经验进行了全面的总结,建立了他的文体论。又采取“剖情析采”的方法,从内容和形式对文艺美学的审美特征进行分析:陈述了“神思”和“体性”问题;说明了“风骨”和“定势”的要求;又谈到“比兴”“丽辞”“声律”和“练字”等艺术表现技巧,对文本的内在审美结构及其审美创作原则进行了系统的理论概括,从而建立了他的创作论。

刘勰还运用本体批评方法对具体的文艺审美创作者及其文本进行了批评。以他对陆机的批评为例,评陆机的诗:“采缛于正始,力柔于建安。”③,是从辞藻、气势着眼;评陆机的乐府:“有佳篇。”④是从审美的角度而论;评陆机赋:“底绩于流制。”⑤因陆机《文赋》把文体分为十类,并说明每类的特点,如“诗缘情而绮靡,赋体物而浏亮”,故刘勰赞扬陆机的赋在论流品和制作上获得的成就大。论其颂曰:“陆机积篇,惟《功臣》最显;其褒贬杂居,固末代之讹体也。”⑥《功臣》指《汉高祖功臣颂》,刘勰认为此篇在陆机的作品中虽比较突出,但由于褒贬夹杂,就不是颂的正体了,是从文章体裁着眼;论其吊辞曰:“陆机之《吊魏武》,序巧而文繁。”⑦是从“置辞”和“奇正”着眼;评其《连珠》:“唯士衡运思,理新文敏,而裁章置句,广于旧篇”⑧,认为陆机的《演连珠》有新意,篇章丰富,突过前人,是从“置辞”,“奇正”“通变”着眼;评其移文:“陆机之《移白宫》,言约而事显,武移之要者也。”⑨,是从“置辞”和“事义”着眼;评其论文:“陆机《辨亡》,效《过秦》而不及,然亦其美矣。”⑩陆机的《辨亡论》模仿《过秦论》,模仿痕迹太显,立论不高,但由于结构布局不同,所以还是不失为一篇好论文。此外,《体性》篇还论及陆机作品的风格:“士衡矜重,故情繁而辞隐;”《声律》《事类》等篇还论及陆机在声律、用典上的问题。

---

① 《文心雕龙·序志》。
② 《文心雕龙·序志》。
③ 《文心雕龙·明诗》。
④ 《文心雕龙·乐府》。
⑤ 《文心雕龙·诠赋》,“底绩”,意效功。
⑥ 《文心雕龙·颂赞》。
⑦ 《文心雕龙·哀吊》。
⑧ 《文心雕龙·杂文》。
⑨ 《文心雕龙·檄移》。
⑩ 《文心雕龙·论说》。

从以上事例可以看出，刘勰是采用本体批评方法，从“六观”的途径入手，对陆机的作品进行全面批评的。

钟嵘的《诗品》是一部从本体角度考察诗歌创作的批评专著。钟嵘善于概括诗人独特的艺术风格，对诗歌本身的传统也十分重视。他对两汉至梁代 122 位诗人作了细致的审美评价，按上品、中品、下品分出三个等次。这种“品”的方法对后世有很大的影响。他对诗歌的审美结构也有具体的要求，这主要体现在他的“滋味”说和以“奇”论诗上。

钟嵘评诗，很注意“奇”。所谓“奇”，是说诗歌艺术奇警不凡，其对立面是平庸。“独观谓为警策，众睹终沦平钝”①，就是以“警策”（奇警）和“平钝”对举。如他品评曹植诗云：“骨气奇高，词采华茂。”批评刘桢诗云：“仗气爱奇，功多振绝。贞骨凌霜，高风跨俗。”认为两人诗歌通篇风貌奇健，具有强烈的艺术感染力。评谢朓诗云：“奇章秀句，往往警遒。”赞美谢朓诗歌常具有奇警秀出的章句。评张华诗云：“其体华艳，兴托多奇。”称美其诗歌比兴寄托之奇。以上例子都是钟嵘运用本体批评方法从文艺美学自身的审美特征着眼对文艺审美创作者及其文本进行的评价。可以说，通过刘勰和钟嵘等在理论上的论述和实践上的努力，本体批评的格局基本上确定下来。后世以诗话和“品”的形式出现的批评著作达数百种之多，但多是沿袭刘、钟本体批评的格局。

比起社会道德批评来，本体批评在理论上较有系统，而且批评途径广泛，批评家对文本的文艺美学结构有充分的认识，注意了文艺美学自身的传统，并在此基础上对文本的风格，词采、声律、意境进行了探源似的深层批评。本体批评要求对文本的内在审美结构进行全面的把握和细致考察，如上面所提刘勰的“六义”“六观”，钟嵘以“滋味”、以“奇”论诗，以及姜白石在《白石道人诗说》中提出“气象、体面，血脉、韵度”四条，吕天成的外舅祖孙在《南词十要》中提出“十要”②：即事、关目、搬演、音律、使人易晓、词采、敷衍、派角色、脱套、教化等，都注意了文艺美学本体的各个侧面，并随着新文体的出现，提出了新的要求和新的批评途径。但是，由于历代批评家主要是凭主观的心灵感受构筑理论框架，加之古代语言的多义性，因此，这些理论多半在科学性、逻辑性和细致性上存在着程度不同的问题。对于作品的文艺美学结构的探讨，也只限于一些大的方面，深入研究不多，使得本体批

① 《诗品序》。

② 《曲品》。

评的一些结论存在一个是否可靠的问题。例如钟嵘《诗品》对曹操、陶渊明等人的定品，就不甚合理；对于文艺美学风格的溯源也不尽准确。《四库总目提要》就曾指出《诗品》在溯源上的不科学和吕天成《曲品》以“神妙能具”定品的不确切。

应该说，本体批评把批评的注意力从作品之外拨回到作品本身，这是有意义的；但若因此而割断作品的外部因果联系，则又为不智之举。如前面所举仇兆鳌《杜诗详注·序》中批评元稹和韩愈，指出对如杜甫一类主观表现性极强的诗人，应通过社会道德批评才能得出正确评价之说，可谓是古代批评中有识之见。当然，在本体批评中，也有许多人不忘“文以载道”，试图把思想内容和艺术形式的要求结合起来，特别是我们所列举的早期的刘勰和钟嵘，但这种努力，并未获得大的成功。

综上所述，本体批评和社会道德批评一样，是瑕瑜互见的，对文艺美学发展的贡献是极大的。

三、主体批评

主体批评是指从作者一面出发，以作者为研究的对象，认为“诗品即人品”①，诗歌的韵味、风味是作者人格的体现，从作者的个性、人品，看到他的识力、胸怀，再看到文辞、风格。主体批评是介于社会批评和本体批评之间，为中国历代批评家沿用的一种方法。

“诗品即人品”和“文如其人”是主体批评两个方面内容的高度概括。《艺概·诗概》指出：“诗品出于人品。”所谓“诗品”，意指诗歌的思想内容和艺术特点；“人品”，则意指诗人的道德修养和创作才能。刘熙载认为，文本的思想艺术价值同文艺审美创作者的思想修养、创作才能有密切的关系，有什么样的人品就有什么样的诗品，通过一个人的品德可以评价他的作品。之前，陆游《上辛给事书》云：“夫心之所养，发而为言；言之所发，比而成文。人之邪正，至观其文则尽矣、决矣，不可复隐矣。”可见，陆游也认为，文本是作者思想感情、品德修养通过语言文字表达的结果，透过文本能在一定程度上考察作者的品德和个性。

“以人品论诗”或“以诗论人品”都是有其深刻的理论基础的。古人很重视人格品质的培养，如儒家学者所强调的“三不朽”：“太上有立德，其次有立功，其次有

① 《艺概·诗概》。

立言。”①则把“立德”放在首位。影响及审美创作,就把高尚的道德品格修养放在首位,“以人品为先”(薛雪语),“必人品清高”“独超众美”,达到“志洁行廉”这样的道德修养,就必定会创作出具有极高审美价值的作品。这种重作者修身的思想,被历代文人文艺审美创作者继承,成为批评家通过作者的“人品”来分析文品、诗品、词品、曲品的批评手段,或通过作品来看作者的品德的理论根据。

主体批评方法的形成还有其坚实的美学思想基础。在中国古代的审美观念中,极其强调人格的尊严,孔子说:“三军可夺帅也,匹夫不可夺志也。”②,表现了孔子是极其赞赏和尊重个体人格的。孟子说:“富贵不能淫,贫贱不能移,威武不能屈,此之谓大丈夫。”③提倡坚强的品格和伟大的人格理想。这种人格理想一直是历代文人所追求的审美理想和审美趣味。加之文艺美学思想一开始就以“言志”命题,强调审美创作是创作者直接的心灵抒发,对人格尊重的审美观和诗歌“言志”的理论统一起来,便成了以“品性”论诗的美学依据。

主体批评的实践开始于汉代对《离骚》的评价。淮南王刘安赞美《离骚》:“蝉蜕浊秽之中,浮游尘埃之外,皭然泥而不滓者也。推此志,虽与日月争光,可矣。”④推崇屈原的“志”(作品的思想内容和作者的道德品质)可“与日月争光”。魏晋六朝好“品藻人才”⑤,以人品评价诗文审美价值正是流风所及,人品高,诗文境域也高。萧统选编《陶渊明集》,特地在《序》中说:“其文章不群,辞彩精拔,跌宕昭彰,独超众类……论怀抱则旷而且真。加之贞志不休,安道苦节,不以躬耕为耻,不以无财为病。自非大贤笃志,与道污隆,孰能如此耶?”由对陶渊明诗文的推重,到对其“旷而且真”的怀抱、“贞志不休”的志趣以及“安道苦节”的品德表示由衷的敬佩,认为陶渊明诗文之所以取得极高的成就,是和他高尚的道德修养分不开的。

钟嵘也好以人品论诗,如他称陶渊明“文体省净,殆无长语。笃意真古,辞兴婉惬,每观其文,想其文德,世叹其质直”⑥。“观其文,想其文德”,既由人的品德到诗文,又由诗文到人品,包括了两方面的内容。宋朱熹论文极重作者品质。他

---

① 《左传·襄公二十四年》。
② 《论语·子罕》。
③ 《孟子·滕文公下》。
④ 《史记·屈原列传》引。
⑤ 萧子显:《南齐书·美学传论》。
⑥ 《诗品》。

在《玉梅溪文集序》中，举出诸葛亮、杜甫、颜真卿、韩愈、范仲淹，说："此五君子，其所遭不同，所主亦异，然求其心，则皆所谓光明正大，疏畅洞达，磊磊落落而不可掩者也。其见于功业文章，下至字画之微，盖可以望之而得其为人。"正是本着这种看法，他论《诗经》说："诗者志之所之，在心为志，发言为诗，然则诗皆复有工拙哉！亦视其志之所向者高下如何耳。是以古之君子德足以求，其志必出于高明纯一之地，其于诗固不学而能之。"①强调作者志向高、有道德，其诗就精工，诗的工拙是由作者的品德决定的。

这种从文艺审美创作者人格的高低来品评作品的主体批评，对理解文艺审美创作者及其文本并给以正确的批评是有一定的帮助的。但作为一种艺术形态，文学除了受社会生活、作者本人的影响外，还有其本身的传统及其内在的审美特征。更何况作为创作主体的文艺审美创作者是一个具有复杂心理和思维能力的人，文本也不是生活的简单复制。因此，过分地强调"以人品论诗"，有时会造成批评的不确切。在使用这种方法的大量批评实践中，就有把文艺审美创作者的品格和作品等同起来的倾向。如王通在《文中子·中说》中论谢灵运的诗，就说谢是："小人哉，其文傲。"朱熹的批评也有许多地方显得苛刻和失实，如他对扬雄和蔡琰的批评就是不公正的。他说："至于扬雄，则未有议其罪者，而余独以为是其失节，亦蔡琰之俦耳。然琰犹知愧而自讼，若雄则反讪前哲以自文，宜又不得与琰比矣。"②对这种倾向，古代批评家就已进行过批判，如明都穆就说："扬子云曰：'言，心声也；书，心画也。'盖谓观言与书，可以知人之邪正也。然世之偏人曲士，其言其志，未必皆偏曲，则言与书又似不足以观人者。元遗山诗云：'心画心声总失真，文章宁复见为人。高情千古《闲居赋》，争信安仁拜路尘。'有识者之论固如此。"应该说，单从人品论诗是有片面性的。

总之，主体批评把批评重点移到创作主体，更接近文艺美学本身。并且主体批评对文艺审美创作者志向、品行、道德修养的要求，也有利于督促文艺审美创作者从严要求自己。但主体批评把人品和作品的关系简单化，缺乏对创作主体作更细致的分析，这是它的不足之处。

四、点悟式批评

点悟式批评更多的是从受者一方出发，在受者和作品中充当桥梁的作用。它

① 《答杨宋卿》。
② 《楚辞后语目录序》。

往往用极精练、极隽永的语言来点出作品的关键,以启发受者更准确地领悟作品精微、含蓄的意旨。钱钟书先生在《读拉奥孔》中说:“诗词、笔记里,小说、戏曲里,乃至谣谚和训诂里,往往无意中三言两语,说出益人神智的精湛见解,含蓄着很新鲜的艺术理论,值得我们重视和表彰。”这种用“三言两语”说出“精湛见解”的方法,就是点悟式批评方法。“点悟式”批评方法讲究言简意赅,点到为止,看似只言片语,其中却包含着深刻的理论见解,能使人产生丰富的联想。

点悟式批评是有其深刻的美学思想渊源的,它建立在中国古代文艺美学的“言有尽而意无穷”和“妙悟”说之上。中国古代的艺术理论讲究作品应“神余言外”,要有“弦外之音”,“文外之旨”,“只可意会不可言传”,肯定“可言不可言”,“可喻不可喻”之意在审美认识中的地位。对接受者则要求通过“熟参”,而“妙悟”,即通过自己的用思,在心底去追索、咀嚼、回味,才能领会作品精妙的意蕴。古典文艺美学还强调“言不尽意”,一些复杂的意象和情感难以用语言精确传达;但通过艺术家的巧妙利用,看似难以言喻,却可供人玩味、领悟,这正是艺术的审美妙处。古典文艺美学的这些深刻的艺术辩证法思想在创作上的运用,形成中国古代诗歌空间大、意蕴深的审美特征;在批评上的运用,则形成了“点悟”和“品味”两种接受批评方法。

点悟式批评的形成还和中国传统文艺美学思想史上的另一特征分不开,这就是中国古代批评家几乎都是文艺审美创作者,其中如司马迁、曹丕、陆机、刘勰,唐代的李杜、元白,宋代的苏轼,清代的李渔等人都是划时代的文艺审美创作者。因此,他们的批评文章都极富文采,例如《典论·论文》《文赋》《文心雕龙》,本身就是优秀的文本。明人王文禄就说过:“古文之妙,三国六朝得八人焉:曹植、祢衡、张协、陆机、江淹、庾信、刘勰是也。”①又如杜甫的《戏为六绝句》、白居易的《与元九书》、司空图的《诗品》、严羽的《沧浪诗话》,元好问的《论诗三十首绝句》等,都是绝妙的艺术佳作。正是由于批评家又是文艺审美创作者,批评文章多是佳作,所以创作中的各种表现手法、修辞技巧,在审美批评中也用上了。这样,文本含蓄蕴藉的审美特征在批评文章中就与批评手段一起表现出来了。

在历代批评实践中,点悟式批评被大量运用,且形式不拘,我们只能粗略地从两个方面举例论述。

古代批评家往往只用寥寥数语,从整体上把握一部作品或某个文艺审美创作

① 《文脉》卷二,《杂论》。

者的艺术风格，以引导受者思考。这种批评实践可追溯到孔子，他用来概括《诗经》的三个字——“思无邪”就颇耐人寻味；班固用“实录”二字来评价司马迁的《史记》，也极中肯。前面我们所举刘勰对陆机的批评，钟嵘对曹植、刘桢的评价，都采用了此种方法。

采用点悟式方法，从美学的高度来评价文艺审美创作者风格的，如朱鹤龄评李商隐诗歌风格为“沉博绝丽”①。我们必须结合审美创作规律和唐诗的具体实际来领会这一评价，才可以悟出这四个字背后丰富深沉的内涵。以“丽”这一风格而论，自李贺到晚唐的杜牧、李商隐、温庭筠等人的诗歌，可以说都有“丽”的共同之处，然而“丽”的具体内容却各有不同：李贺的“丽”偏于幽冷，表现为“山头老桂吹古香，雌龙怨吟寒水光”②的凄清境域；杜牧的“丽”偏于俊逸，表现为“桥横落照虹堪画，树锁千门鸟自还”③的倜傥风貌；温庭筠的“丽”偏于恻绝，表现为“抱月飘烟一尺腰，麝脐龙髓怜娇娆”④的错金交采的雕镂；而李商隐的“沉博绝丽”之“丽”，和他们又都不同。在这里，所谓“沉”是构思的“包蕴密致”⑤，“博”用刘勰的话说，则是“博喻酿采，炜烨枝派”⑥，总的说来，是丽密。但细细分析，“沉博绝丽”却又表现为四个方面：在诗思的陶钧中，表现为深情的婉约和意境的曲折；在幽邃的肌理中，表现为意脉的贯串和律法的精细；在炼字炼句中，表现为体物的工切和用典的别出新意；在诗体方面，发展了咏史诗和创作了无题诗，表现了艺术素养的深厚，不拘一格，师法前人而又自辟蹊径。从以上分析中可以看出，评语虽只四字，却高度浓缩精练，耐人玩索。类似的批评，如王安石用“清水出芙蓉，天然去雕饰”⑦来形容李白的诗风；杜甫用“沉郁顿挫”⑧四字概括自己的诗作；韩愈评论柳宗元的文章“雄深雅健，似司马子长”⑨等。又如前人比较韩、柳、欧、苏的文章风格，得出“韩如潮，柳如泉，欧如澜，苏如海”的结论，分别用“潮”“泉”“澜”“海”来形容四人文风，既精当，又启发人意。应该说，这些评价，都是运用关键性的“片

---

① 《玉溪生诗笺注》。

② 《帝子歌》。

③ 《洛阳长句》。

④ 《张静婉采莲曲》。

⑤ 杨亿语，转引自《唐音癸签》卷八。

⑥ 《文心雕龙·体性》。

⑦ 《苕溪渔隐丛语》前集卷五。

⑧ 《进雕赋表》

⑨ 刘禹锡：《柳君集记》。

言”，以少胜多，鞭辟入里，既抓住了文艺审美创作者毕生作品的基本风格特色，又富有启发性、暗示性，耐人玩味。

其次，针对特定的作品，或作品中的片段进行分析、接受和评价。这种分析、鉴评往往只点出其关键所在，有画龙点睛之妙。如郑东甫在《杜诗钞》中评杜甫《无家别》云：“刺不恤穷民也。”浦起龙在《读杜心解》中说：“‘何以为蒸黎?’可作六篇（指“三吏”，“三别”）总结。反其言以相质，直可云：‘何以为民上?’”都是只点出要领，发人深思。又如姜夔的《扬州慢》下片云：“二十四桥仍在，波心荡，冷月无声。”后人评道：“是‘荡’字着力。所谓一字得力，通首光采……”①评论是相当简略的，但却具有极大的暗示性，结合文艺美学范畴的辩证统一关系来进一步分析，就能透过这“举要”的“片言”领略到更多的意趣，原来这中间深蕴着以“动”表“静”的韵味。中国传统文艺美学思想讲“飞动之趣”②，动是美的，直接描写“动”，写得好，当然是美的。但文艺美学史上许多优秀作品，不善于抛开以动态描写动态、以静态描写静态的惯用手法，而采用以动写静、以静写动的变通表现手法来更加突出动与静的意境，创造出更为完美的艺术境域。姜夔的《扬州慢》就是不直接写动，而是通过写静以表现动、反衬动，这样就更令人玩味无穷。经过金兵一再破坏的扬州，已经成了一座触目凄凉的空城。由于空城的萧条岑寂，加上雪后阴寒，戍角悲吟，因此“二十四桥”的月光已经非复昔时的“明月”，而成为“冷月”了。处于“冷月”幽光的笼罩下，即使湖波微荡，也终于悄然无声。湖波之“动”实际是虚写，“无声”才是实写。以动衬静，渲染和烘托出一座“空城”的气氛和“黍离之悲”的意境。而且，“波心”之“荡”不仅蕴藉着湖波的动荡，还包含着“胡马窥江”后十余年来家国的动荡，也包含着这座“淮左名都”，以至“二十四桥”所历经的动荡。“荡”字透露了作者的感伤和深沉的忧患意识，故评价时特地“点”出它来，让受者去“熟参”、领悟。

这一类的例子在历代诗语中极多，王国维《人间词语》中“‘红杏枝头春意闹’，着一‘闹’字而境界全出；‘云破月来花弄影’，着一‘弄’字而境界全出矣”的评语为人所常道。其实，点悟式批评方法达到极高水平时，其批评文字本身就是艺术佳品，和所批评的艺术作品珠联璧合，给接受者以余味无穷的艺术享受，从而形成了中国古代艺术特有的审美意蕴。但是，由于这种批评多为直观式的感受，

---

① 先著：《词洁》。

② 皎然：《诗式》。

没有系统的理论体系,也是其不足之处。

五、比较式批评

比较式批评是“点悟”式批评的补充。点悟式批评多是比喻式的阐述,在精当巧妙之余,没有展开细致的分析。批评者有如给受者指明路径,至于如何登堂入室,则有待受者自己细细体味、参悟。加之比喻的不确定性,人们可以从不同的角度解释它,所以比喻所包括的范围就显得宽泛。这样,对如何恰当地评价作品便有了先天的缺憾。为了弥补这一缺憾,历代批评家又把若干文艺审美创作者及其文本放在一起进行对照比较,以显出各自的优劣短长。久而久之,沿用的人多了,就形成了一种常用的方法。

刘勰在《文心雕龙·知音》篇中所提出的“阅乔岳以形培𪣻,酌沧波以喻畎浍”,可算比较式批评的理论根据。高山和小丘、大海和小溪,一比较就清楚了。

下面我们结合具体的批评实践进行论述。

首先,对不同时代、地区的审美创作进行比较,可从中考察审美创作内容与形式诸方面的更替出新和审美创作的成就、风格的异殊。如司马迁在《史记·屈原传》中说:“《国风》好色而不淫,《小雅》怨诽而不乱,若《离骚》者,可谓兼之矣。”在司马迁看来,《风》诗多爱情篇章,《小雅》颇多怨刺,如果拿《离骚》和《风》与《小雅》相比较,《离骚》则兼有爱情描写和怨刺讽谏之长,从而给《离骚》以极高的评价。刘勰最爱用比较式批评方法,在《明诗》篇中,他说:“晋世群才,稍入轻绮,张潘左陆,比肩诗衢,采缛于正始,力柔于建安。”将西晋文学与建安文学做一比较,张(三张)、潘(两潘)、左(左思)、陆(二陆)诸人,虽同称晋代诗文大家,但其作品风力柔弱而偏重辞采,有流于轻靡之弊,与建安文学的慷慨激昂相比较,实不可同日而语。

刘勰主要从文质、风力等方面进行比较,宋代严羽则另有比较视域。《沧浪诗话·诗评》云:“诗有词、理、意、兴,南朝人尚词而病于理,本朝人尚理而病意兴,唐人尚意兴而理在其中,汉魏之诗,词、理,意,兴,无迹可求。”他从诗歌的形象意境、思想内容、比兴手法与辞采诸方面,比较了汉魏、南朝、唐宋各代诗歌创作在这些方面的得失,而首推汉魏、唐人,表达了他对艺术创作规律的见解。

沈约侧重于对不同时代审美创作体式的差异变化做比较式批评。《宋书·谢灵运传论》云:“自汉至魏,四百余年,辞人才子,文体三变,相如巧为形似之言,班固(又作三班)长于情理之说,子建、仲宣以气质为体,并标能擅美,独映当时……

降及元康,潘陆特秀,律异班贾,体变曹王,缛旨星稠,繁文绮合。"就通过对司马相如、班固、曹植、王粲等人的比较,得出"文体三变"的观点。

其次,通过对不同文艺审美创作者的创作态度,作品内容、格调、文体、表达方式、语言、音律等方面的比较来研究和评价文艺审美创作者及其文本。如范晔论司马迁与班固作史的特点说:"迁文直而事核,固文赡而事详。"①司马迁作史指事准确,叙述简练,精当而有气魄,能激动人心,耐人寻味;比较之下,班固著史就显得叙事详尽,语言整饬工丽,但不及司马迁作史有味,文采淡了一些。高仲武《中兴间气集》评大历十才子中的郎士元、钱起说:"两君体调,大致欲同,就中郎公稍更闲雅,近于康乐。"认为郎、钱二人格调趣味大约相同,只是郎士元更近似谢灵运的悠适雅致。又如张戒的《岁寒堂诗话》云:"阮嗣宗诗,专以意胜;陶渊明诗,专以味胜;曹子建诗,专以韵胜;杜子美诗,专以气胜。"张戒在这里标举阮、陶、曹、杜四人,从风格出发,比较他们作品最显著的特色,评价大体不差。又如陈振孙的《直斋书录解题》曰:"愈之文安雅而奇崛。李翱扰其安雅,皇甫湜得其奇崛。"李翱、皇甫湜同为韩派文人,师法韩愈,但比较之下,李文平易通俗,所效仿的是韩愈"雅"的一面;皇甫湜则继承发展了韩愈的怪奇险崛的风貌特色。两人虽同师承于韩愈,却导致了不同的风格,不认真分析,会把他们作为一派,但一经比较,特色就明显看出来了。

通过文艺审美创作者间的比较,除了便于把握各人的风格成就外,还能清楚显示不同文艺审美创作者对作品各种审美创作体裁的掌握和表达能力。曹丕《典论・论文》评建安七子:"王粲长于辞赋,徐干时有齐气,然粲之匹也……琳、瑀之章表书记,今之隽也。应瑒和而不壮,刘桢壮而不密。孔融体气高妙,有过人者,然不能持论,理不胜辞,以至于杂以嘲戏。"七子齐一时,但彼此之间,却各挟一技之长。

对文艺审美创作者的比较,有的从大处着眼,粗陈梗概,有的却是从小处着手,细细论说。如何景明的《与李空同论诗书》说:"比空同尝称陆、谢,仆参详其作,陆诗语俳,体不俳也;谢则体语俱俳矣;未可以其语似,遂得并列也。"这一段是比较陆机、谢灵运二人诗作之"俳"的文字。"俳"是指诗句的排比对仗,李何二人讨论的问题,是相当具体的艺术表现问题。又如刘勰《文心雕龙・丽辞》说:"长卿《上林赋》云:'修容乎礼园,翱翔乎书圃。'此言对之类也。宋玉《神女赋》云:'毛

① 《后汉书・班固传》。

嫱鄣袂,不足程式;西施掩面,比之无色。'此事对之类也。"同是赋中的对句,又有"言对""事对"之分。"言对"仅是语言表达的一种修辞手法,"事对"在字面之外,其内容尚有密切的关联。两者相比,刘勰得出"言对为易,事对为难"的结论。《文心雕龙》一书,对声律、章句、丽辞,比兴、夸饰、练字等若干具体表现手法,在专门的论述中,多采用对不同文艺审美创作者及其文本进行比较的方法,这些,当然都是具体细致的比较批评。

应该说,比较式批评是中国传统文艺美学思想家最常用的一种方法,在批评史上有它很重要的特色。

六、评点式批评

评点式的批评方法也是从受者方面着眼,来探讨文本艺术价值的实现问题,故有人称之为"向导式"批评,也有人称之为"接受"批评。这是一种后起的批评方法,是随着新文体的出现(戏曲、小说等)而产生、成熟和发展起来的。评点肇始于诗文,在唐代就已露端倪,但是,最早的戏曲、小说评点产生于书场书贾之手,比较粗糙。评点真正形成一种派别并产生深远影响,是在明代中叶。明代的李贽和叶昼等人的戏曲、小说评点,可以说是开了评点派的先河。到了明末清初,金圣叹把审美创作评点这种批评方法加以发展和完善,使之臻于成熟并达到高峰,他本人也成为评点派最成熟的代表。明清两代的戏曲、小说评点声势浩大,评点家之多、评点作品之众已难确数。应该说,在宗旨、形式等方面确乎形成了一个批评流派,其中除金圣叹评点本外,有影响的,如毛宗岗评点《三国演义》、张竹坡评点《金瓶梅》、脂砚斋评点《红楼梦》,都是文艺美学史上运用评点式批评方法批评作品的很重要的例子。

评点这种批评方法的出现和当时的审美创作有着密切的关系,元杂剧的兴盛,《水浒》《三国演义》等小说的问世,在内容和形式上都对社会产生了强烈的影响。首先是这种文艺内容的进步性,以描写市民生活为主体的戏曲、小说,是资本主义生产方式萌芽的产物,在内容上和传统诗文大异其趣。尤其是《西厢》《水浒》等作品,其思想性突破了传统的束缚,因而首先遭到了统治者的禁止,在社会上留下"诲淫""诲盗"的恶名,成了受者的阅读禁区。于是就有有识之士出来打通这一障碍,通过切身的阅读体验,运用随感性的评点,以期引起受者的重视和激发受者的审美趣味。金圣叹称《西厢记》"断断不是淫书,断断是妙文"、张竹坡说《金瓶梅》是有意"作秽言"以泄仁人志士及孝子悌弟之悲愤,等等,其宗旨都在于破除社会偏见。其次,是新文体出现的必然。新文体独特的审美特征使接受者无所适从,难于突破欣赏诗文的传统模式。审美接受的审美心理是一种习惯和传统的缓慢的积淀。中国是诗的国度,诗文创作源远流长,在受者心中具有根深蒂固的影响,这造成了人们对新文体的一种本能的抵制,戏曲品评中审美观的缓慢发展说明了这点。而评点式批评倚仗其形式上的优势,批评家犹如一位出色的导游,引导受者在艺术的王国自由翱翔、探幽揽胜。在整个游程中,这位高明的导游时而指点名胜,时而辨别良莠,不断发出倾心的赞叹和精到的品评。而受者正是在这边观赏、边"听"品评、边玩味的过程中,辨别了真和假、善与恶、美与丑,不知不觉地被引导到艺术宫殿的堂奥,解除了心理上的芥蒂,突破了传统的接受与欣赏模式。因此,这一新的批评方法的出现并非偶然,而是社会信息的反馈使然。它有其宗旨和目的,其客观效果起到了桥梁作用,沟通了文本和接受者之间的联系。

评点式的批评有一个基本程式:开首一个《序》,比如金圣叹评点的《水浒传》,开头就有三篇《序言》。《序》中有直接对作品的评论,也有由此而生发开去,议论古今是非,所发表的是点评者自己对审美创作、接受与欣赏的理论见解。

紧接《序》之后是《读法》。所谓《读法》,就是告诉受者阅读欣赏时应注意的一些问题,如金圣叹在《水浒传・读法》中,一开头就告诉受者:"大凡读书,先要晓得作书人是何心胸。"强调接受与欣赏或批评首先应充分理解作者的特殊情感特点;又如《西厢记・读法》,起首就开门见山地强调指出《西厢记》"是天地妙文",接着又说批评者应"贵眼照古人",要通过阅读得"金针",通过批评"度"金针,要"平心敛气读之",要"细相其眼法、手法、笔法、墨法",等等,或对全书做全面评述,或发表自己的审美和创作见解。这无论是对文艺审美创作者的创作,还是对受者的阅读接受与欣赏,都具有指导意义。因此,可以说《读法》具有纲领性质,它提出如何从整体上把握作品。

接《读法》之后,是在每一回(折)前作"总评"。"总评"是评这一回(折)的基本内容,包括其成败得失、思想和审美特征,如《西厢记》一本一折"总评"云:"《西厢》第一折之写张生也是已。《西厢》之作也,专为双文(莺莺)也。然双文国艳也。国艳,则非多买胭脂之所得而涂泽也,抑双文,天人也。天人,则非下土蝼蚁工匠之所得而增减雕塑也。将写双文,而写之不得,因置双文勿写而先写张生者,所谓画家烘云托月之秘法。然则写张生必如第一折之云云者,所谓轻重均停,不得纤痕渍如微尘也。设使不然,而于写张生时,厘毫夹带狂且身份,则后文唐突双文乃极不小。读者于此，胡可以不加意哉。”这里就讲明这一折专写张生的艺术表现手法之所在。本来《西厢记》全书都是专为莺莺而作，为什么这一折要专写张生呢？原来是使用的“烘云托月”之法。经过这样一评，有助于受者对全书的把握，和对此折要领的理解。

最后，是在每一回（折）文中作“眉批”“旁批”和“夹批”。这些批注，一般是对作品某一段的具体描写做出审美的评价，揭示其审美意蕴之所在。如金圣叹对《西厢记·赖简》一折中张生、红娘，莺莺三人之间三句绝妙对话的批注：

> 莺莺云：红娘，有贼！
>
> 红云：小姐，是谁？（妙妙！贼也，而又问谁哉。）
>
> 张生云：红娘，是小生。（妙妙！问小姐也，而张生答哉，三句三人三心三样，分明是三幅画。）
>
> 西厢中如此白，真是并不费笔费墨，一何如花如锦，看他双文唤红娘，红娘唤小姐，张生唤红娘，三个人各自胸前一片心事，各自口中一样声唤，真是写来好看煞人也。

金圣叹对这段对话赞不绝口，认为三个人物，三句对话，论文辞平平常常，完全是日常生活用语，既无文采，也不典雅，却生动地写出了三个不同性格的人物在此时、此地，此境各自独特的心理，文传神，批注也传神，批注之外，评点家还在他认为写得精彩的句子中加上圈点，目的在于使受者注意，不要轻易略过。

评点式批评最大的特征在于批评和作品的结合，它把批评者的审美感受、批评观点和作品同时展现在受者面前，使受者在接受与欣赏作品时常常听到批评者循循善诱的指点，而且它还把接受与欣赏的关节和着重点告诉受者，提醒受者予以重视，以此实现在作品和受者之间的桥梁作用。由于这个特征，评点作品的人，必须对作品下很大的功夫，要对作品进行反复阅读、分析、品味、咀嚼，付出巨大的劳动代价，才能进行评点。

概括起来，评点有如下的特点和长处。

第一、针对性强。为了把作品推荐给社会，否定社会偏见，破除受者心理上的戒备和吸引受者的注意力，批评家们一方面会有意提高作品的价值，另一方面则充分肯定作品。前者如李卓吾在《忠义水浒传序》中说：“有国者不可以不读，一读此传，则忠义不在水浒，而皆在于朝廷矣……好事者资其谈柄，用兵者藉其谋画。”

后者如张竹坡称《金瓶梅》是“仁人志士,孝子悌弟,不得于时,上不能问诸天,下不能告诸人,悲愤呜咽,而作秽言以泄其愤也。”①以传统的“发愤著书”和“不平则鸣”的理论,肯定作品既非“淫”,亦非为“盗”。这些议论都是就作品的问题而言,针对性强,绝非泛泛而论。

第二,见解精到,指导性强。批评者通过对作品的深入理解、着意探究,再把自己的审美感受加以文字物态化并直接传递给受者。因此,见解往往显得比受者高明,易产生匠心独运,新人耳目的艺术指导效果。这也有两层意思:一层是批评者基于对新文体的认识,在指导接受与欣赏时,有意矫正受者的审美陈习,以提高受者的接受能力和更深入地理解作品。这在李卓吾的评点中已有显露,他已经比较注意从情节、结构上批评作品。在金圣叹、张竹坡、脂砚斋的评点中,这种特色更为明显,对人物、情节、结构等的批评已基本上取代了“音律、文彩,意境”等的传统的本体批评格局。另一层是批评者时时影响着接受者的审美心理。如金圣叹就说:“后之人既好读书,又好友生,则必好于好香,好茶,好酒,好药。好香,好茶,好酒,好药者,读书之暇随意消息,用以宣导沉滞,发越清明,鼓荡中和,补助荼华之必资也。我请得化身百亿,既为名山大河,奇树妙花,又为好香,好茶,好酒,好药,而以为赠之。”②评点家如名导游,加之对作品的熟悉,与接受力的高明,一些精妙的评点能令人拍案叫绝。如《西厢记》中《借厢》一折,写张生为了和莺莺“门儿相向”,希望通过法聪向长老借房,见到法聪的头一句唱词就是:“不做周方,埋怨杀你个法聪和尚。”没头没脑,十分突然,弄得法聪莫名其妙。而金圣叹的评点认为正是如此描写,才把张生一夜无眠,苦思莺莺,迫切希望借到僧房的心情生动地渲染了出来,不仅使受者看到今天的张生,也看到了昨夜的张生。这样的接受批评,不但能使受者得到深刻的启迪,同时也得到了审美的快感。

第三、理论性强。评点式批评中,批评者把在研读时获得的美感上升到理论高度,使受者在接受与欣赏的同时,提高对艺术的接受与欣赏能力,即所谓“鸳鸯绣出从君看,又把金针度于人”③。金圣叹在评点《西厢记》时,概括和分析了《西厢记》的艺术手法,诸如“烘云托月法”“狮子滚球法”“那碾”等;他认为“文章之妙,无过曲折”,而接受与欣赏作品则应“纵身寻其起尽,以自容与其间”④,要任

① 《第一奇书金瓶梅·竹坡闲话》。
② 《西厢记·序》。
③ 金圣叹:《西厢·读法》。
④ 《西厢记》二本三折批。

“别眼排荡，别才翱翔”，从理论上提出了审美创作和审美接受与欣赏问题，引人深思。

此外，评点式批评灵活自由，形式多样，对某个字、某句话或某段描写都可以加以评点，既可总体评价，也可对某些章节作具体赏析、品评；可从不同方面、不同角度探讨作品的成败得失，也可抓住作品的某个问题加以生发，酣畅淋漓地议论一番。文字可长可短，可少至三五字表述，也可多达数百字以上，充分显示了有话则长，无话则短的特点。

评点式批评注意提高受者的接受与欣赏水平，它继本体批评、点悟式批评和比较式批评之后，深化了对审美创作内部结构的研究，这是它对文艺美学的贡献。但随文夹批，往往会打断受者的审美思路，并且限制了受者想象的空间，这是它的不足之处。

以上我们根据历代的审美创作理论和批评实践，从社会生活、作者、作品、受者四个方面把古人运用过的批评方法，大略地分为六类，并分别做了一些论述。由于中国传统文艺美学思想理论中没有专门的方法论研究，因此，历代批评家对于方法的运用并非有意为之，也非专用一种。事实上，在具体的批评实践中，各种方法的运用总是交叉在一起，有时甚至达到难分难解的地步，如刘勰在《文心雕龙》中就总是同时运用几种方法。

此外，文艺批评家还用过诸如历史批评、史论评结合、实证批评以及我们曾提及的“品味”式批评等方法，限于篇幅，就不再一一论及了。

第六章

现代重构的传统学理依据

20 世纪以来，随着西方文化的东渐以及知识谱系的切换，中国传统文艺美学思想呈现出新的生机与活力，中国学人的视界得以拓宽，诸多问题也得以重新认识。但中国传统文艺美学思想在走向现代化的过程中，却经历了一条极为曲折复杂的道路。当西方国家的美学思想流派层出不穷、不断翻新、走向多样时，相对而言，中国传统文艺美学思想就理论形态来看，引进得比较多，自身的理论建构则较少。特别是 20 世纪 50 年代至 80 年代初的 30 年间，我们既对西方当代文艺美学知之甚少，又丢掉了传统的文艺美学思想。自新时期以来，中国传统文艺美学思想才开始走出误区。特别是全方位改革开放时代的到来，随着文艺审美创作的繁荣和中外文化交流的迅速展开，以文艺审美创作活动为理论核心的中国传统文艺美学思想才获得新的发展，大量的当代西方美学思潮、美学观念和方法才得以介绍和引进。同时，人们已经不再满足于对西方美学的一般了解，已经意识到西方美学的困囿和局限，从而开始回过头来关注本民族的美学理论遗产和传统审美经验，并且已经感觉到立足传统、融会新机、开拓进取、综合创新，建设我们自己文艺美学新的理论形态的必要。随着 21 世纪的开始，世界经济进入全球化，文化多元化问题越来越引起人们的注意。如何协调本土文艺美学理论与外来美学理论之间的相互关系，以进一步在中、西文化交流中互通有无、形成文化互补，就更有其新的深层意义。现今，中国当代文艺美学正在转换自己的理论形态，以进入重建阶段。而我们的目的，就在于通过对当代传统文艺美学研究的总结，与传统文艺美学如何通过现代化转换和现有理论形态相融合的研究，来更好地创造和建设当代的文艺美学理论，并通过创新，促进中西对话。

第一节 “进退盈缩,与时变化”之“通变”衍化观

受先秦道家美学“道”论所提出的“道”为原初构成域的思想的影响,中国传统文艺美学思想认为,“文”是“道”的显现,是与天地同构并生的,因此“文”的“通”与“变”是相依相成、相生相和、合二为一的。换句话说,“文”是构成的,其发生构成是自然而然的,基于“天道”“自然之道”。这类自然而然、发生构成的“文”,即所谓的“天文”“地文”“人文”“万物之文”,也即“道之文”,作为“道”之显现的“文”,既在场又不在场,既体现出“道”的无限性与永恒性,又体现出“道”的生成性与变化性。作为“道”之显现的“文”既变化无穷又不离其宗,此所谓“时运交移,质文代变”①。“文”的构成体现为“道原为始”②,同时,从意义给予出发,作为存在者,则体现为“道沿圣以垂文”③。“文”又是会通、变异的,“日新其业”。从原初视阈看,“文”之“常”在“道”、“文”之“变”在“道”的思想应该还原到中国道家美学思想的“道”论、“常变生化”论。下面试分析之。

一

从原初义看,所谓“变”,指和原来不同、变化、改变,如《说文》云:“变,更也。”《书·毕命》云:“既历三纪,世变风移。”孔传云:“言殷民迁周已经三纪,世代民易,顽者渐化。”《楚辞·离骚》云:“虽体解吾犹未变兮,岂余心之可惩?”又指变通,如桓宽《盐铁论·相刺》云:“善言而不知变,未可谓能说也。”马非伯简注:“变,变通。”王通《中说·述史》云:“子曰:‘非君子不可与语变。’”或指事物在形态上或本质上产生新的状况,如《周易·乾》云:“乾道变化,各正性命。”孔颖达疏云:“变,谓后来改前;以渐移改,谓之变也。化,谓一有一无;忽然而改,谓之为化。”贾谊《鹏鸟赋》云:“万物变化兮,固无休息。”戴复古《昭武太守王子文日与李贾严羽共观前辈》诗之四云:“意匠如神变化生,笔端有力任纵横。”所以,“变”又指变正、变古易俗、变古易常、变通、变常、变动不居等,如刘勰《文心雕龙·颂

---

① 《文心雕龙·时序》
② 《文心雕龙·明诗》。
③ 《文心雕龙·明诗》。

赞》云:“《风》《雅》序人,事兼变正,颂主告神,义必纯美。”《楚辞·九辩》云:“变古易俗兮世衰,今之相者兮举肥。”《韩非子·南面》云:“不知治者,必曰:‘无变古,毋易常。’”董仲舒《春秋繁露·必仁且知》云:“《春秋》之法,上变古易常,应是而有天灾者,谓幸国。”《周易·系辞上》云:“变通莫大乎四时。”孔颖达疏:“谓四时以变得通,是变中最大也。”《三国志·魏志·吕布传》云:“观天下形势,俟时事之变通。”桓宽《盐铁论·遵道》云:“故有改制之名,无变通之实。”刘长卿《赠别于群投笔赴安西》诗云:“且欲图变通,安能守拘束!”《后汉书·郎顗传》云:“是知变常而善,可以除灾,变常而恶,必致于异。”王守仁《传习录》卷中云:“而后之人,不务致其良知,以精察义理于此心感应酬酢之间,顾欲悬空讨论此等变常之事,执之以为制事之本,以求临事之无失,其亦远矣。”《周易·系辞下》云:“《易》之为书也,不可远;为道也,屡迁,变动不居,周流六虚。”孔颖达疏云:“言阴阳六爻更互变动,不恒居一体也。”王守仁《大学问》云:“至善之发见,是而是焉,非而非焉,轻重浮薄,随感随应,变动不居,而亦莫不自有天然之中。”“变”与“常”“更互变动,不恒居一体”,“莫不自有天然之中”。

所谓“通”,则谓融通为一,贾谊《新书·道德说》云:“外内通一,则为得失。”陆龟蒙《复友生论文书》云:“《礼》《乐》二记,虽载圣人之法……未能通一纯实,故时有龃龉不安者。”“通”,又为同,相同,无名氏《小孙屠》戏文第十一出:“这的是人命事,非通小可。”钱南扬校注:“‘通’‘同’音义俱近,可以通用。”“通”,又为通晓,《周易·系辞上》:“曲成万物而不遗,通乎昼夜之道而知。”孔颖达疏:“言通晓于幽明之道,而无事不知也。”《史记·屈原贾生列传》:“贾生年少,顾通诸子百家之书。”韩愈《殿中侍御史李君墓志铭》:“年少长,喜学,学无所不通。”因此,“通”又指“通古达变”“通达”“通权达变”,如王禹偁《省试四科取士何先论》:“非经天纬地、通古达变者,其文不贵,则文学得其士也。”《周礼·地官·掌节》:“凡通达于天下者,必有节以传辅之,无节者,有几则不达。”《庄子·则阳》:“知游心于无穷,而反在通达之国。”郭庆藩集释:“人迹所及为通达。”《礼记·学记》:“九年知类通达,强立而不反,谓之大成。”《后汉书·郑兴传》:“少学《公羊春秋》,晚善《左氏传》,遂积精深思,通达其旨,同学皆师之。”韩愈《柳子厚墓志铭》:“子厚少精敏,无不通达。”谓适应客观情况的变化,因时制宜,不拘常规。

在中国哲学中,“变”“通”应该是相对相待、互为一体的,此即《周易·系辞下》所谓“进退盈缩,与时变化,圣人之常道也”。《战国策·秦策三》云:“进退、盈缩、变化,圣人之常道也。”《淮南子·俶真训》也云:“是故至道无为,一龙一蛇,盈缩卷舒,与时变化。”“进退盈缩”“盈缩卷舒”,在道家美学为“道之动”,为“反”。《老子》第四十章云:“反者,道之动。”所谓“反”,蕴涵有相反对立与返本复初两层意义。从第一层意义而言,“变”是自然的根本性质,对立面的不断相互作用,则是“进退盈缩”“盈缩卷舒”与“变”的动力。这种相反相成,亦即对立统一的观念。正如《老子》所言:“有无相生,难易相成,长短相形,高下相盈,音声相和,前后相随:恒也。”①“曲则全,枉则直,洼则盈,敝则新,少则得,多则惑。”②“万物负阴而抱阳。”③“将欲歙之,必固张之;将欲弱之,必固强之;将欲废之,必固兴之;将欲取之,必固予之。”④“大成若缺,其用不弊。大盈若冲,其用不穷。大直若屈,大巧若拙,大辩若讷,大赢若绌。”⑤“祸兮福之所倚,福兮祸之所伏。”⑥等,都是表述宇宙间万事万物的构成态势,都呈现着两种对立的因素。正是这种对立因素的相互作用,从而促成了事物向“反”方向转捩,形成了事物的“进退盈缩”“盈缩卷舒”与构成发展。

从第二层意义来看,宇宙万物的发展构成又终将返至原有的基始状态,也即“道”的运动具有循环往复的性质。“祸兮福之所倚,福兮祸之所伏。孰知其极?其无正邪?正复为奇,善复为妖”这就是说,事物发展到极端,就会走向它的反面,“祸与福”“正与奇”“善与妖”都莫不然,这便是“物极必反”。而所谓“周行而不殆……大曰逝,逝曰远,远曰反。”⑦所谓“万物并作,吾以观其复。夫物芸芸,各复归其根。”⑧则旨在申明变化是周而复始的,表现为来与去、张与缩、进与退、盈与缩、卷与舒、变与通的循环形式。

庄子也认为,由“道”所生成衍化的物是变化的,变化的规律是各自向着对立的方面转化,因而“方生方死,方死方生,方可方不可,方不可方可”,“是亦彼也,彼亦是也。彼亦一是非,此亦一是非”⑨。庄子在《秋水》篇中,非常精准地表述了万物构成发展、变动不居的道理:“物之生也,若骤若驰,无动而不变,无时而不

---

① 《老子》二章,见朱谦之:《老子校释》,中华书局 1984 年版。下引同。
② 《老子》二十二章。
③ 《老子》四十二章。
④ 《老子》三十六章。
⑤ 《老子》四十五章。
⑥ 《老子》五十八章。
⑦ 《老子》二十五章。
⑧ 《老子》十六章。
⑨ 《庄子·齐物论》。

移。”在庄子看来,万物的变化就是从一个“形”向另一个“形”的转变,变化只不过是形形相易的过程。以形相生相易的过程,都有生成毁灭,人生如此,审美创作亦然。人生在天地之间,就像阳光掠过空隙,忽然而已。而“道”却无成与毁,所以“道”是绝对的、恒久的“全”。

“变易”也是《周易》的核心,所谓易名三义:简易、变易、不易。《周易》之学认为,一阴一阳之所以成为自然之道,关键在于它们不断变化而难以预测。所以《周易》云:“刚柔者,立本者也;变通者,趣时者也。”①“一阖一辟谓之变,往来无穷谓之通。”②“刚柔相推,变在其中矣。”③“变而通之以尽利。”④“法象莫大乎天地,变通莫大乎四时。”⑤“参伍以变,错综其数 ,通其变,遂成天下之文。”⑥等,无一不是说明世界万事万物都是发展变化的,没有什么永恒不变之物。变贯穿于世间一切事物之中,在万事万物的构成发展中,阴阳等对立力量相互作用形成转化运动,这种构成转化是“道”之常则。宇宙生命循环不息,是构成宇宙万物本源的“道”的生动显现。老子所谓“归根曰复”,正是阐述了这种永恒周流的精神,如日夜交替、星宿推移、四时往复、物之生成衰杀、变古易常等。万物运动变化规律的认识,盖源出于老子的“道”论与《易传》的阴阳化生说。因此,处于这个“变动不 居,周流六虚,上下无常”的世界,人们行动的最高原则是“唯变所适”⑦。“唯变所适”,自然之美就不会招致扭曲;“唯变所适”,人才能创造出与“天文”相辉映的“人文”。所以中国古代文艺美学特别强调“通变”。

二

“通变”一词最早见于《周易·系辞上》:“极数知来之谓占,通变之谓事。”意思是说:穷尽卦爻变化以预测未来就叫占问,通统事物的变化有所行动就叫做事。“通变”《周易》有时也称“变通”。《周易·系辞下》云:“刚柔者,立本者也;变通者,趣(趋)时者也。”高亨先生解释说:“《易传》所谓时指当时之具体形势、环境与

① 《周易·系辞下》,见黄寿祺、张善文撰:《周易译注》,上海古籍出版社 1989 年版。下引同。

② 《周易·系辞上》。

③ 《周易·系辞下》。

④ 《周易·系辞下》。

⑤ 《周易·系辞上》。

⑥ 《周易·系辞上》。

⑦ 《周易·系辞下》。

条件。人之行事有变通，乃急趋以应当时之需要也。天地万物的变通亦在趣时。"①

"通变"或"变通"在《周易》中有时也分为单音词互文对应使用："化而裁之谓之变，推而行之谓之通。"②"化而裁之存乎变，推而行之存乎通。"③《周易》把形而上者称之为"道"，形而下者称之为"器"，意思是无形或未成形质的抽象道理谓"形而上之道"，有形或已成形质的具体器物谓"形而下之器"。所谓"化而裁之"，就是将道与器结合起来加以调整，这就是"变"。合着道与器推衍运用，是"通"。形而上者的"道"与形而下者的"器"是一体的。道与器、体与用，它们应当是内在和谐的和表里一致的。"化而裁之存乎变"二句，是说万种物象的互相联系，道与器的调整和谐，就在于变，"存乎"即"在于"，意思是说将这些原则推广施行，就在于变通。

《周易·系辞上》又用"宇宙之门"的开合说明"变"与"通"的关系："是故阖户谓之坤，辟户谓之乾；一阖一辟谓之变，往来不穷谓之通。"高亨先生注云："阖，闭也。辟，开也。坤为地，此坤谓地气，即阴气也。乾为天，此乾谓天气，即阳气也。秋冬之时，万物入，宇宙之门闭，是地之阴气当令，故曰：'阖户谓之坤。'春夏之时，万物出，宇宙之门开，是天之阳气当令，故曰'辟户谓之'。宇宙之门一闭一开，万物一入一出，是谓之变。闭开入出。往来不穷，是谓之通。"春夏秋冬四时的变化，是阳气当令与阴气当令的递转变化，所以《周易·系辞下》又说："是故法象莫大乎天地，变通莫大乎四时，县(悬)象著明莫大乎日月。"也就是说，"变通"最显著的就是春夏秋冬四季。《周易·系辞下》又说："通其变，使民不倦；神而化之，使民宜之。"意思是说通于事物之变化与前人之创造，使民利用不厌，加以神妙之改作，使民利用皆宜。"《易》，穷则变，变则通，通则久。"高亨注："此举《易》道以明变化之必要。""通其变"与"通变"义同，在《周易·系辞上》已使用过一次："参伍以变，错综其数，通其变，遂成天下之文。极其数，遂定天下之象。"高亨注云："参读为三。伍读为五。三五代表较小而不定之数字。变指爻变从而卦变。《周易》各势六爻之变三五不定。错。交错。综，综合。数指爻之位次。《周易》各卦六爻之数交错综合，形成爻位与爻位之关系。成犹定也。事物必有关系，《周易》

① 高亨：《周易大传今注》，齐鲁书社1979年版。

② 《周易·系辞上》。

③ 《周易·系辞上》。

以卦爻之数反映事物之关系，故尽《周易》卦爻之数，则能定天下事物之象。"《周易·系辞上》又言："变而通之以尽利，鼓之舞之以尽神。" 高亨注："神是最高智慧之称。此言《周易》鼓舞人以尽其智慧。"

与"通变"义相近的，还有"会通""适变"二词："圣人有以见天下之动，而观其会通，以行其典礼，系辞焉以断其吉凶，是故谓之爻。"(《周易·系辞上》)"观其会通"，孔颖达疏谓"观其物之会合变通"。可见"会通"与"变通"义近。

《周易·系辞下》谈到易道屡迁、变动不居时又说："上下无常，刚柔相易，不可为典要。唯变所适。""唯变所适"，韩康伯注云："变动贵于适时，趣舍存乎会也。"上文曾引《系辞下》所言"变通者，趣时者也"，与此处的"唯变所适"意思是相通的，都有随时所变以应急需之意。后来刘勰的《文心雕龙·通变》篇，把"唯变所适"简化为"适变"，将"会通"与"适变"相对成文，引入文艺美学之中，有所谓"凭情以会通，负气以适变"之说。《周易·系辞》中的"通变"是一体的。"变"与"通"相依相与、相因相成。所谓"一阖一辟谓之变，往来不穷谓之通"①。就中国传统文艺美学思想史看，"通变"之"通"为对前人的创造与前代文化、意识形态的继承，而"变"则为随着时代的推移，"唯变所适"。在这一意义上可以说，"通"就是"常"。

三

变中有通、通中有变，通与变相结合即古代美学所推崇的"通变"。通与变，同为变也，而有辨焉。今夫物极则变，然造化之机，有不能一时顿变者，如寒极而暑，非遽能暑也，必渐变而温，而后至于大暑。暑极而寒，非遽能寒也，必渐变而凉，而后至于大寒。盖潜移默换，使人受其变，而不觉其变，斯为通也。广义而言，变包括变与通，变非一下子变，质变要有一个量的积累过程，即有渐变作铺垫，如寒暑往来皆如此，此渐进过程不知不觉，为通，这说明变，既要新旧更替，也要相因相承，是连续性与非连续性的统一。

"通"与"变"之间是相互统一、相依相待、相互转化的，变不失通，通以处变，其依待转化，执通以处变。这也就是所谓生生。宇宙间事物化生化合、生生不穷，而变化莫测，此《易》之所由名也。《易》者，变化之称也。通其变以利用，而谓之事，非是不谓事也，阴阳之变的特点既可测又不可测，表明变化有必然性，也有偶

① 《周易·系辞上》。

然性。偶然性是变化不可测的主要原因,正是由于有偶然性,难把握,才反映了自然界变化的复杂性。

要考察清楚中国传统文艺美学思想对“通变”的主张,首先必须辨析清楚其促成宇宙万物构成变化之“道”。在中国古代文艺美学家看来,“文”之本,在“道”,“振叶寻根,观澜而索源”,为“文”开拓“衢路”。不难发现,“文心之作也,本乎道”,“道”是“文”之本。故而,必须原“道”,以追索生成“文”终极本源。无论是天之“文”还是地之“文”,以及为天地之心的人“心生”而“言立”的,“言立”而“文明”之“文”,即所谓的“人文”,都是“道”之文,即“道”的显现。“文”构成于“道”,“道”显现为“文”,因此可以说作为“道”的显现的“文”是与“天地共生”的。这里所谓的“道”,显然是道家之“道”。因此,这种认为“文”构成于“道”,并与“天地共生”的观点体现了道家哲人所提出的“道”论,即万物都是由“道”所化生化合、发生构成的思想。

从原初视阈看,所谓“道”论,是先秦时代的中国哲人,特别是以老子为首的道家哲人提出的一种思想。“道”先于自然万物,为自然万物纯构成的本源域,是“道”论中最重要、最基本的含义。老子说,有一个浑然一体的东西,它先天而存在,可以称之为天下万物的母体。这就是“道”,再勉强给它起名叫作“大”。道之所以被命名为“大”,是因为其无边无涯。道不止于大,又能不分昼夜地运行不息,故又可谓之“逝”。其愈逝愈远,无法穷尽其源,故又可谓之“远”。但虽远至六合之外,无穷无尽,却始终未尝离“道”,仍然依“道”不断发生构成,故又可谓“反”。“反”表明境域的构成绝不依靠任何现有的存在者。这是老子对“道”这种构成域的全面描述,它构成天地万物,具有时间和空间的无限性。作为万物构成本原的道,它生成宇宙自身所固有的生命力和创造力。张祥龙指出:“对……老庄而言,这最终的根源都不是任何一种‘什么’或现成的东西,而是最根本的纯境域构成。”“老庄的‘道’也同样不是任何一种能被现成化的东西,而是一种根本意义上的‘湍流’,总在造成新的可能,开出新的道路。”①换言之,“道”是一切生命的总源泉总生机,万物发生构成于“道”,又内含着“道”而得其生命之常。“道”是生命能量的总体与万物的本原,世界上最伟大的力量莫过于“道”,它就是大自然的造化之力。作为万物发生构成本原域的“道”,不能说它有,因为所谓境域就是在终极处的发生构成,所有的现成存在性都不能达成本源域。“道”不是现成的物,无形无

① 张祥龙:《从现象学到孔夫子》,商务印书馆,2001 年版。

象;又不能说它无,不能说它可以独立于万事万物而“生出”万事万物,因为它缘于有而成就有,所以“有”与“无”“同出而异名”以构成异彩纷呈的动态世界。“道”体是无,“道”用是有,“道”是无与有的统一,两者同出而异名。无,是天地的原始;有,是万物的根本。所以应当从无形无象处去认识道的微妙,应当从有形象处去认识万物的终极构成境域。所以说,作为大道本体的“无”,也就是“道”,是宇宙最原始的构成域,此原始之构成域并非绝对的空无,它朦朦胧胧、浑然一体,其中包孕着生成天地万物的基因,这就是“精”。“道”这种东西虽然恍惚不清,好像什么也没有,但实际上有“形”、有“象”、有“精”,这个“精”就是构成天地万物的基因。正因为内蕴着构成天地万物的基因,所以“道”才可以生成天地万物来。“道”“不可致诘”。作为原初构成域,“道”看起来什么也没有,所以可称为无。说它是无,不是说它不存在,而是说它是一种无形无象、无分无界、朦胧不清、浑然一体的。正由于“道”无分无界,浑然一体,所以又可称其为“一”。这样一来,“一”就从“无”中生发了出来。老子把这个发生构成的过程称为“道生一”。这个“一”,具象地表征了阴阳未分之前混沌一体的宇宙,体现了“道”的这种纯境域性。这个混沌未分的宇宙,“其中有精”,在自我的构成之中,逐渐生成为阴阳二气,老子把这个过程称为“一生二”。“二”就是阴阳。阴阳间的对话交流,犹如强大的动力,激活并构成了宇宙间的“精”,从而生成天地,生成了人类,他们与道并存,老子把这个过程称为“二生三”。所谓“三”,即指天、地、人三才。宇宙间有了这三种东西,万物得以发生构成,即通过阴阳运动生成新的统一体后,生化出世界万物,老子把这个构成式称为“三生万物”。在对道生化天地万物的构成式做了描述之后,老子总结说:“万物负阴而抱阳,冲气以为和。”①他明确指出,天地万物皆内涵阴阳,阴阳二气又在冲和之气中相构相成,相互召唤。万物亦在冲和之气中氤氲摩荡、化生化合,从“道”这一无形无象最原始域,生化构成气态宇宙,生化构成固态天地,乃至形形色色的物体;其发生构成的根本缘在便是阴阳两种原素的相激相荡。在整个宇宙发生构成生成的各个层次上,阴阳间的交流对话是万物生成、生命构成的活力,“道”则是先于任何现成状态的最本源构成、通达万有的终结本源,其构成与最原初的“道”域是密不可分的。因此,老子把它形容为“玄妙之门”。

概括而言,作为天地万物原构成域,“道”是生成万物的总根源,“道”具有能

---

① 朱谦之:《老子校释》,中华书局 1984 年版。

生而又不被生的永恒不息动力。同时,“道”的构成态势又表征为“通”字,正因为此,所以由“道”所发生构成的宇宙万物相互依存,“自身的缘构发生”的境域就是道,万物最终构成于道,道虽然无形无象,却是万物存在的普遍根据,因为它无所不在,无所不通。《庄子·渔父》曰:“道者,万物之所由也。”杨雄说:“道也者通也,无不通也。”王弼亦曰:“道者,无之称也。无不通也,无不由也,况之曰道,寂然无体,不可为象。”宇宙间一切物象皆有滞而成,道通而无滞,故可以为物象之本,它不是“迹”,而是所以“迹”;它“无象”“无为”,故可以“摄有”,可以称为“虚变”“无为”。

“道通为一”,重在“一”或“为一”。万物殊异,流变无常,然而就构成视阈来看,则“变”与“常”是一样或相同的。“道”就是“一”,“一”就是“道”也。作为万物的纯粹原初构成域,“道”与“一”正是在场的杂多、情伪、物性等呈现之“不在场”。正由于此,所以郭象解释说:“夫莛横而楹纵,厉丑而西施好,所谓齐者,岂必齐形状同规矩哉?故举纵横好丑,恢诡谲怪,各然其所然,各可其所可,则形(郭庆藩本为理)虽万殊,而性同得,故曰道通为一。”在道家哲人看来,“道”是天地万物的纯粹构成域,天地万物都是由“道”发生构成的,都从“道”那里构成自己的形体和性能,所以它们的本性和“道”是一致的,它们的行为都以“道”的自身缘构为构成式。

可以说,正是受道家学说中这种以“道”为原发生构成境域思路的影响,中国古代文艺美学思想指出,“道”也是“文”发生构成与存在的方式及其内在的缘由。如刘勰在《文心雕龙·序志》篇中讲述到研究“文”的方法时,就认为“本乎道,师乎圣,体乎经,酌乎纬,变乎《骚》”,那么,“文之枢纽,亦云极矣”,故而,他在《文心雕龙》中首先《原道》,接着才《征圣》《宗经》等。之所以开始要《原道》,就是因为在他看来,“文”原于“道”。刘勰所谓的这个“道”,即“自然之道”,也即先秦道家之“道”。纪昀说:“文原于道,明于本然。”黄侃说:“此与后世言文以载道者截然不同。”“《文心雕龙·序志》篇云:‘《文心》之作也,本乎道’。案彦和之意,以为文章本由自然生,故篇中数言‘自然’:一则曰‘心生而言立,言立而文明,自然之道也’;再则曰‘夫岂外饰?盖自然耳’;三则曰‘谁其尸之?亦神理而已’。寻绎其旨,甚为平易。盖人有思心,即有言语;既有言语即有文章。言语以表思心,文章以代言语,惟圣人为能尽文之妙。所谓‘道’者,如此而已。”①范文谰也说:“按彦

① 《文心雕龙札记》。

和于篇中屡言‘心生而言立，言立而文明，自然之道也’；‘夫启外饰盖自然耳’；‘故知道沿圣以垂文，圣因文而明道’。综此以观，所谓‘道’者，即自然之道。”①杨明照也说：“刘勰所原之道，则为自然之‘道’。”杨明照还强调指出：“文原于道，是刘勰对文学的根本看法，也是全书的要旨所在。”②道家哲人认为，大化流衍，旁通弥贯，但是追究其终结构成境域，则只能是“道”本身。“道”本身是有无相生、动静相成、阴阳相合的发生构成，是永恒的实在和无限的生命本体。它融化在天地万物的构成存在、生化流行之中，规定着社会和人生的一切发生构成；大化迁易，莫不是“道”的造化伟力所致。万物万化，只是一道。道是天地自然的原构成境域，主宰着一切存在事态的构成与存在，道虽无形、无名、惟恍惟惚、虚无空廓，而存在事态的最终构成却来自于它，天下一切事理情尽皆由此而生成。显而易见，刘勰所采用的“原道”以探究“文”发生构成的本源，并由此而得出“文”是生成的，而不是预成的洞见和识度，“文”发生构成于“道”的这一观点就是受中国道家哲人所主张的“道”论、“道法自然”、阴阳生化论中的构成思想的影响。“道”既然是宇宙万物发生构成的终极域，那么，推而广之，“道”则自然为“文”发生构成与存在的方式及其内在的缘由。如刘勰就认为，“文”是与天地同时发生构成的。《文心雕龙·原道》篇说：“文之为德也大矣，与天地并生者何哉！”“夫玄黄色杂，方圆体分，日月叠璧，以垂丽天之象，山川焕绮，以铺理地之形，此盖道之文也。”“辞之所以能鼓天下之动者，乃道之文也。”自开天辟地以来，天上有日月，这是天的“文”；地上有山川，这是地之“文”；人生长在天地之间，是万物之灵，自然有人之“文”；自然宇宙中的一切，包括龙、凤、虎、豹和云霞、草木以及林籁、泉石等，都可以看作是“文”的一种存在事态。在刘勰看来，所有一切之“文”，包括“天文”“地文”“人文”，都是“道之文”，其发生构成的原初境域都是“道”。“道”是“文”之“本然”。由“道”所生成的“文”，千差万别，各不相同。

通过对“文”发生构成态势的揭示，明确了“文”是“与天地共生”，发生构成于“道”，其自身的缘在构成态表征为“自然”，同时，刘勰还从“文”的创构过程来对此做了进一步说明。他指出：“作者曰圣。”“道沿圣以垂文，圣因文而明道。”圣人得“道”，与“道”同体，与“道”合一；自然之道通过圣人以构筑于“文”之中，圣人通

---

① 《文心雕龙注》。

② 杨明照：《从〈文心雕龙·原道·序志〉两篇看刘勰的思想》，载《文学遗产》（增刊），1962年第11辑。

过“文”以表显自然之道,故而“《易》曰:鼓天下之动者,存乎辞。辞之所以能动天下者,乃道之文也”圣人创构的文,是“道之文”,是作为构成境域“道”的外化和表显。因此,“文”的构成,为“道”所贯通。以其终极构成境域而言,是谓之“道”,其在作者而言,则谓之“圣”,以其在“文”而言,则谓之“道之文”,而“道之文”的构成态则为“自然”。

可以说,正是在“道”论的作用下,中国古代文艺美学认为,与宇宙自然相同,“文”是发生构成的,这种发生构成是自然而然的,是“天道”自然。也正由于“文”是构成的,所以“文”是开放、杂多的,具有极大的包容性。《系辞》云:“《易》之为书也,广悉备,有天道焉——道有变动,故曰爻,爻有等,故曰物,物相杂,故曰文。”又云:“参伍之变,错综其数,通其变,遂成天下之文。”“文”是杂多的构成,是“道”的会通、变动的表征,是“道之文”,故兼容天文、地文、人文。

第二节 “文律运周,日新其业”之“常变”生化观

中国传统文艺美学思想强调文艺审美创作“常”与“变”的相依相成、相生相化,认为“常”“变”是相对相向、相依相待、相互转化、相互统一、互为一体的。因此在中国传统文艺美学思想看来,文学生成的开端即终点,终点即开端,文、史、哲相通圆融、相互构成。注重文学审美创作的会通变化、与世推移、求新务新,是中国传统文艺美学思想的民族特色,也是中国文学的独特走向。

在中国传统文艺美学思想里,文艺审美创作是随着社会的审美诉求、审美趣味、审美风尚的变化而世代“交移”“代变”、会通、变异的。这种现象,刘勰则称之为“文律运周,日新其业”。《后汉书·律历志下》云:“天之动也,一昼一夜而运过周,星从天而西,日违天而东,日之所行与运周,在天成度,在历成日。”曹植《朔风》诗云:“四气代谢,悬景运周。”可见,所谓“运周”,就是运转不停,周而复始,回环运转;而所谓“日新”则是指创新和发展。如《周易·系辞》所云:“盛德大业至矣哉。富有之谓大业。日新之谓盛德。生生之谓易。”应该说,“运周”中有“常”,“日新”中则有“变”。“文律运周,日新其业”的命题生动地呈现了文艺审美创作“常”“变”相依互化的一体构成流程。

中国文艺美学强调文艺审美创作的“常”“变”一体,“运周”与“日新”相依相待的思想与中国美学“天人合一”“万物一体”思想的影响分不开。在中国美学看

来,宇宙间一切事物的发生构成模式为“和融一体”,天地间的万事万物都通过被生命化而统合相连,因此,天地宇宙以及万物自然都是有生命的存在。天地宇宙、万事万物处于永恒变化、运动流之中而生生不已。在这一万物“和融一体”的构成流中,人、社会与自然界既各自构成了相对独立的系统,又共同构成了一个紧密相连的整体。它们之中莫不包含着宇宙万物原初构成的内在生命力亦即“道”。“道”为万物自然构成的原初域,为万物的内在本性。以生命体存在的万物构成于“道”,并由此呈现为充满生机的大化流行。由此,宇宙的大化流行、生生不已才被看作是一个自然而然、没有主宰亦不需主宰的永恒构成流。即如《中庸》所指出的:“万物并育而不相害,道并行而不相悖,小德川流,大德敦化,此天地之所以为大也。”同时,在中国美学那里,宇宙自然的这种大化流行、生生不已又是周而复始的“类循环”。

正由于中国美学将宇宙自然看作是充满生机与活力的生命构成的“一大流行”,并充分肯定天地宇宙、万事万物构成变化的永恒性,明确提出了万事万物构成循环范式。所以认为“万物同出于道而又归根结底复归于道”。如《周易》就认为,宇宙自然的大化流行、生生不已是“反复其道”①“原始反终”②。关于“原始反终”,高亨注云:“此言‘圣人’考察万物之始,故知其所以生,究求万物之终,故知其所以死。”这就是说,“原始反终”是宇宙间万事万物发生构成终始流程的呈现。对此 ,《老子》也指出“反者道之动”③,认为“夫物芸芸,各复其根”④,强调“道”不仅是宇宙间万事万物发生构成的原初域,而且亦是事物流行变化的终极域。应该说,正是基于此,《吕氏春秋》才提出宇宙间万事万物的发生构成流为“圜道”。在《吕氏春秋》看来,天地宇宙、万事万物的运动变化,都是循环往复的,所谓“物动则萌,萌而生,生而长,长而大,大而成,成乃衰,衰乃杀,杀乃藏,圜道也。”⑤。昼夜的变化如此:“日夜一周,圜道也。”⑥水的流动也如此:“水泉东流,日夜不休。上不竭,下不满,……圜道也。”⑦宇宙间万事万物生化流行都是循环往复的:“天地

---

① 《周易·彖传·复》。
② 《周易·系辞上》。
③ 《老子》四十章。
④ 《老子》十六章。
⑤ 《吕氏春秋·圜道》。
⑥ 《吕氏春秋·圜道》。
⑦ 《吕氏春秋·圜道》。

车轮,终则复始,极则复反,莫不咸当。"①天地万物的生化流行如车轮之流转,周而复始。因此,在中国美学那里,"物极必反"被认为是宇宙间一切流行生化的必然呈现。既然宇宙间万事万物的生化流行都呈现为周而复始、反复圜行,那么,与"天地并生"的"文"自然不会例外,必然会呈现出"常""变"一体,"运周"与"日新"相依相待的构成流态。

当然,"文"的发生构成"常""变"一体,"运周"与"日新"相依相待,以及"文"之"变"在"道"的思想还应该追溯到《周易》所谓的"通变"思想,以及中国哲学的"道"论、"生化"论。下面试分析之。

一

从原初义看,所谓"常"是指人下身穿的裙子。《说文》云:"常,下帬也。"段玉裁《说文解字注》云:"引申为经常。"《玉篇》云:"常,恒也。"《左传·昭公元年》云:"疆埸之邑,一彼一此,何常之有?"《庄子·齐物论》云:"言未始有常。"又指长久存在、永久存在、长期存在。汉焦赣《易林·小畜之遁》云:"天之所予,福禄常在。"陶潜《岁暮和张常侍》云:"厉厉气遂严,纷纷飞鸟还。民生鲜常在,矧伊愁苦缠。"班固《白虎通·社稷》:"礼不常存。"《宋书·范晔传》云:"且大梗常存,将重阶乱,骨肉之际,人所难言。"《隋书·经籍志四》云:"以为天尊之体,常存不灭。"所以"常"又称为常存、常典、常例、常法、常性、常则、常律、常格、常理、常象、常道,等等,引用到中国哲学,"常"则有恒定、固定不变的意思。如《老子》曰:"夫物芸芸,各复归其根。归根曰静,静曰复命。复命曰常。"(第十六章)这里所谓的"复",意为回复、往复,返回。《周易·泰》云:"无往不复。"高亨注云:"复,返也。"所谓"复命",则为回归本原,还复本性,还原到原初域。《庄子·则阳》:"复命摇作,而以天为师,人则从而命之也。"成玄英疏:"反乎真根,复于本命,虽复摇动,顺物而作,动静无心,合于天地,故师于二仪也。"这就是说,在以老子为首的古代哲人看来,宇宙间事物的发生构成态是"复命",即由动到静、回归本根。"复"是事物变化所呈现的往复性或称循环性。老子认为,自然万物纷芸繁茂,生生不息,其生化流行是原始反终、往复循环的。事物由"作"至"复",由盛至衰,由动到静,周而复始,大化流行的。这种发生构成流态,为"常"。这里所谓的"常",就是宇宙间万事万物生化构成所呈现的恒定、固定不变的常性、常态。《荀子·天论》

① 《吕氏春秋·大乐》。

云:“天行有常,不为尧存,不为桀亡,应之以治则吉,应之以乱则凶。”这里的“常”,即指天地自然的构成常态、常势、常性。由此也不难看出,老子所谓是“复命曰常”,就是指宇宙间事物发生构成的往复流行是一种恒定不变的常性、常态。

宇宙间万事万物都处于往复流行的化生化合之中,当其发展到极至时就会自然而然地“复”,即还原到自己本身发生构成的原初域,完成一次循环流程。对此,古人有充分的认识,如《管子·宙合》就明确指出:“天道之数,至则反,盛则衰。”这里所谓的“天道”是指天地万物自然而然的生化构成态势,“数”表示某种必然性。《管子》认为,事物由盛而衰,由弱而强,循环往复,这是自然而然的,具有必然性。《庄子·则阳》也强调指出:“穷则反,终则始,此物之所有。”《周易·系辞传上》也指出:“无往不复,天地际也。”《吕氏春秋·似顺论》也强调指出:“至长反短,至短反长,天之道也。”物极必反、原始反终,宇宙间万事万物的化生化合也是如此,是循环反复、周而复始的,即如《庄子·寓言》所说:“万物皆种也,以不同形相禅,始卒若环,莫得其伦。”天地自然间的万物虽形体不同,却相互衍生,从而构成生物循环化生的生化流,据史书记载,战国时期的吴起也说:“夫道者,所以反本复始。”①其中的“道”,即指事物循环化生的生化流。“反本复始”即指往复流行。荀子说:“始则终,终则始,与天地同理。”又说“始则终,终刚始,若环之无端也,舍是而天下以衰矣”②。宇宙间事物的终始往复流化,是自然而然、生生不已的。这种往复流化是如此的自然,以至于如果事物停止了这种往复流化,就会失去勃勃生机。《吕氏春秋·圜道篇》对此现象说得最为翔实,说:“日夜一周,圜道也。月躔二十八宿,轸与角属,圜道也。精(气)行四时,一上一下各与遇,圜道也。物动则萌,萌而生,生而长,长而大,大而成,成乃衰,衰乃杀,杀乃藏,圜道也。”日月的运行,气候的变化,万物的消长,都呈现为自然而然的生化构成循环态势,所以古人认为“天道圜”。《吕氏春秋·大乐》甚至认为,天地万物的生化构成态势像车轮旋转一样,“终则复始,极则复反”。《淮南子》也指出:“天地之道,极则反,盈则损。”即事物化生化合到极致就会走向还原。董仲舒也认为:“天之道,终而复始。”③唐代刘禹锡同样认为,每种事物的生化构成态,都是“复归其始”④。宋代

① 《吴子兵法·图国》。
② 《荀子·王制》。
③ 董仲舒:《春秋繁露·阴阳终始 》。
④ 刘禹锡:《天论》。

的邵雍主张:阴气与阳气相互生衍,“循环无穷”①。张载也主张:“若阴阳之气,则循环迭至。”②朱熹强调:“动静无端, 阴阳无始。”一切都是“循环物事”③。明代罗钦顺对万物之气的循环流行论述得最为明确:“盖通天地,亘古今,无非一气而已。气本一也,而一动一静,一往一来,一阖一辟,一升一降,循环无已。”④黄宗羲也指出:“夫大化之流行,只有一气充周无间…… 循环无端,所谓生生之为易也。”⑤王夫之也强调:“治乱循环,一阴阳动静之几也。”⑥等,都表现了古人的循环化生思想。

按照中国古代哲人的这种思想,在宇宙间万事万物化生化合这一生态系统中,任何一种生命形式虽然有着千差万别的显现形态,但都离不开生死枯荣、循环往复这一基本形式和规律,故本质上都是自由的、平等的、一致的。所以庄子说,“以道观之,物无贵贱;以物观之,自贵而相贱”⑦。从“道”域来看,宇宙万物的显现形态,有大小、多少、荣衰、贵贱等的差别,但就其原初生成域“道”而言,却是一样的,并无分别;此即庄子所谓的“天地与我并生,而万物与我为一”。老子论及道与物的生成关系时说:“道生一,一生二,二生三,三生万物。”这里《老子》论述“道生万物”由简趋繁的过程中隐含着哲学史上“一”与“多”关系的论题。道为独立无偶的实存体,故老庄均以“一”来称道之数,而以众多之物号为“万物”。道与物的关系,以数称之,即一与多的关系。在老子看来,“道”是恒动的,依循着循环往复的法则生长构成着,“周行而不殆”,所以老子说:“字之曰道,强为之名曰大,大曰逝,逝曰远,远曰反。”“逝”指道的流行不息;“远”形容其无限的构成历程;“反”乃返回原初域,终而复始,再始更新。道之动依循着循环往复的法则,这是动中含蕴着静的平衡。老子又用“常”的概念来表达道及事物在变动中的稳定性⑧。“万物并作”“夫物云云”是写万物之生长构成态;“观复”“知常”是写主体静观以察照万物之回归“道”之原初域。

天地自然间万事万物的化生化合具有宇宙构成常态、常势、常性,但与此同

---

① 邵雍:《皇极经世书 · 现物外篇》。

② 张载:《正蒙 · 参两篇》。

③ 朱熹:《朱子语类》卷九十四。

④ 罗钦顺:《困知录》。

⑤ 黄宗羲:《黄梨洲文集 · 与友人论学》。

⑥ 王夫之:《思问录 · 外篇》。

⑦ 《庄子 · 齐物论》。

⑧ 《老子》书中,“常”的概念见于第一章、十六章、五十五章。

时，这种化生化合又是发展变化的，这就是“日新”，也即“变”。应该说，所谓“变”，其原初义则指和原来不同、变化、改变，《说文》云：“变，更也。”《尚书·毕命》云：“既历三纪，世变风移。”孔传云：“言殷民迁周已经三纪，世代民易，顽者渐化。”《楚辞·离骚》云：“虽体解吾犹未变兮，岂余心之可惩?”又指事物在形态上或本质上产生新的状况，《周易·干》云：“干道变化，各正性命。”孔颖达疏云：“变，谓后来改前；以渐移改，谓之变也。化，谓一有一无；忽然而改，谓之为化。”贾谊《鹏鸟赋》云：“万物变化兮，固无休息。”戴复古《昭武太守王子文日与李贾严羽共观前辈》诗之四云：“意匠如神变化生，笔端有力任纵横。”所以，“变”又指变正、变古易俗、变古易常、变通、变常、变动不居，等等；如刘勰《文心雕龙·颂赞》云：“《风》《雅》序人，事兼变正，颂主告神，义必纯美。”《楚辞·九辩》云：“变古易俗兮世衰，今之相者兮举肥。”《韩非子·南面》云：“不知治者，必曰：‘无变古，毋易常。’”“变”是中国哲学的一个重要观念，《易》就极为强调“变”的普遍性。《周易·系辞上》云：“在天成象，在地成形，变化见矣。”“变通莫大乎四时。”“天地变化，圣人效之。”天地之间，万物都在变化中，而四时的变化最为显著。“变”的原因在于对立的两方面的相互推移。

在《易传》中，“变”又称为“易”，《周易·系辞上》云：“日新之谓盛德，生生之谓易。”韩康伯注云：“阴阳转易，以成化生。”《周易·系辞上》又云：“天地设位而易行乎其中矣。”孔颖达疏云：“若以实象言之，天在上，地在下，是天地设位，天地之间万物变化，是易行乎天地之中也。”《周易·系辞上》云：“神无方而易无体。”又云：“乾坤成列，而易立乎其中矣。乾坤毁则无以见易，易不可见则乾坤或几乎息矣。”孔疏云：“夫易音，阴阳变化之谓。”可以说，这些文句中所谓“易”，是指变化而言，这之中最重要的是“生生之谓易”的思想，孔疏云：“生生，不绝之辞……万物恒生，谓之易也。”朱熹《本义》云：“阴生阳，团生阴，其变无穷，”生是产生、发生的意义，“生”亦是《易传》内一个重要观念，《周易·系辞下》：“天地之大德曰生。”又云：“天地絪缊组，万物化醇，男女构精，万物化生。”天地的根本性德是生，万物生生不已。《易传》肯定了“生”的根本性与重要性，这表明《易传》认为世界是一个生生不已的变化过程。与变化密切联系的观念是动，《易传》亦肯定了动的实性。《周易·系辞上》说：“动静有常，刚柔断矣。”又说，“言天下之动而不可乱也”。天下万物，有动有静，或动或静，有其一定的规律，《周易·系辞下》云：“《易》之为书也，不可远；为道也，屡迁，变动不居，周流六虚。”孔颖达疏云：“言阴阳六爻更互变动，不恒居一体也。”郑玄《易论》对《凿》注曰：“易一名而含三义，易简一也,变易二也。不易三也。"这表明:《易》理深刻体现在易(或易简)、变易、不易三层含义之中。"易"则指其作用于万物万事时所呈现的基本的法则或规律,如阴阳二气的动静、消息、进退等相反相成的矛盾运动。故作为宇宙之"一元"的"易",是"天地之道,乾坤之德,天地之宝"。作为最高本源与本体的"易"(易简),已蕴藏着"变易""不易"的内涵,"变易"为"变","不易"为"常"。正由于此,在中国哲学里,"常""变"是相对相向、相依相待、相互转化、相互统一、互为一体的,此即所谓"进退盈缩,与时变化,圣人之常道也"。易名三义:简易、变易、不易,"变易"是《易传》的核心。《易传》认为,一阴一阳之所以成为自然之道,关键在于它们不断变化而难以预测。《易·系辞下》所谓"刚柔者,立本者也;变通者,趣时者也。"《周易·系辞上》所谓"一阖一辟谓之变,往来无穷谓之通。"《周易·系辞下》云:"刚柔相推,变在其中矣。"《周易·系辞上》云:"变而通之以尽利。"又云:"法象莫大乎天地,变通莫大乎四时。"又云:"参伍以变,错综其数,通其变,遂成天下之文。"等,无一不说明世界万事万物都是发展变化的,没有什么永恒不变之物。变,贯穿于世间一切事物之中。因此,《周易·系辞下》认为,处于这个"变动不居,周流六虚,上下无常"的世界,人们行动的最高原则是"唯变所适"。"唯变所适",自然之美就不会招致扭曲;"唯变所适",人才能创造出与"天文"相辉映的"人文"。

应该说,正是吸收了《周易》的"变异"思想,所以中国传统文艺美学思想特别强调"常"与"变"的融通合一。在"常"与"变"关系的认识上,中国传统文艺美学思想主张常中有变,变中守常,求新重变。《周易·系辞上》云:"生生之谓易。""生生"即生生相续。每个生命都是一个实体,生命本身可以滋生新的生命,在新的生命中又可滋生出"新新生命",以至无穷。可以说,《易传》这种强调生生变易为恒久之道的思想正好体现了中国传统文艺美学思想求新务变的特点。

二

的确,中国传统文艺美学思想就是吸取了传统哲学"常""变"观,即"常"与"变"之间是相互统一、相依相待、相互转化的,变不失常,常以处变,其依赖转化,执常以处变,要变以知的思想,标举对传统文艺美学思想的继承应该通常达变,强调"文"应该随着"世情""时序"的推移变化而兴废、变化;认为文学审美创造应在"常"中求"变","变"而不失其"常",做到"常"与"变"的统一。认为一切"文",包括"天文""地文""人文",都是"道之文",即"道"的构成的表征与表显、外化。在中国古代,最早提出“天文、地文、人文”观念的是《周易》。《周易》最先创立天、地、人三材之说,认为“立天之道曰阴与阳,立地之道曰柔与刚,立人之道曰人与义”,天道、地道、人道相融相合、相交相流、相互统一,因此,天文、地文、人文也是相互融合、相互交流、相互统一的。《周易·系辞》云:“物相杂故曰文。”《国语》也云:“物一无文。”强调“文”是杂多的统一。所谓“物相杂”就是“天文、地文、人文”的杂多统一。单一的事物,是不可能构成“文”的。而在《周易》看来,众多的事物的最基本构成要素是乾与坤,即天与地,宇宙万事万物及其各种属性,包括阴阳、刚柔、动静、仁义,等等,都是由乾坤天地所构成的。因此,韩康伯解释说:“乾,阳物也;坤,阴物也。”“刚柔相错,玄黄错杂。”《周易·贲卦·彖辞》云:“刚柔交错,天文也;文明以止,人文也。”就是以天文、地文、人文相互融合、相互交流、相互统一、相互构成的观点来解释“文”的发生构成的。“贲”的本身就是“文”。所谓贲卦,离下艮上,离代表火,属柔,艮代表山,属刚。“文明”指“离”,“止”指“艮”,所谓“文明以止”也就是“刚柔交错”。可见,无论是“天文”,还是“人文”,都是由“刚柔交错”而相构相成的。天文、地文、人文是相互融合、相互交流、相互统一的,即如天道、地道、人道的相融相合、相交相流、相互统一,都是自然而然、遵从天势的。汉代王充也曾运用天文、地文、人文是相互融合、相互交流、相互统一、相构相成的观点来论述人不能无文的。在他看来,“人文”的构成也是自然而然的,他在《论衡·书解》中说:“山无文则为土山,地无毛则为泻土,人无文则为仆人。土山无麋鹿,泻土无五谷,人无文德不为圣贤。上天多文而后土多理。二气协和,圣贤禀受,法象本类,故多文采。”刘勰正是在这种认识的基础上,强调指出“文”发生构成的自然状态。

为了说明“文”的发生构成是自然而然的,乃“自然之道”,刘勰从两个方面做了进一步表述。首先,他通过“文”的发生与发展来加以证明,指出,“文”的发生构成最早“肇自太极”,外化、表显为八卦。他这一思想来自《周易》。《周易·系辞》云:“古者包牺式之王天下也,仰则观象于天,俯则观法于地,观鸟兽之文与地之宜,近取诸身,远取诸物,于是始作八卦,以通神明之德,以类万物之情。”“八卦”是最初的“文”,因此,刘勰说:“人文之元,肇自太极,幽赞神明,易象惟先。庖牺画其始,仲尼翼其终;而《乾》《坤》两位,独制《文言》。言之文也,天地之心哉!”又说:“爰自风姓,暨于孔氏,玄圣创典,素王述训;莫不原道心以敷章,研神理而设教。取象乎河洛,问数乎蓍龟,观天文以极变,察人文以成化;然后能经纬区宇,弥纶彝宪,发挥事业,彪炳辞义。”所谓“风姓”,就是庖牺的姓。可见这里的“太极”

即指《周易》中的“太极”,也即“道”。而“原道心以敷章,研神理而设教”中的“道心”“神理”也就是“自然之道”。“道心”在《文心雕龙》中出现三次,都是指“自然之道”;“神理”在《原道》篇中就出现三次,另外在《正纬》《明诗》《情采》《丽辞》等篇中也多次提到。所谓“神理”之“神”,韩康伯《周易·系辞注》解释“阴阳不测之谓神”云:“神也者,变化之极,妙万物而为言,不可以形诘者也。”“造之非我,理自玄应,化之无主,数自冥运,故不知所以然而况之神。”“至虚而善应,则以道为称;不思而玄览,则以神为名。”解释“子曰:知变化之道者,其知神之所为乎”云:“夫变化之道,不为而自然,故知变化者,则知神之所为。”《周易·说卦注》解释“神也者,变化之极,妙万物而为言”云:“于此言神者,明八卦运动、变化、推移,莫有使之然者。神则无物,妙万物而为言也。则雷疾风行,火灾水润,莫不自然相与为变化,故能万物既成也。”都认为所谓“神”就是“变化之极”“造之非我,理自玄应,化之无主,数自冥运”“不知所以然”“以道为称”“不思而玄览”“不为而自然”“莫有使之然”,也就是天然、本然、自然而然。王弼《周易注》解释《观卦·彖卦》“观天之神道,而四时不忒,圣人以神道设教,而天下服矣”云:“神则无形也。不见天之使四时,而四时不忒;不见圣人使百姓,而百姓自服也。”这里也把“神”看作是“道”的构成状态,即天然、本然、自然。可见,刘勰《文心雕龙·原道》篇中所谓的“神理”就是“自然之道”;“神理”之“神”也就是“自然”;“道心”与“神理”互文见义,意义相同,“原道心”“研神理”,都是讲“文”的发生构成状态是自然而然、造之非我、理自玄应、化之无主、数自冥运的。

“文”与宇宙自然是“并生”的,其发生构成,为“道”所贯通。以其终极构成境域而言,是谓之“道”,其在作者而言,则谓之“圣”,以其在“文”而言,则谓之“道之文”,而“道之文”的构成态则为“自然”。正由于“文”是构成的,所以“文”是开放、杂多的,“常”“变”是相依相合、相辅相成的。

三

当然,如前所述,“文”的发生构成是“常”“变”一体,“运周”与“日新”相依相待的思想还与中国古代道家“道”论的影响分不开。在中国古代道家哲人看来,“道”是宇宙间万事万物生成与构成的源头与归属,由“道”而生万物的嬗变即是天地万物(包括人类及其社会)的生成与构成流程。而天地万物的生成与构成流是循环往复、周而复始的,发生与构成到与“道”合一境域,实质上也就是返回到自己的本根,即向作为原初构成域“道”的复归。这就是所谓“复归于道”的流行、生化、化合流程。返璞归真，回复到原初的淳朴而单纯。

老子的存在构成论，以宇宙间万事万物生成与构成流程为主要对象。“道”为宇宙间万事万物生成与构成的原发生态，即宇宙间万事万物生成与构成的原初纯粹域。老子从之前哲学思想中吸取了有关“气”的思想，推演出阴阳二气为构成万物基本因子的构成论，并进而追溯到天地万物之前的宇宙间万事万物生成与构成原始形态，建构了一种以“道”为最高范畴的宇宙间万事万物生成与构成论。

在先秦诸子中“道”的蕴义各不相同，在老子看来，“道”则为宇宙间万事万物的原发生态。老子说：“道冲，而用之或不盈也。渊兮，似万物之宗。湛兮，似或存。”①“道泛兮，其可左右也 。万物恃之以生而不辞。”②“道”周流无穷，天地万物的要素尽藏其中，故为万物生成与构成的原发生态，万物依赖“道”而得以生成。“道”虚而无形，但在生化万物以及万物复归时，既不会枯竭 、不会盈满，也不会推辞。这个湛然清澈、寂然无声的道，是早于上帝之前的宇宙间万事万物生成与构成本根，又是一种真真实实的存在。所以老子进而说：“吾不知其谁之子，象帝之先。”③

“道”既然是宇宙间万事万物生成与构成的原发生态，人自然无法用观察现象世界的方法去感知它，“视之不见名 曰夷，听之不闻名曰希，搏之不得名曰微。此三者不可致诘，故混而为一。”④这个无法用感官去究诘的“道”，只好把它看作是一个天地万物混沌未分而又合为一体的没有具体形象的东西。对于这样的认知对象，人们自然很难甚至根本不可能用表述现象世界的语言来描述它，所谓“道可道，非常道；名可名，非常名”⑤（马王堆帛书甲乙本“常”均作“恒”）是说可以用言语表述的道，不是永恒常存的道；可以用名词称谓的名，不是永恒常存的名。一沾言说，便不具备永恒性，所以老子只得说：“吾不知其名，故强字之曰道，强为之名曰大。”⑥（“故强”二字据傅弈本补。）要表述这个宇宙间万事万物生成与构成原初的存在状态，是非常困难的，“一者，其上不皎，其下不昧。绳绳兮不可名，复归于无物。是谓无状之状，无象之象，是谓惚恍。”⑦（第十四章）“道之为物，唯恍唯惚。

① 《 老子》四章。
② 《 老子》三十四章。
③ 《 老子》四章。
④ 《 老子》十四章。
⑤ 《 老子》一章。
⑥ 《 老子》一章。
⑦ 《 老子》十四章。

惚兮恍兮,其中有象;恍兮惚兮,其中有物。窈兮冥兮,其中有精;其精甚真,其中有信。"①(第二十一章)"有物混成,先天地生。寂兮寥兮,独立而不改,周行而不殆,可以为天地母。"这里所谓的"道""先天地生","可以为天地母","似万物之宗",等等,都是将"道"视为宇宙间万事万物生成与构成的"本根",即自然万物生化的原初域。这个宇宙间万事万物生成与构成之"本根",其中"有物",呈现为恍恍惚惚,窈窈冥冥的状态。"道",不是有貌、有象、有声、有色的可被感官直接感知的"物"。感官的功能是有限的,因此不能被直接感知的对象可以称其为"无物",但"无物"不等同于"无物质",故"无"也不等同于"非存在"。正因为这样,"道"的状态为:"无状之状,无象之象","大音希声","大象无形"。"道"中有象而象无形,道中有声而其声希,道中有色而其色不皎不昧,"道"中有物而物无貌,故云"复归于无物"。作为宇宙间万事万物生成与构成本根的"道",其基本构成态主要有以下几点:第一,发生构成的无限性。老子说:"恒德不忒,复归于无极。"②又说:"万物归焉而不知主,可名于大。"③所谓"无极""大"都极言"道"在发生构成意义上的无限性。第二,生化构成的连绵性。所谓"大曰逝,逝曰远"④,"随而不见其后,迎而不见其首"⑤,"绵绵若存,用之或不勤"⑥,说的都是这个没有极限的"道"所具有的化生化合从不间断的连绵性。彭耜纂集引苏辙注"绵绵,微而不绝也",似有连绵不断的波动性的含义。《文子·精诚》云:"绵绵若存,是谓天地之根。"明确将这种"绵绵若存"的特征归属于作为天地本根的道。第三,化生化合的网状性。老子在描述天的特征时曾说:"天网恢恢,疏而不失"⑦,这里虽然说的是天,但天与地相比较,其清虚一大的存在特征更接近于道,因此天的网状性实则也是对道的特征的反映。恢恢,帛书乙本作"经经",皆谓密有间,从而又像天体一样呈现为疏而不致有漏失的网络形态。可见,"道"是一种"独立而不改,周行而不殆"的真实存在体。其自身既实又虚,既有相又无相,连绵不断地充溢于一切所在,有疏有密,但没有一丝一毫的间隙。然而它却如"盅"⑧如"谷"如"渊",具有

① 《老子》二十一章。
② 《老子》二十八章。
③ 《老子》三十四章。
④ 《老子》二十五章。
⑤ 《老子》十四章。
⑥ 《老子》六章。
⑦ 《老子》六章。
⑧ 《说文》:"盅,虚器也。"

无限的容量。“道”是永恒在场的化生之“神”,它蕴涵着天地万物的生化元素,是一种幽深玄奥的母体,它的翕辟生殖之门,就是天地赖以发生的本根。此即老子所谓的“谷神不死,是谓玄牝。玄牝之门,是谓天地之根”①。

老子以“道”为宇宙间万事万物生成与构成的原发生域,并以此作为宇宙间万事万物生成与构成原初的基本构想,在庄子得以进一步论述。庄子也认为,“道”是“生天生地”之本根,“夫道,有情有信,无为无形,可传而不可受,可得而不可见,自本自根,未有天地,自古以固存”②。“道”之所以是天地万物的本根,则因为“道”自身则是“自古以固存”,“自本自根”的,在“道”之外没有必要也没有可能再去追逐什么宇宙间万事万物生成与构成的更早源头。至于“道”的存在形态,庄子同样认为“道”是无形可睹的,但天地万物却混沌存于其中。庄子用一个“中央之帝为混沌”③的寓言,形象地说明了这一点。一旦混沌凿开,便是道向德的嬗变,便是天地万物生成。“夫道,于大不终,于小不遗,故万物备。广广乎,其无不容也;渊渊乎,其不可测也。”④“于大不终,于小不遗”,从宏观与微观两个方面说道的无限性;“万物备”,不备万物之形,而是备万物之要素,故道不具备万物形体上的差异性。他在《齐物论》中将道比作“天府”,“注焉而不满,酌焉而不竭,而不知其所由来,此之谓葆光。”能够“注焉”“酌焉”的不可能是观念,也不可能是绝对的虚无。

同时,老子认为作为宇宙间万事万物原发生构成态的“道”,其生化流程是循环往复的,呈现为“反”。此即老子所谓的“反者道之动”。这里的“反”为返为复。万物从“道”而生,经过发展、壮大、衰老,最后又返归于“道”。在老子看来,由无形之“道”而生化有形之物,再由有形之物返归还原到无形之“道”,是周行不殆循环不已的。在这个周行不已的循环圈上,“道”既是万物发生的起点,亦是万物复归的终点。老子说:“玄德深矣,远矣,与物反矣!乃复至于大顺。”⑤“反”,返也。玄德,不只是限于观物之复,而是在善于从万物复归之处体悟与洞察到永恒常存的道。老子又说:“大曰逝,逝曰远,远曰反。”大者,道也;逝者,流行也;远者,久也;反者,返也。恒道为体,强为之名曰大也;逝曰远者,大化流行不息之用也;久

① 《老子》七十三章。
② 《庄子·大宗师》。
③ 《庄子·应帝王》。
④ 《庄子·天道》。
⑤ 《老子》六十五章。

远则极而返，返归于无形之道也。这段话将道的“周行而不殆”的运行，置于由原发生态到实现状态、再由实现状态回归原发生态的全过程之中，而“反”使这一周行不殆的循环过程得以不息运行，若远而不反，则道之动息矣。鉴于“反”在道的运行的全过程的这种意义，老子云：“反者，道之动。”

中国哲学这种宇宙间自然万物的生化流程是生生不已、循环往复的思想对中国古代文艺美学的“常”“变”一体观影响极深。在中国传统文艺美学思想中，诗文创作有如日月，虽终古常见，而光景常新。诗文创作审美经验的获得，必须经过一个相循、相因、相荣、相通、相变而化古通今的过程，绝不可竞今疏古，趋时附俗。时世推移、光景常新、文风多变，然而诗文创作中表情达意，名理相因。历代文艺美学理论家、诗文作者对人的生存意义、人格价值和人生审美境域的探寻与追求，并由此而获得的美学精神，必定会穿透并照亮文字与历史。故而，在诗文创作中必须以星悬日揭、照耀太虚、浑朴古雅、光景常新。诗文创作应求“意”新和“辞”新，应该笔健而不粗，意深而不晦，句新而不怪，语新而不狂。常中有变；正中有奇。题常则意新，意常则语新。

应该说，中国古代文艺美学的主导思想，就是推崇变化、变通，认为刚往则柔来，柔往则刚来，往来不穷，变化之道也。刚柔无定者，变也；此往彼来者，通也。盖有不得不变、不得不通者，时为之也，故曰趋时。虽然世界万物千变万化，而时序终不可变。天下万变而一不变，惟云时序不变，是以能变。因此，惟变而后其道德和以顺；不变则反成乖戾也。惟变而义以理；不变则不能各得其宜也。穷理者，穷其穷也；尽性者，尽其变也。至于命，则一任其自然，变而不知其所以变也。化则变而不知其变也，不穷则不可变，穷者，人情之所厌也。不通则不能变，通者，人情之所便也。化者，阴阳自然之化，化而不极，不可以裁；极而不裁，不可以变。先时而裁，事每犯手；后时而裁，多所差谬。其变也，皆有自然之节制，圣人因而为之节制之，斯谓之变。所谓“化”指自然界阴阳之变化，只有裁、有节制才是变。化为不知不觉的变，变与穷有更新之义，通为变化之间的相联，变包括变（狭义）、化、通三者。变为变幻莫测，通为往来之间联系。变与通相互联系在一起。之所以有变通，在于顺应时势，应时而变。变中有常，常中有变，常变相依，变不失常，常以处变，正是由文艺审美创作才体现出宇宙自然间万事万物的化生化合。因此，“常”与“变”应是已然与应然的统一。

第三节 “易”与“不易”化生构成论与文艺美学变异说

作为比较文艺美学研究的一个新视角,变异学是比较文艺美学中国学派近年来提出的,是比较文艺美学学科理论的最新发展成果。它和早期法国比较文艺美学学派所倡导的实证性研究被称为国际文艺美学关系研究的两大支柱,是全球化语境下研究不同国家文艺美学,尤其是异质文化语境下各国文艺美学的横向交流与联系不可或缺的方法之一。除了受可以确定的实证性因素影响外,在文化过滤、译介、接受等作用下,还有许多难以确定的其他因素影响,古与今、国与国、民族地域之间的文化与文艺美学在传播和交流的过程中会产生变异。所谓“文律运周,日新其业”;“时运交移,质文代变”①。即如法国著名文艺美学史家朗松所指出的:“真正的影响,是当一国文艺美学中的突变,无法用该国以往的文艺美学传统和各个文艺审美创作者的独创性来加以解释时,在该国文艺美学中所显现出来的那种情状。”②曹顺庆教授给比较文艺美学变异学的定义是:“比较文艺美学的变异学将变异性和文艺美学性作为自己的学科支点,通过研究不同国家不同文明之间文艺美学交流的变异状态,来探究文艺美学的内在规律。”③可见,语言变异、文化变异、跨国与跨文明形象变异以及文艺美学文本变异等四方面应该是比较文艺美学变异学研究的主要领域。其中,文化层面的变异主要体现在“文化过滤”,指的是文艺美学交流和对话过程中,接受者一方因为自身文化背景和传统而有意地对传播方的文艺美学信息进行选择、删改和过滤的现象。这种文化过滤必不可少地会带来文艺美学的误读从而引起文的变异。文艺美学文本的变异体现在不同国家、不同文明的文艺美学文本与受者之间,主要表现为文艺美学的接受层面产生的变异。应该说,比较文艺美学变异学是极具前沿性、挑战性和理论性的,其理论建构可以从中国传统哲学思想尤其是从《周易》的“易”与“不易”思想中得到学理依据。下面,试结合文艺美学比较中国文化层面的变异以论述之。

---

① 刘勰著,范文澜注:《文心雕龙注·时序》,人民文艺美学出版社1958版。

② 大塚幸男:《比较文艺美学原理》,陕西人民出版社1985年版,第32页。

③ 曹顺庆:《比较文艺美学教程》,高等教育出版社2006年版,第97页。

一

在比较文艺美学变异学看来，就其实质而言，文艺美学及其理论的变异来自文化的差异与同一运动。文艺美学赖以生成的文化是有生命的，没有生命的文化只能成为历史。只有保持巨大的凝聚力和无穷无尽的生命力，文化及其生成于文化土壤的文艺美学才能恒动不已，生生不息。而这种差异与同一运动，在中国传统哲学里则称之为“易”与“不易”。《周易》认为，“易有三义：即变易、交易、不易”；又认为，“生生之为易”。这里的“易”即包含“易”与“不易”以及“生生”之义。应该说，“易”与“不易”，即“易”变生化流，也即“差异与同一运动”，是包括文化在内的宇宙间万事万物“化生与化合”的“生生”流的显现。

从原初义看，所谓“易”就是“变”。《说文解字》解释说：“易，蜥易，蝘蜓，守宫也，象形。”可知，“易”的原初义是指蜥蜴。段玉裁在《说文解字注》中说：“易本蜥蜴，语言假借而难易之意出焉。”蜥蜴于 12 时之间每时一变色，以适应周围环境，保存自己。蜥蜴有善于“变易”的特点，“易”本义变化，由此得名。在《说文解字》中，许慎又引述汉代纬书的观点，认为“易”字是“日月”二字的合体字，说：“日月为易，象阴阳也。”日月在天空之上最具有变化之意思，因此合日月而为易。同时许慎又指出，也有人不赞同此说，谓“易”字下半部分文字结构从“勿”，而非从“月”。“勿”乃象形字，据甲骨文，像旗。右边是柄，左边是飘带，本义是古代士大夫所建旗帜，半赤半白，用来麾集人众。易字从勿，据《说文解字注》“从旗勿之勿”看，则是取旗子飘扬不定，也有变动不居之意思。由此可见，“易”的原初意义，就是变动不居。“变易”是中国古代哲学的一个重要观念，《周易》就极为强调“变易”的普遍性。《周易・系辞上》云：“在天成象，在地成形，变化见矣。”“变通莫大乎四时。”“天地变化，圣人效之。”天地之间，万物都在变化中，而四时的变化最为显著。《周易・系辞上》解释“变”说：“变化者，进退之象也。”“一阖一捭谓之变。”变化即是进退开阖的过程。《周易・系辞上》还探讨了“变”的根源，云：“刚柔相推而生变化。”《周易・系辞下》又云：“刚柔相推，变在其中矣。”“变”的原因在于对立的两方面的相互推移。《系辞上》有时亦将“变”与“化”分开来讲，“化而裁之谓之变”。

在《周易》中，“化”就是“变”。“变”就是“易”。《周易・系辞上》云：“日新之谓盛德，生生之谓易。”韩康伯注云：“阴阳转易，以成化生。”《周易・系辞上》又云：“天地设位而易行乎其中矣。”孔颖达疏云：“若以实象言之，天在上，地在下，是天地设位,天地之间万物变化,是易行乎天地之中也。"《周易·系辞上》云:"神无方而易无体。"又云:"乾坤成列,而易立乎其中矣。乾坤毁则无以见易,易不可见则乾坤或几乎息矣。"孔颖达疏云:"夫易音,阴阳变化之谓。"可以说,这些文句中所谓"易",就是指"变"与"化"而言。而"易""变""化"就是"生",即"生生"。所谓"生生之谓易"。孔颖达疏云:"生生,不绝之辞……万物恒生,谓之易也。"朱熹《本义》云:"阴生阳,团生阴,其变无穷。"生是产生、发生的意义。"生"就是"易"。《周易·系辞下》云:"天地之大德曰生。"又云:"天地细缊组,万物化醇,男女构精,万物化生。"天地的根本性德是生,万物生生不已。"变""化""易"生动地呈现了宇宙万物的构成流,其构成态势是"动",是"生生不已"。《周易·系辞上》云:"动静有常,刚柔断矣。"又云:"言天下之动而不可乱也。"天下万物,其构成态势是有动有静,或动或静。《周易·系辞下》云:"《易》之为书也,不可远;为道也,屡迁,变动不居,周流六虚。"孔颖达疏云:"言阴阳六爻更互变动,不恒居一体也。""易"是《周易》的核心,一阴一阳之所以成为自然之道,关键在于它们不断变化而难以预测。《周易·系辞上》云:"一阖一辟谓之变,往来无穷谓之通。"又云:"变而通之以尽利。"又云:"参伍以变,错综其数 ,通其变,遂成天下之文。"等,无一不是说明世界万事万物都是化生化合、与时变化的,没有什么永恒不变之物。"易""变""化",是世间一切事物的构成态势。因此,《周易·系辞下》认为,处于这个"变动不居,周流六虚,上下无常"的世界,人应该"唯变所适",如此,才能创造出与"天文"相辉映的"人文"。所以中国古代文艺美学特别强调"易"与"变"。

当然,有"易"有"变",就有"不易""不变"。《周易》认为,宇宙之"易",是"天地之道,乾坤之德,天地之宝",而所谓"道""德""宝"又是"不易"的。因此,在《周易》,"易"与"不易"是相对相向、相依相待、相互转化、相互统一、互为一体的,此即所谓"进退盈缩,与时变化,圣人之常道也"。因此,周鼎珩在《易经讲话》中指出:"《易》之涵义,大别为二:变易也,不易也……变易云者,易以日月而成字,取象阴阳,日往月来,阴阳流动,白云苍狗,瞬息万殊,凡此变易之现象,乃《易》所究之范围也,不易云者,宇宙万有现象,虽变易靡定,但变易之中,有其不变者在,热极则风,壅极则通,月盈必亏,花盛必谢,凡此不易之原理,乃《易》所持之法则也,持此不易之法则,以究变易之现象,斯《易》之道矣。"这里就认为"易"的意义应该有"变易"和"不易"两种。"变易"是现象的呈现,"不易"则应该是现象构成的纯粹原初域。而"易"之所以能弥纶天下之"道",乃在于其能因顺天地之阴阳刚柔而生构成变化。

就哲学意义看,显然,“不易”有恒定、固定不变的意思。宇宙生态系统中,任何一种生命构成态虽然呈现出千差万别的形态,但其生成都离不开原初之纯粹原初域“道”,因此及其构成态势看,都呈现为自由的、缘在的。这种自由的、缘在的构成态势是“不易”的。所以庄子说,“以道观之,物无贵贱;以物观之,自贵而相贱”①。从“道”域来看,宇宙万物的显现形态,有大小、多少、荣衰、贵贱等的差别,但就其原初生成域“道”而言,却是一样的,并无分别;此即庄子所谓的“天地与我并生,而万物与我为一”②。老子论及道与物的生成关系时说:“道生一,一生二,二生三,三生万物。”③这里老子论述“道生万物”由简趋繁的过程中隐含着哲学史上“一”与“多”关系的论题。“道”为独立无偶的纯粹原初域,因此老庄均都以“一”来表述“道”,而以众多之物为“万物”。同时,在老子看来,“道”又是“周行而不殆”的,并恒动地、依循着循环往复地构成万事万物。所以老子说:“字之曰道,强为之名曰大,大曰逝,逝曰远,远曰反。”④“逝”指“道”的流行不息;“远”形容其无限的构成历程;“反”乃返回原初纯粹构成域,终而复始,再始更新。道之动依循着循环往复的法则,这是动中含蕴着静的平衡,也就是“易”与“不易” 相互统一、互为一体。

二

应该说,正是受《周易》之“易”变生化流思想的影响,在“易”与“不易”“变”与“不变”关系的认识上,中国古代文艺美学一贯主张常中有变,变中守常,求新重变。可以说,《周易》强调“易”与“不易”,以生生变易为恒久之道的思想正好体现了中国古代文艺美学主张通古求新务变的特点。中国古代文艺美学推崇:“古生新。”“古”是传统的,“新”就是创新,创新是从继承传统而来的,没有继承谈不上创新,只继承也不行,要融古通今,要借古开今,“望今制奇,参古定法”⑤。在中国古代文艺美学看来,所谓“古”,其含义主要有两种:一是就时间的悠长久远而言,意指古代;一是就意蕴的深厚、高妙而言,意指古朴高远的艺术审美境域。“参古”之“古”,应是两种含义兼而有之,如就艺术审美境域而言,即古淡、古朴、古拙、苍

---

① 《庄子·齐物论》,见陈鼓应:《庄子老子今注今译》,中华书局 1983 年版。

② 《庄子·齐物论》,见陈鼓应:《庄子老子今注今译》,中华书局 1983 年版。

③ 陈鼓应:《老子注释及评介》四十二章,中华书局 1984 年版。

④ 陈鼓应:《老子注释及评介》二十五章,中华书局 1984 年版

⑤ 《文心雕龙·通变》。

古、高古、亘古。如就“参古”之意而言，则为第一种含义，为师古、通古，不是要求“复古”，而是通古贯今，以创构新颖独特、充满生命活力的艺术审美之境。即诗文审美创作构思必须融汇古今，不能不古不今，更不能袭古人语言之迹，冒以为古。刘熙载的《艺概·诗概》指出：“诗不可有我而无古，更不可有古而无我。典雅、精神，兼之斯善。”陆机在《文赋》中指出，诗文创作应“收百世之阙文，采千载之遗韵。谢朝华于已披，启夕秀于未振”。刘勰的《文心雕龙·通变》也指出，“文律运周，日新其业。变则其久，通则不乏”。在刘勰看来，“设文之体有常，变文之数无方，何以明其然邪？凡诗赋书记，名理相因，此有常之体也；文辞气力，通变则久，此无方之数也。名理有常，体必资于故实；通变无方，数必酌于新声；故能骋无穷之路，饮不竭之源”。在诗文创作中，“参古”“通”就是“不易”，是一种不变的美学精神，“易”“变”则是一种生生不息的审美追求，只有“不易”中求“易”，常中有变，以古为今，以故为新，日新其业，才能“骋无穷之路，饮不竭之源”，创构出“新”之“朝华”美境。

萧子显说得好，诗文审美创作“若无新变，不能代雄”①。韩愈在《答李翊书》中指出：“惟陈言之务去。”李德裕在《文章论》中也指出：“辞不出于风雅，思不越于《离骚》，模写古人，何足贵也？”在他看来，诗文创作“譬诸日月，虽终古常见，而光景常新，此所以为灵物也”。诗文创作审美经验的获得，必须经过一个相循、相因、相荣、相通、相变而化古通今的过程，必须如刘勰所说的“斟酌乎质文之间，而櫽括乎雅俗之际”，绝不可“竞今疏古”，趋时附俗。时世推移，光景常新，文风多变，然而诗文创作中表情达意，“名理相因”。历代文艺美学理论家、诗文作者对人的生存意义、人格价值和人生审美境域的探寻与追求，并由此而获得的美学精神必定会穿透并照亮文字与历史。所谓“设文之体有常”，而“通变”之数“无方”。故而，在诗文创作中必须“资故实，酌新声”“斟酌质文”“櫽括雅俗”②，以星悬日揭，照耀太虚，浑朴古雅，光景常新。诗文创作应追求“意新”“辞奇”，追求“古雅”“浑朴”，但同时，又必须做到“新而不乱”“奇而不黩”“古而不泥”，只有通古今之变，才能变而不失其道。欧阳修《六一诗话》说：“圣俞尝语余曰：‘诗家虽率意，而造语亦难。若意新语工，得前人所未到者，斯为善也。’”胡仔《苕溪渔隐丛话》说：“学诗亦然，规摹旧作，不能变化自出新意，亦何以名家？鲁直诗云：‘随人

① 《南齐书·文艺美学传论》。

② 《文心雕龙·通变》。

作计终后人。'又云:'文章最忌随人后。'诚至论也。"又引徐俯语云:"作诗自立意,不可蹈袭前人。"周辉《清波杂志》说:"为文之体,意不贵异而贵新,事不贵僻而贵当,语不贵古而贵淳,事不贵怪而贵奇。"吕祖谦《古文关键》认为,诗文创作应求新,主张"意"新和"辞"新,应该笔健而不粗,意深而不晦,句新而不怪,语新而不狂。常中有变,正中有奇。题常则意新,意常则语新。结前生后,曲折斡旋,转换有力,反复操纵。所谓"意"指文章的命意,立意要高、要新、要好,要有不尽意。句虽少意极多,文势曲折极有味,峻洁有力。新语表现新意,语新是外在的,意新是内在的,语新与意新表里一致,这是立足于文章自身的思考。文势规模、纲目关键、铺叙次第、抑扬开合处、警策句法,要缴结有力、融化屈折剪截有力。李东阳在《怀麓堂诗话》中指出,诗歌创作贵在"不经人道语"。他认为,"自有诗以来,经几千万人,出几千万语,而不能穷,是物之理无穷,而诗之为道亦无穷也"。李渔在《窥词管见》中也指出,诗文创作"莫不贵新,而词为尤甚。不新可以不作。意新为上,语新次之,字句之新又次之。所谓意新者,非于寻常闻见之外,别有所闻所见,而后谓之新也","意新语新而又字句皆新,是谓之诸美皆备"。诗文创作必须求新,具有独创性,"自有一定之风味",能自驰骋,不落蹊径,"优美及宏壮必与古雅合"①,从而才具有独特的审美价值。然而求新必须"常中有变",知新变而不知"常"与"不易","近附而远疏","龌龊于偏解,矜激于一致"②,这样去追新求变,必然会导致"虽获巧意,危败亦多","习华随侈,流遁忘反",因此,"参古"说中包含着"易"与"不易"的"通变"精神。

三

《周易》之"易"与"不易"变异生化流思想对当今的中西比较文艺美学变异说是有学理意义的。就比较文艺美学变异说而言,文艺审美创作及其理论的"易"与"不易"以及由此而生成的凝聚力和生命力必须来自不同文化的互证、互补和互济,来自各种文化之间的沟通、理解、认同与融合,这中间又包含着相互吸收与借鉴。要达到沟通、理解与交流就离不开比较与辨异,要比较与辨异就要"跨",(这里的"跨",指跨越。《文选·张衡〈西京赋〉》薛综注云:"跨,越也。"指超越时间、地区之间的界限。)即"跨文明、跨文化、跨民族、跨区域"。但必须澄清的是,比较

---

① 王国维:《古雅之在美学上之位置》,见:《静庵文集续编》。
② 《文心雕龙·通变》。

与辨异,或“跨”,是方法,是手段而不是目的,应该说,比较与辨异,即“跨”的目的是通过对差异性的发现、沟通、理解而促进文化的认同与发展,即中国哲人所谓的“易”,即“变易”,也即变化与生化。发展与“变易”是文化的本质特性,是比较的目的,也应该是中西文艺美学比较的目的。但与此同时,“变异”又是建立在“易”与“不易”的生成基元上的。

应该说,在现代化和全球化的语境中,差异与同一发展与“变易”运动流中的“他者”化,即“易”,和民族文化“自我”认同,即“不易”,是并行不悖的。“他者”是“自我”之外并且异于“自我”的存在。“他者”既然是“自我”的“他者”,“自我”也就是“他者”的“他者”。我们既可以用自己的眼光看自己、看他人,也可以用他人的眼光看他人、看自己。问题并不在于两种视角孰是孰非,而是在于“自我”与“他者”差异与同一发展与“易”与“不易”运动流中的视域融合。“易”即“变异”“差异”,而“不易”则为“同一”。我们对于“他者”视域,完全可以用平和心态看问题,不必“跨”,也不必被动地接纳,而是任其自然、如其所是,在“和而不同”中融合、发展、“变易”。

差异与同一,“易”与“不易”的“运周”运动流程才是文化,以及生成于文化基础之上的文艺美学的本质特性。在差异与同一运动流中,发展与“变易”才是比较的目的。为了发展与“变易”,需要保护不同的文化和群落和生态,而这即是“不易”。这种见解无疑是极有见地的。跨文化文艺美学比较必须遵循“易”与“不易”的构成态势,必须对文艺美学赖以生成的文化生态的复杂性和多层次性加以考察,通过对中西文化生态作寻根探源的了解和体验,才可能使我们在比较研究中避免误解。我们知道,文本实际上是一种文化载体。文化必须通过载体才能存在,不表现为载体,则文化就不会成其为文化,而只能是一种自然的、经验的、心理的东西。德国诗人盖奥尔格说:“语言破碎处,万物不复存。”①实际上也可以说,语言破碎处,文化不复存。每个大的民族都有自己独特的稳定持久的文化生态结构。这是“不易”。这种“不易”的各具特色的文化生态结构是通过长期的历史过程沉淀下来的,影响着作者的思维方式和价值观念,并最终表现在“易”的文本中,决定着文本的差异性,并形成其民族文化特色。因此,要使文艺美学比较研究深化,就必须立足于“不易”的文化传统,并努力同文化生态各个方面建立横向联系,结合“不易”的传统文化意识的各种具体形态发生初始阶段的内外因作用、起源机

---

① 伽达默尔:《真理与方法》,王才勇译,辽宁人民出版社 1987 年版,第 346 页。

制，对中西文艺美学中关于创作经验的现象描述进行动态的、实践性的与历史的、共时性的综合考察，打破过去研究的框架，扩大研究领域，改变旧观念，调整研究方法。从其实质来看，文化寻根探源的最终目的还是求得一种“不易”的文化生态的认同。因为文化生态认同也就是对文化的“不易”的原初根基或民族和地域意义的揭示。从这个意义上说，文化寻根探源的根本目的就是促进异质文化的互相理解、互相汇通、互相生存和互相发展。

文化的互相理解，首先是通过文化生态平衡来实现的。不同文化间的生态平衡必须要有共同的话题。而属于不同文化体系中的异质文化间的共同话题是极为丰富的，尽管世界上有各种各样的民族，不同民族间千差万别，但从客观上看，各民族间总会有构成“人类”这一“不易”的共同之处。仅就文艺美学领域来看，就因为人类具有大体相同的“不易”生存形态，如饮食男女、生老病死、离愁别恨、人与自然、人与社会、人与人、人与自我，社会生活中的仁义礼乐、政令农事、人情事态、歌舞战斗，人类自身的腠理五脏、四肢百骸、生命机能、心性思维，等等，都有相同的体验形式，而这一切必定会在以关注人类生命与体验的文艺美学中表现出来，并由此而使其具有许多相通与共同的层面，如“入世出世”“思亲怀乡”“时空恐惧”“死亡意识”“生态环境”“乌托邦现象”，等等，处于“易”的不同文化背景中的人们会遵从自己所亲身经历的“易”的不同文化生活，以及其思维方式、价值观念、行为方式对这些问题做出不同的回答。这些回答既包含有民族传统文化精神，又同时受到当代人和当代语境的选择与解释。因此，只有通过异质文化之间的交流与比较，遵循“易”与“不易”的构成态势，以加深彼此的理解与认同，从而促使双方都获得进一步的发展和提高。

文化与文艺美学的发展得力于文化与文艺美学的“易”与“不易”，即差异与同一运动。因为，无论是从世界文化与民族文化关系看，还是从“自我”与“他者”的关系看，发展与“变易”的恒动不已、生生不息的生命力都来自文化与文艺美学间的互证、互补和互济。促使文化创新与“变易”的生命力来自多种文化与文艺美学的交往与交流。同时，文化与文艺美学间也只存在“易”与“不易”，即差异与同一，而并不存在高低。

自然与人类社会的发展和“易”与“不易”需要相辅相成，相互对立又相互对话，从而相互促进；由人所创构的文化的发展和“易”与“不易”也应如此。目前，面对一个多元文化同生共存的时代，各文化间的对话与沟通对其自身的发展与“易”与“不易”便显得愈益重要。文化的本质属性是发展与“易”与“不易”，今天之所以要对中国传统文艺美学思想进行研究,其目的当然是为了更好地建构当代的既与世界文艺美学思想接轨,同时又极具民族与本土特色的新的文艺美学思想体系,以进一步促进文艺美学健康地变易与发展。所以说,对中西文艺美学进行比较、交流,和借鉴中的文化寻根探源的目的更是为了加深理解以增进文艺文艺美学发展的"易"与"不易"。而要发展"易"与"不易"则必须沟通、必须对话。只有通过对话,通过"反复对谈"才能达到东西两大文化体系文艺美学的互相理解,推动当代中国文艺美学向着全球化、现代化的方向发展。

应该说,《周易》"易"与"不易"的思想给比较文艺美学变异学的理论支持是:当代文艺美学思想的重构与发展需要中西方文艺美学思想的相渗相透、相对相应、相互促进、相互对话。这是一个多元文化同生共存的生态平衡的时代,文化交流日趋全球化。跨文化文艺美学比较中文化寻根探源的目的是为了加深理解,而要沟通、要理解,则必须遵循"易"与"不易"的构成态势。只有遵循"易"与"不易"的构成态势,才能达到文艺美学比较的目的,进而推动中国传统文艺美学思想向着全球化现代化的方向发展。

参考文献

1.《十三经注疏》,整理标点本,北京大学出版社 2000 年版。

2. 王弼:《老子道德经注》,中华书局出版 1957 年版。

3. 朱谦之:《老子校释》,中华书局 1984 年版。

4. 张松如:《老子校说》,齐鲁书社 1987 年版。

5. 朱熹:《四书集注》,中国书店影印 1985 年版。

6. 高亨:《周易大传今注》,齐鲁书社 1979 年版。

7. 高亨:《周易古经今注》,中华书局 1984 年版。

8. 杨筠如:《尚书核诂》,陕西人民出版社 1959 年版。

9. 孙诒让:《周礼正义》,中华书局 1996 年版。

10. 杨伯峻:《春秋左传注》,中华书局 1990 年修订版。

11. 程树德:《论语集释》,中华书局 1990 年版。

12. 郝懿行:《尔雅义疏》,中国书店 1982 年版。

13. 焦循:《孟子正义》,中华书局 1998 年版。

14. 顾恺之:《论画》,北方文艺出版社 2000 年版。

15. 宗炳:《画山水序》,人民美术出版社 1986 年版。

16. 刘勰:《文心雕龙》,上海书店出版社 1984 年版。

17. 张彦远:《历代名画记》,人民美术出版社 1964 年版。

18. 刘熙载:《艺概》,上海古籍出版社 1978 年版。

19. 王国维:《人间词话》,上海古籍出版社 2004 年版。

20. 陈鼓应:《老子注译及评介》,中华书局 1984 年版。

21. 陈鼓应:《庄子今注今译》,中华书局1983年版。

22. 张默生:《老子章句新释》,四川省新华书店1988年版。

23. 王力:《老子研究》,上海书店1992年版。

24. 林语堂:《老子的智慧》,时代文艺出版社1988年版。

25. 李泽厚、刘纲纪:《中国美学史》,中国社会科学出版社1987年版。

26. 李泽厚:《美的历程》,文物出版社1983年版。

27. 李泽厚:《美学四讲》,三联书店出版1989年版。

28. 金岳霖:《论道》,商务印书馆1987年版。

29. 敏泽:《中国文学思想史》,湖南教育出版社2004年版。

30. 张岱年:《中国哲学史大纲》,江苏教育出版社2005年版。

31. 朱光潜:《朱光潜美学文集》,上海古籍出版社1981年版。

32. 叶朗:《中国美学史大纲》,上海人民出版社1985年版。

33. 陈望衡:《中国美学史》,人民出版社,2005年12月版。

34. 王振复:《中国美学史教程》,复旦大学出版社2004年版。

35. 徐复观:《中国艺术精神》,华东师范大学出版社2001年版。

36. 宗白华:《艺境》,北京大学出版社1997年版。

37. 张世英:《进入澄明之境》,商务印书馆1999年版。

38. 张世英:《天人之际—中西哲学的困惑与选择》,人民出版社1995年版。

39. 刘小枫:《拯救与逍遥》,上海三联书店2001年版。

40. 徐复观:《中国人性论史》,上海三联书店2001年版。

41. 陈其荣:《自然哲学》,复旦大学出版社2004年版。

42. 宋祖良:《拯救地球和人类未来——海德格尔的后期思想》,中国社会科学出版社1993年版。

43. 刘成纪:《物象美学》,郑州大学出版社2002年版。

44. 程习勤:《老庄生态智慧与诗艺——"态观"的文艺理论》,武汉出版社2002年版。

45. 蒙培元:《人与自然——中国哲学生态观》,人民出版社2004年版。

46. 袁鼎生:《生态视域中的比较美学》,人民出版社2005年版。

47. 黄秉生、袁鼎生:《民族生态审美学》,民族出版社2004年版。

48. 叶维廉:《道家美学与西方文化》,北京大学出版社 2002 年版。

49. 李泽厚:《中国古代思想史论》,人民出版社 1985 年版。

50. 张文勋:《儒道佛美学思想探索》,中国社会科学出版社 1988 年版。

51. 蒋永志:《神话·巫术与祭祀》,中国文联出版社 2005 年版。

52. 郭绍虞:《中国文学批评史》,百花文艺出版社 1994 年版。

53. 皮朝纲:《中国古典美学探索》,四川师范大学学报编辑部 1985 年版。

54. 皮朝纲:《中国古代文艺美学概要》,四川省社会科学院出版社 1986 年版。

55. 皮朝纲、李天道:《中国古代审美心理学论纲》,成都科技大学出版社 1989 年版。

56. 皮朝纲、李天道、钟仕伦:《中国美学体系论》,语文出版社 1995 年版。

57. 李天道:《中国古代人生美学》,中国社会科学出版社 2008 年版。

58. 李天道:《老子美学思想的当代意义》,中国社会科学出版社 2008 年版。

59. [德]黑格尔:《美学》,商务印书馆 1979 年版。

60. [意]克罗齐:《美学原理》,人民文学出版社 1983 年版。

61. [法]杜夫海纳:《美学与哲学》,中国社会科学出版社 1985 年版。

62. [法]列维·斯特劳斯:《原始思维》,商务印书馆 1981 年版。

63. [日]今道友信:《美学的将来》,广西教育出版社 1997 年版。

64. [美]彻丽尔·格罗费尔蒂、哈罗德·弗罗姆:《生态批评读本:文学生态学的里程碑》,美国佐治亚大学出版社 1996 年版。

65. [法]雅克·德里达:《书写与差异》,张宁译,三联书店 2001 年版。

66. [法]米歇尔·福柯:《词与物》,莫伟民译,三联书店 2001 年版。

67. [美]J. B. 科利考特:《罗尔斯顿内在价值:一种解构》1999 年版。

68. [德]马丁·海德格尔:《走向语言之途》,孙周兴译,台北时报文化出版企业股份有限公司 1993 年版。

69. [德]海德格尔:《诗歌、语言、思想》,彭富春译,文化艺术出版社 1991 年版。

70. [德]马丁·海德格尔:《荷尔德林诗的阐释》,孙周兴译,商务印书馆 2000 年版。

71. [英]怀特海:《思维方式》,刘放桐译,商务印书馆 2004 年版。

72. [美]卡普拉:《转折点——科学社会兴起中的新文化》,中国人民大学出版社 1989 年版。

73. [美]卡普拉:《物理学之“道”——近代物理学与东方神秘主义》,北京出版社 1999 年版。

74. [法]阿尔贝特·史怀泽:《敬畏生命》,上海社会科学院出版社 1995 年版。

75. [英]李约瑟:《中国科学技术史》,科学出版社 1978 年 7 月版。

76. [英]汤因比:《展望二十一世纪》,荀春生等译,国际文化出版公司 1985 年版。